SINÉAD CROWLEY

# Er sieht dich



GOLDMANN
Lesen erleben

*Buch*

Gerade erst ist Yvonne von London zu ihrem Mann Gerry nach Dublin gezogen, wo die gemeinsame Tochter Róisín zur Welt kommt. Während Gerry als Produktionsleiter einer erfolgreichen Nachrichtensendung seinen Traumjob gefunden hat und seiner kleinen Familie finanziell den Rücken freihält, kann Yvonne sich ganz auf ihr Töchterchen konzentrieren. Alles könnte perfekt sein. Doch Yvonne fühlt sich in ihrem neuen Zuhause allein und sehnt sich nach dem Austausch mit Gleichgesinnten. Stundenlang surft die junge Mutter im Internet, gibt in dem Mütterforum NETMAMMY mehr und mehr über sich preis. Als eine ihrer Online-Bekanntschaften spurlos von der Oberfläche verschwindet, beginnt Yvonne, sich Fragen zu stellen. Doch erst als eine Frauenleiche auftaucht, die Ähnlichkeiten mit der offline gegangenen Freundin aufweist, begreift sie, dass sie und die anderen Mütter in entsetzlicher Gefahr schweben.

*Autorin*

Sinéad Crowley arbeitet beim irischen Fernsehsender RTE als Korrespondentin für den Bereich Kunst und Medien. Während der Elternzeit entdeckte sie die Welt der Onlinemütterforen. Sie lebt mit ihrem Mann und zwei Söhnen in Dublin. »Er sieht dich« ist ihr erster Thriller.

Sinéad Crowley

# Er sieht dich

Thriller

Aus dem Englischen
von Christine Heinzius

GOLDMANN

Die englische Originalausgabe erschien 2014 unter dem Titel
»Can Anybody Help Me?« bei Quercus, London.

Dieses Buch ist auch als E-Book erhältlich.

MIX
Papier aus verantwortungsvollen Quellen
FSC® C014496

Verlagsgruppe Random House FSC® N001967
Das FSC®-zertifizierte Papier *Holmen Book Cream* für dieses Buch
liefert Holmen Paper, Hallstavik, Schweden.

1. Auflage
Deutsche Erstveröffentlichung März 2015

Umschlaggestaltung: UNO Werbeagentur, München
Umschlagmotiv: Getty Images/Vizerskaya
Redaktion: Alexander Behrmann
KS · Herstellung: Str.
Satz: omnisatz GmbH, Berlin
Druck und Bindung: GGP Media GmbH, Pößneck
Printed in Germany
ISBN: 978-3-442-48178-1
www.goldmann-verlag.de

Besuchen Sie den Goldmann Verlag im Netz:

Für Alice und Michael Crowley

# EINS

Es war das »Mum«, das sie aus dem Konzept brachte. Bis dahin war alles ganz gut gelaufen. Es war nicht viel Verkehr auf der Straße gewesen, sie hatten einen Parkplatz ganz in der Nähe des Krankenhauses bekommen, und als sie endlich das Wartezimmer gefunden hatten, war es nicht allzu voll gewesen. Als Claire bewusst wurde, dass sie viel kürzer warten mussten als erwartet, hatte sie sich fast erfolgreich eingeredet, dass es ihr gefallen würde. Und dann hatte die Krankenschwester auf die lange, niedrige Liege gezeigt und jegliche Chance darauf ruiniert.

»Dann mal da rauf, Mum, Marie ist gleich bei Ihnen.«

»Mum.«

Willkommen in der Schwangerschaft, lassen Sie Ihre Identität und Ihren Namen bitte vor der Tür der Geburtshilfestation.

Claire seufzte schwer und drehte sich zu ihrem Ehemann um, um ein verständnisvolles Publikum für ihre verdrehten Augen zu haben. Aber Matt war verschwunden. Stattdessen stand da ein rehäugiger Fremder, der auf den Ultraschall starrte, wie er früher einmal den Barmann im Flanagan's angestarrt hatte, der berühmt dafür war, das beste Guinness in der westlichen Welt zu zapfen.

Sie war also allein. Eine kleine, müde aussehende Frau – Marie, nahm sie an – trat eilig durch die verkratzte weiße Tür und machte sich an Computerbildschirmen und Schläuchen zu schaffen.

»Das kann jetzt ein bisschen kalt sein.«

Claire zuckte zusammen, als das Gel auf ihren Unterleib traf. Ein bisschen kalt? Es war verdammt eisig. Man sollte meinen, dass sie dafür irgendeine Lösung gefunden hätten, eine Heizmöglichkeit oder irgendwas. Vielleicht würde sie selbst eine erfinden, das würde sie vor der Langeweile des Mutterschutzes retten. Normalerweise würde sie Matt so etwas erzählen, dann hätten sie wenigstens was zu lachen, aber stattdessen lehnte sich der große Schmalzklops neben ihr vor und griff nach ihrer Hand.

»Kaum zu glauben, oder?«

»Äh.«

Claire fand es gar nicht schwer zu glauben. Sie lebte schon seit zwanzig Wochen mit der kotzenden, Jeans sprengenden Realität dieser Schwangerschaft, sie brauchte keinen Ultraschall, um sie zu bestätigen. Aber Matt schien entschlossen, jeden Tränendrüsenmoment auszukosten, also erwiderte sie seinen Händedruck kurz.

»Ja. Es ist toll.«

Ihre Tasche vibrierte, und Marie warf ihr einen strafenden Blick zu.

»Alle Handys sind auszuschalten. Sie stören die Geräte.«

»Ja, natürlich. Entschuldigung.«

Claire griff in ihre Tasche und nahm das Telefon heraus. Während sie nach dem Ausschalter suchte, las sie unwillkürlich den Text auf dem Bildschirm.

DIE GESCHWORENEN ZIEHEN SICH ZURÜCK

Oh Mann. Ihr Magen krampfte sich zusammen. Sie hatte es gewusst, sie hatte es, verdammt noch mal, gewusst. An dem einen Tag, an dem sie nicht da sein konnte ... Ihr Finger zuckte in Richtung »Antworten«, aber ein kurzer Blick zu Matt sagte ihr, dass das unmöglich war. Richtig. Vergiss es. Konzentrier dich.

Mit einer dramatischen Geste schaltete sie das Handy aus und steckte es in ihre Tasche, bevor sie wieder auf der Liege die richtige Stellung einnahm.

»Gut. Wo waren wir?«

Aber weder Marie noch ihr Ehemann hörten zu. Die Schwester fuhr mit dem Ultraschallkopf über Claires Bauch – auch wenn es ihr schwerfiel, ihn noch als ihren anzusehen – und murmelte etwas vor sich hin.

Fundusplazenta ... Baby in Schädellage ... Jetzt noch den BPD messen ...

Auf dem kleinen, schwarz-weißen Bildschirm wurden Schatten abwechselnd scharf und wieder unscharf.

Matts Hand drückte Claires fester.

»Das ist aber alles normal, oder?«

Marie behielt ein Pokerface. Wahrscheinlich gehörte das zur Ausbildung. Es war sinnlos, die Eltern wissen zu lassen, dass es ein Problem geben könnte, solange sie selbst nicht sicher war. Aber es gab doch kein Problem, oder doch? Claire erwiderte den Händedruck ihres Mannes und sah den Bildschirm genauer an. Es sah aber nicht gut aus. Na ja, es sah eigentlich nach gar nichts aus, aber das konnte doch nicht gut sein, oder? Sollte das ein Kopf sein? Oder ein Arm ...?

»Wie bitte?«

Marie sah auf, blinzelte und lächelte zum ersten Mal.

»Oh, alles ganz normal! Entschuldigen Sie, ich habe nur Schwierigkeiten, den Kopf des Babys zu messen. Sie haben da ein ziemlich lebhaftes Würmchen.«

Matt strahlte stolz, aber Claire hatte plötzlich das Bedürfnis, weiter beruhigt zu werden.

»Aber es sieht alles gut aus?«

»Alles sieht so aus, wie es in diesem Stadium aussehen sollte. Ich muss noch ein paar Dinge messen, aber sehen Sie …«

Sie zeigte auf ein Bein und einen Arm, eine kleine Hand. Und dann geschah das Magische. Der winzige Mund öffnete sich und begann am Daumen zu lutschen.

»Ahhhh.«

Einen Augenblick lang waren alle drei glücklich vereint, begeistert von dem, was auf dem Bildschirm zu sehen war. Claire entspannte sich und drückte noch einmal Matts Hand. Alles war in Ordnung. Sicher, das war großartig. Fantastische Neuigkeiten. Fantastisch. Wenn es in dem Tempo weiterginge, könnte sie es ins Gericht schaffen, solange die Geschworenen noch berieten …

»Und das da ist dann wohl die Nabelschnur?«

Matt lehnte sich über ihren Körper, und sie schaute ihn verblüfft an. Da hatte jemand offensichtlich die Bücher gelesen, die er demonstrativ auf den Nachttisch gelegt hatte.

»Stimmt genau!«

Marie nickte ihm zu. Klassenbester.

»Ich dachte, es hätte auch das andere Ding sein können.«

Matt grinste breiter, und Marie schüttelte lächelnd den Kopf.

»Nein … Aber wollen Sie das Geschlecht wissen? Ich kann es Ihnen sagen …«

»Ja!«

»Nein!«

Die Antworten kamen gleichzeitig. Marie sah verwirrt aus.

Claire sah Matt an.

»Ich glaube, ich bin einfach davon ausgegangen ...«

Das stimmte nicht. Sie hatte eigentlich überhaupt nicht darüber nachgedacht. Aber jetzt waren sie hier, und die Information war direkt vor ihnen, was war daran verkehrt? Aber ihr Ehemann schüttelte vehement den Kopf.

»Es gibt so wenige Überraschungen in dieser Welt. Wir können das Geheimnis doch noch eine Weile bewahren, okay?«

»Klar.«

Claire wand sich auf der harten Liege, versuchte, eine bequeme Stellung zu finden. Klar. Es war ihr nicht wichtig genug, um darüber zu streiten. Alles war in Ordnung, das war die Hauptsache. Den Rest würden sie noch früh genug herausfinden. Sie rutschte wieder hin und her, und das Handy war in ihrer Tasche vergraben. Die Geschworenen könnten schon wieder zurück sein. Zwölf Jahre. Joseph Clarke hatte zwölf Jahre lang vergewaltigt, misshandelt. Seine Opfer in Angst und Schrecken versetzt. Wenn es auf dieser Welt Gerechtigkeit gab, dann würde er mindestens so lange hinter Gittern sitzen.

»Na dann! Sie können das jetzt abwischen ...«

Abwesend nahm sie das Papiertuch entgegen, das Marie ihr hinhielt, und fing an, das klebrige Gel abzuwischen. Matt grinste sie an.

»Gehen wir zusammen Mittag essen?«

»Ja. Super.«

Der Termin war vor Wochen vereinbart worden, und sie hatten sich beide zur Feier des Tages einen halben Tag freigenommen. Es könnte für eine Weile ihre letzte Chance sein. Aber das war, bevor sie die Nachricht erhalten hatte.

Sie warf das Tuch in einen Papierkorb und richtete ihre Kleider.

»Ich muss noch mal zur Toilette.«

Das war nicht gelogen, das war es in der zwanzigsten Schwangerschaftswoche nie. Aber bevor sie aus der Kabine trat, nahm sie ihr Handy, schaltete es ein und hielt den Atem an. Der Empfang flackerte, dann erschien nur ein Balken. Komm schon, bitte.

Piep, piep!

Ein Wort. Aber mehr musste sie nicht wissen.

SCHULDIG.

Sie kehrte zu ihrem Mann zurück, ihr Herz schlug so schnell, dass sie sich fragte, ob es dem Baby auffiel. Matt grinste sie an.

»Das ist doch gut gelaufen?«

»Ja.«

Sie versuchte, die Worte herunterzuschlucken, aber das war unmöglich. Matt hatte es die letzten Monate mit ihr durchlebt. Er verdiente auch, Bescheid zu wissen.

»Sie haben ihn schuldig gesprochen, Matt, schuldig! Ich habe gerade eine SMS bekommen …«

Einen Augenblick lang sah ihr Mann verärgert aus. Sie hatte versprochen, dass sie heute nicht über den Fall reden würde. Aber dann lächelte er wieder. Er wusste, wie wichtig das war. Er lehnte sich vor und umarmte sie fest.

»Das finde ich ganz fantastisch für dich. Strafmaß?«

»Kommt erst nächste Woche, nehme ich an.«

Sie schaltete ihr Handy wieder ein und tippte auf die Twitter-App. Auf allen Nachrichtenseiten wurde über die Geschichte berichtet. Es war ein großer Fall, und viele

Leute hatten auf das Ergebnis gewartet. Aber niemand mehr als sie.

»Wir verschieben das Mittagessen also?«

»Ich ...«

Ein netter Mensch hätte Nein gesagt, sollen andere sich darum kümmern. Schließlich gab es dabei nichts mehr für sie zu tun. Aber Claire wusste, dass sie nicht immer ein netter Mensch war, und Matt hatte das durchaus gewusst, als er sie geheiratet hatte.

»Das wäre toll. Hör mal, ich komme früh nach Hause, in Ordnung?«

Das war eine Lüge, sie wussten es beide, aber warum einen perfekten Tag ruinieren? Also küsste Matt seine Frau auf die Wange, und Detective Sergeant Claire Boyle verließ die Geburtsstation des Krankenhauses, sprang in das nächste Taxi und fuhr zurück zur Arbeit.

# ZWEI

## OMG!!

**Pink Lady**

OMG, Mädels. Söhnchen Nr. 3 ist fünf Monate alt, und heilige Maria, ich habe hier einen positiven SST!!!! Arggggh. Göga wird wütend sein!!! Und was die Schwiemu angeht ... wie peinlich. Wir haben geschworen, wir bekommen keines mehr ... wie ist das nur passiert?

**CaraMia**

Herzlichen Glückwunsch. Ist wohl ein Schock, aber du wirst dich dran gewöhnen. Tolle Neuigkeiten!

**LondonMum**

Wow, Schock stimmt schon! Aber ich bin mir sicher, Göga wird sich daran gewöhnen. Freue mich für dich. Pass auf dich auf.

**RedWineMine**

Sorry, aber ROTFL! Wie das passiert ist? Ähm ... wenn du's bis jetzt nicht weißt, es gibt Aufklärungsbücher, meine Liebe ☺

**MrsDrac**

Hi Mädels … Entschuldigung, wenn ich den Thread kapere … ich bin neu hier und frage mich gerade, was all die Abkürzungen bedeuten?

**MyBabba**

Hallo … Schwiemu ist die Schwiegermutter … Göga der Göttergatte … SST ein Schwangerschaftstest. Es steht alles oben angepinnt. Willkommen bei NETMAMMY! Hoffe, du bleibst hier?

# DREI

## *Samstagabend*

*Sie wusste, dass sie sich viel zu leicht hatte überreden lassen, aber es war ihr egal. Die Wahrheit war, dass sie nicht nach Hause gehen wollte, noch nicht, und diese eine Nacht konnte sie so lange wegbleiben, wie sie wollte.*

*Fünf vor zwölf. Sie blickte auf die Uhr in ihrem Handy, und das Gesicht ihrer Tochter sah sie an, ein großes Lächeln im Gesicht. Das Foto hatten sie damals gemacht, als sie im Zoo die Haustiere besucht hatten. Wie macht das Schaf, mein Schatz? Mäh. Réaltín liebte Schafe. Verrückt, wenn man bedachte, dass sie in einer Wohnsiedlung mitten in Dublin aufwuchs. Aber sie war von ihnen fasziniert, liebte es, jeden Abend die Bilder in dem großen Buch anzusehen, das neben ihrem Kinderbett stand. Sie war überglücklich, wenn sie tatsächlich welche sah. Wie macht das Schaf, mein Schatz? Mäh, sagte sie und schaute vergnügt vom Schaf zu ihrer Mutter. Die großen blauen Augen weit aufgerissen, als wolle sie sagen, sieh mal, Ma, ein echtes!*

*»Alles klar?«*

*»Ja, alles cool!«*

*Himmel, Mädel, entspann dich. Es ist an der Zeit, sich auf die Nacht zu konzentrieren. Sie schaltete das Handy mit einer langsamen, bewussten Bewegung aus und lächelte ihn an. Réaltín ging es sicher gut. Ihre Mam und ihr Dad kümmerten sich so gern um sie, sie hatten sie seit Monaten genervt, sie mal über Nacht bei ihnen zu lassen. Es war nur so seltsam gewesen, ihre kleine Tasche mit Schlafanzügen und Windeln zu packen, ihre Lieblingsspielsachen zu suchen und diese kleinen Obstgläschen einzupacken, die sie so gern mochte. Seltsam, daran zu denken, dass sie die Nacht nicht zusammen verbringen würden. Die erste Nacht seit fast zwei Jahren, die sie getrennt waren. Komisch, aber irgendwie auch schön. Sie liebte ihr Baby, ihre Babba, liebte sie zum Verrücktwerden, aber zwanzig Monate lang nicht durchzuschlafen war eine Strapaze, besonders, da sie die Last mit niemandem teilen konnte. Die Pause würde ihnen beiden guttun.*

*»Die Wohnung ist direkt um die Ecke, wir können zu Fuß gehen, wenn es dir recht ist.«*

*»Ja, super.«*

*Eigentlich nicht super, überhaupt nicht super. Nicht in den Schuhen mit den höchsten Absätzen seit Réaltíns Geburt. Aber sie würde nicht jammern. Stattdessen zögerte sie einen Moment, bevor sie seinen Arm packte. Er sah … erfreut aus. Überrascht und dann erfreut. Als hätte sie einen Schritt auf etwas zu gemacht.*

*»Es ist toll, dass du zurückgekommen bist. Ich hätte nicht … na ja, ich habe gedacht, es wäre etwas dreist. Also, zu fragen. Ich habe das eine ganze Weile nicht mehr gemacht.«*

*»Oh Gott, ich auch nicht! Ich fühle mich wie im Urlaub, wenn ich nach zehn Uhr noch unterwegs bin!«*

*Himmel, Miriam. Sie atmete tief ein und zwang sich, sich zu beruhigen. Entspann dich. Genug über diesen Hausfrau-und-Mutter-Kram. Aber er wirkte nicht so, als würde es ihm etwas ausmachen. Stattdessen schüttelte er den Kopf, eine komische, etwas schüchterne Geste, und dann lächelte er sie an, als wolle er sagen, ist schon in Ordnung, für mich ist das auch neu.*

*Sie streichelte seinen Arm unter seinem Mantelärmel. Er fühlte sich gut an. Fest.*

*Das Merkwürdige war, dass sie sich den ganzen Tag gefühlt hatte, als ginge sie auf ein Blind Date, dabei sollte es überhaupt keins werden. Aber die Vorbereitungen waren dieselben gewesen, die Auswahl der Kleider, um hübsch, aber nicht zu hübsch auszusehen. Attraktiv, aber nicht, als hätte sie sich zu sehr bemüht. Als täte sie so etwas die ganze Zeit. Sie hatte ihre Haare geföhnt. Ihren Mamabauch unterm Bund ihrer besten Jeans eingezogen und kleine, klebrige Finger weit von ihrem blauen Top und dem cremeweißen Cardigan weggehalten.*

*»Mammy macht sich fertig! Spiel jetzt schön mit Opa.«*

*»Mäh.«*

*Ihr Dad hatte ihr angeboten, sie zum Pub zu fahren, aber sie hatte ihm gesagt, er solle sich lieber um Réaltín kümmern. So hatten sie sich verabschiedet, in einem Chaos aus Schlafanzügen und Windeln und Plüschschafen, und Miriam war eine Sekunde stehen geblieben, hatte sich im Wohnzimmer umgesehen und ausgeatmet. Hatte die Stille eingeatmet. Eine Sekunde lang hatte sie daran gedacht, alles abzusagen und einfach allein zu Hause zu bleiben und ein Bad zu nehmen, ein Glas Wein zu trinken, eine DVD auszuleihen und so lange zu schlafen, wie sie wollte. Aber ihre Mutter hätte sie umgebracht, sie forderte sie schon so lange auf, ihr Sozialleben wieder in Gang zu bringen. Außerdem hatte sie gar keine Telefonnummer, die sie anrufen konnte. Nur ein Datum, eine Uhrzeit und einen Ort. Es wäre unhöflich, nach all den Planungen nicht aufzutauchen. Damit war es entschieden, sie musste gehen.*

*Sie hätte sich sowieso nicht von ihrem Dad fahren lassen können, weil sie nicht ganz ehrlich gewesen war, wohin sie ging und warum. Sie hatte etwas über ein Treffen gemurmelt* und ein paar Namen von Schulkameradinnen. Hatte ihrer Mam einen Pub genannt, der so klang, als könnte sich dort eine Gruppe Frauen treffen, die Ausgang hatten. Dann war sie in einen Bus in die entgegengesetzte Richtung gestiegen. Nun ja. Ihre Mam und ihr Dad waren in den letzten zwei Jahren toll gewesen. Aber sie waren immer noch ihre Mam und ihr Dad. Sie mussten nicht alles wissen.

Und hierüber mussten sie wirklich nicht Bescheid wissen.

Ihr Spaziergang hatte sie zu einem Wohnblock geführt, einem der neueren, die nahe der Straßenbahn, Luas Line, gebaut worden waren. Ein einsames Wahlplakat flatterte an einem Laternenpfahl, der Wind hob es hoch in die Luft, während sie auf die riesigen Metalltore zugingen, die fast vollständig mit Zu-verkaufen- und Zu-vermieten-Schildern bedeckt waren. Die Gegend sah verlassen aus, nur in knapp einem Viertel der Fenster war Licht zu sehen. Miriam schüttelte sich, als ein kalter Wind sie etwas nüchterner machte. Vielleicht war das hier nicht gerade die beste Idee gewesen …

»Wir können einfach nur Kaffee trinken, weißt du! Ein bisschen reden. Komm auf jeden Fall aus der Kälte raus.«

Ja, okay, gut. Seine Hand berührte ihre, und sie war wieder beruhigt. Er ging an den großen Toren vorbei und tippte einen Code in eine Box neben dem kleinen Fußgängereingang aus Metall. Miriam hatte keinen Namen auf dem Mietshaus gelesen, aber sie hatten für sie ohnehin alle gleich ausgesehen. Massive Gebäude aus roten Ziegeln, von der Straße aus waren drei Blocks sichtbar, vielleicht lagen dahinter noch zwei, gebaut zur Hochzeit des Wahnsinns, damals, als man eine halbe Million für eine Dreizimmerwohnung in so einem Haus verlangte. Heute bekäme man mit viel Glück die Hälfte. Als hätte er ihre Gedanken erraten, sah er sie an und zuckte mit den Schultern.

*»Ich hab's mit ihr zusammen gekauft. Schlechte Idee. Sie hat mich auf der Hypothek sitzen lassen, als wir uns getrennt haben. Jetzt hab ich sie am Hals. Du weißt ja, wie das ist.«*

*Das wusste sie nicht, nickte aber trotzdem. Sie war nie auf diesen Eigentumszug aufgesprungen. Eine ihrer wenigen vernünftigen Entscheidungen.*

*»Es tut mir leid, dass es hier so kahl aussieht. Nicht mehr viel für Möbel im Sparschwein übrig!«*

*»Ach was, es sieht nett aus.«*

*Das tat es eigentlich nicht. Sie gingen einen schmalen, dunklen Korridor entlang, der von einer Reihe matter Neonröhren schwach beleuchtet wurde. Irgendjemand hatte etwas, das wie chinesisches Essen aussah, auf dem Boden verschüttet, und sie war froh, sich auf seinen Arm zu stützen, als sie wackelig über den Dreck stieg.*

*Seine Tür war cremeweiß gestrichen, genau wie alle anderen. Nummer 183. Himmel, wie viele Wohnungen gab es hier? Und es sah so aus, als stünden die meisten leer. Er nahm einen Schlüssel hervor und fummelte einen Moment lang. Komisch, dabei hatte er doch nur ein paar Bier getrunken. Vielleicht war er nervös.*

*»Möchtest du ein Glas Wein?«*

*»Ja, gern.«*

*Der Spaziergang hatte sie etwas nüchterner gemacht, aber nicht so sehr, dass sie wollte, dass der Abend zu Ende wäre. Sie war sich eigentlich nicht ganz sicher, wie weit sie gehen wollte. Sie war eine lange Zeit raus aus dem Spiel gewesen. Aber ein Glas Wein konnte ja nicht schaden. Er ging in die Küche, und sie setzte sich auf das schmale Cordsofa. Es war kein Witz gewesen, als er gesagt hatte, die Wohnung sei kahl. Kein Bild an den Wänden, nichts auf dem Kaminsims, abgesehen von der Speisekarte des Pizzaservice und einem Kaffeebecher. Die*

*Ex musste alles mitgenommen haben. Wahrscheinlich war er noch nicht ganz über sie weg. Nun, das passte Miriam gut. Sie war nicht auf der Suche nach einem festen Freund. Deswegen war sie heute Abend sicher nicht gekommen. Aber ein bisschen Spaß könnte nicht schaden.*

*»Ist Roter in Ordnung?«*

*»Wunderbar.«*

*Man hörte einen Korken, der gezogen wurde, Rumoren in der Küche, und dann kam er mit zwei großen Gläsern. Sie nahm einen großen Schluck und atmete glücklich aus. Sie hatte vergessen, wie gut sich das anfühlte. Beschwipst, aber nicht betrunken, entspannt, aber nicht zu besoffen. Ihr war bewusst, wo sie war. Die cremeweißen Wände, der Holzboden. Das Seufzen der Federn, als sie tiefer aufs Sofa rutschte. Der Platz, den sie für ihn gelassen hatte, damit er sich neben sie setzte.*

*Das Gespräch war locker, ab und zu stockte es, aber das war auch in Ordnung. Er erzählte ein bisschen was von seiner Ex, den Problemen, die er mit der Heizung in der Wohnung hatte. Sie bemühte sich, nicht von Réaltín zu erzählen, schaffte es aber nicht. Sie zeigte ihm noch ein paar Fotos, die aus ihrem Geldbeutel, die Babyfotos. Er sagte, es störe ihn nicht, er goss ihr einfach nur noch ein Glas Wein ein. Dieses Mal genoss sie ihn. Es war schön, sich so zu fühlen. Entspannt. Ein bisschen müde. Aber glücklich. Nicht betrunken. Aber glücklich.*

*Nicht betrunken oder doch betrunken oder irgend so etwas. Sie nippte noch einmal an dem Wein und blinzelte, als Nebel sie einhüllte. Merkwürdiges Gefühl. Entfernt. Komisch. Sie schüttelte sanft den Kopf. Sie trank zu Hause oft Wein. »Nomalerweise geht er nischt so …« Sie bemühte sich, die Wörter zu sagen, aber ihre Zunge war zu schwer, zu trocken. Dumm. Kopfweh …*

*»Nachhhher. Zuvielgetrunken.«*

*»Ach nein, du bist großartig.«*

*Miriam schüttelte noch einmal den Kopf, versuchte, ihn klar zu bekommen. Aber die Wörter kamen nicht mehr deutlich aus ihrem Mund, und sie spürte, wie ihre Augenlider schwer wurden und der Nebel dichter. Sie hustete und wollte sich auf dem Sofa aufrichten. Da merkte sie, dass seine Hand auf ihrer Schulter lag. Sie war fest. Warm. Sie widerstand dem Druck einen Augenblick lang, dann lehnte sie sich wieder gegen ihn.*

*Und dann stellte er ihr eine Frage. Und sie konnte absolut nicht begreifen, warum er das wissen wollte. Also lachte sie und dachte stattdessen an ihre Tochter.*

*Mäh.*

*Wie macht das Schaf, mein Schatz?*

*Mäh.*

*Sie konnte ihren Namen nicht sagen. Aber sie dachte an sie, als der Nebel dichter wurde und ihre Augenlider schwerer. Sie dachte an Réaltín, als sie die Augen schloss.*

# VIER

## Kann mir jemand helfen?

**Della**

Fünf Uhr morgens, und da stand ich bis zu den Achseln in Kacka und wusste nicht, wie ich mich, das Baby und den Wickeltisch sauber machen sollte, ohne den Teppich zu ruinieren ... Und dabei habe ich einen MA verdammt ☺ Schließlich bin ich mit Söhnchen und Wickelunterlage in die Dusche und habe uns beide einfach abgeduscht. Göga hat natürlich alles verschlafen oder so getan als ob. Wenn also irgendwer Tipps hat, wie man Kacka aus Handtüchern entfernt, dann wäre ich sehr dankbar ... *seufz* ☺

**Gleek**

Fleckenentferner für die Handtücher, das scharfe Zeug. Und Göga schnarcht: LOL!

**AbbysMum**

Ich frage mich nur, was das mit dem MA soll. Was hat das denn damit zu tun? Alle Babys machen ein großes Geschäft, und alle Mamis müssen es sauber machen. Entschuldige, aber ich fand es komisch, das zu erwähnen.

**Qwerty**

Ich fand das auch merkwürdig, AbbysMum ... Ich arbeite ja nicht, vielleicht ist das Putzen von Babyhintern nur was für uns, die wir zu Hause sind?

**Della**

Mensch, Mädels, ich meinte doch nicht

»Hallo, Schatz, ich bin zu Hause!«

»Ich bin hier.«

Yvonne sah vom Laptop auf und sprach leise.

»Super Wetter heute ...«

»Schsch!«

»Entschuldige, Schatz.«

Ihr Ehemann grinste entschuldigend und ließ sich neben sie aufs Sofa fallen.

»Geh ins Bett! Was machst du?«

Das Baby in ihrem Arm jammerte, und Yvonne schaukelte es sanft.

»Quasseln. Ehrlich, es würde dich nicht interessieren.«

Sie klappte den Laptop zu und küsste ihre Tochter auf den Kopf.

»Wie war dein Tag?«

»Großartig.«

Das war ein typisch irischer Ausdruck, großartig, und sehr praktisch. Mit ihrem Londoner Akzent klang es immer noch etwas merkwürdig, aber Yvonne hatte ihn sich schnell angewöhnt, als sie nach Dublin gezogen war. Großartig. Gut. Alles klar. Ihr Tag war großartig gewesen. Das Baby hatte gegessen, als es sollte, hatte geschlafen, als es sollte, und aufs Stichwort gekackt. Nicht sehr aufregend, und sie hatte keine Lust, es Gerry in allen Einzelheiten zu erzählen.

»Toll.«

Gerry gähnte, sein Arm stieß gegen ihren, als er sich streckte, und das im Schlaf gestörte Baby beschwerte sich.

»Nicht jetzt, Mädchen, es ist noch zu früh ...«

Yvonne zog ihr T-Shirt hoch und legte Róisín mit einer geschickten Bewegung an. Erstaunlich, was so ein bisschen Übung doch bewirken konnte. Es war erst fünf Monate her, da war Stillen noch das Fremdartigste und Schwierigste gewesen, was sie jemals getan hatte. Die Geburt war im Vergleich dazu ein Kinderspiel gewesen. Aber jetzt, zwanzig Wochen später, waren ihre Brüste ihre Geheimwaffe im Kampf gegen salzige Babytränen.

»Entschuldige.«

»Sie braucht noch ein bisschen Schlaf, sonst ist sie ein kleines Monster, wenn sie aufwacht.«

»Entschuldige.«

Gerry versuchte es noch einmal, dieses Mal etwas enthusiastischer. Yvonne war froh, dass er zu einer einigermaßen vernünftigen Uhrzeit zu Hause war, und beschloss, ihn damit durchkommen zu lassen. In ihren kinderlosen Zeiten hatte sie nie begriffen, warum ihre Mutter so vom Schlaf besessen war: selbst zu schlafen, ein Baby zum Schlafen zu überreden, über Schlafdefizite zu jammern. Jetzt wusste sie, dass die Zufriedenheit der ganzen Familie davon abhing, dass das kleinste Mitglied genug Schlaf bekam. Aber Gerry verbrachte nicht annähernd so viel Zeit mit dem Baby wie sie, und es wäre unfair zu erwarten, dass er das verstand.

»Möchtest du eine Tasse Tee?«

»Gern.«

Gott, es muss Weihnachten sein. Yvonne lächelte und entspannte sich auf dem Sofa, während ihr Mann in die Küche ging. Das Baby nuckelte langsam und schlief auf ihrem Arm wieder ein. Manchmal war das Leben gut. Einfach, viel einfacher als früher, aber gut.

»Einen Keks?«

Oh, zu schön, um wahr zu sein. Gerry verwöhnte sie aus einem ganz bestimmten Grund. Ohne das Baby zu stören, sprach sie etwas lauter, damit er sie in der Küche hörte.

»Liebling, du bist heute Abend zu Hause, oder? Wir wollten doch was zu essen bestellen.«

»Ja, darüber wollte ich gerade mit dir reden.«

»Ach Ger ...« Sie hörte das Jammern in ihrer Stimme, aber es war ihr egal. »Du hattest es versprochen ...«

»Es ist Teevan. Er hat gerade eine SMS geschickt, er will den Ablauf von heute Abend umschmeißen, wieder von vorn anfangen. Das ist superviel Arbeit. Es tut mir leid, Schatz. Ich muss um sechs wieder im Büro sein.«

Gerry kam zurück ins Wohnzimmer, eine Tasse Tee in der einen Hand, einen Jaffa-Keks in der anderen. Yvonne dachte einen Augenblick an die unbenutzten Teller im Schrank, dann beschloss sie, ihre Wut für einen größeren Streit aufzuheben.

»Du kannst nicht so weiterarbeiten.«

»Das muss ich, Süße.«

Gerry Mulhern war über eins achtzig groß, aber wie er da neben ihr stand, einen schmelzenden Keks in der Hand und eine blonde Strähne vorm Auge, schaffte er es, wie ein schuldbewusster Schuljunge auszusehen. Als Yvonne ihn böse anfunkelte, strich er das Haar aus dem Gesicht. Wegen des Sonnenlichts, das durch die Jalousien des Wohnzimmers drang, kniff er seine blauen Augen zusammen.

Die Augenfalten waren es, die sie schließlich davon abhielten, richtig zu motzen. Ja, er arbeitete wie ein Verrückter, ja, er hatte groß verkündet, dass er einen der Produktionsassistenten dazu gebracht hatte, ihn zu vertreten, um ihnen einen kostbaren Abend zu zweit zu ermöglichen, und jetzt musste er WIEDER ins Büro. Aber es war nicht seine Schuld. Sie hatten sich darauf eingelassen. Der Grund, warum sie zurück nach Dublin gezogen waren, zu einer Zeit, in der alle wegzogen, war dieser Job für Gerry. Sein Traumjob, auf den er in London jahrelang hingearbeitet hatte. Produktionsleiter von *Teevan Tonight*, einer Nachrichtensendung, die sich rasch zu der am meisten diskutierten Sendung entwickelte.

Und wenn Yvonne daher die meiste Zeit allein mit dem Baby war, dann war das eben der Preis, den sie zahlen mussten. Schließlich erlaubte ihr Gerrys neuer Verdienst, so zu leben. Sie wusste, wie gestresst andere Frauen waren, die Beruf und Kinder miteinander vereinbaren mussten, sie las ständig auf Netmammy darüber, einem Internetforum, nach dem sie schnell süchtig geworden war. Sie wusste, dass sie Glück hatte, weil sie in einem tollen Haus auf einem Designersofa saß, ihr Baby fütterte und Nachmittagsfernsehen sah, während andere Frauen sich panisch durch den Berufsverkehr kämpften, weil die Krippe gleich schloss. Es war nur so, dass ihr damals, als sie dem Umzug nach Dublin zugestimmt hatte, nicht klar gewesen war, wie viel sie einfach nur herumsitzen würde und wie oft ganz allein.

Gerry war meistens ab zehn Uhr im Büro und kam normalerweise nicht vor dem Ende der Sendung um Mitternacht nach Hause. Und selbst wenn er zu Hause war, schaute er immer mit einem Auge aufs Fernsehen, hörte mit einem Ohr die Radionachrichten und hielt einen Finger ständig an der Twitter-App seines Handys. Aber es war sinnlos, sich jetzt darüber zu beschweren.

»Dann lass uns jetzt essen.«

Gerry grinste, als ihm klar wurde, dass das Risiko, angemosert zu werden, sank, die Falten verschwanden beinahe sofort aus seinem Gesicht. Yvonne konnte fast sehen, wie sich seine Gedanken von zu Hause lösten und zum abendlichen Meeting rasten, wo Windeln und Koliken zugunsten von Oppositionssprechern und Quotenkriegen zurückstehen mussten. Sie nickte, und er wandte sich zur Tür.

»Klasse. Danke, Schatz. Soll ich jetzt Essen bestellen?«

»Super Idee.«

Yvonne hatte keinen Hunger. Róisín hatte vormittags zwei Stunden geschlafen, was sie mit zwei Schokoriegeln gefeiert hatte. Beim Gedanken an einen Teller Chicken Tikka wurde ihr ganz flau. Aber Gerry musste einen Bärenhunger haben. Sie könnte ihres ja für später aufheben. Das Baby trank im Moment die ganze Nacht, dann hätte sie um zwei Uhr nachts wenigstens was zu tun ...

»... meinen Anzug abgeholt?«

»Wie bitte, Ger?«

Ganz in Gedanken verloren hatte Yvonne nur die zweite Hälfte des Satzes gehört.

»Mein Anzug, der mit den Nadelstreifen. Du hattest gesagt, dass du ihn heute abholen würdest. Wir treffen die Leute des Ministers vor der Sendung, da sollte ich einigermaßen anständig aussehen.«

Yvonne starrte ihn an, ohne zu begreifen.

»Du hast nie irgendetwas von einem Anzug gesagt ...«

Gerry schloss langsam die Augen und atmete ein.

»Doch, habe ich, Süße, wir haben gestern darüber gesprochen. Er ist seit einer Woche in der Reinigung, du hast gesagt, du würdest heute einkaufen gehen …«

»Ich bin nur …«

Yvonne spürte Kopfschmerzen an die Schläfen klopfen. Der Anzug. Ein Anzug. Sie schüttelte den Kopf, um klar zu denken. Vielleicht hatte er vorher etwas gesagt, als er weggegangen war? Das war eines dieser Gespräche gewesen, bei denen ihre Augen zwar offen waren, sie aber nur irgendwelche Wörter sagte. Wörter, die ihn im Grunde nur zum Schweigen bringen sollten. Das Baby war seit drei Uhr nachts wach gewesen, und sie waren beide gegen halb sieben eingenickt, fünf Minuten bevor der Wecker geklingelt hatte und Gerry vor der Arbeit noch ins Fitnessstudio gefahren war.

»Tut mir leid, Schatz.«

»Schon okay.«

Gerry grinste, und Yvonne erkannte wieder mal, warum Eamonn Teevan, der Mann, der kürzlich erst zum beliebtesten Moderator Irlands gewählt worden war, seinen alten Freund aus England in die alte Heimat und in sein Produktionsteam geholt hatte. Gerry Mulhern war ein positiver Mensch. Wenn er da war, passierte etwas. Ein Lächeln von ihm, und es war tatsächlich alles okay. Der alte graue Anzug oben passte zu einem dunklen Hemd, und durch ihn würden alle anderen beim Meeting overdressed aussehen und nicht umgekehrt.

Róisín in ihren Armen ließ die Brust los und grinste sie genauso an. Auch nach fünf Monaten hatte sich Yvonne noch nicht ganz daran gewöhnt, dass sie die Miniaturausgabe des Gesichts ihres Mannes ansah.

»Daddys Mädchen.«

Sie hob das Baby sanft hoch und legte es an ihre Schulter, ihre Hand massierte den winzigen Rücken und suchte nach der Luftblase, die da sicher irgendwo feststeckte.

»Meine zwei Mädchen.«

Gerry setzte sich wieder aufs Sofa.

»Ich schaue nur schnell nach den Schlagzeilen.«

Yvonne lächelte. Er war nicht der Schlechteste. Das Baby war jetzt hellwach, aber anscheinend zufrieden, noch ein paar Minuten still zu liegen. Glücklich durch Milch und Kuscheln.

Sie klappte den Laptop mit der freien Hand auf und kehrte zu Netmammy zurück und zu der Diskussion, die sie gelesen hatte, kurz bevor Gerry nach Hause gekommen war. Wie sie es erwartet hatte, war es in den letzten Minuten ziemlich hoch hergegangen. Vier neue Postings waren dazugekommen, darunter von einer Frau, die meinte, wenn die Autorin der ersten Nachricht nicht mit den Nebenwirkungen klarkäme, hätte sie am besten gar keine Kinder bekommen sollen. Autsch. Das war ziemlich fies. Aber es bereitete ihr ein gewisses Vergnügen, die Diskussion zu lesen, es war, wie einen Streit unter Fremden zu belauschen, ohne das geringste Risiko, erwischt zu werden.

Yvonnes Blick fiel auf die Zeile ganz oben auf der Seite, wo die Liste der Netmammy-Mitglieder stand, die aktuell online waren. Ihr eigener Nickname, LondonMum, war dabei, nicht aber MyBabba. Merkwürdig, normalerweise war sie die Erste, die sich auf Diskussionen stürzte, die heftiger wurden. Das war einer der Gründe, warum Yvonne sie mochte, sie bewahrte einen kühlen Kopf, und man konnte sich darauf verlassen, dass sie immer, wenn es nötig war, schrieb »Beruhigt euch, Mädels« oder »Erinnern wir uns daran, dass wir alle Mamis sind«. Sie war Yvonne auch eine große Hilfe gewesen, als sie zu Anfang das Gefühl gehabt hatte, dass Róisín rund um die Uhr entweder an der Brust hing oder weinte, und Gerry zu viel zu tun gehabt hatte oder zu abwesend gewesen war, um ihr zu helfen. Es war eigentlich verrückt, sie hatte die Frau nie getroffen, hatte keine Ahnung, wie sie wirklich hieß, aber sie sah in ihr eine Freundin. Oder wenigstens das, was hier in Dublin einer Freundin am nächsten kam. Heute war sie jedoch nicht zu sehen. Wahrscheinlich führte sie gerade ein echtes Leben.

Jetzt war Della wieder da und entschuldigte sich überschwänglich, wenn auch etwas unaufrichtig dafür, dass man ihre Sätze so interpretieren konnte, dass am Windelwechseln irgendetwas verkehrt wäre.

Langweilig. Eine Entschuldigung nahm immer die Vehemenz aus einer Diskussion. Yvonne schob den Laptop vom Schoß und konzentrierte sich aufs Fernsehen. Als sie frisch nach Irland gezogen war, hatte sie nie Nachrichten gesehen. Zunächst mal, weil sie sie nicht verstand. Es schien vor allem darum zu gehen, dass irgendwelche Männer sich über Banken stritten und Männer von politischen Parteien, deren Namen sie nicht mal aussprechen konnte, um Stellen wetteiferten, die sie nicht buchstabieren konnte. Wenigstens wusste sie inzwischen, dass die Polizei hier Gardaí hieß.

Aber Gerry verpasste keine Ausgabe, und Yvonne hatte keine Wahl und musste Interesse entwickeln. Wenigstens bot das Gesprächsstoff für die seltenen Momente, in denen sie beide zu Hause und wach waren. Sie lehnte sich vor und stellte lauter, während die Titelmelodie verstummte und die blonde Nachrichtensprecherin sich der

Kamera zuwandte. Das Foto einer dunkelhaarigen Frau befand sich über ihrer linken Schulter.

»Gardaí bittet um Mithilfe bei der Suche nach einer Frau, die am Wochenende in Dublin verschwunden ist. Die sechsundzwanzigjährige Miriam Twohy, Mutter eines Kindes ...«

Yvonne zuckte innerlich zusammen und sah auf ihr Baby. Die arme Frau. Das sollte ihr eine Lektion sein, darüber zu jammern, allein zu Hause herumzusitzen. Manche Menschen hatten es wirklich schwer.

# FÜNF

»Ich glaube, sie ist es.«

»Ach komm schon, Yvie, das ist eine ziemlich gewagte Vermutung.«

»Eigentlich nicht, sieh dir mal den Namen des Kindes an! Der ist doch selten. Réaltín? MyBabbas Tochter heißt Réaltín, sie hat es nie im Forum geschrieben, aber in einer ihrer PNs hat sie es mir erzählt.«

»PS? Schreibt ihr euch etwa auch Briefe?«

Yvonne hielt den Hörer von ihrem Ohr weg und bewegte ihren Kopf langsam hin und her, sie versuchte so, die im Nacken aufkommenden Kopfschmerzen zu vertreiben. Sie stand auf und ging durch das Wohnzimmer zum Baby, das hoffentlich fest in seinem Kinderwagen schlief. Die kleine Brust hob und senkte sich sanft, die blau geäderten Augenlider waren fest geschlossen. Perfekt. Sie sprach leise wieder ins Telefon.

»Nicht PS, PN. Eine PN ist eine private Nachricht, wie eine E-Mail. Sie taucht nicht im Forum auf, nur du und die andere Person sehen sie.«

Sie und MyBabba hatten einige PNs zu Milchpumpen ausgetauscht und darüber, wie man einer Brustentzündung vorbeugt. Aber sie kannte Becky gut genug, um dieses spezielle Thema auszusparen.

»Ich weiß nicht, Vee, ich meine, es ist schließlich Irland. Für mich klingen alle diese Namen verrückt. Ich meine das nicht böse, aber schau dir nur mal den Namen an, den ihr ausgesucht habt. Róisín? Ich kann ihn kaum aussprechen, geschweige denn buchstabieren!«

Yvonne atmete tief ein.

»Er ist hier eigentlich ziemlich häufig, er bedeutet kleine Rose. Gerry hat ihn ausgesucht.«

Sie dachte, dass es an dieser Stelle recht einfach gewesen wäre, beleidigt zu sein, aber auch kontraproduktiv. Rebecca hatte tagsüber nur selten frei, wenn sie jetzt auflegte, könnte es Tage dauern, bis das Baby schlief und gleichzeitig ihre Freundin Mittagspause hatte. Sie setzte sich wieder auf das große, graue Sofa. Sie konnte immer noch kaum glauben, dass sie in so einem Haus wohnte. Erkerfenster, helle Holzfußböden ... es war so weit von ihrer Londoner Wohnung entfernt, wie es nur ging, wie ein Wohnartikel im Magazin der *Sunday Times*. Aber ihr Ehemann hatte ihr versichert, dass sie es sich leisten konnten. Neben Gerrys Überzeugung, dass es für sie beide das Richtige war, war es tatsächlich das Haus gewesen, das ihr dabei geholfen hatte, sich überhaupt für Dublin zu entscheiden.

Es war ziemlich verrückt gewesen, in ein fremdes Land zu ziehen, nur Wochen vor ihrem Entbindungstermin. Bevor sie Gerry kennengelernt hatte, hatte Yvonne gar nichts über Irland gewusst, mal abgesehen von ein paar vagen Erinnerungen an eine hübsche Landschaft und brennende Häuser aus einem Film mit Tom Cruise. Doch es war nicht das erste Mal, dass sie ein neues Leben begann. *Die Situation* mit ihrer Mutter, wie sie es immer noch nannte, lag jetzt schon zehn Jahre zurück. Aber sie hatte ihr den Mut und die Fähigkeit verliehen, sich an Neues anzupassen. Mit achtzehn Jahren war sie allein nach London gezogen und hatte es geschafft. Sicher könnte sie das noch einmal.

Gerry hatte allem natürlich positiv gegenübergestanden. Aber das war eben typisch Gerry. Er hatte genug davon, freiberuflich zu arbeiten, als er ihr von dem fantastischen Jobangebot erzählt hatte, der Stelle, auf die er sein ganzes Berufsleben lang gewartet hatte; tatsächlich war er vor Begeisterung durch ihre winzige Wohnung gesprungen. Ireland 24 war ein brandneuer Nachrichtensender und Eamonn Teevan als dessen Quotenzugpferd gedacht. Es würde fantastisch, hatte Gerry gesagt. Es konnte gar nicht schiefgehen. Das war Gerry Mulherns Art. Er sah immer das Positive. Er hatte es sogar geschafft, das Positive zu sehen, als Yvonne an einem Abend, weniger als vier Monate nachdem sie zusammen gekommen waren, in Tränen ausgebrochen war und ihm erzählt hatte, dass der Schwangerschaftstest eine zweite Linie gezeigt hatte. Sie wusste nicht, was sie erwartet hatte. Wut vielleicht? Auf jeden Fall Schock. Aber er hatte einfach nur den Kopf in den Nacken gelegt und gelacht, sie durch die Luft gewirbelt und gesagt, dass er sich schon immer eine Familie gewünscht hatte.

Seine Mutter wäre begeistert. Sie hatte ihn vermisst, seit er nach London gezogen war, und wäre hin und weg, wenn sie erfuhr, dass er mit Frau und Kind wieder zurückzog ...

Dann hatte er gekichert und die Hand auf den Mund geschlagen. Ehefrau! Na, warum nicht? Und Yvonne, erleichtert und panisch und erschöpft und voller Hormone, nachdem sie sich zwei Nächte lang Sorgen um die Zukunft gemacht hatte, hatte Ja gesagt. Es war das erste Mal seit zehn Jahren, dass sie etwas Spontanes getan hatte.

Sie war im achten Monat gewesen, als sie das Haus angezahlt hatten, und fast im zehnten, als sie einzogen. Sie hatte sich mehr Gedanken darüber gemacht, dass ihre Fruchtblase über den glänzenden Holzdielen platzen würde, als über die Summe, die am Ende des Kreditvertrags stand. Aber Gerry hatte gesagt, dass sie es sich leisten könnten. Und nachdem sie zehn Jahre allein gewohnt hatte, war es nett, dass zur Abwechslung mal jemand anders die Entscheidungen traf. Sie hatte sich nicht einmal um den letzten Umzug von London gekümmert, sondern Gerry und seinen Bruder ihr Leben in einen Laster packen und es in das Zuhause verfrachten lassen, das ihr Ehemann für sie eingerichtet und vorbereitet hatte. Und man musste Gerry zugutehalten, dass er einen makellosen Geschmack hatte. Allein die Sofas nahmen so viel Platz ein wie ihre gesamte Londoner Wohnung.

Trotz ihrer Größe waren sie jetzt fast völlig unter einem riesigen Berg sauberer Wäsche begraben, während die wunderschön gebeizten Böden voller Pizzakrümel vom letzten Abend waren, begleitet von einem Fleck Babykotze, wie sie befürchtete. Yvonne schüttelte sich. Sie sollte den Mittagsschlaf des Babys wirklich zum Aufräumen nutzen. Stattdessen hob sie eine Zeitung vom Boden auf, strich sie auf dem großen Eichentisch glatt, klemmte den Telefonhörer fest und las laut vor.

»Hör dir das mal an: Gardaí bittet um Mithilfe bezüglich des Verschwindens einer sechsundzwanzigjährigen Mutter aus Südwestdublin. Miriam Twohy aus Ballyawlann wollte ihre Tochter im Haus ihrer Eltern am Sonntagmorgen nach einem Abend mit Freunden abholen, kam aber nie. Ihre Eltern haben am Sonntagabend die Polizei eingeschaltet. Die Familie kümmert sich um Réaltín, die Tochter der Verschwundenen ...«

»Verstehst du, Bex? MyBabba ist alleinerziehend, es passt genau zu ihr, das Baby bei ihren Eltern zu lassen.

Ihr Freund ist abgehauen, als sie schwanger war, sie trifft ihn nie. Sie hat sich mit ihrer Mum nicht besonders gut verstanden, als sie jünger war, aber sie hat sich wirklich ins Zeug gelegt, als das Baby geboren wurde ...«

»Na ja, vielleicht ...«

Rebecca klang völlig desinteressiert.

»Ich meine, selbst wenn sie es ist, du kennst sie doch nicht mal, oder? Okay, sie könnte es sein, aber es ist einfach irgendeine Frau. Es ist ja nicht so, als wäre sie eine Freundin.«

»Nein.«

Yvonne schaute noch einmal auf das Foto in der Zeitung. Es war ein Bild von einer Party, wahrscheinlich von einer Facebook-Seite. Eine Frau Mitte zwanzig mit dunklen, schulterlangen Haaren grinste beschwipst in die Kamera. Sie hielt eine Flasche Bier in der einen Hand, und der andere Arm umschlang eine jetzt abgeschnittene Freundin. Durch den Blitz erschien ihr Gesicht blass, und ihr Augen-Make-up wirkte dunkel und auffällig. Sie war nicht die Art von Frau, mit der sich Yvonne in der echten Welt eine Freundschaft vorstellen konnte, und sie entsprach überhaupt nicht dem Bild, das sie sich von MyBabba mit ihren sanften Ermutigungen und friedensstiftenden Fähigkeiten gemacht hatte. Aber genau darum ging es ja im Internet, oder nicht? Man konnte sein, wer immer man sein wollte. Sie hatte selbst Dinge geschrieben, die sie im wirklichen Leben nicht mal im Traum sagen würde, über den Umzug nach Irland und die Einsamkeit, über die Tage, an denen ihr selbst die so geliebte Róisín wie ein Gefängniswärter vorkam, der sie an ein von halb vollen Teetassen umstandenes Sofa kettete.

»Also, was denkst du?«

»Entschuldige, was meinst du?«

Becky versuchte nicht einmal, ihren Ärger zu verbergen.

»Sollte ich es Mike sagen? Wegen der Tagung? Ich meine, ich habe die ganze Arbeit bei diesem Projekt gemacht, ich sollte hinfahren, es ist einfach unfassbar, dass er diesen Idioten direkt vor meinen Augen gefragt hat, aber ich will ja auch nicht so klingen wie, du weißt schon, eine dieser Frauen ...«

Yvonne schloss die Zeitung und ihre Augen, sie bemühte sich, sich auf die komplexe Büropolitik zu konzentrieren, die aus dem Telefon drang. Es hatte mal eine Zeit gegeben, als solche Dinge sie völlig vereinnahmt hatten. Sie hatte Becky sich auskotzen lassen, dann hatten sie sich auf ein Glas Wein oder auch fünf getroffen, und wenn die Flasche leer war, hatten sie den Idioten analysiert und einen eigenen Plan für die Weltherrschaft oder wenigstens die Herrschaft über die Marketingtagung in Margate entwickelt.

Aber jetzt erschien ihr das alles fremd, verglichen mit ihrem neuen Job, einen anderen Menschen von Tag zu Tag am Leben zu halten. Doch Becky war ihre beste Freundin, und das nicht virtuell, sie verdiente sicher viel mehr Aufmerksamkeit als jemand, den sie noch nie getroffen hatte.

»Mmm.«

Ein paar positive Geräusche genügten, und die besänftigte Becky begann, sich weiter für ihr Thema zu erwärmen, nämlich hinterhältige, verräterische Schweine und Bosse, die sich gegenseitig unterstützten. Yvonne zwang sich, sich zu konzentrieren. Auf der anderen Seite des riesigen Wohnzimmers begann Róisín in ihrem Kinderwagen zu weinen.

## PRIVATE NACHRICHT

**LondonMum – MyBabba**

Hey, alles in Ordnung? Ich habe dich schon länger nicht mehr im Forum gesehen. Ich hoffe, es ist alles okay. LG

# SECHS

## OMG

**BabyBump**

Völlig OT: Hat irgendwer gestern Abend *EastEnders* gesehen? OMG ich hab mich hinterm Sofa verkrochen ... ich kann nicht glauben, dass er das getan hat!!! Und sie war die ganze Zeit über in der Küche???

**MammyNo1**

Ich habe Töchterchen lange aufgelassen, um es mir anzusehen *LOL* Göga war weg, also waren wir zwei Mädels allein auf dem Sofa ☺, ich habe am Ende geschrien!!

**MeredithGrey**

*LOL* total geniale Folge, das Haus hätte einstürzen können, ich wäre nicht vom Fernsehen weggegangen.

**Qwerty**

Schaue ich nie *gähn*. Ich mag im Moment mehr skandinavische Krimis.

**Gleek**

SCHHHH! Ich will's nicht wissen *Ohren zuhalt*. Ich will's mir heute Abend ansehen, Göga geht ins Fitnessstudio, ich kann's kaum erwarten!!!!!

**LondonMum**

Ich finde es so genial, dass ihr hier *EastEnders* seht! Als ich hergezogen bin, hatte ich echt Angst, dass keiner wüsste, wovon ich rede *rotwerd*. Es ist mein Laster. Ich musste meiner Schwiemu aber erklären, dass wir nicht alle so sind!

**MammyNo1**

*LOL* wie, ihr träumt nicht alle davon, »in den Westen« zu gehen?

**LondonMum**

*ROTFL* nein, ein paar von uns fahren jeden Tag dahin! Ich habe im Westen gearbeitet ☺ Es ist ehrlich gesagt nicht sonderlich aufregend …

**MammyNo1**

Oh LondonMum ruinier uns nicht die Vorstellung *LOL*

# SIEBEN

Das leere Gefühl in ihrem Bauch war kurz davor, zu Übelkeit zu werden. Claire schob ihren Stuhl vom Schreibtisch und wühlte in ihrer Handtasche. Ein Müsliriegel. Perfekt. Gott sei Dank, dass sie ihn heute Morgen noch schnell vom Schrank geschnappt hatte. Sie hatte keine Zeit zum Frühstücken gehabt.

Sie öffnete den Riegel, biss ab und kaute nachdenklich. Das war also das zweite Trimester, auch nicht viel besser als das erste. Es fühlte sich genauso an wie der Abend nach einer wilden Nacht. Nicht das auf dem Bett ausgestreckte »wenn ich mich bewege, muss ich kotzen«-Gefühl eines morgendlichen Katers, das sie in den ersten zwölf Wochen immer wieder empfunden hatte. Eher das »ich kann es schaffen, will aber nicht«-Gefühl, das man bekam, wenn die erste, vom Alkohol ausgelöste Panik nachließ. Die Phase, in der man wusste, dass man etwas essen musste, um sich besser zu fühlen, in der der Gedanke daran aber ziemlich abstoßend war. Die Phase, in der vor dem Fernseher Chips zu knabbern schon die größtmögliche Lebensleistung war. Damals, als dieses Gefühl tatsächlich ein Kater war, klappte das auch gut an Sonntagabenden. Es war weniger hilfreich an einem geschäftigen Dienstagmorgen mit einem Papierstapel im Posteingangskorb und unbeantworteten E-Mails, die vorwurfsvoll vom Bildschirm leuchteten. Der Schuldspruch im Fall Clarke hatte allen auf dem Revier einen starken Auftrieb gegeben. Aber irgendwann war die Feier vorbei, und jetzt galten ihre Gedanken vor allem Miriam Twohy. Es war nicht ungewöhnlich, dass eine junge Frau sich ein paar Tage aus dem Staub machte, ohne ihrer Familie etwas zu sagen. Aber diese Frau hatte eine Tochter zurückgelassen, was selten genug war, sodass Superintendent Quigley den Fall ganz oben auf seine Prioritätenliste setzte.

Sie trank einen Schluck aus der Wasserflasche auf ihrem Schreibtisch. Sie musste auch davon mehr trinken. Supernervig, dadurch musste sie ständig aufs Klo. Aber es ging jetzt nicht mehr um sie. Das hatte der Arzt gesagt, als er ihr einen Vortrag über Flüssigkeitszufuhr gehalten hatte, nach der Gardinenpredigt über Blutdruck und Stress und Frauen, die *in Ihrem Alter* Kinder bekamen. Das Komische war, neununddreißig war das perfekte, durchschnittliche Alter, um Detective Sergeant zu sein. Aber fast eine Seniorin, wenn es darum ging, zum ersten Mal Mutter zu werden.

»Störe ich Sie?«

»Überhaupt nicht.«

Detective Garda Philip Flynn tummelte sich neben ihr. Das war ein altmodisches Wort, sich tummeln, aber es beschrieb Flynn perfekt. Sie hatte keine Ahnung, wie alt er war. Sein rundes, engelhaftes Gesicht mit seiner stets weltmüden Ausstrahlung machte es schwierig, ihn zu schätzen, aber sie hatte keinen Zweifel, dass er sie schließlich in einem lächerlich jungen Alter überholen würde. Und kein einziges graues Haar auf dem Kopf. Sie aß den Müsliriegel mit zwei großen Bissen auf, warf die Hülle in den Papierkorb und tippte konzentriert auf der Computertastatur. Nach über fünf Monaten konnte sie ihre Schwangerschaft nicht mehr vor den Jungs auf dem Revier verbergen. Aber das bedeutete nicht, dass sie sich bei Nachlässigkeiten erwischen lassen würde.

»Was kann ich für Sie tun?«

»Wir haben gerade noch einen Anruf wegen Miriam Twohy bekommen. Wahrscheinlich nur totaler Quark, aber Sie hatten ja gesagt, dass Sie über alles informiert werden wollen ...«

»Ganz genau.«

Claire bat ihn nach vorn und bemühte sich, nicht die Stirn zu runzeln, als er ein paar unsichtbare Strähnen auf seinem frisch gekämmten Scheitel glatt strich. Sie wusste, dass ihre Abneigung gegenüber Philip Flynn irrational war. Es war immer Philip, niemand nannte ihn je Phil. Normalerweise mochte sie die jüngeren Polizisten, die gerade erst aus der Polizeischule in Templemore kamen und hungrig auf Action waren. Sie stolperten über ihre Füße, um ihre Hilfe anzubieten, wegen der Chance, dadurch einen Vorteil zu erlangen. Aber dieser Kerl war anders. Aus Mullingar, Vater Lehrer, Mutter Krankenschwester. Eine Familie wie aus einem dieser Zeitungsartikel, die erschienen, wenn ein neuer Haushalt verabschiedet wurde: Mary ist Krankenschwester und John Lehrer, und ihre Steuerfreibeträge steigen um zwei Prozent ... Er war mit dem Selbstbewusstsein eines zwanzig Jahre älteren Mannes in Collins Street angekommen. Er hing nicht mit den jüngeren Kollegen ab, trank kein Bier nach Feierabend, diskutierte montagmorgens nicht über Fußball und schien sich, soweit sie das sehen konnte, aus dem Büroklatsch rauszuhalten. Seinen Ehrgeiz trug er stolz zur Schau, wie einen Schild, der Betrachter davon abhielt zu erkennen, was dahinter lag.

Und er wusste alles. Claire wusste aus Erfahrung, dass

Philip Flynn absolut alles wusste. Er prahlte nicht mit seinem Wissen, so dumm war er nicht. Er war eigentlich höflich, er meldete sich nie als Erster, wenn eine Frage gestellt wurde, er zog es vor, die Information leise zu teilen, normalerweise, wenn ein Vorgesetzter gerade den Raum betreten hatte. Aber er hatte ausnahmslos recht, das war das eigentlich Nervige. Egal, ob er über das Passwort für die neuen Computer redete oder über die neueste Schnapsidee des Justizministers, die gerade von der Regierung abgesegnet worden war und erst jetzt langsam zu denen durchsickerte, die alles ausbaden mussten. Er war jeden Morgen als Erster im Büro und ging als Letzter. Claire hatte dieses Bild von ihm als Dracula, der das Verbrechen bekämpfte und nachts in einer Kiste schlief, um jeden Morgen mit perfekt sitzendem Haar aufzustehen und erneut loszulegen.

Ein Rülpser stieg in ihr auf, und sie zwang ihn hinunter, während sie die Hand nach den Notizen ausstreckte, die er brachte. Sie sah seinen künstlich besorgten Gesichtsausdruck und beschloss, ihm den Kopf abzureißen, sollte er auf seine typisch penible Weise fragen, ob sie sich wohlfühle. Ein Seitenscheitel. Verdammte Kacke. Nicht, dass die restlichen Kollegen sich groß um Mode kümmerten. Sie trugen alle ihre Haare kurz und ordentlich. Aber Flynn sah aus, als benutzte er immer noch Pomade.

Dämliche Haare. Hm, das liegt wohl an den Schwangerschaftshormonen. Sie sah auf und zwang sich zur Konzentration.

»Was hat der Anrufer denn gesagt?«

»Steht alles hier.«

Flynn klopfte auf das Blatt Papier vor ihm. Sehr gut lesbare Handschrift. War ja klar. Claire spürte ein Ziehen unten im Rücken und rutschte etwas auf dem Stuhl hin und her, durch den Schmerz wurde sie nur noch gereizter.

»Ich lese es gleich, erzählen Sie mir, was sie gesagt hat.«

Und das tat Flynn, auf eine detaillierte, aber gelangweilte Weise, als hätte er Besseres zu tun. Zu seinen Gunsten musste man zugeben, dass es eine ziemlich verrückte Geschichte war. Irgendeine Frau hatte angerufen und über Internetseiten und Nicknames und Privatmails geredet und darüber, wie das alles mit der vermissten Frau zusammenhing oder jedenfalls zusammenhängen könnte. Es klang bekloppt. Sie sah Flynns ultraskeptischen Gesichtsausdruck, und aus purem Widerspruchsgeist wollte sie ihm nicht die Befriedigung geben, ihm zuzustimmen.

»Ich schaue es mir an.«

»Wirklich?«

Er hatte vergessen, seine Überraschung zu verbergen, und es bereitete Claire eine gewisse Genugtuung, zu sehen, wie seine Maske der gekünstelten Langeweile abrutschte.

»Ja. Klar. Könnte interessant sein. Man muss alle Möglichkeiten überprüfen, wissen Sie? Geben Sie es mir.«

Sie riss ihm die Unterlagen aus der Hand und nickte in Richtung Tür. Zufrieden stellte sie fest, dass es ihm nicht gefiel, so weggeschickt zu werden. Seine Notizen waren kurz und bündig, sie fügten kaum etwas dem hinzu, was er ihr bereits erzählt hatte, aber sie notierte sich trotzdem den Namen der Frau. Yvonne Grant. Achtundzwanzig. Die Website hieß anscheinend Netmammy. Wie unglaublich bescheuert. Sicher nichts, was sie jemals nutzen würde. Claire hatte sich noch nicht viele Gedanken über den Mutterschaftsurlaub gemacht, hatte aber die vage Hoffnung, das Haus streichen zu lassen, vielleicht endlich den

Garten herzurichten, den sie und Matt seit Jahren ignorierten. Sie würde jedenfalls keine Zeit im Internet verschwenden ...

»Anruf auf Leitung eins.«

Quigleys Stimme am anderen Ende der Leitung vertrieb jeglichen Gedanken an Webseiten und Seitenscheitel. Eine Frauenleiche. Ein Mietshaus am Rand des Stadtzentrums, gerade noch im Zuständigkeitsbereich von Collins Street. Sie stand auf, das Reißen im Rücken vergessen. »Ich bin auf dem Weg.«

Als sie durch das Büro ging, blieb sie an Flynns Schreibtisch stehen. Sie war ein bisschen zerknirscht, weil sie vorher so giftig gewesen war.

»Quigley sagt, Sie sollen mit mir kommen.«

Er ließ seine Unterlagen ordentlich gestapelt auf dem Schreibtisch und folgte ihr zur Tür hinaus.

# ACHT

## Gögas Schuhe?

**FirstTimer**
Mädels, ich mache mir Sorgen. Im Buch heißt es, das Baby sollte die ersten sechs Monate bei uns schlafen, also habe ich das Babybett im Schlafzimmer neben unserem Bett aufgestellt. Das Problem ist aber, dass Göga Bauarbeiter ist, und wenn er abends nach Hause kommt, geht er sofort nach oben, um sich umzuziehen, und dann ist überall Staub und Dreck. Seine Schuhe sind auch schmutzig. Ich hab echt Angst. Könnte der ganze Staub im Zimmer dem Baby schaden?

**MrsBucket**
Und wenn er sich im Gästezimmer umzieht?

**FirstTimer**
Wir haben zwei Schlafzimmer, und im zweiten steht der ganze Wickelkram etc., und da wird das Baby tagsüber schlafen, das nützt also nichts.

**LondonMum**
Das klappt schon. Wenn das Baby da ist, lassen wir alle fünfe gerade sein *rotwerd*. Du solltest mal sehen, wie's hier aussieht! Aber solange es nicht wirklich total dreckig ist, ist's schon in Ordnung.

**FarmersWife**

Ich hatte denselben Streit. Göga ist Bauer, und bevor wir geheiratet haben, hat er immer im gesamten Haus Dreck verteilt, das hat mich wahnsinnig gemacht. Wir haben eine kleine Spülküche angebaut, und da zieht er jetzt seine Stiefel aus, bevor er in die Küche kommt. Du hast absolut recht, dich jetzt durchzusetzen, bevor das Baby da ist!!!!!

**RedWineMine**

Ich versteh's nicht. Glaubst du, dass er die Klamotten aufs Baby schmeißt?

Habt ihr keinen Wäschekorb? Wieso sollte das Baby überhaupt im Schlafzimmer sein, wenn er von der Arbeit kommt? Ist er Bauarbeiter in einem Kernkraftwerk, oder was? Radioaktiver Staub? Ehrlich, irgendwas versteh ich dabei nicht??

# NEUN

Das weiche Kissen an ihrer Wange. Die kleinen Dinge. Yvonne schloss die Augen. Selbst das Schließen der schweren Lider bereitete Freude. Wie lange war es jetzt her? Über fünf Monate, seit sie das getan hatte. Sich mitten am Tag allein ins Bett zu legen, ohne sich um jemand anderen kümmern zu müssen. Für eine einzige Stunde war niemand sonst auf der Welt, der sie brauchte.

Pures Glück.

Sie streckte ihre Beine aus und spürte, wie der Schmerz unten am Rücken stärker wurde und dann nachließ, als sie sich weiter auf die Matratze sinken ließ. Platz. Das gesamte Bett, nur für sie. Ihre Lider wurden schwerer. Sie würde bald schlafen. Die Ereignisse des Tages wirbelten durch ihren Kopf. Sie hatte Róisín nicht gehen lassen wollen. Hatte sich eigentlich gar nicht ausruhen wollen. Aber Hannah hatte darauf bestanden, und sie hatte wahrscheinlich recht.

Ihre Schwiegermutter hatte nicht angerufen, um ihren Besuch anzukündigen. Wen sie erwartet hatte, war Bill, Gerrys Bruder. Er war gelernter Bauarbeiter, aber inzwischen schon seit ein paar Jahren arbeitslos. Er suchte sich stets etwas zu tun, hatte immer wieder von den kleinen Arbeiten geredet, die im neuen Haus zu erledigen waren. An diesem Tag wollte er ein Treppengitter anbringen, die Glühbirne am Herd austauschen und die etwas lockere Türklinke an der Hintertür festschrauben, weil er davon überzeugt war, dass seine geliebte Nichte jeden Augenblick durch diese Tür weglaufen würde, obwohl sie noch für Monate nicht mal einen Fuß auf den Boden setzen würde.

»Dein Patenonkel ist da!«

Róisín hatte sich in ihrer Wippe erschrocken, als es an der Tür klingelte, und Yvonne hatte sie angelächelt. Sie beide mochten Bill. Er war fünf Jahre älter als Gerry und ähnelte ihm sehr, auch wenn sein Haar schon etwas dünner wurde und er kräftiger gebaut war. Er verfügte auch nicht über Gerrys Sinn für Humor. An einem guten Tag konnte ihr Ehemann einen beißenden Kommentar über das Leben ablassen, über den Yvonne lachen musste, bis sie Seitenstechen bekam. Bill hatte diesen Witz nicht. Aber er besaß auch nicht den Ehrgeiz seines Bruders, was bedeutete, dass er nicht ständig an einem Smartphone klebte und sich als begeisterter und stets verfügbarer Babysitter entpuppt hatte, seit sie nach Dublin gezogen waren.

Yvonne freute sich also auf Bills Besuch. Doch als sie die Tür öffnete, sah er nicht ganz so froh aus, und als er sich vorbeugte, um seiner Nichte einen unbeholfenen Kuss zu geben, sah sie die große, elegante Gestalt seiner Mutter aus seinem ramponierten Lieferwagen steigen und über den zugewachsenen Weg gehen.

»Tut mir leid. Sie hat darauf bestanden.«

Yvonne lächelte weiter breit.

»Kein Problem. Es ist wunderbar, euch beide zu sehen! Wie geht es dir, Hannah?«

Ihre Schwiegermutter hielt ihr ihre glatte, stark geschminkte Wange für einen Kuss hin, und die Zitrusnote ihres Parfüms erinnerte Yvonne daran, dass sie es morgens nicht unter die Dusche geschafft hatte. Ach, egal.

Hannah müsste sie nehmen, wie sie war. Schließlich gehörte sie zur Familie.

Den Handwerkergürtel fest umgeschnallt, verschwand Bill in Richtung Küche, während Yvonne ihre sich windende Tochter der Großmutter zum Küssen gab.

»Bist du nicht ein Engelchen? Ach, du bist ein Schatz.«

Das kleine Mädchen bedankte sich mit einem zahnlosen Lächeln, und Yvonne entspannte sich. Hannah konnte manchmal hart sein. Das hatte sie sein müssen, ihr Ehemann war gestorben, als Gerry erst fünf Jahre alt gewesen war, sie hatte die Jungen allein großgezogen und gleichzeitig Vollzeit gearbeitet. Beim bloßen Gedanken daran fühlte Yvonne sich gleichzeitig erschöpft und unterlegen. Aber seit ihrem Umzug nach Dublin wurde Yvonne nicht gerade von Leuten überrannt, die gern ihre Freunde sein wollten. Und die ältere Frau hatte mindestens zwei Mal pro Woche Zeit für einen Kaffee und ab und zu auch mal einen Vortrag. Und, am wichtigsten, Hannah liebte Róisín abgöttisch. Jedes Mal, wenn sie kam, gluckste das kleine Mädchen wie in einem Werbespot für Babynahrung. Nicht einmal Babys bockten bei Hannah. Sie wagten es nicht.

»Du siehst erschöpft aus, Yvonne. Hast du genug geschlafen?«

Sie hatte nicht bemerkt, wie das Messer eingedrungen war, aber da war es, es steckte zwischen den Schulterblättern. Hannah meinte es nur gut, das wusste Yvonne. Aber manchmal klang selbst eine einfache Frage wie ein Vorwurf, und sie musste sich zum Lächeln zwingen, als sie in die große, sonnige, unaufgeräumte Küche voranging. Bill kümmerte sich bereits um die Dunstabzugshaube, und sie zog zwei Hocker von der Arbeitsfläche, bevor sie Wasser aufsetzte und merkte, dass sie keine sauberen Tassen mehr hatte.

Hannah hatte es ebenfalls bemerkt und legte Róisín fest in ihre Wippe.

»Mummy braucht heute Morgen ein bisschen Hilfe, nicht wahr? Grandma wird abspülen und uns allen eine schöne Tasse Kaffee kochen.«

»Wirklich, Hannah, das musst du nicht ...«

Aber ihre Schwiegermutter marschierte bereits zur Spüle und rollte ihre Ärmel hoch.

»Du setzt dich hin, Yvonne, du siehst furchtbar blass aus. Wie geht's Róisín, macht sie schon Anstalten, durchzuschlafen? Gerry hat erzählt, dass du Dienstagnacht vier Mal aufgestanden bist ... das kann nicht gut sein, für euch beide.«

Unfähig zu entscheiden, was sie mehr ärgerte – der Tonfall ihrer Schwiegermutter oder die Tatsache, dass ihr Ehemann das erzählt hatte –, beschloss Yvonne, dass die beste Lösung war, den Mund zu halten. Bitte, Róisín, betete sie schweigend. Weine. Sei hungrig, verlange nach Kuscheleinheiten, irgendwas. Rette mich. Aber das kleine Mädchen spielte so glücklich mit seinen Zehen, dass es nicht mal in ihre Richtung sah.

Innerhalb von Sekunden hatte Hannah Tassen abgespült, von weiß Gott woher ein sauberes Küchentuch geholt, Krümel weggewischt, die Yvonne nicht einmal gesehen hatte, und heißes Wasser in die Kaffeepresse geschüttet, die Yvonne nur benutzte, wenn sie Besuch hatte. Sie goss Yvonne die erste Tasse ein, gab, ohne nachzufragen, Milch dazu und setzte sich mit einem leisen, zufriedenen Seufzen vor ihr eigenes Getränk.

Yvonne nippte und stellte frustriert fest, dass der Kaffee fantastisch schmeckte.

»Du siehst toll aus, Hannah.«

»Oh. Danke, meine Liebe!«

Anders als die meisten Iren überging Hannah Komplimente nicht, sondern nahm sie vornehm an, als würden sie ihr zustehen. Sie waren keine Seltenheit. Sie musste Mitte sechzig sein, sah aber mindestens zehn Jahre jünger aus. Yvonne hatte sie noch nie ohne komplettes Make-up oder passende Tasche und Pumps gesehen. Ihr Outfit an diesem Morgen war typisch für sie: eine graue Wollhose, dazu ein silberfarbener Seidencardigan, der locker über einer zitronengelben Seidenbluse saß.

Hannah trank noch einen Schluck Kaffee und strich zufrieden über ihren frisch geföhnten, blonden Pagenschnitt. Sie sah nicht so aus, als gehörte sie in eine Küche, fand Yvonne. Sie könnte auf einer Kreuzfahrt sein oder in einer eleganten Hotellobby, eine Zigarette in der einen Hand, einen Gin Tonic in der anderen, in der Nähe ein großer Mann mit silbernen Haaren, der darauf wartete, nachfüllen zu dürfen. Sie sah jedenfalls nicht so aus, als gehörte sie in die kleine, leicht gammelige Dreizimmerwohnung, in der sie im Moment wohnte.

Gerry und Bill waren in einem geräumigen, roten Ziegelhaus im Süden Dublins aufgewachsen, dem Haus, in dem Yvonne jetzt wohnte, nicht unähnlich. Aber wie so viele andere ihrer Generation hatte ihre Schwiegermutter Hypotheken aufgenommen, um ein paar Mietwohnungen zu kaufen, die ihre Rente finanzieren sollten, und als der Wohnungsmarkt zusammengebrochen war, hatte sie ihr schönes Haus verkaufen müssen, um die Schulden zu bezahlen. Ihr Zuhause war nun eine Dreizimmermietwohnung, in deren kleinerem Zimmer Bill wohnte, ohne dass Yvonne das verstand. Sie selbst hätte lieber in einem

Zelt geschlafen, als sich so eine enge Wohnung mit ihrer Schwiegermutter zu teilen, aber da Bill Bill war, schien er sich den Gegebenheiten einfach immer anzupassen.

Draußen schrillte eine Autoalarmanlage, und Yvonnes Gehirn war schlagartig wach. Verdammt. Es war hier unmöglich, tagsüber zu schlafen. Es gab zu viel zu tun, zu viel, um das man sich Sorgen machen musste. Zu viele Gedanken kämpften in ihrem ohnehin schon überfüllten Kopf um Platz. Hannah. Windeln. MyBabba. Die Polizei. Und ihre dumme, dumme Fantasie, die die Dinge einfach nicht ruhen lassen konnte.

Alles wäre gut gewesen, wenn Hannah nicht die Zeitung gesehen hätte. Die erste Hälfte ihres Besuchs war eigentlich recht nett gewesen. Hannah war in großer Form, gab atemlos und ehrlich lustige Kommentare ab über die Aktivitäten ihrer Frauengruppe und die Schwierigkeiten, die sich aufgetan hatten, als Mary Carmody auf ihrem jährlichen Ausflug in die National Concert Hall ihr drittes Glas Wein geleert und den zweiten Fagottisten nach seiner Telefonnummer gefragt hatte.

»Sie hält sich für eine Art Expertin, weißt du?«, sagte sie und wischte eine einzelne Rosine von der Arbeitsfläche auf den Boden.

»Nur weil ihr Sohn es im Trinity College in die Musikklasse geschafft hat. Herrgott, dabei wissen wir alle, dass er im zweiten Jahr durchgefallen ist. Ich hasse diese Frauen, die ständig von ihren Kindern erzählen, Yvonne, du musst mich aufhalten, wenn du mich je so reden hörst.«

Yvonne, die einige Gespräche zum Thema »Meine Söhne und ihre wunderbaren Leistungen« ertragen hatte, mit der häufigen Ergänzung »und warum niemand sie so zu schätzen weiß wie ich«, schwieg. In dem Versuch, den

Wortschwall zu bremsen, hob sie schließlich die Zeitung hoch, die Gerry auf der Arbeitsfläche hatte liegen lassen.

»Anscheinend wissen sie immer noch nicht, was mit dieser Frau passiert ist.«

Miriam Twohys Verschwinden machte immer noch Schlagzeilen.

»Ich habe gestern Abend etwas darüber in den Nachrichten gesehen. Ist es nicht schrecklich?«

»Hm.«

Yvonne nahm Róisín aus ihrer Wippe, setzte sich wieder auf den Hocker und machte eine Kopfbewegung in Richtung der Zeitung.

»Ihre Familie muss sich solche Sorgen machen. Und ihr kleines Mädchen ...«

»Ja. Na ja. Man kann nun nicht behaupten, sie sei unschuldig.«

Als ihr die Bedeutung dieses Kommentars klar wurde, spürte Yvonne, wie ihr Herz zu rasen begann.

»Wie ... Entschuldige, Hannah, wie meinst du das?«

»Ich denke, wir alle wissen, was da passiert ist.«

Hannah richtete sich auf dem Hocker auf und schnipste ein Staubkorn von ihrer Wollhose.

»Ich habe gesehen, wie ihr Bruder im Fernsehen gesagt hat, dass sie keine Ahnung haben, was passiert ist. Na klar doch! Sie hat irgendeinen Typen aufgerissen und ist mit ihm gegangen, so läuft's doch immer.«

Yvonne spürte, wie sich ihr Nacken anspannte und ihre Wangen rot wurden. Im Flur klapperte ein Treppengitter, und lautes Hämmern begann.

»Ich finde das nicht sehr fair, Hannah ...«

»Fair, ach was. Warum geht sie überhaupt aus und lässt ihr Kind zu Hause? Diese ledigen Mütter« – Hannah spie diesen altmodischen Ausdruck aus – »treiben sich in der Stadt herum, anstatt zu Hause zu bleiben und sich um ihre Fehler zu kümmern.«

Yvonne bemühte sich, mit ruhiger Stimme zu sprechen.

»Ich glaube nicht, dass wir wissen …«

Aber ihre Schwiegermutter war in Fahrt.

»Ich sage dir was, sie hat nur bekommen, was sie verdient hat.«

Eine kleine Stimme sagte Yvonne, es sein zu lassen. Aber eine lautere Stimme, aufgedreht durch drei Tassen Kaffee und Schlafmangel, gewann den Streit.

»Es ist scheißfies, so etwas zu sagen!«

Eine sorgfältig nachgezogene Augenbraue hob sich in Richtung Hannahs Stirn.

»Wie bitte?«

Das Baby war still. Selbst das Hämmern im Flur hatte aufgehört. Yvonne wusste, dass sie auf ein gefährliches Ziel zustrebte. Aber sie war zu wütend, um etwas darauf zu geben.

»Sie ist ein wunderbarer Mensch. Sie ist nicht der Typ, der einfach sein Baby verlässt!«

Hannah trank einen langen, langsamen Schluck Kaffee, dann stellte sie die Tasse wieder auf die Arbeitsfläche.

»Mein liebes Fräulein. Es ist ja nicht so, als würdest du das Mädchen kennen. Ich habe schon mehr erlebt als du und kenne den Typ …«

»Und ob ich sie kenne!«

Yvonnes Wut hatte sie übermannt, und sie schob ihren Hocker zurück.

»Ich kenne sie sehr wohl! Sie ist ein wunderbarer Mensch, und sie liebt ihr Baby, und sie würde auf keinen Fall einfach abhauen! Sie war mir eine fantastische

Freundin und ...« Sie weinte jetzt, ihr Atem stockte, und ihre Schultern zitterten. »Rede nicht so über sie, wage es nicht ...«

Róisín weinte jetzt auch, die plötzliche Stimmungsänderung machte ihr Angst.

»Lass es einfach, okay? Geh einfach ... ich will dich nicht mehr sehen ...«

Sie ließ sich an den Küchentresen zurücksinken, verbarg ihr Gesicht am Hals des Babys. Der Geruch von Ammoniak und etwas Kräftigerem drang in ihre Nase. Hannah hatte es auch gerochen, riss Róisín aus ihren Armen und ging, ohne sich umzusehen, zur Küchentür. Sie musste gar nichts sagen, ihre grauen Seidenschultern zeigten Yvonne deutlich, was ihre Schwiegermutter von ihren Qualitäten als Mutter hielt. Jetzt allein, legte Yvonne ihre Hände vors Gesicht. Die Tränen hinter ihren rauen Lidern waren fast eine Erleichterung.

Plötzlich spürte sie eine Hand auf ihrer Schulter und blickte auf, da stand Bill und hielt ihr linkisch ein Blatt Küchenpapier hin.

»Nimm es dir nicht zu Herzen«, murmelte er, seine Wangenknochen wurden rot.

Yvonne lächelte unter Tränen.

»Jetzt habe ich es wirklich geschafft, nicht wahr? Gott, es tut mir leid, Bill. Deine Mutter ... sie hat heute Morgen einfach den wunden Punkt getroffen.«

»Na, das wäre nicht das erste Mal.« Bill lächelte und sah sie dann genauer an. »Da ist aber noch was, oder? Es ist nicht nur die Alte, die dich nervt?«

»Nein.« Yvonne putzte sich laut die Nase und brach dann wieder in Tränen aus. »Ich bin richtig dumm gewesen.«

Sie überlegte einen Augenblick, dann seufzte sie. Die

gerade erlittene Erniedrigung war noch zu akut, sie hatte gehofft, nicht mehr daran zu denken. Aber ihre extreme Reaktion auf Hannahs Kommentare zeigte, dass es immer noch sehr präsent war. Sie holte tief Luft. »Hast du von der verschwundenen Frau gehört? Die aus Ballyawlann?«

Ihr Schwager schüttelte langsam den Kopf.

»Tut mir leid, nein. Ist sie eine Freundin von dir?«

Yvonne lächelte weinerlich. Sie hatte vergessen, dass Bill sich keine Nachrichten ansah. So schnell wie möglich fasste sie die Geschichte aus dem Fernsehen und der Zeitung zusammen. Die Frau war jetzt schon seit über einer Woche verschwunden, und ihre Familie sagte, dass sie keine Ahnung hatten, was mit ihr passiert war. Ihr Kind war immer noch bei den Großeltern, und in den letzten Berichten hieß es, dass weder ihre Kreditkarten noch ihr Pass benutzt worden waren.

»Ich glaube, dass ich sie irgendwie kenne ...«

»Ach ja?«

Yvonne bemühte sich, es so einfach wie möglich zu erklären.

»Ich bin in diesem Internetforum. Netmammy. Vielleicht habe ich es schon mal erwähnt ...« Yvonne beschrieb in schlichten Worten das Konzept eines Elternforums. Anders als sein Bruder war Bill zu höflich, um über das Konzept herzuziehen, aber sie merkte, dass er es nicht richtig verstand.

»Du hast sie also getroffen? Oder ...«

»Man schreibt Postings ... und die Leute beantworten sie. Und dadurch lernt man sie irgendwie kennen. Es ist eigentlich albern ... aber sie sind alle Mütter. Und sie geben Tipps und so. Es ist sehr freundlich ...«

»Klingt nett.«

Beruhigendes Gesäusel drang von unten hoch, und Yvonne holte tief Luft, bevor sie weitersprach.

»Ich habe mich also mit dieser Frau angefreundet, ihr Name ist MyBabba, also ich meine, das ist nicht ihr echter Name, ich weiß nicht, wie sie wirklich heißt. Ich weiß Verschiedenes über sie. Man liest es aus dem, was die Leute schreiben. Ich meine, ich weiß, dass sie aus Dublin ist und eine kleine Tochter hat, die zwanzig Monate alt ist. Réaltín. Sie liebt sie. Sie ist vom Vater des kleinen Mädchens getrennt ... also jedenfalls hatte ich diese dumme Idee, dass sie es sein könnte. Die Frau, die verschwunden ist. Sie ist seit Tagen nicht mehr online gewesen, und die Töchter heißen jeweils Réaltín ... Egal.«

Sie biss sich auf die Lippe und spürte, wie sie rot wurde. »Ich habe vorhin, als Ro geschlafen hat, die Polizei angerufen. Um es ihnen zu sagen.«

»Ah.« Bill lächelte. »Ich kann dir nur halb folgen. Und ich vermute, dem Polizisten ging es genauso.«

»Mmm.« Yvonne trank noch einen Schluck von ihrem rasch abkühlenden Kaffee, ihre Stirn spannte sich vor Scham an, als sie sich an den ungläubigen Tonfall des jungen Polizisten erinnerte.

»Im Fernsehen hieß es ... jeder, der Informationen hat, solle sich melden ... na, das kennst du ja. Sie haben eine Nummer durchgesagt und all das. Und ich dachte, es könnte nützlich für sie sein zu wissen, dass sie nicht mehr online gewesen ist, falls sie es ist, meine ich, du weißt schon, nur um zu sagen, dass es nicht typisch für sie ist ... Egal.«

»Sie haben dich für völlig verrückt gehalten.«

»Ja, so in der Art.« Yvonne lächelte matt. Wenn man so darüber nachdachte, war es eigentlich lustig. Sie hatte zehn Minuten lang versucht, dem Polizisten am Telefon das Konzept von Thread-Überschriften und Privatnachrichten zu erklären. Sie hätte genauso gut Griechisch sprechen können. Und obwohl der Polizist höflich war, wusste sie, dass er sie loswerden wollte und wahrscheinlich später auch noch bei seinen Kumpels einen Witz darüber machen würde.

»Du hast jedenfalls das getan, was du für richtig hältst. Es ist nichts passiert. Kein Grund, sich aufzuregen.«

»Nein.«

Aber sein freundlicher Tonfall trieb ihr wieder Tränen in die Augen. Es war einfach so ein beschissener Tag gewesen. Róisín hatte die halbe Nacht geschrien und Gerry im Gästezimmer geschlafen. Um fünf Uhr nachts, als sie stumpf in die Dunkelheit gestarrt hatte, war es ihr richtig vorgekommen, die Polizei anzurufen.

Aber als sie dann tatsächlich zum Telefon gegriffen hatte, hatte es sich angefühlt, als stünde sie neben sich und hörte einer dummen, hysterischen Frau zu, die sich ein Drama zusammenbastelte.

»Hier, bitte, Yvonne.« Erst als Bill ihr noch ein Küchenpapier in die Hand drückte, merkte sie, dass ihre Tränen wieder flossen.

Sie hörte die Schritte seiner Mutter und das fröhliche Plappern eines frisch gewickelten und müden Babys auf der Treppe.

Hannah trat in die Küche und sah, dass Yvonne weinte.

»Ich vermute mal, dass die Madame hier letzte Nacht kaum geschlafen hat.«

Yvonne putzte sich die Nase und schüttelte den Kopf.

»Kein bisschen. Ich glaube, sie zahnt. Ich habe ihr ein paar Globuli gegeben, aber sie haben nichts genutzt.«

Ihre Schwiegermutter schnaubte.

»Eine ordentliche Portion Paracetamolsaft, das braucht das Kind.«

Ihr Tonfall war weicher als vorher, und Yvonne griff nach der Rettungsleine.

»Du hast recht, Hannah. Ich wollte gestern eigentlich welches besorgen. Das nächste Mal denke ich daran.«

Hannah strahlte.

»Ich könnte eine Flasche für dich kaufen, wenn du möchtest. Wie wäre es, wenn ich mit dem Baby spazieren gehe, damit du dich mal hinlegen kannst?«

Einen Augenblick lang wollte Yvonne widersprechen. Wenn das Baby zahnte, war kalte Luft das Letzte, was es gebrauchen konnte. Aber sie war so entsetzlich müde.

»Ja, danke.«

»Wunderbar. Du kannst mitkommen, Bill, wir kaufen auf dem Rückweg ein.«

Bill schaute wehmütig auf seinen Hammer, protestierte jedoch nicht. Bei Hannah war das meistens das Sinnvollste.

Sie döste ...

Yvonne ignorierte die Hausarbeit und war, kaum dass sie gegangen waren, ins Bett gegangen. Sie war zu müde, um sich auch nur umzuziehen, und hatte sich einfach unter die Decke gelegt. Sie hatte nicht zugesehen, wie die drei gegangen waren. Das wäre zu schwer gewesen. Die Leute sagten ihr immer, dass sie zu viel Zeit mit Róisín verbrachte. Hannah, Gerry, sogar Veronica, die Gemeindeschwester, die einmal pro Woche vorbeikam, erzählten ihr gern, dass sie »mehr rausgehen« sollte. Fast jeder schien zu glauben, dass es unnatürlich sei, so viel Zeit mit seinem Baby zu verbringen. Hannah bot sich ständig als Babysitterin an, und die Gemeindeschwester wollte, dass sie zu einer Mutter-Kind-Gruppe in der örtlichen Stadthalle ging.

Aber sie war nicht der Typ für Gruppen.

Ihre Muskeln zuckten, als sie immer tiefer und tiefer in die weichen Laken sank. Sie war so müde. So entsetzlich müde. Sie liebte ihr Baby. Sie hatte nur nicht erwartet, dass alles so ... übermächtig war. Die ganze Zeit auf Abruf sein. Allein. Es stimmte, niemand konnte beschreiben, wie es sich anfühlte. Mutterschaft. Dass jemand so völlig von einem abhängig war.

Der Polizist. Ihre Augenlider zitterten, während sie versuchte, den Gedanken zu verdrängen, aber er war schon da und nagte an ihr. Der höhnische Tonfall, als er gesagt hatte: »Ich werde Ihre Angaben notieren, Mrs ...?« Als ihr da plötzlich bewusst geworden war, wie durcheinander sie geklungen hatte, hatte sie ihren Mädchennamen genannt und aufgelegt, bevor er nach einer Telefonnummer fragen konnte. Das Letzte, was sie wollte, war, dass Gerry erfuhr, wie dumm sie gewesen war.

Der höhnische Tonfall. Genau wie die Gemeindeschwester. Wie jeder Satz mit einer steigenden Intonation endete und eine Augenbraue hochgezogen wurde, jedes Mal, wenn Yvonne zugab, dass sie Róisín nicht mal für eine Stunde abgeben wollte.

Sie wollte keiner Gruppe beitreten, andere Mütter und Babys treffen. Es klang furchtbar, herumzusitzen, zu beobachten, Kinder zu vergleichen, einander zu beurteilen. Deswegen liebte sie Netmammy. Es war so viel einfacher, das Forum zu benutzen. Man konnte sagen, was man wollte, eine Frage stellen, eine Meinung äußern. Einfach sagen, was man dachte. Niemand wusste, wer man war. Alles, was sie brauchte, war ein bisschen Schlaf, dann ginge es ihr wieder gut.

Dann wäre sie wieder bereit für Réaltín.

Róisín.

Ihre Glieder wurden schwerer. Die Gedanken verschwanden. Die Laken waren kühl und beruhigend.

»Yvonne! Wo ist das Baby?«

Sie saß kerzengerade im Bett, ihr Herz raste.

»Yvonne!!! Róisín ist nicht im Kinderbett! Sie ist nicht unten!«

Gerry stürmte ins Schlafzimmer, seine Haare völlig zerzaust.

Ihr Kopf war völlig durcheinander.

Das Baby?

»Oh Gott.«

Sie sah sich im Zimmer um.

»Wo ist das Baby ...?«

Gerry packte sie an der Schulter.

»Himmel, Yvonne, mach keinen Quatsch, okay? Wo ist sie?«

Das Baby ...

Es klingelte an der Tür, gerade als sie die Antwort in ihrem erschöpften, benommenen Hirn gefunden hatte.

»Hannah hat sie mitgenommen ...«

Aber Gerry war bereits auf halbem Weg die Treppe hinunter. Ihre Augen taten weh, als die ungeweinten Tränen zurückkehrten. Die Polizei, die Gemeindeschwester, Hannah, sie alle hatten recht. Sie wusste nichts. Sie war nur ein albernes, dummes Mädchen.

# ZEHN

*Die Vorhänge waren nachlässig zugezogen, und ein Lichtstrahl drang in die Düsternis des kleinen, spärlich eingerichteten Raums. Staubflocken legten sich auf ein leeres Glas, eine Tablettenschachtel, den Holzboden. Durch das geöffnete Fenster war das Brummen eines Rasenmähers zu hören. Er ging hin und schloss es mit einem Knall. Die Gestalt auf dem Bett stöhnte, bewegte sich aber nicht.*

*»Wasser?« Das Wort war nur ein Wispern. Sie öffnete leicht die Lippen und fuhr mit der Zungenspitze über ausgetrocknete, rissige Lippen. Die Haut um ihre Wangenknochen war eingefallen, wodurch ihr Gesicht täuschend glatt aussah, ihre Haare lagen merkwürdig glänzend auf dem Kissen.*

*»Wasser?«*

*Mit dem Bewusstsein kam die Verzweiflung. Sie öffnete die Augen und sah ihn. Aber ihr Durst war größer als ihre Angst, und sie bewegte ihre Hand schwach auf dem Laken, ihre Finger zuckten in Richtung des Nachttischs.*

*Das Glas war mit Fingerabdrücken verschmiert und fühlte sich lauwarm an, aber es war das einzige im Zimmer. Er hielt es ihr an den Mund.*

*»Danke.«*

*Sie hob ihren Kopf für einen Augenblick, dann ließ sie ihn wieder fallen. Ihre Stimme klang kräftiger, als sie wieder sprach. »Du wirst mir also helfen?«*

*»Ja.«*

*Er stellte das Glas auf den Nachttisch zurück und setzte sich vorsichtig an den Bettrand. Er achtete darauf, sich von dem ausgezehrten Körper fernzuhalten.*

*»Wie geht es ihr?«*

*Er sagte nichts, schaute sie nur an, und die blassblauen Augen öffneten sich weiter und sahen ihm in die Augen.*

*»Bitte sag mir, dass es ihr gut geht?«*

*»Es geht ihr gut.«*

*»Ah.«*

*Die Antwort schien ihr Kraft zu geben, und sie ballte ihre Faust, griff in das Laken, bevor sie weitersprach.*

*»Kann ich sie sehen? Wird sie hierherkommen?«*

*»Ich glaube nicht, dass das eine gute Idee ist.«*

*Ihre blauen Augen füllten sich mit Tränen, aber ihre Stimme blieb fest.*

*»Bitte.«*

*»Hattest du Zeit nachzudenken?«*

*Ein trockenes, irres Lachen.*

*»Ist ja sonst nicht viel zu tun.«*

*»Nein.«*

*Er lächelte nicht zurück, legte aber eine Hand auf ihre, umfasste die Klaue. Draußen heulte eine Sirene, wurde lauter und entfernte sich dann.*

*»Das Leben geht weiter.«*

*»Ja«, sagte er noch einmal und wartete.*

*»Worüber wir gesprochen haben …« Sie begann zu husten, und er hielt ihr einen Augenblick lang das verschmierte Glas an die Lippen, bevor sie es wegwischte. »In Ordnung. Alles. Solange man sich um sie kümmert.«*

*»Gut. Braves Mädchen.« Er tätschelte ihre Hand, dann ließ er sie los. »Du wirst es nicht bereuen. Morgen bringe ich die Formulare.«*

*»Morgen?«*

*Ihr Gesicht, aufs Kissen gepresst, verdunkelte sich.*

*»Werde ich morgen noch hier sein?«*

*»Oh ja.«*

*Er stand auf. Staub wirbelte.*

*»Du gehst nirgendwohin. Noch nicht.«*

*Ihre Augen waren geschlossen, bevor er die Tür erreicht hatte.*

# ELF

## GÖGA HAT SEINEN JOB VERLOREN – KANN IRGENDWER HELFEN ???

**MammyNo1**

Hi Mädels. Ich könnte wirklich eure Tipps und Unterstützung gebrauchen. Göga hat gerade erfahren, dass er seinen Job verloren hat ... wir haben keine Ersparnisse. Ich bin Hausfrau, ich habe aufgehört zu arbeiten, als wir das zweite Baby bekommen haben. Wir haben keinen Penny, Mädels, wir leben im Moment von einer Hypothekenzahlung zur nächsten. Göga wusste, dass irgendwas faul ist. Er will nicht darüber reden, aber gestern Abend hat er tierisch einen draufgemacht und ist seitdem im Bett. Ich weiß einfach nicht, was ich tun soll.

**Reeta**

Es tut mir so leid, du Arme. Hoffentlich wird Göga später mit dir reden. Ich vermute, er steht auch unter Schock. Alles Gute.

**LimerickLass**

Es tut mir so leid, das zu hören. Es ist meinem Göga letztes Jahr passiert. Er war ewig arbeitslos. Jetzt spielt er in einer Band und sie treten oft bei Hochzeiten auf, aber wir wissen nie, was er pro Woche nach Hause bringt. Manchmal helfen Mammy und Daddy uns aus. Ist aber stressig. Vielleicht kann heute Abend jemand auf die Kinder aufpassen, damit ihr beide miteinander reden könnt? Manchmal ist es leichter, miteinander zu sprechen, wenn die Kinder nicht in der Nähe sind.

**Qwerty**

Tut mir leid, wegen der schlechten Neuigkeiten. Da draußen sitzen viele im selben Boot, aber das macht es nicht einfacher. Sag Bescheid, wenn wir etwas tun können.

**RedWineMine**

Das tut mir leid, du Arme. Sag ihm, er soll seinen Hintern aus dem Bett schwingen und mit dir reden. Alles Gute.

# ZWÖLF

In der Pearse Street staute sich der Verkehr, und Claire zögerte nicht, die Sirene einzuschalten und den Mondeo auf die Busspur zu lenken. Im Beifahrersitz trat Flynn mit dem Fuß auf eine imaginäre Bremse.

»Ich glaube nicht, dass sie uns abhaut.«

»Die Zeugen aber vielleicht.«

Claire gefiel sein Unbehagen, als sie Gas gab und direkt am Doppeldeckerbus vor ihnen klebte. Ihr war bewusst, dass sie kindisch war, aber sie genoss es trotzdem. Sie wartete darauf, dass der Bus schwerfällig anhielt, dann nutzte sie eine Verkehrslücke auf der rechten Spur, um ihn zu überholen. Auf der Nassau Street war nicht so viel los, und innerhalb weniger Minuten fuhr sie durch das Gewirr der Einbahnstraßen im Süden der Stadt. Flynn nestelte immer noch an seinem Gurt herum, als sie vor dem Merview-Wohnkomplex anhielten.

»Der muss von einem aus Galway gebaut worden sein.«

Claire fiel darauf keine Antwort ein, und sie fuhr mit dem Wagen so nah wie möglich an die schweren Metalltore und wartete, während Polizisten in Uniform, die innen standen, den Knopf drückten, damit sie hineinfahren konnten. Beim Durchfahren nickte sie dankend, dann parkte sie den Wagen zwischen einer niedrigen Mauer und einem Schild, das versprach, den Zorn der Parkkralle auf jeden zu bringen, der es wagte, hier zu parken. Sie griff nach ihrer Tasche, öffnete die Tür und merkte zu spät, dass sie die fünf zusätzlichen Kilos nicht in den Platz eingerechnet hatte, den sie zum Aussteigen brauchte. Sie wollte nicht, dass Flynn ihr Problem bemerkte, holte tief Luft, entschuldigte sich innerlich bei ihrem Baby und wand sich aus dem Wagen, an der Mauer vorbei und auf einen Fußweg, der den Parkplatz mit dem Hauptteil der Mietwohnungen verband.

Von außen war deutlich zu sehen, dass »Merview« mal einen gewissen Anspruch gehabt hatte. Ein riesiges Plakat, das sich über die halbe Fassade erstreckte, zeigte junge Paare, wie sie Tennis spielten, Wein tranken und einander in die Augen sahen, während sie Gourmetmahlzeiten in Küchen kochten, die anscheinend nur von der Wärme ihrer Liebe beleuchtet wurden. »Entworfen für Ihr Leben« stand unter den Bildern und neben der Telefonnummer von O'Mahony Thorpe, einem der führenden Immobilienmakler der Stadt.

Der Kontrast zwischen den Bildern und der Wirklichkeit war krass. Claire trat zurück und sah es sich ganz an. Die drei Blöcke, aus denen die Wohnanlage bestand, mochten neu mal attraktiv ausgesehen haben, aber die hellen Ziegelsteine waren schnell und schlecht gealtert. Unkraut spross durch den gepflasterten Boden, und die Büsche, die an den Außenwänden gepflanzt worden waren, waren inzwischen wild und ungepflegt. Eines der Fenster einer Erdgeschosswohnung war mit Pappe verschlossen worden, während an mehreren anderen zerfledderte Spitzengardinen hingen, anstelle der Holzläden, die der Architekt eigentlich vorgesehen hatte.

»Zu den besten Zeiten sind die für eine halbe Million weggegangen.«

Da sie an dieser Aussage nichts Nerviges entdecken

konnte und mehr damit zu tun hatte, Luft zu schnappen, als damit, sarkastisch zu sein, nickte Claire einfach nur. Flynn hatte recht. Der Name der Anlage klang bekannt. Sie erinnerte sich vage daran, dass die Schlange zu Anfang der ersten Bauphase einmal um den Block gereicht hatte. Sie hatte in den Nachrichten sogar ein Interview mit einer jungen Frau gesehen, die ganz hibbelig vor Aufregung war, weil sie die Nacht in ihrem Auto geschlafen hatte, um den Vertrag für ein Einzimmerapartment zu unterschreiben, das sie noch in fünfunddreißig Jahren abbezahlen würde. Ein paar Monate später war die Wirtschaft zusammengebrochen, der Bauboom war vorbei, und der Internationale Währungsfonds hatte von Irland die Schlüssel zurückgefordert. Die restlichen sechzig Prozent von Merview bekam man inzwischen wahrscheinlich gratis und einen Liter Benzin dazu.

Aber sie waren nicht hier, um sich Gedanken über die geplatzte irische Immobilienblase zu machen. Sie legte ihre Tasche über die Schulter und nickte dem Streifenpolizisten zu, der wieder seinen Posten auf dem Fußweg eingenommen hatte. Dann ging sie, mit Flynn im Schlepptau, auf eine weiße PVC-Tür zwischen zwei großen Fenstern in der vorderen Mauer zu. Drinnen stand ein weiterer Polizist und nickte zur Begrüßung.

»Dritter Stock, Detective.«

Claire schaute sich nach einem Aufzug um, seufzte und ging zur Treppe. Da Flynn direkt hinter ihr ging, war sie gezwungen, schneller als sonst zu gehen, und als sie den zweiten Stock erreichten, spürte sie Schweißtropfen zwischen ihren Schulterblättern, die langsam nach unten flossen. Sie betete, dass man keine feuchten Flecken auf ihrer Bluse sah, nahm ihr Handy heraus und las eine imaginäre

SMS, damit der jüngere Detective sie überholte. Doch es half auch nichts, die dritte Etage sehr viel langsamer zu erklimmen.

Als sie den letzten Treppenabsatz erreichte, sah sie noch einmal auf ihr Telefon und näherte sich der Wand, als ihr schwindlig wurde. Neben ihr gab Flynn einen laufenden Kommentar zur Umgebung ab, aber sie hatte zu viel damit zu tun, zu Atem zu kommen, ihren Herzschlag zu verlangsamen und die Vene, die an ihrer Schläfe pochte, zu kontrollieren. Der Schweiß floss jetzt in Strömen, und sie zitterte. Sie hatte schwarze Flecken vor Augen. Sie hatte in einem Babybuch, das Matt wie zufällig auf dem Nachttisch hatte liegen lassen, darüber gelesen. Sie erinnerte sich nicht mehr, was es bedeutete, bezweifelte aber, dass es ein positives Zeichen war.

Mit behutsamen Bewegungen lehnte sie ihren Rücken an die Wand und nahm eine Wasserflasche aus ihrer Tasche. Sie trank einen kleinen Schluck, dann noch einen und konzentrierte sich auf ihre Atmung, während sie langsam wieder normal sehen konnte. Gott sei Dank. Flynn redete immer noch, aber jetzt fühlte sie sich gut genug, um ihm zu antworten. Sie sah noch ein letztes Mal auf ihr Handy, schaute nach SMS, während sich ihr Atem wieder normalisierte. Innerhalb von Sekunden war sie bereit weiterzumachen. Sie musste darauf achten und das nächste Mal den Aufzug nehmen. Jetzt fühlte sie sich aber großartig.

Es war offensichtlich, dass alle Ansprüche, die Merview mal gehabt hatte, auf den Plakaten geblieben waren. Drinnen war der Block ganz grau. Schmutzige graue Wände, ein beschädigtes Holztreppengeländer, ein brauner Teppich, der wahrscheinlich robust sein sollte, aber den Schmutz von Hunderten dreckiger Füße nicht mal ansatzweise verbergen konnte. Claire ging den schwach beleuchteten Flur entlang, dicht gefolgt von einem nun schweigenden Flynn. Sie brauchten die Wohnungsnummern nicht zu lesen. Gelb-schwarzes Absperrband hing an Tür Nummer 123.

In einem Mietshaus, besonders in den Arbeitervierteln, in denen Claire als Streifenpolizistin gearbeitet hatte, hätte so ein Absperrband wahnsinnig viel Aufmerksamkeit erregt. Drei oder vier Kinder wären da gewesen und hätten unendlich viele Fragen gestellt. Mister, ist da ein Toter, Mister? Ah, Mister, können wir ein Foto mit Ihrer Mütze machen? Ihre älteren Brüder wären auch dabei gewesen, auf Fahrrädern balancierend, hätten weniger geredet, wären aber mehr an den Details interessiert gewesen. Und dann wären da ein paar Frauen gewesen, mit Babys, die wie Stoffpäckchen in knallbunten Buggys lagen. Sie hätten Schlange gestanden, um einander und möglichen Reportern zu erzählen, dass das hier ein ruhiges Viertel und so etwas noch nie geschehen sei.

In Merview war das Absperrband anscheinend niemandem aufgefallen. Es war eigentlich schwer vorstellbar, dass in diesem Block überhaupt noch jemand wohnte, so still waren die Flure. Claire nahm an, dass diejenigen, die tatsächlich hier wohnten, den ganzen Tag bei der Arbeit waren. Vermutlich tanzten sie den Kinderbetreuung/Pendeln/Kinderbetreuung-Tango. Die Wahrscheinlichkeit, dass es Zeugen des Verbrechens gab, war gering.

»Geisterhäuser.«

»Was?«

Sie drehte sich zu Flynn um.

»Geisterhäuser. Nennt man Investitionsruinen nicht so?«

Einen Augenblick lang glaubte sie Humor in den teilnahmslosen, blauen Augen aufblitzen zu sehen. Claire dachte über ein Grinsen nach.

Und dann konzentrierte sie sich auf den zusammengesackten Körper vor der Wohnungstür.

# DREIZEHN

»Detective. Das ist Mr Berry. Er ... hat den Fund gemeldet.«

Claire nickte der jungen Polizistin zu, die vor der Wohnung stand, und streckte ihre Hand zu der Gestalt auf dem Boden aus.

»Mr Berry. Ich bin Detective Sergeant Claire Boyle.«

Der junge Mann nahm das Gesicht aus seinen Händen und sah zu ihr auf, zwei braune Augen blickten aus einem der weißesten Gesichter, die sie je gesehen hatte. Der »Fund«, wie die junge Polizistin es formuliert hatte, hatte dazu beigetragen, aber auch so sah der Mann aus, als seien ihm Tageslicht und frische Luft völlig fremd. Er saß ungelenk auf dem Boden, die dürren Beine merkwürdig verdreht. Der Nadelstreifenanzug und die großen, glänzenden Schuhe konnten nicht verbergen, dass er jung und entsetzt war.

Claire überlegte, sich zu ihm hinunterzubeugen, entschied sich aber dagegen und lächelte stattdessen. Nach einem Augenblick blinzelte er, drückte sich vom Boden hoch und erwiderte matt ihren Handschlag. Ihr fiel auf, dass sein Gesicht so weiß war wie seine strahlende Hemdmanschette. Wohnt bei seiner Mutter, vermutete sie.

»Wir müssen mit Ihnen über das reden, was passiert ist.«

Der junge Mann sah sie noch einmal an, sein leerer Blick ließ Claire zweifeln, ob er nicht eher einen Arzt als einen Polizisten brauchte. Und dann blinzelte er noch einmal, ein nervöser Tick, der ihm anscheinend Zeit verschaffte, um seine Gedanken zu sammeln.

»Ich bin nur der, äh, Immobilienmakler?«

»Mmm.«

Laut den Regeln hätte sie ihn jetzt eigentlich aufs Revier bringen sollen. Aber sie hatte ihn noch nicht nach einer offiziellen Aussage gefragt, also nutzte sie ihren alten Freund, die unverbindliche Pause, um abzuwarten, was ihm sonst noch einfiel.

»Wir, also, vermieten den Laden?«

Oh, dieser Akzent. Claire fragte sich, wann alle Iren unter dreißig den Befehl erhalten hatten, jeden Satz mit einem Fragezeichen zu beenden.

»Ich habe nur nachgesehen. Warum die Miete nicht bezahlt wurde. Ich meine, wir haben einen Schlüssel, wir dürfen auf jeden Fall rein …«

Das Gesicht des jungen Mannes verknitterte. Er war sogar noch jünger, als sie zuerst geschätzt hatte, vermutete Claire, vielleicht dreiundzwanzig. Sie klopfte ihm linkisch auf die Schulter.

»Wir brauchen eine offizielle Aussage von Ihnen, ist das in Ordnung?«

Er nickte, Tränen liefen ihm übers Gesicht.

Claire drehte sich um und winkte Flynn zu, der auf den Teppich starrte, als wäre dort ein Indiz für den Fall festgetreten worden, zusammen mit dem Chopsuey.

»Detective Flynn wird Sie zum Wagen begleiten …«

Flynn sah auf und machte eine Geste, der Mann solle ihm folgen. Claire betrachtete die beiden, während sie weggingen. Flynns aufrechte Figur wurde vom hüpfenden Gang und von den hängenden Schultern des jungen Immobilienmaklers überragt. Normalerweise wurde den

Leuten in dieser Phase der Ernst der Lage bewusst, manche brachten sogar ein mutiges »Ich habe nichts damit zu tun, wissen Sie!« heraus. Aber diesem armen Kerl kam nicht mal eine Zeile aus einem Fernsehkrimi über die Lippen. Er schien einfach nur … leer. Gebrochen von dem, was er gesehen hatte. Von was auch immer sich hinter der Tür von Nummer 123 befand.

Die junge Polizistin, Siobhan O'Doheny hieß sie, glaubte Claire, hatte wieder ihren Posten vor der Wohnung bezogen. Claire zeigte mit dem Kopf zur Tür.

»Ist Dr. Sheehy drin?«

O'Doheny nickte.

»Großartig.«

Sie duckte sich unter das Band und öffnete die Wohnungstür, die still in einen kleinen, leeren Flur aufschwang. Das Apartment sah aus, als wäre es von einem Computer eingerichtet worden. Kahle, helle Wände, ein sauberer Laminatfußboden. Ein Element ruinierte die klaren Linien jedoch. Der Geruch, der in ihrer Nase kratzte.

Sie bewegte sich langsam, als hätte sie Angst, die Atome in der Luft um sie herum zu stören, und ging durch den Flur in das, was vermutlich das Wohnzimmer war. Drei Mitarbeiter des Garda Technical Bureau in weißen Anzügen waren mit der Deputy-State-Pathologin Dr. Helen Sheehy ins Gespräch vertieft. Dr. Helen Sheehy sah Claire an, nickte kurz und sprach weiter. Claire hatte schon genug Tatorte gesehen, um dieses Signal richtig zu interpretieren. Kommen Sie rein, schauen Sie sich um und fassen Sie verdammt noch mal nichts an. Dieser Anweisung würde sie nur allzu gern folgen.

Zu fünft im Wohnzimmer war der Raum fast grotesk überfüllt. Wie im Flur gab es keine persönliche Note, kein

Zeichen, dass jemals irgendwer außer den Teppichlegern hier gewesen war. Es gab nur wenige Möbel, ein braunes Ledersofa, einen langen, niedrigen Couchtisch, auf dem weder Bücher noch Zeitschriften lagen. Auf dem staubigen Kaminsims lag ein Brief von einer Telefongesellschaft, der billigere Tarife anpries. Claire ging hin und sah auf die Adresse. »An die Bewohner«, gedruckt in großen, schwarzen Buchstaben. Ihre Nasenflügel bebten, und sie schluckte. Sie bezweifelte, dass der aktuelle Bewohner sich sehr für High-Speed-Breitbandverbindungen interessierte.

Ein riesiges Fenster dominierte eine Seite des Raums, und Claire ging hin. Es war gekippt, und sie atmete tief ein, ihr war klar, dass der Verwesungsgeruch nur noch stärker würde, je weiter sie die Wohnung betrat. Claire kannte den Geruch gut. Er war unverkennbar, und den meisten Leuten wurde davon übel. Aber Claire wusste, dass sie kein Erbrechen riskierte. Die widersprüchlichen Schwangerschaftshormone führten dazu, dass eine Portion Currypommes, die Matt nach Hause brachte, sie zum Klo rennen ließ, sie aber einen Tatort besichtigen konnte, ohne Angst haben zu müssen, ihn zu verunreinigen. Es war eine Psychosache, jetzt war sie im Arbeitsmodus. Die Schwangerschaft gehörte einfach nicht dazu. Das bedeutete allerdings nicht, dass es ihr gefallen würde, und sie genoss noch einen Atemzug frische Luft, bevor sie sich umdrehte und langsam und vorsichtig über den Boden ging.

Die volle Kraft des Geruchs traf sofort beim Öffnen der Tür auf ihre Nase. Instinktiv atmete sie flacher, öffnete ihre Lungen nur so weit wie absolut nötig. Die Gardinen im Zimmer waren halb zugezogen, und sie blinzelte einen Augenblick, während sich ihre Augen an das Dämmerlicht gewöhnten. Und dann sah sie auf die Gestalt, die auf dem Bett lag.

»Grundgütiger.«

Es war ein Ausdruck des Entsetzens. Vielleicht ein Gebet. Diese Person brauchte auf jeden Fall jemanden, der für sie betete. Dieser Tod hatte keinerlei Würde. Claire trat näher an das Bett. Der Frauenkörper lag eigenartig auf der Bettwäsche, die cremefarbene Zudecke und das Laken darunter waren verknittert. Sie lag auf der Seite, ihr Körper fast in S-Form verdreht, als wäre sie dort hingeschmissen worden, weggeworfen. Eine Hand befand sich unter ihrer Wange, die andere locker auf dem Bauch. Sie trug Jeans und ein weißes, ärmelloses Top, das an einer Schulter heruntergerissen war, sodass ihr BH zu sehen war. Claire trat näher. Die Unterwäsche sah teuer aus, im Gegensatz zu dem dünnen T-Shirt und der Jeans von der Stange. Der Körper lag so, dass Claire das Etikett an der Taille lesen konnte. Das gleiche Label befand sich an einer dünnen, blauen Strickjacke, die neben dem Bett auf dem Boden lag. Claire spürte bereits, dass sie ein Gefühl für diese Frau bekam. Ein T-Shirt aus dem Supermarkt und ein Designer-BH. Eine Frau, die nicht viel Geld hatte, aber das, was sie hatte, für Dinge ausgab, die ihr wichtig waren. Manchmal fühlte man sich durch einen anständigen BH weiblicher, er erinnerte einen daran, wer man war, egal, welche Kleidung man trug. Sogar bei einer Polizeiuniform. Claire sah noch einmal auf die Leiche. Die Frau trug Größe 40, schätzte sie. Eine durchschnittliche Größe. Eine normale Größe. Aber das war keine normale Art zu sterben.

Claire fielen Farbblitze auf der cremefarbenen Bettwäsche und der fahlen, gefleckten Haut auf. Knallroter

Nagellack auf Finger- und Zehennägeln. Eine Kruste aus braunem Blut oben am rechten Wangenknochen. Braune und grüne Flecken an jedem Oberarm. Ein großer, violetter Fleck am linken Schienbein.

»Sie sollten sich das mal ansehen.«

»Oh G...«

Ihr Herz hüpfte in ihrer Brust, Claire schaffte es gerade noch, nicht laut zu fluchen. Helen Sheehy stand in der Schlafzimmertür, einen Plastikbeutel für Beweismittel in der Hand.

»Wir haben ihren Geldbeutel in der Jeans gefunden. Wahrscheinlich identifiziert er sie, aber Sie haben ihre Identität wohl schon erraten?«

»Ja.«

Ihr Herzschlag normalisierte sich wieder, Claire nahm den Beutel samt Inhalt entgegen. Bankkarten, eine Sozialversicherungskarte, ein Mitgliedsausweis der Dolphin's Barn Library. Auf allen stand der Name Miriam Twohy. Aber Dr. Sheehy hatte recht. Claire hatte bereits vermutet, wen sie gefunden hatten. In Dublin wurden nicht so viele Frauen vermisst, und es wären einfach zu viele Zufälle gewesen: ihr Alter, die Gegend, der Verwesungszustand. Sie sah noch einmal auf die Leiche. Sie war keine Pathologieexpertin, aber sie hatte genug Leichen gesehen, um zu wissen, dass Miriam seit mindestens einer Woche hier lag, wenn nicht länger. Es war auch klar, dass die Heizung in der Wohnung ausgeschaltet war, sonst wäre der Fund noch sehr viel unangenehmer gewesen.

Was sie störte, war, wie einfach die Identifizierung war. Der Mörder hatte sich nicht die Mühe gemacht, den Namen seines Opfers zu verbergen. Es zeugte von Arroganz, den Geldbeutel so deutlich sichtbar liegen zu lassen. Er wollte offensichtlich keine Zeit für sich herausschinden oder glaubte, es nicht nötig zu haben. Er war entweder dumm oder aber selbstbewusst. Letzteres war ein viel besorgniserregenderer Ausblick.

Ein Foto blitzte hinter einer der Karten heraus, Claire drehte die Tüte in ihrer Hand und sah, dass es das Bild eines kleinen Mädchens war. Es war kein besonders hübsches Kind. Ihre Wangen waren rot, und unter ihrem rechten Nasenloch glänzte etwas, aber jemand liebte sie. Jemand, wahrscheinlich Miriam Twohy selbst, liebte sie genug, um dieses Foto zu machen, es passend zu schneiden, in einen Geldbeutel zu stecken und es mit sich herumzutragen. Miriam hatte dieses Baby geliebt. Und jetzt war Miriam tot.

Sie wollte der Pathologin gerade die Tüte zurückgeben, als ihr noch ein Stück Papier auffiel, leichter und dünner als der Rest. Sie ging zum Schlafzimmerfenster und hielt die Tüte ans Licht. Es war eine Quittung, eine der altmodischen Art, gedruckt auf Papier, das fast wie Zeitungspapier aussah. Es stand nicht darauf, welche Produkte gekauft worden waren, nur Datum, Uhrzeit und eine Reihe Zahlen in Lila. Sie betrachtete es genauer.

€ 4.50
€ 3.95
€ 1.80

Eine weitere Zeile besagte, dass zwanzig Euro gegeben und Wechselgeld entgegengenommen worden war. Claire atmete aus. Das könnte ihnen weiterhelfen. Soweit sie sich erinnerte, war das Datum der Tag, an dem Miriam Twohy verschwunden war. Es war nicht viel. Aber es war etwas, das sie verfolgen könnten.

Sie ging zurück zum Kopfende des Bettes und ließ schließlich ihren Blick auf das Gesicht der Frau fallen. Lange, dunkle Haare, eine leicht gebogene Nase. Gott sei ihrer Seele gnädig. Ihre Augenlider waren geschlossen. Wenigstens das war ein Segen.

»Wir bringen sie bald weg.«

»Großartig.«

Claire sah Helen Sheehy an, sie verzog das Gesicht etwas, im Bewusstsein der schwierigen Aufgabe, die vor ihnen lag. Es war Zeit für sie zu gehen. Quigley wollte so bald wie möglich auf den neuesten Stand gebracht werden. Aber als sie an der Schlafzimmertür ankam, blieb sie stehen und drehte sich noch einmal zu der Leiche um. Wer hat dir das angetan? Und, fast instinktiv, noch ein Gebet. Lieber Gott, bitte lass mich ihn finden.

# VIERZEHN

## BIN WIEDER DAAAAA

**FarmersWife**

Hey Mädels, was geht? Ich bin glücklich, euch mitzuteilen, dass Sohnemann Nr. 3 gestern Abend gesund und kräftig geboren wurde! Hatte schon Angst, ich käme nicht ins Internet, hier in der Pampa macht das Internet Zicken, aber ich hänge aus dem Fenster, um ein Signal zu bekommen *LOL*.

**CaraMia**

Super, GLÜCKWUNSCH!!! Noch ein kleiner Junge! Wie toll. Hoffe, euch geht's allen gut.

**MeredithGrey**

Glückwunsch dazu! Das sind ganz schön viele kleine Farmer, die du da produzierst! Hier gibt's nichts Neues, wir haben dich vermisst. Hoffe, alles ist gut gelaufen? Hat's dann doch von allein geklappt ... Hieß es nicht, die Ärzte wollten einleiten?

**FarmersWife**

Danke, Mädels, schön, wieder da zu sein. Nein, Meredith, sie haben mich zehn Tage über Termin gehen lassen, und dann habe ich um eine Einleitung gebettelt. Meine Babys wissen einfach nicht, wann sie aus dem Hotel Mama auschecken sollen *LOL*. Ich habe ein paar Mal Gel bekommen, und als dann mein bester Freund PDA gewirkt hat, war's gut. Göga hat es fast nicht mehr geschafft, es ist dann alles ziemlich schnell gegangen, und er ist rumgefahren, um die anderen beiden unterzukriegen und jemanden für die Kühe zu organisieren. Ich hätte ihm fast gesagt, dass er jetzt auch nicht mehr zu kommen braucht *LOL*. Er war so gestresst ☺ Aber jetzt ist alles gut, und der kleine Mann ist wirklich ein Goldschatz, auch wenn ich das selbst sage. Ich stille, versuche ihn aber auch an die Flasche zu gewöhnen, damit Daddy, sobald wir zu Hause sind, auch Nachtschichten übernehmen kann. Er ist ja ein Milchbauer, das ist also sowieso sein Spezialgebiet *LOL*.

**MyBabba**

Glückwunsch zum Baby.

**MammyNo1**

Ahhh, tolle Neuigkeiten *umarmung*.

**LondonMum**

Hey, super Neuigkeiten. Mit dreien wird's sicher turbulent ... viel Glück, ich finde es schon schwierig mit einem!

**FarmersWife**

Danke LM. Ja, es wird verrückt, aber ich würde für nichts auf der Welt tauschen ... na, da sprechen wohl die Hormone aus mir *LOL*.

## WINDELEIMERTÜTEN?

**MrsDrac**

Hey Ladys, sooo genervt. Ich habe gerade erfahren, dass der Windeleimer, den wir gekauft haben, nicht mehr hergestellt wird und man keine Tüten mehr dafür bekommt. Grrr. Ich will keinen neuen kaufen. Weiß jemand, wo ich welche von Waste-Away kaufen kann? Vielleicht sogar online?

**CaraMia**

Wo wohnst du denn? Ich bin in Dublin, Southside, und meine Drogerie hat normalerweise ein paar Marken.

**MrsDrac**

Oh danke Cara, ich wohne in Meath, aber Göga arbeitet in Dublin, er fährt also jeden Tag hin. Ich werde ihm aber wahrscheinlich ein Diagramm zeichnen müssen, damit er die richtigen kauft!

**MeredithGrey**

Ich habe noch einen Karton. Söhnchen ist trocken, wir brauchen sie also nicht mehr. Ich kann sie dir schicken, wenn du willst?

**MrsDrac**

Oh Meredith, das ist total lieb von dir! Bist du sicher, dass das okay ist?

**MeredithGrey**

Klar. Schreib mir einfach eine PN mit deiner Adresse, und ich schicke sie dir.

# FÜNFZEHN

Sie waren keine drei Stunden weg gewesen, aber Claire spürte die veränderte Atmosphäre sofort, als sie das Revier betrat. Es würde einer dieser Fälle werden. Morde waren in Dublin nun wirklich nicht selten, aber die meisten hatten mit Drogen zu tun oder mit dem, was die Medien so gern »Gangaktivitäten« nannten. Der Fund einer unidentifizierten Leiche, besonders einer Frauenleiche, an einem Ort wie Merview brachte selbst die abgebrühtesten Mitglieder von An Garda Síochána zum Diskutieren. Und das war auch richtig so, dachte sie, während vor ihrem inneren Auge Bilder der Wohnung aufblitzten. Es wäre nicht schön, in einer Welt zu leben, in der so etwas als selbstverständlich hingenommen würde.

Es war also nur zu erwarten gewesen, dass sich alle Köpfe zu ihnen umdrehten, wie es jetzt geschah, als sie und Flynn ins Revier zurückkamen. Besonders als die anderen bemerkten, dass sie einen Passagier dabeihatten. Aber sie vermied es, irgendjemandem in die Augen zu sehen, während sie den jungen Immobilienmakler durch das Hauptbüro und den Korridor zu den Vernehmungsräumen führte.

Nummer 3 war frei. Nicht, dass ihn irgendetwas von den anderen zwei unterschied. Collins Street Garda Station war in den Fünfzigern von einem Architekten gebaut worden, der anscheinend den sozialen Wohnungsbau von Russland studiert hatte. Vor der Perestroika. Die Vernehmungsräume waren klein, fensterlos und in einem fiesen Cremeton gestrichen. Wegen des Rauchverbots war die Luft heutzutage ein kleines bisschen weniger muffig, aber an der Decke und den Wänden fanden sich immer noch Nikotinflecken. Die kahle Glühbirne kam Krimi-Zuschauern bekannt vor, und die stark abgenutzten Möbelstücke passten perfekt zur Ausstrahlung des Raums.

Claire schloss die Tür und sah zu, wie Cormac Berry sich auf einen der zwei Metallstühle setzte, die sich an einem zerkratzten Resopaltisch gegenüberstanden. Die Sitze selbst waren steinhart, darauf ausgelegt, es Hintern ungemütlich zu machen und ihre Besitzer wach zu halten. Sie setzte sich auf ihren eigenen Stuhl und wartete darauf, dass die Rückenschmerzen nachließen. Flynn, der nach ihnen den Raum betreten hatte, sagte nichts, stand in der Tür, den Blick auf die schmutzige Wand gerichtet.

Claire nahm Notizbuch und Stift. Die Vernehmung würde zwar auf Video aufgezeichnet, aber im Grunde war sie für Handschriftliches. Elektronik war nützlich. Aber manchmal wurde ihr die Bedeutung von Aussagen erst in den Notizen in ihrer eigenen Handschrift klar, mit all den Schwüngen, die sie an Tonfall und Betonung erinnerten. Selbst scheinbar belanglose Dinge konnten sich später als nützlich erweisen.

Außerdem waren ihre Hände auf diese Weise beschäftigt.

Sie öffnete den Stift und lächelte Berry an.

»Also. Wir versuchen, das hier so schnell wie möglich zu erledigen.«

Der junge Mann zupfte an seiner Jacke und blinzelte wieder, ein Tick, der Claire immer stärker auf die Nerven ging.

»Brauche ich, also, einen Anwalt?«

Und los geht's. Der Kampfgesang einer Generation, die mit amerikanischen Krimiserien groß geworden war. Schön waren die Zeiten gewesen, in denen die Leute zuerst die Fragen beantwortet und sich erst danach über deren Auswirkungen Sorgen gemacht hatten. Aber Claire behielt einen neutralen Tonfall.

»Natürlich können Sie Ihren Anwalt anrufen, wenn Sie möchten, Mr Berry. Aber in dieser Phase möchten wir eigentlich bloß, dass Sie uns genau erzählen, was passiert ist. Wir nehmen nur eine erste Zeugenaussage auf.«

»Ja, okay. Cool.«

Er machte noch eine Pause und schaute auf seine Fingernägel. Sie waren zu lang und zu sauber, fand Claire. Das sichere Zeichen für einen Typ, der sich bei der Arbeit nicht gerade verausgabte. Okay, als Immobilienmakler zu arbeiten ist wohl kaum mit einem Bergmann zu vergleichen, aber irgendwie fand sie, dass er durch einen Tintenfleck oder Ähnliches effizienter wirken würde. Die Stille zog sich, und sie beschloss, mit ein paar sanften Fragen zu beginnen.

»Fangen Sie doch einfach mal damit an, mir Ihren kompletten Namen zu nennen. Und Ihren Beruf.«

Er sah sie dankbar an, als hätte er nicht erwartet, dass es so leicht wäre.

»Ja, klar! Äh, Cormac Berry? Und ich arbeite für O'Mahony Thorpe, die sitzen in, also, in Rathmines?«

O'Mahony Thorpe. Claire schrieb den Namen auf eine leere Seite im Notizbuch. Er war ihr bekannt, und das nicht nur, weil sie ihn draußen an der Merview-Wohnanlage gelesen hatte. Sie und Matt hatten fast zwei Jahre gebraucht, um ein Haus zu kaufen – natürlich auf dem

Höhepunkt der Immobilienblase –, und in der Zeit hatten sie mit jedem anständigen Immobilienmakler der Stadt zu tun gehabt und auch mit ein paar windigen Typen, deren Firma aus einem Klemmbrett und einem Zu-verkaufen-Schild bestand.

O'Mahony Thorpe war damals eines der größten Unternehmen in Dublin gewesen, sie handelten vor allem mit frei stehenden Häusern im Rockstar/Börsenhändler-Gürtel in Dublins Süden. Sie erinnerte sich auch vage daran, O'Mahony selbst gesehen zu haben – oder vielleicht war es auch Thorpe? –, wie er in einem zu engen Nadelstreifenanzug aus einem dieser Immobilienprojekte stürmte, die einen damals in der Werbung verfolgten. Den Leuten wurde geraten, ein zweites Haus im Süden zu kaufen, und es wurde erläutert, wie man auf das Stadthaus Kapital aufnehmen konnte, um einen Swimmingpool anzubauen.

Aber das war damals gewesen. Vor wenigen Jahren und einem ganzen Leben. Heutzutage konnte anscheinend niemand mehr soziale Brennpunkte komplett vermeiden. Selbst diejenigen in Nadelstreifen nicht.

Berry sprach immer noch.

»Wir sind also sozusagen die Hauptmietagentur für Merview. Und wir haben einen Anruf des Besitzers bekommen, dass die Miete für 123 diesen Monat nicht bezahlt worden ist?«

»Okay.«

Claire hob die Hand. »Lassen Sie uns doch bitte noch mal einen Schritt zurückgehen. Erzählen Sie mir genau, wem die Wohnung gehört und was Ihr Unternehmen tut?«

Sie wurde leicht rot und spürte ein kleines Grinsen auf Flynns teilnahmslosem Gesicht mehr, als dass sie es sah. Dieser dämliche Tonfall war ansteckend.

»Was Sie tun«, grummelte sie und senkte ihre Stimme am Satzende so sehr wie möglich.

»Ja, klar.«

Der junge Mann fuhr mit einer kräftigeren Stimme fort, offensichtlich froh, sich auf bekanntem Gebiet zu befinden.

»Wir schalten Anzeigen, suchen Mieter, überprüfen Referenzen, so was alles?«

»Gut.«

Claire notierte sich noch etwas. »Sie kümmern sich also im Namen der Vermieter um die Mieter? Und Sie haben den Mieter für diese Wohnung gefunden?«

»Ja. So vor drei Monaten.«

»In Ordnung.«

Endlich schienen sie voranzukommen.

»Der Kerl, dem die Wohnung gehört, der hat früher mal da gewohnt? Aber dann hat er geheiratet und mit seiner Frau ein Haus gekauft. Er wollte die Wohnung verkaufen, aber er hat keinen anständigen Preis dafür bekommen. Daher hat er beschlossen, sie zu vermieten. Er ist nach Cork oder so gezogen, also brauchte er eine Agentur. Deswegen ist er zu uns gekommen.«

»Und so läuft das normalerweise?«

»Ja. Wir stellen dann Anzeigen ins Internet und all das.«

»Und was ist dann passiert?«

»Na ja. Dieser Typ war ziemlich verzweifelt ...«

Berry verstummte. Er schluckte und starrte auf seine Hände, die inzwischen auf dem Tisch lagen. Aber seine Wortwahl war ungewöhnlich.

»Verzweifelt?«

»Na ja, schon.«

Berry konzentrierte sich wieder auf sie.

»Ich habe ein paarmal mit ihm gesprochen, er hatte halt einen neuen Kredit und so, und er brauchte das Geld wirklich, wissen Sie? Er musste die Wohnung dringend vermieten. Aber in Merview sind eben Unmengen von Wohnungen zu haben, und er wollte eine ziemlich hohe Miete, ich meine, er hatte sie ziemlich hoch angesetzt, weil er das Geld brauchte, aber ich habe ihm gesagt, dass er keinen Tausender dafür bekommt. Auf keinen Fall. Ich meine, das war Wahnsinn, es gibt da Wohnungen für so 650 ...«

»Ist das so?«

Claire zuckte zusammen, sie hatte fast vergessen, dass Flynn da war.

»650!« Der junge Polizist pfiff leise und machte eine Kopfbewegung. »Meine Herren, das ist ein ganz schöner Preisverfall.«

»Ich weiß!«

Lebhafter hatte Berry bisher noch nicht reagiert. Claire warf ihrem Kollegen einen Halt-die-verdammte-Klappe-Blick zu und nickte den Immobilienmakler aufmunternd an.

»Okay, dieser Typ will also einen Tausender, und ich erkläre ihm, dass zu viele andere auf dem Markt sind, aber er war total darauf versessen, sein Geld zu bekommen, wissen Sie? Und dann haben wir dieses Angebot bekommen, und dieser Kerl sagt, er nimmt sie und ...«

»Einen Moment bitte. Sie haben einen Mieter für die Wohnung gefunden?«

»Ja.«

Berry wurde unterm Kragen rot, und Claire beobachtete fasziniert, wie die Röte nach oben kletterte, bis auf seine Wangenknochen.

»Wir haben einen Mieter für ihn gefunden, und der ist

vor zwei Monaten eingezogen. Es war alles in Ordnung, bis er seine Miete nicht bezahlt hat und …«

»Kann ich noch mal darauf zurückkommen, Mr Berry?«

Claire betrachtete den jungen Mann, der jetzt knallrot war und sichtlich schwitzte.

»Möchten Sie etwas trinken, Wasser zum Beispiel?«

»Ja, bitte.«

Sie machte Flynn ein Zeichen, der verließ den Raum und kehrte Sekunden später mit einem übervollen Pappbecher zurück. Berry leerte ihn in einem Zug, schwieg aber weiter.

»Und können Sie uns den Namen des Mieters nennen?«

Berry schaute in den Becher.

»Ja. Klar. Er war … spanisch oder so? Solana oder so ähnlich? Ich habe ihn im Büro aufgeschrieben …«

Claire kritzelte den Namen oder den vermeintlichen Namen in ihr Notizbuch, sagte aber nichts. Es war besser, eine Lücke zu lassen, die später gefüllt werden könnte. Nach einem Augenblick fuhr Berry fort.

»Ja, er ist also eingezogen, wir haben ihn überprüft, alles war großartig, und dann hat er für den zweiten Monat keine Miete bezahlt, also hat mich der Vermieter heute Morgen angerufen und gesagt, dass kein Geld überwiesen wurde und dass der Mann nicht ans Telefon ging und dass er in Cork sei und ob ich nicht mal nachforschen könnte, was los ist, also habe ich das gemacht und keine Antwort bekommen, und ich hatte einen Schlüssel, und das ist völlig legal, ich habe also angerufen und eine SMS geschickt und alles, und es kam keine Antwort, und ich hatte einen Schlüssel, und das ist in Ordnung, also bin ich durch die Tür, ich habe die Tür geöffnet und …«

Der Redefluss des jungen Mannes stockte dramatisch,

und er sah Claire an, Tränen standen in seinen Augenwinkeln.

»Ich hätte gern einen Anwalt. Bitte.«

»Ja, natürlich. In Ordnung.«

Sie klappte ihr Notizbuch zu.

»Wenn Sie jemanden anrufen möchten, dann können Sie das sofort tun.«

»Detective Boyle?«

»Das bin ich.«

Claire musste äußerst dringend zur Toilette, aber sie bemühte sich, ihr Unwohlsein nicht zu zeigen, während sie sich über die Theke lehnte, die die hinteren Räume vom öffentlichen Büro trennte. Sie und Flynn hatten einen schnellen Kaffee getrunken, während Cormac Berry telefonierte, und dann war sie abgelenkt worden und hatte den Anrufbeantworter ihres Festnetzanschlusses abgehört. Sie hatte gedacht, dass sie noch ein paar Minuten hätte, um sich frisch zu machen, bevor sein Anwalt ankam. Aber es schien, als hätte Berry das Batphone benutzt.

Die junge Frau bot eine schmale, gebräunte, manikürte Hand.

»Ella O'Mahony. Ich bin Anwältin für O'Mahony Thorpe. Ich habe gehört, dass Sie einen unserer Angestellten hier festhalten?«

»Nun, ich würde nicht festhalten sagen ...«

Anscheinend hatte sich dieser Fragetonfall auch unter den Juristen ausgebreitet, aber das war auch schon die einzige Ähnlichkeit zwischen Berry und seiner Anwältin. Auch wenn sie eine kleine Frau war, knapp eins sechzig, schätzte Claire, schien Ella O'Mahony jeden Tropfen Selbstbewusstsein, der während der abgebrochenen Vernehmung aus Berry geflossen war, aufgesaugt zu haben. Das Gesicht kam ihr auch bekannt vor, Claire erinnerte sich vage daran, in einer Sonntagszeitung etwas über sie gelesen zu haben. Die älteste Tochter des Agenturchefs Tom O'Mahony hatte Jura studiert und war dann zurückgekehrt, um für Daddys Unternehmen zu arbeiten, wahrscheinlich mit dem Ziel, es irgendwann zu übernehmen. Claire verlagerte ihr Gewicht von einem Fuß auf den anderen und deutete über die Theke auf eine Tür, auf der »Kein Zutritt« stand.

»Ich komme und hole Sie.«

Während sie die Frau durch das Büro führte, drehten sich wieder viele Köpfe um, aber dieses Mal vor Bewunderung. Und Claire konnte es verstehen. Auch wenn ihre Kollegen es nie vermutet hätten – angesichts ihrer Arbeitskleidung konnte man es ihnen auch nicht vorwerfen –, Claire mochte Designerkleidung. Sie kaufte nur selten welche, die Anforderungen ihres Jobs brachten es mit sich, dass schwarze Anzüge und flache Schuhe an dunklen und hektischen Morgen leichter aufeinander abzustimmen waren. Doch sie erkannte ein Chanelkostüm, wenn sie eines sah. Ella O'Mahony trug ein echtes.

Sie ließ ihren Blick durch das Büro schweifen und erwischte einen der jüngeren Streifenpolizisten bei einer anerkennend hochgezogenen Augenbraue und erlaubte sich einen Blick wie von einer strengen Nonne. Der Mann wurde knallrot und vergrub sich wieder in seinen Akten. Zufrieden beschleunigte Claire ihren Schritt und trat neben die Anwältin, bevor sie ihr den Vernehmungsraum zeigte. Cormac Berry stand sofort auf, als sie den Raum betrat, aber nach einem raschen Blick seiner Anwältin sagte er nichts. Claire machte eine Pause und lächelte dann strahlend, dieses Mal mit dem Blick ihrer Lieblingsgrundschullehrerin.

»Gut! Ich lasse Sie beide dann mal allein. Ich komme in ein paar Minuten für ein Gespräch zurück, ja?«

Sie drehte sich um und verließ den Raum. Sie zog die Tür hinter sich zu, langsam, und erwischte gerade noch Berrys Seufzer.

»Ich habe nicht ...«

Aber Claire hörte das Ende des Satzes nicht.

## PRIVATE NACHRICHT

**MyBabba – LondonMum**

Hey, ich habe deine PN bekommen. War im Urlaub, in Spanien. Babba fand's toll. Tut mir leid, dass ich nichts gesagt habe, bevor wir abgeflogen sind! Hoffe, dir geht's gut. Hatten eine super Zeit, R hat den Flug geliebt, war null Problem. Werde im Forum mehr erzählen. LG

# SECHZEHN

»Er behauptet also, es war ein farbiger Kerl?«

»Ja, Superintendent.«

Claire rutschte auf ihrem Stuhl hin und her, ihr Rücken protestierte vehement. Sie arbeitete jetzt seit – sie sah auf ihre Uhr – vierzehn Stunden, noch war kein Ende in Sicht, und ihr Körper drohte unter der Anstrengung zusammenzuklappen.

Ihr Boss sah sie stirnrunzelnd an, als wolle er sie fragen, ob es ihr gut ginge. Superintendent Liam Quigley hatte vier Kinder, das letzte wurde geboren, als er und seine Frau schon weit über vierzig waren. Es war eine schwierige Schwangerschaft gewesen, das hatte er Claire gegenüber in einem ruhigen Moment während der Weihnachtsfeier im Büro zugegeben. Claire sah ihm an, dass er ihr sagen wollte, sie solle sich schonen. Sie konnte fast zuschauen, wie er den Gedanken hinunterschluckte. Diese »Respekt am Arbeitsplatz«-Seminare zeigten Wirkung. Claire wusste, dass er so tun musste, als sei sie nicht anders als Flynn oder einer der anderen Polizisten direkt hinter seiner Bürotür. Sie sollte dankbar sein, sagte sie sich und kämpfte gegen den Drang, darum zu bitten, sanft auf ein Sofa gelegt zu werden und ein Kissen und eine Tasse Tee gereicht zu bekommen.

»Und diese verdammten Überwachungskameras.«

»Das stimmt.«

Claire blickte auf ihr Notizbuch, das jetzt voller Kritzeleien, Gedankenstriche, Pfeile und Fragezeichen war, nach einem Nachmittag am Telefon. Berry hatte fast eine Stunde mit seiner Anwältin verbracht, bevor er seine offizielle Aussage gemacht hatte, aber das hatte nicht bedeutet, dass sie und Flynn eine ruhige Kugel schieben konnten. Sie hatten jeden kontaktiert, der etwas mit dem Wohnblock zu tun hatte, von der Hausverwaltung bis zum Wachdienst, der laut der Merview-Website täglich rund um die Uhr jemanden patrouillieren ließ.

Die Anrufe hatten überhaupt keine neuen Informationen ergeben. Die Aufnahmen der Überwachungskameras drinnen und draußen vor den Gittern wurden beschafft und zu ihnen geschickt, aber ein bockiger Aufseher der Hausverwaltung hatte schnell zugegeben, dass die Videoüberwachung »lückenhaft« und »löchrig« war. Der Mann hatte dann eine Schimpftirade losgelassen, dass die Mieter ihre Gebühren nicht bezahlten und die Firmen mit den Ressourcen arbeiten mussten, die sie bekamen. Claire hatte mehrere Minuten gebraucht, um seinen Sermon zu unterbrechen und die Aufnahmen zu ordern. Sie hatte jedoch nicht viel Hoffnung. Der Wachdienst bediente sich derselben Ausrede. Nach ein paar stoischen Fragen von Flynn hatten sie zugegeben, dass ihre tägliche Rund-um-die-Uhr-Bewachung eigentlich eher jeden zweiten Dienstag stattfand und möglicherweise noch stärker eingeschränkt würde, wenn die Mieter von Merview ihre Gebühren nicht erhöhten. Und als sie es endlich geschafft hatten, sie dazu zu überreden, ihre Tür zu öffnen, sagten alle anderen Bewohner, dass sie den Mieter von 123 nicht gesehen hatten.

In der Zwischenzeit war ein örtlicher Streifenwagen in Cork zur Universität geschickt worden, um Sean Bradley, dem Eigentümer von 123, die Nachricht zu überbringen, dass sein neuer Mieter mehr als eine kaputte Glühbirne hinterlassen hatte. Er würde zu einer Aussage nach Dublin kommen müssen. Aber sein Alibi schien wasserdicht, er hatte einen Vollzeitjob an der Uni und ein neues Baby und hatte in den letzten zwei Wochen anscheinend täglich entweder Windeln gewechselt oder Vorlesungsunterlagen ausgeteilt.

Egal, sie würden ihn trotzdem befragen.

Claire seufzte. Sie hatte einfach das Gefühl, dass sie nur Routinearbeiten erledigten, solange sie nicht den Mann kontaktieren könnten, der die Wohnung tatsächlich gemietet hatte. Und was diese spezielle Information anging, hatte Berry sich als so nützlich wie eine Teekanne aus Schokolade erwiesen.

»Also, wie hat er ihn beschrieben?«

Superintendent Quigley schaute sie über den Rand seiner Brille an. Ein großer, breitschultriger Mann Anfang fünfzig, er vermittelte den Eindruck, so entspannt zu sein wie ein menschlicher Liegestuhl, aber Claire wusste, dass sich hinter dem jovialen Äußeren ein hochintelligentes Gehirn verbarg. Sie hatte sehr großen Respekt vor ihm als Boss und als Polizist, und sie wollte nichts mehr als ihm beweisen, dass sie bei diesem größten Fall im Revier seit Langem bedeutende Fortschritte gemacht hatte. Aber die Informationen bisher waren, gelinde gesagt, dünn.

Sie sah noch einmal auf ihr Notizbuch, als hätte es von allein eine neue Information hinzugefügt. Aber nur ihre Kritzeleien schauten zurück. Laut Cormac Berry war der Mieter schwarz gewesen, möglicherweise Nigerianer. Sein Name lautete Chris Solana. Claire fand, dass es nicht sehr überzeugend klang. Im Einzugsgebiet von Collins Street gab es eine recht große nigerianische Gemeinde, und sie hatte noch nie einen Namen wie Solana gehört, aber Berry hatte darauf beharrt.

Eine Kopie des Mietvertrags war aus seinem Büro gefaxt worden, aber der Name darauf war fast unleserlich, eine dieser auffälligen Unterschriften, wie Leute sie auch auf Kreditkarten schrieben und die sich nur allzu leicht fälschen ließen. Es könnte Chris Solana heißen, mit ein bisschen Fantasie könnte es genauso gut Claire Boyle heißen. Es gab keinerlei Referenzen. Claire hatte sich sehr bemüht, einen neutralen Gesichtsausdruck zu machen, während Berry eine quälend lange Erklärung abgab, dass er mit den Unterlagen noch nicht ganz fertig war, wissen Sie? Also nicht komplett? Sie wusste, dass das zum Himmel stank und dass zum Mieten und Vermieten mehr gehörte, als eine Kaution zu kassieren und die Schlüssel zu übergeben. Die Vermietung musste öffentlich eingetragen werden. Steuernummern mussten ausgetauscht werden. Als das Finanzamt erwähnt wurde, hatte Berry schnell zur Tür gesehen, als könne er telepathisch Kontakt aufnehmen zur Anwältin, die draußen auf ihn wartete. Und dann hatte er mit rotem Kopf gemurmelt, dass alles in der Mache war.

Claire hatte verzweifelt versucht, mehr aus ihm rauszubekommen. Aber Berry hatte an seinen Manschetten genestelt und war bei seiner Geschichte geblieben. Der Mann hatte im Büro angerufen, sagte er, und er hatte ihn am nächsten Tag in der Wohnung getroffen. Er hatte ihm alles gezeigt, es gefiel ihm, und er hatte vor Ort einen sechsmonatigen Mietvertrag unterschrieben und die Kaution bar bezahlt. Die Miete für den ersten Monat war ebenfalls bar bezahlt worden, aber die für den zweiten war nicht gekommen, und beim Versuch, den Mieter zu kontaktieren, hatte Berry seine grausige Entdeckung gemacht.

»Wie sah er aus?«

»Schwarz.«

Quigley zog die Augenbrauen hoch, und Claire seufzte tief.

»Nein, ehrlich, das ist fast alles, was wir aus ihm rausbekommen haben. Schwarz, er trug Jeans und eine braune Bomberjacke. Kurze Haare. Kräftig gebaut. Schien es nicht eilig zu haben, wirkte nicht nervös. Berry hat mehr oder weniger zugegeben, dass er das Geld genommen hat und abgehauen ist, die Wohnung hat ewig leer gestanden, und der Eigentümer war ›verzweifelt‹ …«

»Befragen wir ihn?«

»Er wohnt in Cork, zwei Kollegen dort haben schon eine Aussage aufgenommen. Er behauptet, Berry habe sich um alles gekümmert, er hat nur die Schlüssel und seine Bankverbindung weitergegeben. Sein Alibi ist wasserdicht. Seine Tochter wird morgen getauft, aber direkt danach kommt er her. Laut Flynn klang er ziemlich erschüttert. Sind ja nicht gerade gute Neuigkeiten, oder? Dass in der eigenen Wohnung eine Leiche gefunden wurde.«

»Und sind Sie zufrieden mit der Aussage dieses Berry?«

»Eigentlich nicht.«

Claire runzelte die Stirn, und der Superintendent betrachtete sie genau.

»Da ist irgendwas … ich weiß nicht. Er hat drauflosgeredet, dann ist er verstummt und hat nach einem Anwalt gefragt. Das ist in Ordnung, das ist sein gutes Recht. Und dann hat er den Kerl recht ausführlich beschrieben, aber … ich weiß nicht.«

Sie unterdrückte ein Gähnen, und Quigley sah sie fest an.

»Es war ein langer Tag. Schlafen Sie mal drüber. Ich glaube, die Identifizierung wurde bestätigt?«

»So gut wie.«

Der genaue Bericht der Pathologie käme erst in ein paar Stunden, aber die Kleider und der Geldbeutel, die am Tatort gefunden worden waren, sowie ihre geschätzte Größe und ihr Alter passten perfekt zu Miriam Twohy, die seit vierzehn Tagen aus Ballyawlann verschwunden war. Ihre Eltern wurden morgen früh im Leichenschauhaus erwartet, um den Verdacht der Polizisten zu bestätigen. Es war ein furchtbares Ende ihrer Suche, und sie konnte nur hoffen, dass die Tatsache, dass ihre Tochter gefunden worden war, ein wenig Trost bot. Frieden konnte es keinen geben, wenn die Familie erfuhr, wie sie gestorben war.

Quigley redete wieder, und sie bemühte sich zuzuhören.

»Halten Sie mich auf dem Laufenden. Ich lasse Flynn bei Ihnen, wenn das funktioniert?«

Sie nickte. Nervige Frisur hin oder her, Flynn hatte sich als guter Telefonermittler erwiesen, und sie war froh, ihn an ihrer Seite zu haben.

»Ruhen Sie sich ein bisschen aus.«

Er murmelte die Worte, als sei er unsicher, ob er sie sagen sollte, aber Claire wusste seine Absicht zu schätzen. Sie stand völlig erschöpft vom Stuhl auf. Plötzlich war ihr sogar die Vorstellung, sich ins Auto zu setzen und nach Hause zu fahren, zu viel, und sie konzentrierte sich darauf, einen Fuß vor den anderen zu setzen, während sie das Büro des Superintendent verließ und langsam an den Schreibtischen und Computermonitoren vorbei zum Ausgang ging. Alles, woran sie denken konnte, war, in eine heiße Badewanne zu sinken und zu beten, dass Matt das Abendessen gemacht hatte. Bevor sie den Ausgang erreichte, kam Flynn zu ihr.

»Ich dachte, Sie sollten wissen, dass diese Computerlady noch mal angerufen hat.«

»Wer?«

Durch die Müdigkeit klang sie motzig, und Claire bereute ihren Tonfall, als Flynn rot wurde, bevor er fortfuhr.

»Diese Frau, die meinte, sie würde Miriam Twohy aus dem Internet kennen? Also sie hat wieder angerufen, um zu sagen, dass sie sich geirrt hat. Ihre Freundin ist anscheinend wieder aufgetaucht. War also doch nicht dieselbe Frau.«

»Großartig. Egal.«

Claire nickte und ging weiter auf dem langen Weg durch das nahezu komplett verlassene Revier zum Parkplatz. Sie hatte jetzt keine Zeit für Hausfrauen und deren Fantasie. Eine junge Mutter war tot, und ihr gefiel nicht, wie die Ermittlungen liefen. Geschwätz im Internet war das eine. Dieser Tod war real.

# SIEBZEHN

ARRRGH

**ExcitedM2B**

ARRRGH wie's schon in der Überschrift steht!!!! Bin in der 32. SSW, fühle mich klasse, dem Baby geht's gut. Es ist ein kleiner Junge. *herzchen* Göga ist total begeistert, er hat sich einen Monat freigenommen und freut sich darauf, mit unserer neuen kleinen Familie zu Hause zu sein! Und dann ruft heute meine Mutter an und verkündet, dass sie nach der Geburt kommen wird! Für einen Monat!!! Ich habe ihr gesagt, dass wir unsere eigenen Pläne haben, aber sie redet einfach weiter wie immer und sagt, ach, du weißt ja gar nicht, wie müde du sein wirst, ich kann das nächtliche Füttern übernehmen, dann kannst du schlafen etc. etc. Argh!!! Gott ich bin schon gestresst, wenn ich nur daran denke … kann mir irgendjemand da draußen helfen?

**JudyJudy**

Ach, das ging mir genauso! Sohnemann ist sechs Monate alt, ich hatte einen KS und an dem Abend, als wir aus dem KH kamen, haben uns SIEBEN von Gögas Familie besucht, um das Baby zu sehen!!! Ich bin nur rumgelaufen, um allen Tee zu kochen, und sie haben das Baby wie ein Paket herumgereicht! Er hat hinterher stundenlang geschrien *KopfandieWand*

**MyBabba**
Tut mir leid, dass du so viel Stress hast. Vielleicht könnte Göga mal in Ruhe mit ihr reden?

**MammyNo1**
Stimme MyBabba zu. Lass Göga ruhig mit ihr reden, benutze all die Schwangerschaftshormone als Ausrede. Sag ihr, du fändest es toll, dass sie helfen will und dass du unbedingt möchtest, dass sie ihren Enkel sieht, aber dass ihr zu Anfang nur zu dritt zu Hause sein wollt. Und vielleicht kann sie ja dann kommen, wenn Göga wieder arbeiten geht? Es ist doch sinnlos, wenn deine Mum da ist und alles erledigt und Göga nicht lernt, wie man Windeln wechselt! Viel Glück!

**ExcitedM2B**
Danke Mädels, aber Göga wird auf gar keinen Fall mit ihr sprechen. Jetzt ist's noch schlimmer, meine Tante (ihre Schwester) hat gerade angerufen und gesagt, dass sie eine Hebi im KH kennt und dass sie sie nach der Geburt zu einem Besuch hereinlassen wird, auch wenn eigentlich nur Großeltern erlaubt sind. Ich meine – hallo?? Ich frage mich langsam, wessen Baby es eigentlich ist … habe gestern Nacht ewig geweint, wenn ich nur daran denke …

**FirstTimer**
Meinst du das ernst? Meine Mum zieht für mindestens einen Monat hier ein, wenn das Baby da ist! Ich habe sie auch gebeten, mit ins KH zu kommen, Göga ist da nutzlos!!!! Ich würde sie in den Kreißsaal mitnehmen, aber das dämliche KH lässt nur Partner rein ☹

**LondonMum**

Tut mir leid, dass du so gestresst bist, Süße. Ich wollte eigentlich nur eine andere Perspektive aufzeigen. Ich habe meine Mum nicht mehr ... wir haben uns vor Jahren zerstritten. Lange Geschichte. Zu lang, um sie hier zu posten ... egal, ich komme jedenfalls aus London, wohne aber jetzt hier, habe also keine Familie oder Freunde, die helfen könnten. Gögas Mum ist wirklich nett, aber na ja ... Ihr wisst ja, wie's ist. Ich will sie nicht zu oft bitten. Also waren es nur ich und Göga, als Töchterchen geboren wurde. Und er steckt bis zum Hals in Arbeit, also bin ich ganz oft allein. Nicht immer leicht. Ich meine, es ging gut, wir haben uns durchgewurschtelt. Aber, was ich eigentlich sagen will, vielleicht wäre es besser, wenn du dich deswegen nicht mit deiner Mum überwirfst. Vielleicht könntet ihr irgendeine Absprache treffen. Es ist ein bisschen viel verlangt, dass du sie einen Monat bei euch aufnimmst, aber ich würde mich auch nicht mit ihr überwerfen. Vielleicht kann sie die ersten paar Nächte kommen und dann noch mal, wenn Göga wieder arbeiten muss. Ich will eigentlich vor allem sagen, dass es schön wäre, wenn ich hier eine Mum hätte, die sich darum reißt, etwas für mich zu tun ... vielleicht ist deine nicht nur verkehrt! Ich hoffe, dass ihr eine Lösung findet, und viel Glück fürs Baby! LG

**Della**

Super schönes Posting, LondonMum ... Meine Mam ist gestorben, als ich 20 war, und ich habe sie so vermisst, als meine beiden geboren wurden. Ich hoffe, dir geht's gut. LG

**FarmersWife**

Ich bin auch meilenweit von meiner Mam weg, sie lebt, Gott sei Dank, aber in Dublin, und wir wohnen am Arsch der Welt. Manchmal habe ich das Gefühl, ich fände es toll, wenn sie hier wäre, und manchmal ... na ja, sagen wir einfach, dass wir früher nicht gerade die besten Freundinnen waren ☺. Ich fände es wahrscheinlich drei Stunden lang toll, wenn sie hier wäre, und dann würde ich sie am liebsten erschlagen ☺. Ich vermute, oft müssen wir mit dem klarkommen, was wir haben, wenn du weißt, was ich meine. Viel Glück bei deiner Entscheidung.

# ACHTZEHN

*Es war jetzt vor allem dunkel. Ein bisschen Licht, wenn sie es schaffte, die Augen zu öffnen. Farben, Sprache, Bewegung. Alles verursachte ihr Schmerzen. Dunkelheit war einfacher. Und in der Dunkelheit schwebten Gedanken wie Staubkörner, ruhten kurz, bevor sie davonflogen.*

*Sie strengte sich an, wenn sie mit ihr sprachen. Hier trug niemand weiße Kittel, das fand sie verwirrend. Es sollte sicher helfen, dass die Patienten sich wohler fühlten, irgend so ein Quatsch. Man sollte auch niemanden mehr Doktor oder Schwester nennen. Nur Jason und Courtney, und da war noch dieses dunkelhäutige Mädchen, dessen Namen sie nicht aussprechen konnte. Andererseits sollte man sie heute auch nicht mehr dunkelhäutig nennen, oder? Sie vergaß die neuen Wörter immer. Sie bekam Kopfschmerzen, wenn sie nur darüber nachdachte.*

*Wenigstens erlaubte er ihr, ihre Meinung zu sagen. Er war jetzt zweimal bei ihr gewesen, oder war es dreimal? Egal. Er würde bekommen, was er wollte. Und sie dann hoffentlich auch.*

*Schmerz. Schmerz kam, schwankte eine Weile und dann biss er sich fest und blieb. Sie hatte schon vorher Schmerzen gehabt. Es ist ein Mädchen. Eine Tochter. Helligkeit und Hoffnung. Und dann Traurigkeit. In der Dunkelheit flüsterte sie den Namen ihrer Tochter. Er hatte ihr gesagt, dass sie sie bald sehen würde. An diesen Gedanken klammerte sie sich jetzt.*

# NEUNZEHN

## RHYTHMUS FÜR EIN WINZIGES BABY?

**FarmersWife**

Hi Mädels. Nur eine Minute. Söhnchen geht's Gott sei Dank gut. Aber für mich ist er ein bisschen zu verrückt nach der Brust, die Flasche nimmt er überhaupt nicht. Irgendwelche Tipps? Ich muss sofort einen Rhythmus für ihn finden. Ich kämpfe hier mit Dreien, und Göga meint, Kühe erlauben keinen Vaterschaftsurlaub ☹.

**SAHM**

Ehrlich gesagt sind Flaschen auch keine Garantie für einen besseren Rhythmus. Hast du mal daran gedacht, weiter zu stillen und ihn nachts zu dir ins Bett zu nehmen? Hat bei meinen vier funktioniert, und sie haben alle ihren eigenen Rhythmus gefunden, als sie so weit waren. Und noch: Herzlichen Glückwunsch.

**MeredithGrey**

Ich weiß, mein Kleiner ist problemlos von der Brust zur Flasche gewechselt, kennst du diese speziell geformten? Die könntest du mal ausprobieren … schick mir eine PN, dann sage ich dir, wo ich sie gekauft habe.

**MyBabba**
Noch eine Stimme für Merediths Flaschen. Die haben bei meinem gut funktioniert.

**FarmersWife**
Du meinst wohl bei deiner, MyBabba LOL. Ach das blöde Schlafdefizit schafft uns am Ende alle!!! LG

## PRIVATE NACHRICHT

**MyBabba – FarmersWife**
Erwischt LOL. Vertippt, ich bin heute so kaputt! Ich war die ganze Nacht wach, sie hatte Fieber. Musste ihr schließlich Eis geben, um es zu senken, die Arme. Jetzt geht's ihr besser, aber nachts hat sie mir einen ganz schönen Schrecken eingejagt. Gute, alte Vanille-eiscreme, was? Eine Wunderwaffe.

**FarmersWife – MyBabba**
Ha, du willst mich wohl testen, was? LOL. Denkst du, ich hätte vergessen, dass sie Laktoseintoleranz hat? Ich hatte dir doch den Tipp mit der Ziegenbabymilch gegeben. Nach all den Postings, die du wegen der Probleme geschrieben hast, sie von der Brust auf Pulvermilch umzustellen? Du testest mich sicher, LOL, aber so schnell vergesse ich Dinge nicht. Ich sollte mich wohl lieber um mein wahres Leben kümmern, bin viel zu oft hier. Na, jedenfalls hoffe ich, dass es euch beiden bald besser geht.

# ZWANZIG

»Eamonn! Hier! Hierhin, bitte!«

Der Krach stieg wie eine Welle an und schlug ihr ins Gesicht. Verwirrt griff Yvonne Gerrys Hand und ließ sich von ihm durch die Menge ziehen.

»Eamonn! Hierhin, bitte! Und noch eines!«

Etwas wackelig auf ihren High Heels spähte sie über die Schulter ihres Mannes und wurde von Dutzenden Kamerablitzen geblendet.

»Ist das immer so?«

»Ja, eigentlich schon.« Gerry grinste. »Verrückt, was? Komm. Lass uns reingehen.«

Nach einem letzten Blick in Richtung von Eamonn Teevan, der die Fotografen gespielt bescheiden anlächelte, stieg Yvonne unsicher die Stufen des roten Teppichs ins Hotel hinauf. Kellner in Smokings trugen Tabletts mit Champagnergläsern, und Gerry drückte ihr eins in ihre freie Hand, während sie sich durch die Menge kämpften, vorbei an Männern mit Fliegen und ihren gepflegten, aufgekratzten Partnerinnen, die ihr Aussehen und das der Konkurrenz in den verspiegelten Wänden überprüften.

Sie schnappte ein paar Gesprächsfetzen auf.

»Fantastisch. Er sah total fantastisch aus ...«

»... ich glaube, sie war Model, aber ich bin mir nicht sicher ...«

»Du weißt doch, dass er früher gespielt hat, ich glaube, er ist jeden Tag im Fitnessstudio ...«

Gerry führte Yvonne durch das Foyer in einen großen Saal, die Luft brummte vor Küsschen und hektischem Small Talk. Am Kopfende des Raums war eine Bühne aufgebaut, darüber hing ein Banner, das sie bei den National Television Awards willkommen hieß. Gerry grüßte fast jeden, dem sie begegneten, mit hochgezogenen Augenbrauen und Kopfnicken und lenkte Yvonne an einen Tisch. Während er sie leicht auf die Wange küsste, blieben seine Augen offen.

»Und, was hältst du bisher davon? Verrückt, oder?«

»Wahnsinnig.«

Yvonne strich eine Haarsträhne hinters Ohr und sah sich um, sie war dankbar, dass Gerry einen Platz an der Wand ausgewählt hatte. Sie war noch nie bei einer solchen Feier gewesen. Alle Frauen sahen aus wie die »Nachher«-Bilder einer Vorher-nachher-Show, und sie war immer wieder versucht, Leute, die sie erkannte, zu grüßen, bevor ihr bewusst wurde, dass sie die Gesichter aus dem Fernsehen kannte. Ihr Ehemann hatte auch in London fürs Fernsehen gearbeitet, aber die einzige Feier, die sie dort mitgemacht hatte, bestand aus einer Runde Drinks im Pub nach einem chinesischen Essen. Das hier war Gerrys neues Leben, und so fremd es sich auch anfühlte, sie wusste, dass er es ihr zeigen wollte.

Sie wurde plötzlich nervös, trank einen großen Schluck Champagner und schüttelte sich, als die kalte Flüssigkeit ihren Hals hinabfloss. Sie war einfach so schrecklich müde. Und sie hasste ihr Kleid. Mit dem Baby shoppen zu gehen hatte überhaupt keinen Spaß gemacht. Das helle Licht in der Umkleidekabine hatte Róisín gestört, und Yvonne hatte schließlich mit einer Hand den Kinderwagen geschaukelt, während sie gleichzeitig versucht hatte, mit der anderen ein Kleid anzuziehen. Sie unterdrückte ein Gähnen, rieb sich mit einer Hand übers Gesicht und erinnerte sich gerade noch rechtzeitig daran, möglichst nichts von dem Make-up zu verwischen, das sie aufgetragen hatte, während Róisín im Tragetuch an ihrer Brust geschlafen hatte. Gerry hatte fest vorgehabt, früh von der Arbeit nach Hause zu kommen, damit sie zum Friseur gehen und sich fertig machen konnte. Aber er war spät gekommen, und sie hatte Hannah nicht um noch einen Gefallen bitten wollen, da sie bereits diese Nacht babysittete. Also hatte sie es natürlich auch so geschafft. Hatte mit dem Baby gebadet und dann ihre langen, roten Locken unter der Dusche ausgespült, während ihre Tochter auf einem Handtuch auf dem Badezimmerboden lag. Sie hatte es geschafft. Es musste reichen.

»Alles klar, Schatz?«

Gerry nickte ein letztes Mal einem Bekannten zu, der in einem zu engen Nadelstreifenanzug schwitzte, und beugte sich zu ihr.

»Bist du froh, dass du gekommen bist?«

Yvonne überlegte einen Moment, ob sie die Wahrheit sagen sollte, dann zwang sie sich zu einem Lächeln. Es war ein wichtiger Abend für ihren Mann, ein bedeutender Abend. Eamonn Teevan war als »Newcomer des Jahres« nominiert, und es gab Gerüchte, dass er auch »Persönlichkeit des Jahres« werden könnte. Als Produktionsleiter von *Teevan Tonight* wäre die Auszeichnung für Gerry genauso wichtig wie für Teevan selbst. Daher wollte Yvonne ihm nicht erzählen, wie erschöpft sie sich fühlte. Was für ein Weichei war sie überhaupt? Wahrscheinlich hatte die Hälfte der Frauen im Saal Kinder, und sie hingen nicht erledigt und abgelenkt herum und wünschten sich nicht, irgendwo anders zu sein.

»Natürlich!«

»Hier.« Er winkte einem vorbeigehenden Kellner, griff noch ein Glas Champagner. »Trink das. Ich will nur kurz Hallo sagen …«

»Mach du nur.«

Yvonne drückte seine Hand. Das hier war ein Arbeitsabend für Gerry, und es war wichtig für ihn zu netzwerken. Sie könnten später noch ausführlich miteinander reden.

»Danke, Schatz. Bin gleich wieder da.«

Erleichtert ging ihr Mann los und feuerte sofort drei »Toll, dich zu sehen«, zwei »Überhaupt kein Problem« und ein »Da bist du ja« in Richtung eines großen Mannes ab, den Yvonne erkannte, es war der Chefreporter von Ireland 24.

Sie sah sich im Saal um, und ihr wurde bewusst, wie allein sie war. Jeder im Raum schien alle anderen zu kennen, und ihr Ehemann war nicht der Einzige, der mit drei, vier oder fünf Leuten gleichzeitig sprach. In der Hoffnung, dass sie damit weniger einsam aussähe, suchte sie in ihrer Tasche nach ihrem Handy. Keine SMS. Toll. Keine SMS bedeutete, dass ihre Schwiegermutter gut klarkam. Keine Babynotfälle. Andererseits war Hannah so sehr von ihren Babysitting-Fähigkeiten überzeugt, dass Yvonne annahm, dass sie wegen eines Problems nicht anrufen würde, außer das Baby stünde wirklich kurz davor, ins Krankenhaus zu müssen.

Yvonne dachte an das Glitzern in ihren Augen, als sie »endlich« die alleinige Verantwortung für ihr einziges Enkelkind übernommen hatte, und fragte sich, ob Hannah im Fall eines medizinischen Notfalls tatsächlich ihren Stolz hinunterschlucken und sie anrufen würde. Die Atmosphäre war angespannt gewesen, kaum dass sie am frühen Abend im Haus ihrer Schwiegermutter angekommen waren, und Hannah hatte gar nicht erst versucht, sie und Gerry zu beruhigen.

»Haben sie sich also endlich durchgerungen, dich mir anzuvertrauen, Schätzchen! Oh, ja, das haben sie, sie werden mich aber wahrscheinlich alle fünf Minuten anrufen! Ach, wir hören einfach nicht auf sie, Mäuschen. Ich habe dich heute Abend ganz für mich allein, wir werden uns amüsieren.«

Diese Worte, in hohem Babygesäusel ausgesprochen, waren an das Baby im Autositz gerichtet, aber Yvonne machte sich keine Illusionen über den wahren Adressaten. Sie spürte, dass Gerry sich neben ihr anspannte. Komisch, es war untypisch für ihn, sich über seine Mutter zu ärgern. Er musste nervös sein, wegen der Feier, hatte sie gedacht und beschlossen, dass sie großzügig genug für beide sein musste. Sie hatte den Kopf zu ihrem kleinen Mädchen hinuntergebeugt und so breit gestrahlt wie ihre Schwiegermutter.

»Du wirst dich mit Granny vergnügen, nicht wahr? Oh ja, das wirst du. Wir machen uns deswegen sowieso keine Sorgen!«

Sie sah ihren Schwager an, der am anderen Ende des Zimmers ein Grinsen unterdrückte. Hannah hasste es, Granny genannt zu werden. Na, die konnte sie mal. Sie bekam ihren Wunsch erfüllt, einen ganzen Abend mit dem Baby, und wenn Yvonne sie Granny nennen wollte, dann musste sie das eben schlucken. Jetzt musste sie selbst ein Grinsen unterdrücken. Sie widersetzte sich Hannah nicht oft. Es fühlte sich gut an, selbst wenn es nur sehr subtil war.

Und dann hatte Bill Tee gekocht, und die Spannung im Raum war auf ein erträgliches Niveau gesunken. Es wunderte sie nicht, dachte Yvonne, dass es Gerry wichtig war, seinen Bruder einmal pro Woche auf ein Bier zu treffen. Bill war nicht gerade der Erfolgreichste der Familie. Aber er strahlte Ruhe aus, und sie hatte das Gefühl, dass Hannah trotz ihrer herrischen Art genauso sehr von ihm abhängig war wie er von ihr.

Und sie hatte recht, beschloss sie. Róisín würde es gut gehen.

Sie nippte noch einmal am Champagner. Róisín ging es gut, und ihr ging es gut, und der Abend würde toll werden. Alles, was sie brauchte, war jemand, mit dem sie reden konnte. Aber der Saal wirkte einfach so ... undurchdringlich. Weiter entfernt sah sie Gerry im Zentrum einer Menschenmenge. Er lachte mit zurückgeworfenem Kopf, seine blonden Haare glänzten unter der riesigen Discokugel. Gott, er sah umwerfend aus. Er hatte sich überhaupt nicht verändert, seit sie sich kennengelernt hatten. Er war immer noch der attraktivste Mann im Raum, immer noch das Zentrum von allem, was Spaß und Leben und Glück war. Partys fingen erst an, wenn Gerry kam.

Yvonne war nie so jemand gewesen. Niemand schrieb sie ganz oben auf eine Einladungsliste oder überlegte, eine Dinnerparty abzusagen, weil sie nicht kommen konnte. Gerry war ein Star. Er hatte sie an der Hand gepackt und in sein Leben gezogen, als sie sich getroffen hatten, und eine Zeit lang hatte sie es wirklich genossen. Aber jetzt, wo Róisín dazugekommen war, war alles viel schwieriger. Normalerweise war es kurz vor zwei Uhr nachts, wenn Gerry erschlagen durch die Tür stolperte. Wenn Yvonne schlief, ging er auf Zehenspitzen ins Gästezimmer und bemühte sich, sie nicht zu wecken. Wenn sie wach war, dann war sie deswegen genervt und schaffte es kaum, ihren Frust über eine weitere schlaflose Nacht, die sie allein rumbringen musste, zu unterdrücken. Wenn er es, selten, mal schaffte, früher zu kommen, drückte sie ihm das Baby in die Hand, kaum dass er durch die Tür getreten war, so dringend brauchte sie eine Pause, eine heiße Dusche, eine Tasse Tee, die nicht kalt wurde, bevor sie sie trank. Sie konnte sich nicht mehr erinnern, wann sie beide eine DVD zu Ende gesehen hatten, ohne dass sie eingeschlafen war, er einen Anruf von der Arbeit bekam oder auf seinem iPhone tippte, um nachzusehen, ob es irgendwo Neuigkeiten gab, die nicht bis morgen warten konnten. Und Sex war nur noch eine vage Erinnerung.

Ihre Finger tippten auf ihrem eigenen Handy herum. Gott, sie musste ihn langweilen. Sie fühlte sich so dumm, wie sie allein dastand, in einem zu engen Kleid, das ihr Zwerchfell zusammendrückte und ihr den Atem nahm, während die Elite der Dubliner Gesellschaft um sie herum glänzte. Sie hatte ihnen nichts zu sagen, und sie hatten nicht einmal gemerkt, dass sie überhaupt da war. Sie wollte verzweifelt so aussehen, als hätte sie etwas zu tun, und tippte daher noch einmal auf den Handybildschirm und öffnete die Netmammy-App.

*Neue Babys.*

*Schwangerschaft.*

*Allgemeine Diskussionen.*

Sie klickte das Letzte an. Die Frage, die sie vor Kurzem gestellt hatte, stand immer noch ziemlich weit oben und hatte zu einer lebhaften Diskussion geführt.

## WELCHES KLEID, UM DEN MAMA-BAUCH ZU VERSTECKEN?

**LondonMum**

Hallo Mädels. Heute Abend geht's mit Göga zu einer großen beruflichen Feier. Abendkleid etc. Ehrlich gesagt habe ich Panik, weil ich, seit Töchterchen geboren wurde, eigentlich nichts anderes mehr als Jogginganzüge getragen habe. Tipps, wo ich ein Kleid kaufen kann? Wie ihr an meinem Nickname sehen könnt, bin ich nicht aus Dublin ... Ich freue mich also über jeden Tipp, wohin ich gehen könnte. Außerdem fühle ich mich ziemlich schlecht wegen meiner Figur, ich habe mal 36 getragen, aber ihr wisst ja selbst, wie es ist!

Es waren schnell ein paar Antworten gekommen, ein paar mit Tipps fürs Stadtzentrum und ein anderer, der das Dundrum-Einkaufszentrum am Stadtrand empfahl. Yvonne hatte sich an diesen Ratschlag gehalten und seitdem keine Zeit mehr gehabt, sich die Diskussion noch mal durchzulesen. Aber seit sie das letzte Mal online gewesen war, waren ein paar Postings dazugekommen, und es hatte sich eine Diskussion entsponnen, ob Schwarz wirklich figurschmeichelnd war und wie schnell man nach einem Kaiserschnitt eine Miederhose tragen durfte.

**FORDCORTINA**

Ich will meine Miederhose nicht mehr missen! Ich trage sie beim Einkaufen, in der Messe ... ich würde sie sogar im Bett tragen, wenn ich dürfte!

**RebelCounty**

Ich habe sie bei der Taufe getragen, bis ich ohnmächtig geworden bin *LOL*. Musste rausgetragen werden, so peinlich!!! Meine Mutter hätte mich fast umgebracht ... aber ich habe DÜNN ausgesehen *rotfl*.

**CaraMia**

Ich habe sie in der Schwangerschaft getragen *rotwerd*, bis es nicht mehr ging. Mein Boss ist so fies, ich wollte nicht, dass er Bescheid wusste, bevor es nötig war. Mein Baby hat nur 2500 g gewogen ... ich hoffe, es lag nicht daran!

**MammyNo1**

Miederhosen sind unschlagbar! Wohin geht's denn, LondonMum, irgendwas Tolles?

Yvonne hielt inne, ihr Finger schwebte über dem Antwortfeld. Ein paar der Frauen gaben in ihren Postings sehr viele Informationen über sich preis, wo sie wohnten, die Namen und das Alter ihrer Kinder ... Sie selbst hatte nicht mal Róisíns Namen online erwähnt, sie zog es vor, von ihr als Töchterchen zu schreiben. Aber sie konnte es ja vage halten ...

Sie leerte ihren Champagner und tippte eine schnelle Antwort.

**LondonMum**

Große Nobelfete! Ich bin im Moment dort ... Danke für die Tipps, Mädels, ich habe schließlich ein Kleid gefunden. Ich fand, im Laden sah es gut aus, ihr wisst schon. Jetzt fühlt es sich etwas eng an. Komme mir eigentlich ein bisschen dumm vor.

Als sie auf Return klickte, spürte sie Tränen in den Augen. Herrgott. Sie musste sich zusammenreißen. Eine Gruppe Fremder am anderen Ende der Leitung vollzujammern. Aber mit wem könnte sie sonst sprechen? Gerry war von der Menge verschluckt worden, und sie stand keinem ihrer Freunde in England nah genug, um anzurufen und zu sagen, hey, ich fühle mich im Moment total elend. Diese unsichtbare Internetarmee kam einem Freundeskreis für sie am nächsten.

Sie klickte auf Aktualisieren, und wie durch Zauberhand sah sie, dass sie bereits zwei Antworten hatte. Sie schaute auf die Uhr. Zwanzig Uhr. Das passte. Das war die Rushhour bei Netmammy. Die Kinder waren endlich im Bett, und die Eltern nahmen sich vor dem Fernseher, der Play Station, dem Computer oder dem Smartphone ein paar wertvolle Minuten Zeit für sich. Sie öffnete die Antworten. Eine Umarmung von Gleek. Ein »Ich bin mir sicher, dass du toll aussiehst« von MammyNo1. Jemand hatte ihr auch eine PN geschickt. MyBabba. Die Liebe. Seit sie aus Spanien zurück war, war sie nicht oft online gewesen.

> Bist du ok? Du klingst ein bisschen traurig.

Yvonne schniefte und fragte sich, ob die Wimperntusche noch an den Wimpern klebte. Sie tippte eine rasche Antwort.

> Ja. Danke. OK. Nur ein bisschen erschöpft. Du kennst das ja.

Die Antwort kam sofort. MyBabba war online.

**MyBabba**
Musst du denn auf diese Feier? Vielleicht kannst du schwänzen?

**LondonMum**
Geht gar nicht. Es ist ein Arbeitstermin von Göga. Total abgehoben, im 4 Seasons! Ich bin im Moment hier. Alle sehen toll aus. Ich fühle mich nur ein bisschen langweilig, du weißt schon.

**MyBabba**
Na, ich wette, du siehst toll aus! Leg das Handy weg, trink ein Glas Champagner, du wirst dich amüsieren. LG

Yvonne klappte das Telefon zu. MyBabba hatte recht. Sie und Gerry waren seit Monaten nicht mehr ausgegangen. Es war an der Zeit, dass sie sich ein wenig anstrengte. Sie hob den Kopf, suchte im Raum nach ihrem Mann. Es dauerte eine Weile, aber dann sah sie ihn, er ging zielstrebig auf eine Gruppe Männer mittleren Alters zu. Als sie ihn erreichte, legte er einen Arm um die Smokingschulter eines stattlichen Mannes mit Halbglatze. Neben ihm sah Gerry gleich noch besser aus. Sie verdiente ihn gar nicht. Sie schluckte. Schultern zurück, Mädchen. Setz ein nettes Gesicht auf.

# EINUNDZWANZIG

»Er ist süß, oder?«

Die Stimme kam von neben ihrem linken Ellbogen. Yvonne drehte sich um und lächelte eine winzige Blondine an, die begeistert an einem Glas Champagner nippte.

»Wer?«

»Gerry Mulhern ... Ich habe gesehen, dass Sie vorher mit ihm gesprochen haben. Kennen Sie ihn gut?«

Yvonne unterdrückte ein Grinsen. Es war nicht das erste Mal, dass jemand nicht erkannte, dass sie und Gerry ein Paar waren. Kurz nachdem sie zusammengekommen waren, hatte eine Frau in einer Bar tatsächlich ein paar Takte von *Is She Really Going Out With Him?* gesummt, als sie gemeinsam eingetreten waren. Yvonne war damals gerade von einer Zwölf-Stunden-Schicht gekommen. Gerry aus dem Fitnessstudio. Er hatte gelacht, als sie es ihm erzählte, und hatte sie dann demonstrativ mitten in der Bar abgeknutscht, sodass die Frau es nicht übersehen konnte. Da sie sich seiner Liebe sicher war, war es Yvonne egal gewesen. Aber das war damals gewesen. Sie drehte ihren Ehering, bevor sie sich der Frau zuwandte.

»Ich kenne ihn sogar sehr gut. Ich bin Yvonne Mulhern.« Sie streckte ihre Hand aus.

»Oh mein Gott, wie peinlich!« Das Mädchen begann nervös zu lachen. »Scheiße, Sie erzählen ihm doch nicht, dass ich das gesagt habe? Ich meine, er ist praktisch mein Boss! Und ich habe einen Freund und alles ...« Sie verstummte und betrachtete Yvonne, um einzuschätzen, wie diese auf den Fauxpas reagierte.

Yvonne hielt einen Moment inne, dann beschloss sie, dass ihr Bedürfnis nach einer Gesprächspartnerin jeglichen Wunsch, die eifersüchtige Ehefrau zu geben, überwog.

»Ach, es ist ja eigentlich ein Kompliment. Machen Sie sich keine Sorgen.«

»Lassen Sie mich Ihnen wenigstens noch was zu trinken besorgen …«

Die Frau ging fort und tauchte Augenblicke später mit zwei Gläsern Champagner wieder auf. Yvonne lächelte zum Dank.

»Das habe ich jetzt gebraucht.«

»Harter Tag? Das kenne ich.«

Die junge Frau lächelte mitfühlend, und Yvonne betrachtete sie genauer. Ihre kurz geschnittenen, weißblonden Haare sahen aus, als ginge sie regelmäßig zum Friseur. Ihr smaragdgrünes Minikleid mit asymmetrisch freier Schulter war mit Pailletten besetzt, deren Glitzern sich in ihren Fingernägeln mit French Manicure spiegelte. Genauso glänzende Schuhe und eine entweder perfekt gefälschte Sonnenbräune oder das Ergebnis eines kurz zurückliegenden Urlaubs perfektionierten den Look. Yvonne bezweifelte, dass zu einem ihrer harten Tage gehörte, dass jemand auf sie kotzte, geschweige denn unterbrochener Schlaf und eine übervolle Windel mitten in einem Einkaufszentrum. Sie trank noch einen Schluck Champagner.

»Sie arbeiten also für Ireland 24?«

»Ja! Ich bin Redakteurin bei *Teevan Tonight*.«

»Aha!«

Yvonne runzelte die Nase, als eine verirrte Champagnerblase nach oben entwich.

»Sie müssen Mary sein!«

»Ja, genau die.«

Yvonne lächelte noch mal, dieses Mal etwas warmherziger. Gerry redete die ganze Zeit von seinen Kollegen bei Ireland 24 - na ja, eigentlich redete Gerry die ganze Zeit über die Arbeit, und die Kollegen gehörten eben dazu. Er hatte Mary als jung, ehrgeizig und ein bisschen zugeknöpft beschrieben. Das war nicht Yvonnes erster Eindruck von dem smaragdgrünen Kleid, aber Yvonne war bereit, ihr einen Vertrauensvorschuss zu geben, besonders da sie die einzige Person auf dem Fest zu sein schien, die tatsächlich mit ihr sprechen wollte. Sie nahm noch ein Glas Champagner von einem vorbeieilenden Kellner und merkte, wie ihre Schultern sich entspannten, während die junge Frau eine skandalträchtige, aber höchst amüsante Zusammenfassung der unterschiedlichen Persönlichkeiten gab, die in allen vier Ecken des Saals herumstolzierten und schmollten.

»Da hinten ist unser Hauptnachrichtensprecher, wir haben ihn von RTÉ abgeworben. Er ist gut, aber total scharf darauf, wieder als Reporter zu arbeiten, er sagt, es fehlt ihm so. Aber die Chefin – das da ist sie übrigens, die Große in dem furchtbaren Kleid - sagt, dass sie ihn Vollzeit im Studio haben möchte. Deswegen glaube ich, dass er gehen wird. Und das da ist Sean Daly, na, den kennen Sie sicher, der Showbiz-Typ, er ist ein totales Arschloch, aber die Zuschauer lieben ihn ...«

Da sie zu dem Gespräch nichts beizusteuern hatte, spürte Yvonne, wie die Müdigkeit sich wieder bemerkbar machte. Sie wollte sich amüsieren, wollte mitmachen, fühlte sich aber distanziert, als würde sie den Saal durch eine milchige Glasscheibe beobachten. Todmüde. Sie war todmüde. Sie konnte sich nicht mehr erinnern, wann sie das letzte Mal länger als drei Stunden am Stück geschlafen hatte, und selbst da hatte sie mit einem Ohr nach dem Baby gelauscht. Gerry schlief im Moment meistens im Gästezimmer. Das war ihre Absprache, solange sie im Mutterschaftsurlaub war, kümmerte sie sich um das Baby. Er arbeitete vierzehn Stunden täglich, da war es nicht fair, ihn auch noch nachts aufstehen zu lassen. Darauf hatte sie sich eingelassen. Aber, mein Gott, war sie erschöpft. Sie bemühte sich noch einmal, in Partylaune zu kommen, trank noch etwas Champagner und unterbrach Marys Redefluss.

»Wie ist denn Teevan selbst so? Ein Charmeur? So wirkt er jedenfalls auf dem Bildschirm.«

»Ja. Vermutlich.«

Mary biss sich auf die Lippe, sah weg und war zum ersten Mal still. Yvonne lachte.

»Ach, kommen Sie. Sie können es mir ruhig erzählen! Ich höre es ja immer nur aus Gerrys Perspektive! Ein Schwerenöter, oder?«

*Schwerenöter*, oh Gott. Sie klang wie eine alte Verwandte, die bei einer Hochzeit cool wirken möchte. Aber die kleine Frau wurde rot.

»Wahrscheinlich ...«

Doch genau in diesem Augenblick teilte sich das Meer schwarzer Anzüge vor ihr. Ihr Ehemann tauchte auf, er strahlte und steuerte Eamonn Teevan vor sich her wie ein Kind ein gerade gewonnenes Spielzeug. Mary schoss vor und küsste die Männer auf die Wange. Gerry erwiderte die Begrüßung enthusiastisch, aber Teevan beachtete sie kaum. Sein Blick schweifte umher und fiel dann auf Yvonne.

Sie atmete tief ein. Auch wenn Gerry seit über einem halben Jahr bei Ireland 24 arbeitete, hatte Yvonne Eamonn Teevan noch nie getroffen. In der Vorproduktionsphase war Gerry von England aus gependelt, und als sie endlich ein Zuhause in Irland gefunden hatten, war sie entweder zu schwanger, zu frisch aus dem Krankenhaus oder zu fertig gewesen. Sie hatte ihn natürlich im Fernsehen gesehen und hatte nie verstanden, warum die Klatschkolumnisten ihn so schnell als gut aussehend bezeichnet hatten. Er war so groß wie Gerry, aber stämmiger, seine breiten Schultern und die verbogene Nase zeugten von seiner früheren Karriere als Profirugbyspieler. Seine schmalen, leicht spitzen Gesichtszüge ließen ihn auf dem Bildschirm nicht gerade sympathisch wirken. Im direkten Treffen war es jedoch leicht, diese Makel zu übersehen. Eamonn Teevan strahlte die völlige Zufriedenheit eines Mannes aus, der sich in seiner Haut wohlfühlte. Er sah aus wie ein glücklicher Mann. Was ihn zu einem sehr attraktiven Mann machte.

Der Moderator nahm ihre Hand und hielt sie eine Sekunde zu lang.

»Ich bin so froh, dass Sie kommen konnten! Ich war ganz begeistert, als Gerry gesagt hat, dass Sie kommen würden. Danke schön, ich weiß es wirklich zu schätzen.«

»Oh, das ist doch selbstverständlich.«

Yvonne hielt inne, seine offensichtliche Aufrichtigkeit machte sie sprachlos. Sie war bei dieser Feier ein ganz kleiner Fisch. Gerry Mulhern +1 war das Höchste, was sie erwarten konnte. Aber Eamonn Teevan sah sie an, als hätte ihre Entscheidung herzukommen seinen Abend gerettet. Sie lächelte zurückhaltend und nickte in Richtung ihres Mannes.

»Oh, Gerry hat sich schon ewig darauf gefreut ...«

Aber Teevan schien an ihrem Ehemann nicht interessiert. Stattdessen lächelte er und kam ihr näher.

»Wie geht es Róisín? Wie alt ist sie jetzt, knapp sechs Monate? Das ist so ein schönes Alter.«

»Ja, sie ist, äh, zweiundzwanzig Wochen.«

Mann, er war gut. Yvonne hatte Freunde in London, die Schwierigkeiten hatten, sich an den Namen ihrer Tochter zu erinnern, geschweige denn ihr exaktes Alter. Sie fragte sich manchmal, ob Gerry selbst sich daran erinnern konnte, ohne es an den Fingern abzuzählen. Sie lächelte breit und fuhr fort.

»Ja. Sie ist ein Sonnenschein. Lächelt so viel.«

Gerry schlug dem Moderator auf die Schulter.

»Ja, sie ist schon ein tolles Kind. Hey, Eamonn, ich glaube, ich habe gerade die Typen von der Jury gesehen, wir sollten wirklich hingehen und sie begrüßen ...«

Aber Teevan ignorierte ihn und beugte sich wieder zu Yvonne.

»Ich vermute, Sie haben kein Foto dabei, oder?«

Sie lachte.

»Die Frage ist eher, wie viele! Hier ...«

Sie nahm ihr Handy aus der Tasche und bemerkte, dass die Netmammy-Seite noch geöffnet war. Sie klickte sie zu und dann auf ihre Fotos.

»Das hier habe ich gestern gemacht ...«

Es folgten einige Minuten voller Gesäusel, alles von Teevan angeführt. Mary bemühte sich redlich mitzumachen, aber nach dem dritten Bild von Róisín, die sich in ihrer batteriebetriebenen Wippe amüsierte, fiel ihr offensichtlich nichts mehr ein. Yvonne überlegte gerade, ob sie noch ein kurzes Video zeigen sollte, auf dem das Baby versuchte, seine Füße in den Mund zu nehmen, als sich ihr Mann wieder einschaltete.

»Wir müssen jetzt gehen, Schatz. Ich bin in ein paar Minuten wieder da, okay?«

Yvonne wurde rot, ihr wurde plötzlich bewusst, dass sie das Gespräch an sich gerissen hatte. Teevan lächelte.

»Ihr Mann ist ein Sklaventreiber! Klar, ich bin ja nur ein Handlanger. Sie ist aber auch toll.«

Er lehnte sich vor und küsste Yvonne auf die Wange, dann wandte er sich ihrem Ehemann zu.

»Du bist ein glücklicher Mann, Ger.«

Sein Aftershave hing wie eine Umarmung an ihr, während ihr Ehemann ihn weglotste.

Mary leerte ihr Glas.

»Nun, ich denke, das beantwortet Ihre Frage.«

»Ja ...«

Völlig durcheinander wollte Yvonne aus einem leeren Glas trinken und machte einem Kellner ein Zeichen, ihr ein neues zu bringen. Sie hatte sich noch nie so vollkommen entwaffnet gefühlt. Sie hatte erwartet, einen Egomanen zu treffen, einen Mann, der völlig von seinem eigenen Image besessen war. Stattdessen hatte sie zehn Minuten angenehm mit einem netten Kerl geplaudert. Nett. Mein Gott. Es mussten die Hormone sein. Oder vielleicht auch der Champagner.

Mary straffte ihre Schultern und lächelte sie an.

»Kommen Sie, wir werden reingerufen. Ich glaube, wir sitzen am selben Tisch. Das wird lustig.«

Und es war lustig. Yvonne konnte sich tatsächlich nicht mehr daran erinnern, wann sie das letzte Mal so viel Spaß gehabt hatte. Zusammen mit dem Abendessen war eine SMS von Hannah gekommen:

Das Baby schläft. Hier ist alles in Ordnung, viel Spaß!
LG H

Ihr fiel gerade noch auf, dass Hannah natürlich die Art von Mensch war, die in einer SMS Satzzeichen benutzte, dann hatte Yvonne ihr Handy ausgeschaltet und sich endlich entspannt. Sie saß neben Eamonn Teevan, der alles, was sie sagte, völlig faszinierend zu finden schien, und sie merkte, wie sie zum ersten Mal seit über einem Jahr in Partylaune kam. Das Essen war gut, es gab viel Wein, und als das Team von *Teevan Tonight* insgesamt drei Preise gewann, führte sie das Pfeifen und Gläserklirren am Tisch an. Kurz darauf befand sie sich auf der Tanzfläche und wurde wie eine Flipperkugel von Mary zu Gerry gewirbelt.

»Alles klar?« Gerry schrie in ihr Ohr.

»Ja, wunderbar.«

Er fasste sie an der Hand und zog sie an den Rand der Tanzfläche.

»Du willst nicht nach Hause zum Baby oder so?«

»Nee. Alles super.«

»Bist du sicher?«

»NEIN!«

Sie warf ihren Kopf zurück, spürte, wie die Locken den nackten Rücken berührten, den das enge, neue Kleid, in dem sie sich langsam wohlfühlte, frei ließ.

»Wir brauchen mal einen freien Abend. Wir brauchen ...«

Sie legte einen Arm um seine Taille, den anderen um seinen Hals und zog ihn näher an sich. Sie schloss die Augen und legte ihre Wange an seine. Sie konnte sich nicht erinnern, wann sie ihm das letzte Mal so nah gewesen war.

»Ich sage dir, was wir brauchen ...«

Plötzlich riss sie jemand an der Taille, und der restliche Satz wehte an Gerry vorbei, als sie von hinten weggezogen und herumgewirbelt wurde. Durch ihre High Heels war sie mit Teevan auf Augenhöhe, und er lachte über ihren überraschten Gesichtsausdruck.

»Sie schulden mir sowieso noch einen Tanz!«

»Ach, wirklich.«

Sie drehte sich zu ihrem Ehemann um, ihr fehlte der Augenblick, den sie fast miteinander geteilt hätten. Sie hoffte, er würde eingreifen und sie zurückfordern. Hoffte, dass ihm der Augenblick auch etwas bedeutete. Aber Gerry zuckte einfach nur übertrieben mit den Schultern und erlaubte es Teevan, sie in die Mitte der Tanzfläche zu führen.

»Ich habe heute Abend drei Preise gewonnen. Sie müssen mit mir tanzen, so lauten die Regeln.«

Sie drehte sich noch einmal um, aber Gerry schüttelte wehmütig den Kopf und lächelte.

»Viel Spaß euch beiden.«

Teevan fasste sie enger um die Taille. Als er sie näher zog, veränderte sich die Musik und wurde langsamer, tiefer, dunkler. Er hielt sie fest.

»Na, das ist doch die richtige Musik.«

»Ich kann keinen Waltscher. Walzer.« Sie sprach deutlich. »Walzer.«

»Das ist okay. Ich führe.«

Einen Moment überlegte sie, sich loszumachen. Dann wurde sein Griff um ihre Taille fester, und sie wurde professionell über die jetzt weniger volle Tanzfläche geführt. Neben ihnen traten Paare zurück und machten um sie herum Platz.

»Sehen Sie? Sie sind wunderbar.«

Sie lächelte, während der Rhythmus der Musik ihr in die Knochen fuhr. Als sie den Kopf nach hinten warf, wurden ihr zwei Dinge bewusst, einmal, dass sie sehr, sehr betrunken war, und dann, dass es ihr egal war. Sie beugte sich vor und flüsterte ihm ins Ohr.

»Ich bin eigentlich miserabel, aber Sie können mich aufrecht halten.«

Er grinste sie an.

»Mit Vergnügen! Ihr Londoner Mädels. Rennt zu oft in die Disco, um richtig tanzen zu lernen. Wir Paddys haben unsere Abende damit verbracht, mit unseren Mammys in der Küche Walzer zu tanzen. Sie hat gesagt, das wäre eines Tages mal nützlich.«

»Meine Mammy hat nie Walzer getanzt.«

Sie waren jetzt Wange an Wange, das Gespräch mehr ein Murmeln, während die Tanzfläche sich um sie drehte.

»Nein, hatte sie zu viel damit zu tun, ihre wunderschöne Tochter großzuziehen?«

»Nein, eigentlich nicht.«

Da war noch eine Schicht Milchglas, die ihr Gehirn von ihren Gefühlen trennte, und Yvonne spürte ihre Stimme gegen sein Gesicht prallen.

»Mein Mutter ist ... war nicht der Typ zum Tanzen.«

Seine Hand, die auf ihrer Lendenwirbelsäule gelegen hatte, fing an, ihren Rücken in kleinen, langsamen Kreisen zu massieren. Es fühlte sich gut an. Beruhigend.

»Was hat sie denn dann auf Partys gemacht? War sie mehr der Typ, der singt? Ein paar Gläser und eine Strophe aus *Danny Boy*?«

»Sie haben eine sehr komische Vorstellung von Müttern!«

»Ich bin ein großer Fan von Müttern! Wie ist Ihre denn dann?«

Er versuchte eine schnelle Drehung, stolperte, und seine Wange löste sich abrupt von ihrer. Es war sofort vorbei, aber Yvonne wurde plötzlich klar, dass er genauso betrunken war wie sie. Diese Erkenntnis war befreiend, und sie lehnte sich nach hinten, schmiegte sich an seine Hand.

»Sie ist eigentlich ein totales Miststück.«

Sie lachte, und er schaute ihr in die Augen.

»Das tut mir leid.«

Das Tempo der Musik änderte sich, *Dancing Queen* ermunterte Gruppen von Solotänzern, zurück auf die Tanzfläche zu kommen. Teevan nahm Yvonne an die Hand und führte sie in den Schatten am Rand des Saals.

»Sie klingen, als bräuchten Sie noch einen Drink.«

Yvonne sah ihn an, und plötzlich wurde ihr bewusst, wo sie war und bei wem.

»Ich glaube, keiner von uns beiden braucht noch einen Drink.«

»Wahrscheinlich nicht. Aber ich weiß, dass ich einen verdiene.« Er warf den Kopf in Richtung der Bühne. »Der Fernsehmoderator dieses Abends, das bin ich. Hier ...«

Er führte sie an einen Tisch hinten im Saal, küsste theatralisch ihre Hand und verließ sie. Minuten später kehrte er mit zwei vollen Rotweingläsern zurück.

»Dann erzählen Sie mir mal alles über Ihre Mutter.«

»Das möchten Sie nicht hören. Geschweige denn etwas über mich.«

»Oh doch, Yvonne. Gerry erzählt die ganze Zeit von Ihnen! Ich war so gespannt, mehr zu erfahren.«

Sie glaubte ihm nicht, fand die Lüge aber beruhigend. Und während der trockene Rotwein in ihren Blutkreislauf drang, fing sie an zu erzählen. Die Worte sprudelten aus ihr heraus, eine Geschichte, die sie seit Jahren nicht mehr erzählt hatte. Eine Geschichte von zu Hause. Wie es sich anfühlte, das einzige Kind älterer Eltern zu sein, die schon Jahre, bevor sie geboren wurde, die Hoffnung auf ein Baby aufgegeben hatten. Die Geschichte ihres Vaters, was für eine starke Gemeinschaft sie gebildet hatten.

Der Tag, an dem sie ihn verloren hatten und sich selbst.

Die Trauer. Die Streite. Wie zwei Frauen aneinandergerieten, die zusammen wohnten, zwei Frauen, die einander liebten, aber nie miteinander auskamen. Sie erzählte ihm von den Streiten. Den kleinen Kämpfen, lächerlichen Provokationen. Und dem großen Krach. Der Wutausbruch, als ihre Mutter erfuhr, dass sie ihre Abende gar nicht bei Alison verbracht hatte und dass Richard in der Stadt eine eigene Wohnung hatte. Dass ihre Mutter darauf beharrte, dass sie wütend war wegen der Lügen und der Täuschung und der Tatsache, dass Richard dreiunddreißig war. Yvonne, die brüllte, dass das kein Problem wäre, wenn Richard weiß wäre. Und dass es das Jahr 2002 war und nicht 1952.

Sie erzählte ihm von dem Ultimatum.

»Nicht, solange du deine Füße unter meinen Tisch stellst.«

Yvonne hatte geglaubt, dass niemand außerhalb einer schlecht geschriebenen Seifenoper diesen Ausdruck benutzte, und hatte gedacht, sie würde bluffen. Aber ihre Mutter war dabei geblieben. Sie war am nächsten Tag zu Richard gezogen, aber die Beziehung überlebte kaum den ersten gemeinsamen Liter Milch. Also war sie allein nach London gegangen. Und hatte nie wieder mit ihrer Mutter gesprochen.

Sie hatte jedoch ihr Gesicht wiedergesehen. Hatte es spät in der glorreichen, hektischen, furchterregenden, euphorischen Nacht von Róisíns Geburt erkannt, als Gerry nach Hause gegangen war und sie schließlich allein mit ihrer Tochter im Bett mit den gestärkten Laken am Ende der Station gelegen hatte. Das Bündel in ihren Armen hatte gezuckt und gegähnt, und Yvonne hatte im runden Gesicht und in der Eleganz der Bewegungen ihre Mutter gesehen. Sie hatte sich dann nach dem Schrank gestreckt, entschlossen, sie anzurufen und ihr die eine Neuigkeit mitzuteilen, die über ein Jahrzehnt reichen und alles heilen konnte.

Aber das Telefon war außer Reichweite gewesen. Das Ladegerät war auf den Boden gefallen. Und Róisín hatte noch mal gezuckt, war erschrocken aufgewacht und hatte hungrig zu schreien angefangen.

Als Yvonne sie wieder beruhigt hatte, war der Augenblick vorüber, und ihre Mutter war in der nach Desinfektionsmitteln riechenden Luft verschwunden.

Am nächsten Morgen sagten alle, ihr Baby würde wie Gerry aussehen, und sie hatte zugestimmt.

Die Geschichte der Tränen. Sie erzählte ihm von Tränen. Oder vielleicht weinte sie? Er hielt ihre Hand. Irgendwann sah sie auf, und Teevan war weg, und Mary war da, reichte ihr ein Taschentuch und rieb ohne große Wirkung ihre Schulterblätter. Und dann waren da eine Toilette und helles Licht und mehr Schluchzen. Und Gerry. Aber das war später. Und noch später war da nichts mehr.

# ZWEIUNDZWANZIG

## BRANDNEUE FLÄSCHCHEN ZU VERKAUFEN

**FarmersWife**
Hi Mädels, ich habe sechs neue Fläschchen gekauft, aber der Kleine trinkt nicht aus ihnen, grr. Ich habe schließlich die alten von seinem Bruder benutzt, der arme, kleine Kerl bekommt gar nichts Neues! Sie sind jedenfalls wie neu, wenn irgendwer sie möchte, dann schickt mir eine PN. Ich verkaufe sie zum halben Preis. Ich wohne im Westen, mitten in der Pampa, aber nächste Woche fahre ich ein paarmal nach Galway, falls das besser ist. Ich habe es Göga noch nicht erzählt, er findet sowieso schon, dass ich zu viel für die Zwerge ausgebe LOL.

## SCHÄME MICH, SO PEINLICH

**LondonMum**
Wie es im Titel schon heißt: Ich schäme mich, es war so peinlich. Ich weiß eigentlich gar nicht, warum ich das poste. Bin einfach so aufgeregt. Ich bin gestern zum ersten Mal seit Urzeiten mit Göga ausgegangen. Dachte eigentlich, ich hätte nicht so viel getrunken, war aber total voll. Ich erinnere mich nicht mal, wie ich nach Hause gekommen bin. Schwiemu war Babysitterin und hat die Kleine schließlich die ganze Nacht behalten. Göga hat

mich direkt nach Hause gefahren und ins Bett gelegt. Anscheinend hat Töchterchen die ganze Nacht geweint, und sie musste ihr Pulvermilch geben, weil ich nicht genug MuMi dagelassen hatte ☹ ☹ Ich erinnere mich an gar nichts mehr. Mann, Mädels, ich schäme mich so. Alle Kollegen von Göga waren da ... ich habe Tränen in den Augen, während ich das hier tippe. Und mir geht's so, so schlecht ... habe schon zweimal gekotzt, und mir ist immer noch übel. Göga ist wirklich lieb, er sagt, dass ich halt schon ewig nicht mehr weg war, aber mein Gott, ich fühle mich miserabel! Ich habe ehrlich nicht gedacht, dass ich so viel getrunken habe, aber ich habe nach dem halben Abend einen Filmriss ... ich will nur noch ins Bett kriechen, damit es aufhört ☹

**RedWineMine**
Keine Sorge, Süße, da spricht nur der Kater aus dir. Am Morgen danach haben wir alle Gewissensbisse. Sieh dir meinen Nickname an, ich spreche aus Erfahrung! Das kommt schon in Ordnung. War es denn wenigstens ein schöner Abend?

**LondonMum**
Danke, RWM, aber nein, eigentlich nicht. Am Anfang hat es Spaß gemacht, aber ... nein, egal. Das ist so, so peinlich. Ab einem bestimmten Punkt kann ich mich an nichts mehr erinnern. Das ist mir noch nie passiert.

**Dub6Mam**
Lass dich mal drücken. Ich erinnere mich, wie ich das erste Mal ausgegangen bin, nachdem die Kleine geboren wurde. Der Alkohol steigt dir sofort zu Kopf, man ist ja

nicht mehr daran gewöhnt. Das wird schon wieder. Ich wette, Schwiemu ist nichts aufgefallen.

**MammyNo1**
Oh, ich kenne das Gefühl. Hoffe, dir geht's gut.

**LimerickLass**
Viel Wasser und Chips. Dann wird's dir großartig gehen. Als ich das erste Mal nach Töchterchens Geburt ausgegangen bin, war ich völlig neben der Spur. Ist doch klar, nach neun Monaten ohne alles!

**LondonMum**
Danke, aber ich glaube, ich brauche mehr, um wieder in Ordnung zu kommen.

**Dub6Mam**
Du wirst dich bald wieder besser fühlen, versprochen.

## PRIVATE NACHRICHT

**MyBabba – LondonMum**
Du klingst heute aber nicht gut, alles in Ordnung?

**LondonMum – MyBabba**
Nein ... eigentlich nicht, aber danke, dass du fragst. Der Abend war eine Katastrophe. Ich habe das Gefühl, dass ich mich komplett zum Narren gemacht habe, weißt du! Ich komme schon klar. Ich werde aber sehr, sehr lange nicht mehr abends weggehen. Ich hoffe, ich sehe Gögas Kollegen nie wieder.

**MyBabba - LondonMum**

Du klingst wirklich ziemlich elend. Hör mal ... hättest du Lust auf ein Treffen? In echt, zum Reden? Ich weiß, dass du noch nicht so viele Leute in Dublin kennst ... na ja, ist nur so eine Idee. Denk mal darüber nach. Es heißt doch, reden tut gut. Bis dahin, alles Gute.

**LondonMum - MyBabba**

Danke, das ist lieb von dir. Vielleicht mache ich das.

# DREIUNDZWANZIG

Aus der Luft betrachtet, bildeten einige Straßen in Ballyawlann die Form eines keltischen Kreuzes. Oder etwas Ähnliches. Claire konnte sich nicht mehr genau daran erinnern, da war nur noch die vage Erinnerung an Informationen von Google, die sie in ihrer Anfangszeit in Dublin gesammelt hatte, weil sie unbedingt etwas über die Vororte erfahren wollte, die Teil ihres neuen Einsatzgebietes waren.

Sie fuhr durch einen weiteren Kreisverkehr, sah auf die Adresse, die sie in ein Notizbuch gekritzelt hatte, und seufzte. Fünf Jahre nachdem sie in die Collins Street versetzt worden war, hatte sie sich ein gutes Bild von der Gegend gemacht, sozial gesehen jedenfalls. Ihr Orientierungssinn jedoch hatte sich nicht gebessert.

Claire hatte die ersten Jahre als Polizistin, als Garda, im ländlichen Donegal verbracht und fand ihr neues Revier in Dublin zunächst riesig und unübersichtlich und total einschüchternd. Dass die Gegend zudem als Gangzentrum der Hauptstadt bekannt war, hatte auch nicht gerade geholfen. Ihren Kollegen im Drogendezernat waren diese Straßen nur zu bekannt, und sie konnte sich gut vorstellen, dass die Gruppe junger Männer, die gerade an ihrem Wagen vorbeiging, die Kapuzen tief ins Gesicht gezogen, die Zigaretten zur Handinnenfläche gerichtet, in der abgedroschenen Phrase der Polizeireporter »polizeibekannt« war.

Aber sie wusste inzwischen auch, dass dieser Teil Dublins mehr zu bieten hatte, als man auf den ersten Blick sah. Sicher, es gab Verbrechen, ein Drogenproblem und eine Familienfehde, die schon öfter zu Blutvergießen geführt hatte. Aber es gab hier auch anständige Leute. Claire sah sie häufig bei Nachbarschaftstreffen, Gemeindeversammlungen und Gesprächen in den örtlichen Schulen. Sie würde bald wissen, ob Miriam Twohys Familie auch zu dieser Kategorie gehörte. Sie hatte das Gefühl, dass es so war.

Und im Moment hatte sie nichts weiter als Gefühle in diesem Fall. Denn Tatsachen gab es praktisch noch keine. Sie bremste ab, als sie sich schon wieder einem Kreisverkehr näherte. Claire ging im Kopf schnell die wenigen echten Informationen über das Mordopfer durch. Sie stammten von der ursprünglichen Vermisstenanzeige und dem kurzen Gespräch, das sie mit der Polizistin geführt hatte, die der Familie die Todesnachricht überbracht hatte.

Miriam hatte Medienwissenschaften an der örtlichen Berufsfachschule unterrichtet. Und es sah so aus, als hätte sie sonst nicht viel gemacht. Sie ging jeden Tag zur Arbeit und holte ihre Tochter jeden Abend in der Krippe ab. Und fuhr nach Hause. Mittwochs kaufte sie zusammen mit ihrer Mutter Lebensmittel ein. Samstagabende verbrachte sie normalerweise vor dem Fernseher im Haus ihrer Eltern, das direkt um die Ecke ihrer Wohnung lag. Sonntags ging sie mit ihrer Tochter in den örtlichen Park, bevor die Woche wieder von vorne anfing. Ihre Mutter hatte nicht einmal ein neues Foto von ihr, und die Pressestelle war gezwungen, einen unscharfen Schnappschuss von der Facebook-Seite eines ihrer Kollegen an die Medien weiterzuleiten. Er war, laut dem Kollegen, bei der Weihnachtsfeier im Büro aufgenommen worden. Das war die einzige Feier mit Kollegen, an der Miriam je teilgenommen hatte. Selbst damals war sie um Mitternacht nach Hause gegangen, allein.

Also kein Freund, kein Sozialleben. Das Leben der toten Frau könnte man langweilig nennen. Was Claire überhaupt keinen Hinweis gab, warum es zu Ende war. Sie brauchte mehr Details. Und deswegen kämpfte sie sich jetzt durch die verstopften Straßen von Dublin und versuchte, das Haus der Familie Twohy zu erreichen.

Keltisches Kreuz hin oder her, Ballyawlann war ein Albtraum für Autofahrer, und Claire fuhr drei Mal komplett um einen grasüberwucherten Kreisverkehr, bis sie die richtige Abfahrt fand. Die Straße war eng, Autos parkten kreuz und quer auf beiden Seiten, und sie hielt die Luft an, als sie vorsichtig auf einen kleinen Parkplatz navigierte.

Sie schaltete den Motor und das Radio aus und machte eine Pause. Es war mal wieder ein hektischer Morgen gewesen. Nach einer ruhelosen Nacht und einem weiteren Streit nach der »du arbeitest zu viel«-Litanei von Matt hatte sie in der Morgenkonferenz die vorläufigen Ergebnisse von Miriam Twohys Obduktion erfahren. Claire hatte keinerlei medizinische Ausbildung. Aber nachdem sie jahrelang solche Berichte gelesen hatte, war sie daran gewöhnt, und ihr Verstand durchdrang die Medizinersprache und filterte die medizinischen Details heraus, bis die entscheidenden Wörter hervorstachen.

Ersticken. Und Diphenhydramin.

Claires Instinkt war ebenfalls bestätigt worden. Miriam hatte mindestens zwei Wochen in der Wohnung gelegen, bevor sie gefunden worden war. Sie war mit dem Kissen erstickt worden, das neben ihrem Kopf lag – winzige Fasern des Baumwollüberzugs befanden sich auf ihren Augenlidern, Nase und Lippen und in ihrem Mund. Blaue Flecken auf Gesicht und Körper deuteten auf einen Kampf hin, aber sie war nicht sexuell missbraucht worden. Es war sehr wahrscheinlich, dass sie bewusstlos gewesen war, als sie starb. Sie musste tief geschlafen haben, nachdem sie eine Überdosis eines rezeptfreien Erkältungsmedikaments genommen hatte.

Diphenhydramin trug zwar einen störrischen Namen, aber nur wenige Haushalte in Dublin besaßen keine Packung. Ein paar Tabletten ließen einen gut schlafen und halfen bei verstopfter Nase und Kopfweh. Es war dein bester Freund, wenn du eine normale Erkältung hattest. In hoher Dosis jedoch und besonders zusammen mit Alkohol konnte Diphenhydramin zu Schläfrigkeit und schließlich extrem tiefem Schlaf führen. Laut dem Toxikologiebericht hatte Miriam Twohy mehr als das Vierfache der empfohlenen Tagesdosis im Blut.

Claire sah auf ihre Uhr – Viertel nach zwei – und rutschte wieder im Sitz hin und her, rollte ihr Rückgrat mit einem leichten Seufzen ein und aus. Sie hatte den Twohys versprochen, nicht vor halb drei zu kommen. Wenn sie sich an ihren Teil der Vereinbarung hielt, hoffte sie, dass die Familie sich kooperativ zeigen würde. Und allein wäre. Sie nahm eine Plastikflasche vom Beifahrersitz, trank etwas lauwarmes Wasser und schaute durch die Windschutzscheibe. Die Straße, in der sie geparkt hatte, war voller Reihenhäuser mit vier oder fünf Zimmern und einem Salon. So wurde das Vorderzimmer genannt, in dem sich früher das gute Porzellan befand und heute meistens ein Flachbildschirm. Sie wurden in den Fünfzigern gebaut und fanden sich in allen Arbeitervierteln der Hauptstadt. Ursprünglich waren sie als Sozialwohnungen für Familien gedacht, die aus den Mietwohnungen der Innenstadt fortziehen mussten. Heute hatten diese Häuser standardmäßig Toiletten und ein Sky-Sportkanal-Abo, aber Claire wusste, dass sich die Rituale rund um einen Todesfall nicht wesentlich verändert hatten.

Die Nachricht, dass Miriams Leiche gefunden worden war, hatte sicher Unmengen von Nachbarn ins Haus getrieben, manche, um aufrichtiges Beileid auszusprechen, andere konnten ihre Aufregung wegen der Kameras vor der Tür kaum verbergen. Die meisten hatten Essen mitgebracht. Die Familie, die im Vakuum der laufenden Mordermittlungen steckte, hatte die Ablenkung zunächst begrüßt. Aber jetzt war die Obduktion vorüber und die Leiche zur Bestattung freigegeben. Die formelle, irisch-katholische Beerdigung, die sich über zwei Tage hinzog, konnte nun beginnen, und Claire hoffte, dass sie die Familie heute Nachmittag zum ersten Mal allein zu Hause erwischen würde.

Es würde keine Aufbahrung geben. Miriams Leiche war nicht in passendem Zustand für einen offenen Sarg. Stattdessen war ihre Leiche einem örtlichen Bestattungsinstitut übergeben worden, von dem aus sie später heute Abend »zur Kirche gebracht« würde. Claire hatte zu Hause unzählige dieser Zeremonien mitgemacht. Verwandte, Freunde und diese spezielle Sorte Iren, die Beerdigungen genossen, egal wie oberflächlich ihre Verbindung zum Toten war, versammelten sich um fünf Uhr im örtlichen Bestattungsinstitut oder in der Kirche. Es würde gebetet, Hände würden geschüttelt, Ellbogen gepackt und Versicherungen gemurmelt werden, dass Miriam jetzt an einem besseren Ort wäre oder in Frieden ruhte. Irische Beerdigungsgäste waren normalerweise echte Optimisten.

Das Tempo war hoch, die Familie stand vorn in der Kirche, während ein Meer aus Trauernden um sie herumwogte und schließlich zu einer langen Schlange von Banalitäten, Mitgefühl und rauen Umarmungen verschwamm. Claire hatte das Ritual selbst durchgemacht und kannte es gut.

Aber das alles kam später. Jetzt war Ruhe im Zuhause der Twohys, eine seltene Stunde der Stille, in der die Familie ihre Gedanken sammelte und sich darauf vorbereitete, sich von ihrer Tochter zu verabschieden.

Was ihr die perfekte Gelegenheit bot, in ihre Trauer einzudringen.

Schwer atmend stieg sie aus dem Wagen. Die Reihenhäuser mit Kieselrauputz klemmten hinter Minigärten, die meisten Vorgärten waren jedoch betoniert worden, um Platz für übergroße Autos zu schaffen. Hier und da konnte man sehen, wo die Exzesse der letzten Jahre ihre Spuren hinterlassen hatten, die Satellitenschüssel vor dem Haus, der Rand einer Hüpfburg, den man gerade noch von der Seite sehen konnte. Die Häuser waren mal identisch gewesen, aber die meisten waren dem Stadtrat abgekauft worden, und die Eigentümer betonten ihre Individualität mit einem neuen Anstrich, großen PVC-Haustüren und in einem Fall riesigen Metalltoren, auf denen passende goldfarbene Adler saßen. Claire lächelte, als sie das sah. In einem Vorort ihrer Heimatstadt gab es ein ähnliches Haus.

Als sie jünger gewesen war, hätte sie so gern dort gewohnt, und hatte es ihrer Mutter in einem heftigen Teenagerstreit auch gesagt. In einem Haus wie dem ihrer Freundin Rita würde es ihr besser gehen, hatte sie gesagt, mit sechs Kindern in drei Schlafzimmern und dem oberen Etagenbett für sich allein, sodass sie lauschen konnte, wie ihre älteren Schwestern spätabends hereinschlichen und über Jungs lästerten. So wie Rita davon erzählte, klang es unglaublich glamourös, wie etwas aus einer Jugendzeitschrift. Viel besser, als allein in einem Zimmer zu hocken, wo man mit niemandem reden konnte, hatte sie gemotzt, in kindlichem Unwissen, wie sehr sie damit einer Frau wehtat, die nie geplant hatte, eine Einzelkindmutter zu sein.

Aber ihre Mutter hatte ihren Schmerz verborgen und gelächelt. Eine Horde von Brüdern und Schwestern würde dich in den Wahnsinn treiben, hatte sie gesagt. Sie würden dein Spielzeug benutzen und deinen Kram kaputt machen. Das Gejammer hatte mit Kuscheleinheiten und einer Tasse schwachem Tee geendet. Aber Claire hatte die Unterhaltung nie vergessen und Jahre später daran gedacht, als sie und Aidan ihr Zimmer und den Platz und die Privatsphäre, die ihre Eltern ihrer einzigen und geliebten Tochter boten, voll ausnutzten.

Aidan.

Sie schüttelte sich. Seltsam, wie er einfach auftauchen konnte in ihrem Kopf, als kompletter Mensch. Aber nicht jetzt. Jetzt musste sie ihre Arbeit erledigen.

Als sie Hausnummer 23 erreichte, schob sie ihre Tasche höher auf ihre Schulter, bevor sie das Gartentor öffnete. Das Zuhause der Twohys war ein normales Endreihenhaus mit vier Zimmern, gut in Schuss, aber ohne schmückende Veranden oder Adler. Der Vorgarten war einer großen Betonauffahrt geopfert worden, auf der zwei Autos eng nebeneinanderstanden. Der Bruder, vermutete Claire. Vom Verlust wie von einem Magnet zum Elternhaus zurückgezogen. Sie sah auf ihr Handy, schaltete es stumm, drückte sich dann ungelenk an den Autos vorbei und klopfte an die Haustür.

# VIERUNDZWANZIG

»Ist das hier Miriam?«

»Die rechts.«

Claire trat näher an den Kamin und betrachtete das Foto, das ein paar Zentimeter darüber hing. Dabei wurde Claire bewusst, dass sie keine Ahnung hatte, wie Miriam Twohy wirklich ausgesehen hatte. Die Leiche in der Wohnung war dafür bereits zu stark verändert gewesen. Der Facebook-Schnappschuss aus der Pressemitteilung zu ihrem Verschwinden war auf einer Weihnachtsfeier aufgenommen worden, und Miriam war stark geschminkt, und ein starker Blitz von einem Handy, mitten in der Nacht, ließ ihr Gesicht schlaff und leicht gedunsen aussehen. Dieses Bild, das anscheinend bei ihrem College-Abschluss gemacht worden war, zeigte ein viel attraktiveres und selbstbewussteres Mädchen. Anfang zwanzig, sie war groß, und unter ihrem Doktorhut blitzten dunkle Haarsträhnen hervor. Ihre braunen Augen glänzten, und ihre Haut brauchte keine Schminke außer bräunlichem Lippenstift auf leicht geöffneten Lippen, die gleichmäßige, weiße Zähne sehen ließen.

Auf dem Facebook-Bild sah Miriam aus wie eine Million anderer Frauen, die abends ausgingen. Aber diese junge Frau war anders, selbstsicher, attraktiv. Und glücklich. Ihre Freude strahlte vom Foto. Es war ein glücklicher Tag gewesen. Zwei Frauen befanden sich auf dem Bild, beide in formellen, schwarzen Talaren, aber ihre Haltung war locker. Das größere Mädchen, Miriam, hatte einen Arm um die Schulter ihrer kleinen, blonden Freundin gelegt. Claire lächelte. Hätte sie selbst einen Uni-Abschluss gemacht, würde bei ihrer Mutter zweifellos ein ähnliches Bild an der Wand hängen. Aber sie hatte ihren Eltern diese besondere Feier nicht ermöglicht, und sie mussten sich mit dem Gruppenbild aus Templemore zufriedengeben, auf dem ihr Kopf fast komplett von Big Jim Kearney aus Mayo verdeckt wurde, der gut über einen Meter achtzig groß war, selbst ohne Polizeimütze.

Sie machte einen Schritt zurück und konzentrierte sich auf den verschwommenen, grauen Beton im Hintergrund des Fotos. Er sah nicht nobel genug aus, um Trinity zu sein, es musste eine der anderen Universitäten der Stadt sein, am wahrscheinlichsten das University College Dublin im Süden.

»UCD?«

»Ja. Miriam hat Kunst studiert. Sie hatte ... was war es, eine Zwei in ihrer Abschlussprüfung. Das ist jetzt vier Jahre her.«

In ihrer Stimme schwang jetzt Stolz mit, aber er war verschwunden, bevor sie den Satz beendet hatte.

Die kleine Frau, die sich als Fidelma Twohy vorgestellt hatte, war wahrscheinlich Ende fünfzig, aber durch die Trauer wirkte sie mindestens zehn Jahre älter. Wenn man ihrer flachen, ausdruckslosen Stimme zuhörte, konnte man glauben, sie sei desinteressiert, vielleicht sogar gelangweilt vom Gespräch. Aber wenn man sie ansah, merkte man, dass das ein Trugschluss war. Ihr Gesicht war weiß, die Augen rot. Ihre kurzen, braunen Haare müssten gewaschen werden, sie waren glatt gekämmt, und am Scheitel zeigten sich graue Haarwurzeln auf der fettigen

Kopfhaut. Ihre Kleider saßen gut, eine altrosa Strickjacke hing ordentlich über einer cremefarbenen Bluse und einem grauen, knielangen Rock. Aber am Blusenkragen befand sich etwas Staub, und aus dem Jackenärmel schaute ein Papiertaschentuch. Ihre Tochter war vor über zwei Wochen verschwunden, und sie sah aus, als hätte sie seitdem nicht mehr geschlafen.

Claire wollte gerade vorschlagen, dass sie sich hinsetzten, als die Wohnzimmertür geöffnet wurde.

»Ja, genau, das ist unser kleiner Uni-Schlauberger! Hat ihr ja viel genützt.«

Claire drehte sich zur Tür, und ein stämmiger Mann mit Halbglatze betrat das Zimmer. Laut der Akte über die Familie Twohy war Miriams Bruder Anfang dreißig, aber ohne diese Information hätte Claire auch ihn mindestens zehn Jahre älter geschätzt. Als er näher kam, sah sie eine Ähnlichkeit zu der Person auf dem Foto. Die braunen Augen ähnelten denen seiner Schwester, genau wie seine blasse Haut und die große, leicht gebogene Nase. Aber während Miriams Gesicht offen und warm war, war seines verschlossen, misstrauisch und abgespannt.

Seine Mutter wandte sich zu ihm.

»Wo ist das Kind?«

Der Mann reagierte auf den panischen Tonfall und nickte in Richtung Flur.

»Pennt im Buggy. Hat ziemlich lange gebraucht, um einzuschlafen, die Süße.«

»Natürlich, sie ist ja ganz aus dem Rhythmus.«

Seine Mutter ging rasch in den Flur und kam nach einem Augenblick zurück, vermutlich beruhigt, weil alles in Ordnung war. Die drei hielten inne und sahen einander an. Für solche Momente gab es keine Verhaltensregeln, und Claire beschloss, dass es Zeit war, die Führung zu übernehmen. Sie ging auf den Mann zu und streckte die Hand aus.

»Detective Boyle. Ich ermittle in Miriams Fall. Sie müssen Gary sein?«

»Ja. Gary. Wie läuft's?«

Er wartete einen Moment, dann schüttelte er ihre Hand. Claire richtete sich wieder an seine Mutter.

»Können wir uns hinsetzen und etwas reden?«

Als wäre sie erleichtert, endlich eine Anweisung zu erhalten, drehte sich die alte Frau um und setzte sich knapp auf den Rand eines langen, braunen Ledersofas, das fast die Hälfte des kleinen, vollen Wohnzimmers einnahm. Ihr Sohn folgte ihr, während Claire sich auf einen passenden braunen Ledersessel setzte, der zum Fernseher gedreht war. Sie lächelte und machte eine Kopfbewegung in Richtung der Talkshow *Dr. Phil*.

»Meine Mam ist ein großer Fan von ihm.«

Die Twohys starrten sie an, ohne zu begreifen, und Claire wurde bewusst, dass ihnen nicht mal aufgefallen war, dass der Fernseher lief. Sie lehnte sich im Sessel zurück. Es war die bequemste Sitzgelegenheit, in der sie seit Tagen gesessen hatte, und ihr entwischte unwillkürlich ein zufriedenes Seufzen, als ihre Rückenschmerzen nachließen.

»Wann ist Ihr Termin?«

Mrs Twohy lächelte sie an.

»August.«

»Der ist ganz schnell da.«

»So heißt es!« Claire lächelte und dankte dem kleinen Eisbrecher, der jetzt in ihrem Bauch Purzelbäume schlug.

»Und Miriams Kleine ist ...?«

»Réaltín ist zwanzig Monate.«

Bei der Frage zeigte die Frau ein verschlossenes Gesicht. Zu viel, zu früh. Claire fluchte innerlich, und ihr Baby trat gegen ihre Rippen, als wolle es sagen, ich hab's dir ja gesagt. In Ordnung, Schlaumeier. Vielleicht sollte ich das hier dir überlassen? Sie nahm ihr Notizbuch aus der Tasche.

»Ich muss erst noch ein paar Dinge abhaken.«

Gary lehnte sich vor, seine braunen Augen glitzerten.

»Die Bullen sind all das doch schon x-mal durchgegangen. Herrgott, meine Ma ist am Ende. Habt ihr denn noch nicht genug? Nützt ja doch nichts.«

Claire öffnete den Mund und wollte etwas sagen, aber seine Mutter war schneller und legte sanft eine Hand auf seinen Arm.

»Sie macht nur ihre Arbeit, mein Lieber. Machen Sie weiter.« Sie wandte sich an Claire. »Fragen Sie, was Sie wollen. Brauchen Sie auch meinen Mann? Er ist spazieren gegangen, er hat gesagt, er muss ein bisschen allein sein, bevor sie abgeholt wird. Er hat nicht mehr geschlafen, seit es passiert ist. Na ja, die Kleine hat die ganze Nacht geweint, sie versteht nicht, was mit ihrer Mammy geschehen ist ...«

Sie verstummte, und Claire lehnte sich so weit wie möglich vor.

»Wir können erst mal ohne ihn weitermachen. Ich weiß, dass es für Sie alle ein schrecklicher Schock war, aber ich bin mir sicher, dass Sie verstehen, dass wir Fragen stellen müssen. Es ist wichtig, dass wir so schnell wie möglich so viel wie möglich erfahren.«

Ein rasches, scharfes Nicken.

»Können Sie mir etwas über den Vater des Babys erzählen?«

»Dieses Arschloch.«

Dieses Mal unterbrach Mrs Twohy ihren Sohn nicht.

Claire öffnete ihren Stift. »Miriam hatte keine Beziehung mehr zu Mr …«, sie sah in ihren Notizen nach, »O'Doherty.«

»Nein, zuletzt nicht.«

Mrs Twohy übernahm das Gespräch wieder.

»Er lebt jetzt in Australien. Aber Miriam war über Jahre immer wieder mit Paul zusammen. Sie gehörten im College zur selben Clique. Warten Sie, ich zeige es Ihnen.«

Sie stand auf und ging schnell zu einem großen Mahagonischrank, der zwischen den Fernseher und die Wand gequetscht worden war. Ein Schuhkarton schaute aus der obersten Schublade, sie zog ihn heraus und legte ihre Hand einen Moment lang darauf, bevor sie ihn öffnete und ein Bündel Fotografien herausnahm. Sie reichte sie Claire, bevor sie sich wieder hinsetzte. Alle Bilder oben auf dem Stapel zeigten Miriam, und alle waren staubfrei. Das war nicht das erste Mal, dass dieser Karton in den letzten Tagen geöffnet worden war.

Claire blätterte die Schnappschüsse langsam durch, sah Miriam Twohy aufwachsen, vom runden Kleinkind zum Teenager mit Eyeliner. Auf manchen Fotos war auch ihr Bruder zu sehen, ihre Ähnlichkeit war viel deutlicher, wie sie da als Kinder in passenden gelben T-Shirts und braunen Hosen direkt nebeneinanderstanden.

»Sie haben keine weiteren Geschwister? Es gibt nur Sie beide?«

Gary Twohy nickte.

»Stimmt.«

Miriams Mutter schüttelte sich, und Claire bereute sofort, in der Gegenwartsform gesprochen zu haben. Sie blätterte die restlichen Fotos durch. Die Kinderfotos boten keinerlei Informationen, außer dass die Twohys ihr ganzes Leben in Ballyawlann gewohnt hatten und dass tatsächlich jeder in den Neunzigern eine knallrot gestrichene Wand gehabt hatte. Aber drei Fotos ganz unten waren interessanter. Sie waren offensichtlich alle am Tag von Miriams Uni-Abschluss gemacht worden und hatten dasselbe Format wie das gerahmte Bild an der Wand. Auf einem, auf dem auch das blonde Mädchen zu sehen war, war Miriam beim Lachen erwischt worden. Die beiden jungen Frauen hielten ihre Zeugnisse in den Händen und waren von irgendwem oder irgendwas rechts neben der Kamera abgelenkt worden. Auf dem zweiten Bild war Miriam allein, posierte verlegen unter einem Baum, das Zeugnis zusammengerollt in der linken Hand. Das dritte Bild war ein Gruppenfoto, vier junge Leute posierten zusammen vor der Kamera, während im Hintergrund drei junge Männer vorbeigingen. Einer der drei kam ihr bekannt vor, Claire starrte ihn an und versuchte, sich zu erinnern, wo sie das Profil schon einmal gesehen hatte.

»Das ist Paul.«

Fidelma Twohy stand auf und zeigte auf den großen Mann mit dunklen Locken, der neben Miriam stand und ihre Hand hielt.

»Das blonde Mädchen ist Deirdre, sie waren beste Freundinnen auf dem College, und der Kerl, der ihre Hand hält, ist ... ach, wie heißt er? Mein Gott, er war oft genug hier im Haus. Sie waren auch ein Paar, die vier waren viel zusammen. Ach, wie heißt er bloß ...«

Nervös faltete sie ihre Hände und begann den angelaufenen, goldenen Ehering an ihrem Finger zu drehen. Ihr Sohn beugte sich vor und berührte ihre Hand.

»Setz dich hin, Ma. Denk an dich. Du kommst schon noch drauf. Es ist doch sowieso nicht wichtig, oder?«

»Nun ja.«

Claire betrachtete das Foto und konzentrierte sich auf die vier im Vordergrund. Aber irgendetwas an der zweiten Gruppe störte sie.

»Es ist am besten, so viele Informationen wie möglich zu sammeln. Hören Sie, Mrs Twohy ...« Sie drehte sich um und sah der Frau in die Augen. »Ich versuche, mir ein Bild von Miriam zu machen. Wer war sie, wohin ging sie, wen kannte sie?«

»Sie ging nirgendwohin. Ich habe es euch gesagt, ich habe euch alles gesagt. Sie stand auf, ging zur Arbeit, sie holte Réaltín ab, sie brachte sie ins Bett. Das war's. Sie hat nichts getan! Nichts, um ...« Ihre Stimme zitterte, aber sie sammelte sich und machte weiter. »Nichts, um das hier zu verdienen. Himmel, manchmal fühlt es sich so an, als wollten Sie ihr die Schuld zuschieben.«

»Überhaupt nicht.« Claire streckte sich und klopfte der Mutter linkisch auf die Hand. »In solchen Fällen gibt es oft einen Hauptverdächtigen. Jemanden, der sie schon früher bedroht hat, jemanden, der einen Grund hat, dem Opf...«

Sie schluckte, bevor sie fortfuhr. »Der Toten etwas Böses zu wünschen.«

Sie klang jetzt wie ihr alter Englischlehrer. Sie holte tief Luft, bevor sie weitersprach.

»Aber nach allem, was Sie uns erzählt haben, gab es so jemanden in Miriams Leben nicht. Ihr Partner oder ihr Ex-Partner ist weit weg in Australien, sie schien keinen großen Freundeskreis zu haben oder ein besonders aktives Sozialleben. Ich muss daher einfach noch mehr über sie erfahren. Wer sie war. Wen sie an diesem Abend getroffen hat. Wir müssen herausfinden, was passiert ist, und das so schnell wie möglich.«

Die ältere Frau zuckte zusammen. »Befürchten Sie, dass er es noch einmal tut?«

Claire schüttelte den Kopf. »Ich weiß nicht. Wirklich nicht. Aber wir müssen das als eine Möglichkeit in Betracht ziehen. Daher ist jede Information von Ihnen wirklich wichtig. Wir müssen wissen, wohin Miriam an diesem Abend gegangen ist und wieso.«

Aus dem Flur hörte man ein Baby schniefen. Gary stand auf und verließ ohne ein Wort das Zimmer. Seine Mutter schüttelte den Kopf.

»Miriam ist nie ausgegangen. Dieses Bild, das ihr den Zeitungen gegeben habt, stammt von der Weihnachtsfeier ihres Büros, aus dem Jahr, bevor Réaltín geboren wurde. An dem Abend ... an diesem letzten Abend hat sie mir gesagt, dass es um ein Klassentreffen geht. Gott vergebe mir, aber ich habe nicht weiter nachgefragt. Ich habe mich gefreut, dass sie ausging, um ganz ehrlich zu sein. Wir mochten Paul nicht besonders, na ja, das haben Sie wahrscheinlich schon gemerkt. Und da er weg war, nun ja, ich wollte, dass sie ausging, Leute traf. Leute wie sie selbst.«

Ihr Blick fiel wieder auf den Stapel Fotos. Es war Claire bewusst, dass Leute »wie« die Twohys nicht unbedingt einen Uni-Abschluss hatten.

»Sie hat gesagt, es wäre eine Art Klassentreffen.«

Fidelma Twohy runzelte die Stirn. »Ich fand es nicht sehr überzeugend. Sie hatte diese Mädchen seit Jahren nicht mehr gesehen. Ehrlich gesagt hatte sie gar keine beste Freundin. Im College war sie mit Deirdre, dem Mädchen auf dem Foto, befreundet.« Sie zeigte an die Wand. »Aber ich glaube, dass sie gar keinen Kontakt mehr zu ihr hatte. Ich weiß nicht, was passiert ist, im College waren sie eng befreundet, und dann. Na ja. Ich vermute, nach Réaltíns Geburt ist der Kontakt einfach weniger geworden. Miriam hat gesagt, sie habe keine Zeit für jemand anders. Als sie mir erzählt hat, dass sie sich mit ein paar Freundinnen treffen will, habe ich gar nicht nachgefragt. Ich habe sie ermutigt, um ehrlich zu sein. Ich habe ihr gesagt, dass wir auf das Kind aufpassen, dass sie ruhig lang ausgehen soll. Ich meine, das machen im Moment doch alle, oder nicht? Treffen organisieren? Über das Internet und so. Sie hatten sich damals weiß Gott genug zu erzählen, ich dachte, es wäre gut für sie, ein paar von ihnen wiederzusehen, jetzt, wo sie alle Kinder haben. Das war ja eine Gemeinsamkeit.«

Claire schwieg. Über die letzten zwanzig Jahre waren mehrere Briefe mit Einladungen zu Klassentreffen im Haus ihrer Mutter angekommen. Ihre Mutter hatte sie stets gewissenhaft weitergeschickt, und Claire hatte sie genauso gewissenhaft im Altpapier entsorgt. Heutzutage kamen die Einladungen meist per E-Mail. Der Knopf zum Löschen war noch praktischer als der Altpapiercontainer. Es gab nur eine einzige Person aus ihrer Schulzeit, die Claire gern treffen würde, und er würde so bald nicht in der Square Bar auftauchen. Sie sah zum Kamin.

»Vielleicht kann Deirdre weiterhelfen?«

»Sie kommt zur Beerdigung.«

Fidelma Twohy atmete tief ein und klang etwas gefasster.

»Sie hat gestern Abend angerufen und nach Einzelheiten gefragt. So lieb von ihr. Sie war völlig fertig am Telefon. Sie hatte ewig nicht mehr mit Miriam gesprochen, hat gesagt, dass sie sie eigentlich anrufen wollte …«

»Das ist scheißfreundlich von ihr, stimmt's?« Gary kam wieder ins Zimmer. Er trug ein Baby mit rotem Gesicht im Arm, und die beiden Frauen sahen ihn an. »Es ist eine beschissen gute Absicht, sie anzurufen, oder? Sie war keine große Hilfe, als das Baby geboren wurde. Keiner von den Uni-Typen hat sich damals blicken lassen. Abgesehen von diesem Arschloch Paul.«

»Achte auf deine Sprache.« Mrs Twohy kümmerte sich um das Baby, das sich jetzt beschwerte. Claire stand auf, sah noch einmal auf den Fotostapel in ihrer Hand und wählte das Bild mit Paul aus. Miriam war eine große Frau gewesen, aber trotz ihrer hohen Absätze überragte er sie. Seine schlaksige, schmale Figur, die auch unter dem Talar zu erkennen war, betonte seine Größe noch. Langes Elend hätte ihre Mutter ihn genannt. Dasselbe hatte sie auch über Aidan gesagt, vorher. Er sah eigentlich ein bisschen ähnlich aus wie Aidan oder so, wie Aidan ausgesehen hätte.

Da war er wieder.

Sie verdrängte den Gedanken, nahm das Foto vom Stapel und hielt es zwischen zwei Fingern.

»Miriam und Paul haben sich also auf der Universität kennengelernt? Waren sie in denselben Seminaren?«

»Ja, genau!« Gary spuckte die Worte aus. »Das war ja das Scheißproblem, oder, Ma? Die verdammte falsche Klasse.«

»Gary.«

Aber die Ermahnung war nur halbherzig, und Gary fuhr fort, dieses Mal wandte er sich an Claire.

»Dieses Arschloch kommt aus Foxrock. Er hat mit Miriam nur gespielt. Ich weiß nicht, was zur Hölle sie an ihm fand. Sie hat ihn einmal hierhergebracht, den bescheuerten Idioten. Wollte wissen, ob mein Vater das Rugbyspiel am Wochenende gesehen hätte. Arsch.«

Claire setzte sich wieder in den großen braunen Sessel, sie starrte immer noch auf das Foto. Das Gefühl, etwas zu übersehen, nagte an ihr.

»Waren sie lange zusammen?«

»Während der Uni immer wieder mal. Nach dem Abschluss hat er sie abserviert. Sie war am Boden zerstört, ehrlich. Ich war begeistert, ehrlich. Er hat sich nach Australien verpisst, gut für ihn, Miriam war ohne ihn besser dran.«

»Aber er kam zurück.«

Gary sah sie verächtlich an.

»Na, er hat sie ja verdammt noch mal geschwängert. Ja, er ist zurückgekommen. Kam zurück und hat in ihrer Wohnung gepennt, der Scheißschmarotzer.«

Seine Mutter warf ihm einen bösen Blick zu, sagte aber nichts.

»Die Frau will Bescheid wissen, Ma. Deswegen ist sie hier.«

Gary lehnte sich auf dem Sofa vor, die Ellbogen auf den Knien, und sah Claire scharf an. »Miriam hatte einen großartigen Job, wissen Sie? Ihr ging's gut, sie wohnte in der Stadt, hübsches kleines Apartment. Teure Bude, aber sie hat genug dafür verdient.«

Claire sah auf ihr Notizbuch. »Sie unterrichtete schon?«

»Medienwissenschaften und Englisch. Ehrlich gesagt klang es für mich wie ein Kurs für bescheuerte Faulenzer. Studenten das Fernsehgucken beibringen, meine Fresse. Da bekäme ich eine Eins, was?«

Er grinste schief, bevor er fortfuhr.

»Sie hat diesen kleinen Scheißkerl bei sich unterkommen lassen, und sechs Monate später sitzt sie heulend hier und erzählt Ma, dass er sie geschwängert hat und nichts damit zu tun haben will.«

»Er hat sie also verlassen.«

»Nicht sofort. Er hat sich verpisst, als sie gesagt hat, dass sie schwanger ist, und ist dann in der Nacht, in der Réaltín geboren wurde, im Krankenhaus aufgetaucht, ist wieder in die Wohnung eingezogen, und als die Kleine drei Monate alt war, hat er sich wieder verpisst. Zurück nach Australien, und die können ihn gern haben. Danach hat Miriam nichts mehr von ihm gehört. Niemand hat mehr was von ihm gehört.«

»Er hat mich gestern Abend angerufen.«

Mrs Twohy suchte in ihrer Tasche, stopfte dem sich windenden Kind einen Schnuller in den Mund und sprach dann weiter.

»Du warst weg, Schatz. Er hat hier zu Hause angerufen. Er wollte sein Beileid aussprechen. Hat gesagt, dass er kein Geld hat, um für die Beerdigung herzukommen, dass er aber so sagen wollte, dass es ihm leidtäte. Das Baby hat er nicht erwähnt.«

Zum ersten Mal, seit Claire gekommen war, verlor sie die Fassung und streckte die Hand nach dem Kind aus, um seinen Arm zu berühren.

»Er wird sie uns doch nicht wegnehmen, oder? Nicht Réaltín. Sie glauben doch nicht, dass er sie holen will?«

Die Frage hing eine Weile in der Luft, und dann, als wüsste sie, dass es um sie ging, spuckte die Kleine den Schnuller aus und ließ einen wütenden Schmerzensschrei los.

»Alles in Ordnung, Süße.« Mit einer jahrelang geübten Leichtigkeit zog ihre Großmutter sie auf ihre Schulter und schaukelte sie sanft. »Alles in Ordnung, Schätzchen. Komm nur zu mir.«

So wie die Stimme ihrer Großmutter zitterte, war es schwer zu sagen, wer wen tröstete.

»Er ist doch ein Verdächtiger, oder?« Gary stand auf und ging zum Fenster, seine Faust fest geballt. »Ich weiß doch, wie's läuft. Es ist immer der Ehemann, stimmt's? Oder so. Der Partner. Ich meine, er sagt, er wäre in Australien. Er ist doch trotzdem verdächtig, oder?«

Claire sprach in neutralem Tonfall.

»Es ist noch sehr früh, Gary. Aber wir werden mit jedem sprechen, der sie kannte.«

»Sie werden ihn erwischen.«

Seine Stimme war leise und ruhig, Pausen betonten die Worte. Gary drehte sich um und ging zu Claires Sessel, kam bedrohlich nah. Er war kein großer Mann, aber durch seinen stämmigen Körper wirkte er einschüchternd.

»Sie werden diesen Scheißkerl erwischen.«

»Wir tun unser Bestes, Mr Twohy.«

»Miriam war ...« Er holte tief Luft, und plötzlich weinte auch er, große, salzige Tränen liefen rechts und links seiner gebogenen Nase hinunter. »Sie war das Beste, was je aus dieser Familie gekommen ist. Ich bin im Vergleich zu ihr Dreck. Ich bin vorbestraft, das kann ich Ihnen ja schon mal sagen, Sie werden es sowieso früh genug herausfinden.«

Claire, die bereits seine Akte und die Verurteilung wegen Körperverletzung kannte, sagte nichts.

»Ich bin ein Scheißdreck im Vergleich zu ihr. Sie war ein Star. Sie ist hier rausgekommen. Sie hätte etwas aus sich gemacht. Die Kleine hat sie aufgehalten, aber das war okay, sie war okay, sie hätte es schon geschafft. Sie und Réaltín hätten ein tolles Leben gehabt, ein richtiges Leben. Und jetzt hat so ein Arschloch sie getötet. Und wenn ich rausfinde, dass es der beschissene Paul O'Doherty war, dann reiße ich ihm mit bloßen Händen den Kopf ab. Ich schwöre bei Gott, das werde ich.«

Claire stand auf, was ihn dazu zwang, einen Schritt zurückzutreten. Er wischte sich die Augen, lächelte sie unter Tränen an.

»Wahrscheinlich bin ich auch ein Verdächtiger, genau wie mein Vater. Ich weiß, wie das läuft. Und ich sage Ihnen was: Ich mag keine Bullen.« Er beugte sich näher zu ihr, bis sie den abgestandenen Zigarettenrauch und die Bierfahne vom Abend zuvor roch. »Ich mag keine Bullen, aber ihr seid alles, was wir jetzt noch haben. Sie werden herausfinden, wer sie umgebracht hat. Sonst tue ich es.«

# FÜNFUNDZWANZIG

Ein Regenschwall klatschte an die Windschutzscheibe, und sie blinzelte ins Grau. Verdammt furchtbarer Tag. Die Scheibenwischer seufzten rhythmisch, und ihre Gedanken bewegten sich dazu im Takt. Muss nach Hause. Sollte nach Hause. Das Baby ist am Verhungern.

Sie würde jedenfalls nicht warten. Wenn er nicht da war, wo er sein wollte ... Aber gerade als sie sich überlegte, wie sie aus der Verabredung rauskam, sah sie ihn wie versprochen an der Bushaltestelle an der Hauptstraße stehen. Super. Dann wäre sie in null Komma nichts auf dem Weg nach Hause.

Sie fuhr rechts ran, öffnete das Wagenfenster und blinzelte, als Regentropfen ins Wageninnere fielen.

»Hallo.«

Die Stimme klang leise, zögerlich. Sie hatte etwas Anständiges.

»Bist du FarmersWife?«

»Bin ich!«

Es war lustig, den Nickname laut zu hören.

»Steig ein, um Himmels willen. Du wirst sonst ganz nass. Ich habe die Fläschchen für dich hier hinten ...«

Sie öffnete die Wagentür und hörte sie zuschlagen, als sie sich zwischen den Vordersitzen nach hinten lehnte und den braunen Pappkarton zu sich zog. Sie fragte sich unwillkürlich, wie riesig ihr Hintern wohl aus der Perspektive aussah.

»Ich habe die Anleitung dringelassen, die Dinger sind ein bisschen knifflig. Oh!«

Das war eine instinktive Reaktion. Oh. Sie sah nach unten auf die Pistole und nach oben in sein Gesicht. Eine Bewegung, die sie in Millionen Filmen gesehen hatte. Sie hatte immer angenommen, dass das ein Witz war, ein schrecklich schlechter. Sie packte den Karton fest und sah ihm in die Augen.

»Steigen Sie aus meinem Wagen.«

»Ich gehe nirgendwohin.«

Sein Arm war entspannt, die Pistole fest in seiner Hand.

»Vorher fahren wir noch ein bisschen.«

»Würden Sie jemals ...«

Aber sie schluckte die zweite Hälfte des Satzes, als die Augen schmaler und die Stimme kälter wurde.

»Ich habe gesagt losfahren.«

Sein Tonfall hatte nichts Anständiges mehr.

Es regnete jetzt senkrecht, und in einer automatischen Bewegung stellte sie die Scheibenwischer auf die höchste Stufe.

Ein Auto schoss vorbei. Vielleicht sollte sie hupen, die Scheinwerfer aufblenden, etwas tun, damit der Fahrer in ihre Richtung sah ...

»Denk nicht mal daran. Nicht, wenn du willst, dass es diesen drei hübschen Jungs gut geht.«

»Oh Gott.«

Ihr Hals wurde trocken. Sie schluckte wütend, hielt beide Hände am Lenkrad, starrte geradeaus und schaffte es, die Worte hervorzubringen.

»Haben Sie meinen Kindern etwas angetan? Ich schwöre bei Gott, wenn Sie ihnen auch nur ein Haar gekrümmt haben ...«

»Ich war nicht in ihrer Nähe, FarmersWife.«

Sein Tonfall hatte jetzt etwas höhnisch Amüsiertes.

»Ich habe sie nicht angerührt. Nicht Cathal oder Mikey oder dieses goldige kleine Baby. War übrigens nett von dir, ein Foto zu posten, ein hübscher kleiner Kerl! Ich habe sie nicht angerührt. Und wir wollen, dass es so bleibt, nicht wahr?«

»Was ... was wollen Sie? Was soll ich tun?«

»Im Moment? Einfach nur fahren.«

Sie wusste nicht, was sie sonst tun sollte. Also fuhr sie.

Diese ersten dreißig Sekunden. Die rissen ihn jedes Mal mit. Jim schaltete den Motor aus und schloss die Augen, während die Musik in sein Gehirn sprudelte und ploppte. Seine Hände schlugen den bekannten Rhythmus auf das Armaturenbrett vor ihm. Geile Mucke.

»I wanna run ...«

Große Klasse. Er schüttelte den Kopf, ließ den Motor wieder an und trat die Kupplung, während er langsam anfuhr. Dieses Soundsystem war jeden Penny wert. Das Gesicht seines alten Herrn allerdings, als er erzählt hatte, dass er ein iPod Dock im Traktor installieren ließ.

»Einen iPod? Wozu brauchst du den denn? Reine Geldverschwendung.«

Auch wenn er die Reaktion erwartet hatte, hatte Jim gemerkt, wie sich seine Schultern anspannten, seine Hände unterm Tisch sich zu Fäusten ballten. Immer alles schlechtreden. Immer die Unterstellung, dass, was er auch tat, es nie richtig war.

Und dann hatte Martha sich eingeschaltet, hatte den alten Mann geneckt und alles in Ordnung gebracht. Sie hatte ihrem Schwiegervater zugezwinkert und ihn daran erinnert, dass er jeden Arbeitstag seines Lebens ein Transistorradio im Fahrerhäuschen balanciert hatte, und hatte er ihr nicht selbst so oft erzählt, dass ihm das Radio den Tag verkürzte? Und was war ein iPod schon anderes als ein schickes Radio? Der alte Mann hatte gekichert – gekichert! Meine Güte, Jim hatte gar nicht gewusst, dass diese alte Reibeisenstimme überhaupt so ein Geräusch machen konnte. Aber er würde nicht mehr Zeit auf ihn verschwenden, er hatte einfach nur Marthas Zeh unter dem Tisch mit seinem eigenen angestoßen und ihr ein Dankeschön zugeblinzelt. Er hatte gehofft, dass die Kinder den ersten Teil der Nacht durchschlafen würden, um ihnen ein bisschen Intimität zu ermöglichen. Und dann war er rot geworden, als ihm klar wurde, dass das Glitzern in ihren Augen bedeutete, dass sie exakt dasselbe dachte.

Er gab Gas, und Bonos Stimme trat in den Hintergrund, während der Traktor den Hügel am Ende des Feldes hinauffuhr.

In dieser Nacht wurde wahrscheinlich AJ gezeugt. Na, eigentlich sogar sicher. Mit zwei aktiven Kerlchen waren die Chancen rar gesät. Und jetzt hatten sie drei. Manchmal ganz schön hart. Aber trotzdem einfach klasse.

Er bremste den Traktor ab und fuhr langsam vom Feld auf die schmale Straße. Er suchte den Horizont ab, bevor er wieder Gas gab. Erst letzte Woche hatte er von einem Mann in Donegal gehört, der aus seiner Auffahrt zurückgestoßen war und nicht gesehen hatte, dass da ein Kind stand. Mein Gott. Der arme Kerl. Jim drehte die Lautstärke hoch und hoffte, dass die Musik das Bild vertreiben würde. Er hatte die Geschichte im *Star* gefunden und sie beim Abendessen laut vorgelesen, er hatte eine große Sache daraus gemacht, mit dem Finger auf das Bild des armen Kleinkinds gezeigt und dann nacheinander jedes seiner Kinder angesehen.

»Hört ihr mir jetzt mal zu! Dieser Junge ist rausgegangen, ohne seiner Mama oder seinem Papa Bescheid zu sagen. Und seht nur, was mit ihm passiert ist. Dieser Junge hat nicht auf seine Mama oder seinen Papa gehört.«

Mikeys blaue Augen waren voller Tränen gewesen, dann hatte er geweint, war zu seiner Mutter gelaufen und hatte sie gefragt, ob ihm dasselbe geschehen würde.

Martha hatte ihn umarmt, sein Gesicht an ihrer Schulter vergraben, bevor sie ihrem Ehemann einen bösen Blick zuwarf.

»Warum musst du das Kind so aufregen?«

Das war nicht meine Absicht, hatte er sagen wollen. Ich wollte niemanden aufregen. Aber ich wollte, dass die Kinder mir zuhören, es wirklich begreifen, und wollte, dass dir bewusst wird, dass jeden Tag richtig schlimme Dinge passieren und dass jeden Tag Menschen aufwachen mit diesen schrecklichen Dingen und schreckliche Leben führen müssen und dass wir keine solchen Probleme haben, eigentlich nicht, keine echten. Uns geht's super. Wir haben ein tolles Leben. Und ich weiß, dass du erschöpft bist, und ich weiß, dass du müde bist, aber überleg nur mal, was diese Familie gerade durchmacht. Wir haben es leicht. Wir haben eine wunderbare Familie. Ich liebe dich, und alles ist in Ordnung.

Aber dann hatte er nichts dergleichen gesagt.

Es regnete immer noch. Das war das Erste, was ihr auffiel, als sie die Augen öffnete und das Armaturenbrett in ihr Blickfeld kam. Das Zweite war, dass ihre Hände nicht gefesselt waren. Ihre Füße auch nicht. Sie könnte weglaufen, wenn sie das wollte. Aber wollte sie das?

Es hatte fast eine Stunde gedauert hierherzufahren, viel Zeit für ihn, seinen Plan zu schmieden, und für sie, zum allerersten Mal absolute Verzweiflung zu fühlen.

»Du bist nicht so clever, wie du dachtest, was, Farmers-Wife? Hat deine Mammy dir nicht gesagt, man solle keine Fremden ins Auto lassen?«

»Stimmt.«

Sie hatte auf Discovery Channel mal eine Sendung über Entführungen gesehen. Laut dem Moderator war der Trick, ihn in ein Gespräch zu verwickeln. Ihn daran zu erinnern, dass man ein Mensch war. Das machte es schwieriger, einen zu töten. Sie versuchte es also mit Fragen, sogar mit Schmeicheleien. Aber als er erklärte, warum er hier war, wurde ihr schnell klar, dass der Ratschlag nutzlos war.

»Hält das Baby dich viel wach?«

Die Frage war wie ein Schlag ins Gesicht. Zu diesem Zeitpunkt fuhren sie noch, und sie hatte ihm nicht geantwortet, aber ein Bild ihres jüngsten Kindes schien am Straßenrand auf. Sie konnte es fast spüren, wie es sich an ihre Schulter kuschelte, der flaumige Kopf passte perfekt unter ihr Kinn. Wenn er an dem Platz, an dem er sich am sichersten fühlte, einschlief, seufzte er sanft.

Sie wusste, dass sie ihn nach jedem Füttern ins Bett legen sollte, es war eine schlechte Angewohnheit, ihn so einschlafen zu lassen. Aber manchmal, in der Dunkelheit, kuschelte sie länger mit ihm als nötig. Wenn seine zwei anspruchsvollen älteren Brüder endlich schliefen, war das die einzige Zeit, die sie zu zweit hatten, und trotz der Erschöpfung genoss sie es.

»Und wie läuft die Logopädie beim Ältesten? Das sind bei euch ja lange Wartelisten …«

Da hatte sie in die Bremsen getreten, hatte das Hupen des Autos hinter sich gehört und es vorbeifahren lassen, ohne auf die Lichthupe und das wütende Winken zu achten. Sie hatte alles ausgeblendet, außer den Informationen über ihre Familie, die er ihr um die Ohren haute.

Er wusste alles über sie. Und es war ihre eigene Schuld, weil sie es ihm erzählt hatte. Sie hatte alles auf dieser verdammten Website geschrieben. Hatte ihre Schicksale besiegelt. Und ihr eigenes.

Er lotste sie von der Hauptstraße weg auf eine Landstraße, die sie nicht kannte. Wartete, während sie den Wagen auf einer kleinen Lichtung hinter ein paar Bäumen parkte.

»Du wartest hier, während ich alles vorbereite.«

Sie gab die Tipps des Discovery Channel auf und versuchte es stattdessen kämpferisch.

»Und was, wenn ich das nicht tue?«

»Wenn du es nicht tust? Nun, dann, FarmersWife« – die Worte wurden lang gezogen und überbetont – »dann werde ich mich deinen Kindern nähern. Einem nach dem anderen. Und ich werde ihnen wehtun. Ich weiß, wo ich sie finden kann. Du hast mir dafür genug Informationen gegeben. Wie läuft denn der Schwimmunterricht? Jeden Mittwoch, nicht wahr? Wenn der Älteste mit der Schule fertig ist? Hier gibt's nicht viele Schwimmbäder. Sie sind leicht zu finden. Oder vielleicht warte ich, bis der Kleine zur nächsten U-Untersuchung muss …«

Da hatte sie geweint, und er hatte fast geduldig gewartet, bis sie fertig war. Er schien die Tränen jedoch nicht zu genießen. Er saß nur da, sah zu und wartete.

Dann lachte er, als sie die naheliegende Frage stellte.

»Warum tun Sie mir das an?«

Die Musik sprang ein Jahrzehnt weiter. Die Chili Peppers. Jetzt geht's ab.

Jim gab wieder Gas. Er hatte nach der Herde auf der oberen Weide gesehen und überprüft, dass die Kühe unten genug Schutz vor dem vorhergesagten Starkregen hatten. Jetzt war es fünf Uhr und er auf dem Weg nach Hause. Ein halber Tag. Martha war zum Einkaufen in die Stadt gefahren, ihr erster freier Tag seit AJs Geburt. Seine Mutter kümmerte sich um die Kinder. Mit ein bisschen Glück käme er vor Martha nach Hause und könnte sich ums Abendessen kümmern. Sie aufheitern und ihr dann seine Neuigkeiten erzählen.

Zum fünfzigsten Mal für heute griff er in seine Brusttasche und spürte die spitzen Ecken des Umschlags. Es würde ein geniales Wochenende werden. Zwei komplette Tage und Nächte weg. Dinner, lange schlafen und, wenn sie Lust hätte, ein bisschen shoppen. Und dann das Konzert. Leonard Cohen, Open Air im Royal Hospital. Martha war ein großer Fan. Er selbst verstand nicht, warum, aber sie liebte ihn, hatte alle CDs, hörte sie in der Küche, während sie aufräumte. Sie fluchte, wenn sie hörte, wie Teenies *Hallelujah* sangen, als wäre es irgendein Liedchen aus *X Factor*. Für Jim klangen alle Songs gleich, aber er war froh, wenn er einfach mitkommen, ein Bier trinken und sich ansehen könnte, wovon alle so begeistert waren. Es würde ein toller Abend werden.

Jim wusste, wie fertig seine Frau war. Er sah es ihr täglich an, wie müde sie Kleider zusammenfaltete, Essen kochte, die Spüle auswischte und für vierzig Minuten im

Sessel versank, bevor sie im Morgengrauen aufstand und alles wieder von vorn begann. Und seit AJ geboren war, schien er ihr nichts mehr recht zu machen. Wenn er einkaufen ging, waren es die falschen Sachen. Wenn er sie fragte, was er denn kaufen sollte, warf sie ihm vor, alles ihr zu überlassen. Wenn er die Jungs anzog, dann waren es immer die falschen Klamotten. Darum war es allen Ernstes bei einem ihrer Streite gegangen, dass er AJ schwarze Socken angezogen hatte, wo sie doch ein rotes Paar bereitgelegt hatte. Das war ziemlich schnell aus dem Ruder gelaufen, und am Ende hatte sie ihm die Socken entgegengeworfen, und er hatte ihr vorgeworfen, dem Baby, das mit rotem Gesicht und barfuß brüllend in der Wippe auf dem Boden lag, Angst einzujagen.

Aber das Wochenende weg von zu Hause würde alles richten.

»Warum tun Sie mir das an?«

»Das weißt du nicht?«

Sie schüttelte schweigend den Kopf, während er seine Pistole anhob, als wolle er sie ihr zeigen, dann legte er die Waffe wieder in seinen Schoß.

»Du warst zu clever, hast es dir damit selbst eingebrockt, Süße.«

Er lächelte, sah auf die Pistole hinab und dann ihr direkt in die Augen.

»Du hast mich durchschaut. Du bist klug, FarmersWife, das muss ich dir lassen. Keiner der anderen ist es aufgefallen. Aber dir schon. Es war nur ein kleiner Fehler, er anstatt sie, und du hast es bemerkt. Und dann die Sache mit dem Eis ... na ja. Ich kann mich schließlich nicht an alles erinnern, oder? An jede verdammte Einzelheit, die geschrieben wurde. Aber du schon. Und ich kann nicht riskieren, dass du es jemandem erzählst.«

Ihr Hirn raste, sie versuchte verzweifelt zu begreifen, wovon er redete. Da war ein Tippfehler gewesen, sie anstelle von er oder vielleicht andersrum, irgend so was. MyBabbas Fehler vielleicht? Sie hatte darüber Witze gemacht und eine PN geschrieben. Es war schwer, sich jetzt daran zu erinnern, aber da waren Sätze mitten in der Nacht geschrieben worden, als sie das Baby fütterte, so erschlagen, dass sie kaum bei Bewusstsein war, ihr Telefon ein leuchtender Anker, der sie wach hielt. Sie konnte sich nicht mehr genau erinnern, was sie geschrieben hatte. Irgendwas über Eiscreme? Jedenfalls nichts Wichtiges. Nichts, woran man sich erinnern musste. Und sie konnte beim besten Willen nicht begreifen, was es mit diesem Mann zu tun hatte. Wer war er und warum war er hier? Irgendjemand hatte sich versprochen, und wenn schon? Das passierte ihr selbst ja auch ständig. Sie verwechselte Wörter. Rief die Jungen mit dem Namen, der ihr gerade als erster einfiel, ob es nun der des Babys war, des Ältesten oder Mikey, ihr geliebtes Sandwichkind ...

Mikey.

Ihre Augenlider sanken, und sie ließ sie ganz zufallen. Mikey. Sie sah ihn noch vor sich, wie er heute Morgen ausgesehen hatte. Rote Augen, die Nase lief wegen der Erkältung, die er sich im Kindergarten eingefangen hatte und an der er seit drei Tagen litt. Durch den Virus war er motzig und erschöpft, außerdem schrecklich launisch. Er hatte gebrüllt, weil sie ihm die falschen Socken angezogen hatte, weil sie das Wasser ausgestellt hatte, bevor er sich den Mund ausgespült hatte, weil sie kalte anstatt warme Milch auf sein Müsli gegossen hatte. Mikey. Sie hatte ihn schließlich angeschrien. Hatte zugesehen, wie sein kleines, rotznasiges, fiebriges Gesicht sich verzogen hatte, als sie die Müslischale wegnahm.

»Dann iss es verdammt noch mal nicht! Verhungere doch, wenn du willst, ist mir egal.«

Oh Mikey. Ihr kleiner Star. Der Sanfteste der drei. Der Älteste vergötterte seinen Daddy, das Baby war noch zu jung, um an irgendetwas anderes als Essen und Wärme zu denken. Aber Mikey gehörte ganz ihr. Mütter hatten keine Lieblinge. Aber Mikey war ihr besonderer Junge. Und die letzten Worte, die sie an ihn gerichtet hatte, waren wütende Worte gewesen. Oh Mikey. Du weißt, dass ich dich lieb habe ...

Dann kämpfe für sie.

Er war jetzt verstummt, das einzige Geräusch im Auto war das gedämpfte Taptaptap der Pistole an seiner Jeans. Die Tabletten, die er ihr gegeben hatte, wirkten. Sie spürte, wie ihr Gehirn wie Watte wurde und ihre Sinne auch. Ihr Mund war trocken, ihre Zunge dick. Aber Mikey. Sie hielt die Augen noch einen Moment geschlossen. Konzentrierte sich auf sein Gesicht. Und dann warf sie sich zur Seite, drückte mit aller Kraft gegen die Tür. Als sie im neunten Monat gewesen war, ungeschickt und durcheinander, war sie mit dem Auto gegen einen Torpfosten gefahren. Sie hatte Jim nichts von dem Unfall erzählt, sie konnten sich keine Reparatur leisten, und sie wusste, dass er sich Sorgen machen würde, wenn er wüsste, dass sie mit einer Tür herumfuhr, die sich nicht richtig schließen ließ. Aber manchmal passierten Dinge aus einem Grund. Ihre Schulter traf auf Gummi und bewegte sich weiter, sie spürte Gras unter ihrer Wange und dann stand sie, stolperte, dann rannte sie, nutzte die ein oder zwei Sekunden, die er brauchte, um zu verstehen, dass sie weg war. Äste kratzten an ihren Wangen, und sie kniff die Augen zusammen und schob sie zur Seite. Sie wusste jetzt, wo sie war, das Haus der Reillys war weniger als zweihundert Meter entfernt. Declan musste im Moment auf dem oberen Feld sein, wie immer um diese Zeit am Morgen, er würde sie hören, und er würde ihr helfen, und sie würde fliehen, und sie würde zu ihnen zurückkehren und …

Ihr verschlug es den Atem, als sie schwer auf den Bauch fiel.

»Na du bist aber clever, was?«

Ein glatter Rugbyangriff, er war nicht mal außer Atem.

»Schlampe.«

Er riss an ihren Haaren, und sie spürte, wie sich ihr Gesicht vom Boden hob.

»Ich will doch keine blauen Flecken auf dir, oder?«

Er legte seinen Mund an ihr Ohr, und sie zuckte vor dem heißen, feuchten Zischen zurück.

»ODER?«

Sie war keine kleine Frau. Aber er konnte sie überraschend leicht aufheben und ins Auto zurücktragen. Nur ein Fleck mit platt getretenem Gras zeigte, wie sehr sie es versucht hatte.

Gedankenverloren merkte Jim, dass er verpasst hatte abzubiegen und in die falsche Richtung fuhr, zurück in die Stadt. Er fluchte und legte den Rückwärtsgang ein. Am Straßenrand war ein großer Graben, es war eine miserable Stelle zum Wenden, aber er hatte keine Wahl, wenn er weiterfuhr, könnte er erst in der Main Street wenden, und die war um diese Uhrzeit vollkommen überfüllt. Und er musste vor seiner Frau nach Hause kommen, sonst gab es keine Überraschung.

Er gab noch mal Gas. Der Motor röhrte, und die Räder drehten durch, als sie auf Schlamm trafen. Jetzt hing er auf halbem Weg über der Straße, bremste, trat die Kupplung und entfernte sich in winzig kleinen Bewegungen vom Graben.

Genau in dem Moment hörte er einen anderen Wagen, der Wind trug das Geräusch zu ihm, er kam schnell näher. Himmel. Er stand kurz vor dem Fuß eines Hügels und war für das andere Auto praktisch unsichtbar, bis es direkt vor ihm stünde. Er hatte alle anderen Sorgen vergessen, gab Gas und fuhr zentimeterweise mit dem Traktor vor und zurück, vor und zurück, während die Räder fest über die schmale Straße rutschten.

Innerhalb von Sekunden stand der Wagen neben ihm und hielt nur Zentimeter entfernt. Er ließ den Motor wieder ausgehen, als er sah, wer am Lenkrad saß. Der Sergeant. Oh Gott. Wie viele Punkte bekam man dafür, einen Traktor mitten auf einer Straße quer zu stellen? Genau am Fuß eines Hügels. Himmel. Er spürte den Schweiß in den Achselhöhlen. Martha würde ihn umbringen.

Der Polizist kam auf ihn zu, die Mütze gerade, den Blick fest. Jim lehnte sich aus dem Fahrerhäuschen.

»Hallo, Sergeant. Es tut mir furchtbar leid ...«

Aber im Blick des Mannes lag etwas Ungewöhnliches.

»Fahr den Traktor an den Straßenrand, okay, Jim? Das wäre nett, dann spreche ich mit dir.«

Ein Schlag in die Magengrube. Was zur Hölle? Er verdiente einen Anschiss, nicht dieses Gesäusel. Fast ohne zu denken, ließ er den Motor wieder an und wendete den Traktor mit drei präzisen Zügen. Der Polizist hatte die

Mütze abgenommen, als Jim den Motor abstellte, hielt er sie in der Hand.

»Bekomme ich dafür Punkte?« Aber seine Stimme war zu hoch, er bemühte sich zu sehr, fröhlich zu klingen. Der Polizist sah ihn an.

»Ich habe schon versucht, dich auf dem Handy zu erreichen.«

Das Telefon lag im Handschuhfach. Er nahm es heraus, fünf verpasste Anrufe, drei Nachrichten. Himmel. Er hatte es wegen der Musik nicht gehört.

»Springst du mal für einen Moment runter? Du musst jetzt mit mir kommen.«

Er hörte die Worte, und dann hörte er Unfall und Auto und Leiche. Aber er wollte sie nicht hören, und er wollte sich nicht bewegen. Er wollte dasitzen, wo er war, und die Musik aufdrehen und sich von Stimme und Gitarre und Keyboards und Schlagzeug weit weg tragen lassen, zurück zu den Tagen, als seine einzige Sorge war, ein bisschen Geld zusammenzukratzen, um ein Album zu kaufen und seinen Vater dazu zu bringen, ihn in die Stadt mitzunehmen.

Er wollte nicht hier sein und einem Polizisten zuhören, der über Marthas Leiche sprach. Die Worte »Sie hat sich das Leben genommen« fielen, aber sie ergaben keinen Sinn. Martha hat nie irgendwas für sich genommen.

Er wollte die Musik laut, ganz laut stellen, bis sie seinen Kopf und sein Gehirn füllte und ihn von hier und von dem Polizisten wegtrug und von dem Gerede über abgelegene Orte, Schläuche und Autos. Aber stattdessen stellte er den Motor ab. Steckte den Schlüssel ein und sprang aus der Fahrerkabine und in sein neues Leben, wo alles, was jemals gut gewesen war, einfach nicht mehr existierte.

# SECHSUNDZWANZIG

## HAT IRGENDWER JE DAS GEFÜHL, DASS ALLES ZU VIEL IST?

**MammyNo1**

Wahrscheinlich habe ich nur einen Durchhänger. Ich war die ganze Nacht mit Söhnchen wach, ich glaube, er zahnt. Die Wangen sind ganz rot, und die Spucke läuft wie verrückt. Ich musste ihn um drei Uhr früh runterbringen, damit er Göga und Töchterchen nicht aufweckt. Er ist um sieben Uhr endlich eingeschlafen, und dann ist sie aufgewacht und springt seitdem rum *gähn* Ich kann die Augen kaum aufhalten! Ich muss nachher noch einkaufen, aber allein der Gedanke, beide mitnehmen zu müssen, macht mich fertig. Ach, ich musste mich nur mal ausheulen ☺

**TAKETHATFAN**

WIR ALLE HABEN SOLCHE TAGE. ICH VERSUCHE, ZU MEINER MAM ZU FAHREN, WENN ES ZU VIEL WIRD.

**Cerys**

Oh Gott, ja. Ehrlich gesagt an den meisten Tagen. Besonders seit mein Jüngster geboren wurde, ist es wahnsinnig. Aber weißt du was ... es wird besser. Heul dich mal richtig aus. Ich habe das eben schon. Es hilft! Und tritt gegen etwas, das nicht zurücktreten kann. Ich finde den Fußball von Nummer 1 sehr nützlich! Bleib dran. LG

**LimerickLass**
Ich habe mit meinem Arzt gesprochen, und er hat gesagt, dass viele Frauen PND noch Monate nach der Geburt bekommen. Ich habe ihm erzählt, wie müde ich bin und alles ... er war toll, hat mir gesagt, ich solle viel mehr schlafen und dass er mir eventuell sogar Tabletten verschreibt, wenn ich welche brauche. Im Moment bringe ich die Kleine fast jeden Tag zu meiner Mum, damit ich was Richtiges essen und ein bisschen schlafen kann! Jeder braucht Hilfe.

**MyBabba**
Das klingt nach einer schrecklichen Nacht! Tut mir leid, wenn ich mich einmische, aber kann Göga denn nicht helfen? Er hat doch immer noch keine Arbeit, oder? Ich meine, jeder wie er will, aber für mich klingt das so, als könntest du heute ein bisschen Hilfe gebrauchen.

**MammyNo1**
Danke Mädels. Ich glaube aber, das wird leider nicht funktionieren. Göga ist nicht gerade in guter Form. Ich glaube, mit beiden zu Lidl zu gehen würde ihn völlig fertigmachen! Ach, ich trinke einfach noch einen Kaffee.

# SIEBENUNDZWANZIG

»Entschuldigung. Entschuldigen Sie bitte.«

Claire drückte den Rücken durch, um ihren Bauch deutlich zu zeigen, und drängelte sich an drei Buggys vorbei, an vier weltvergessenen Handytippern, einer älteren Frau mit einem riesigen Einkaufswagen und ein paar verirrten Touristen, die hoffnungslos auf eine Karte starrten.

»Entschuldigung.«

Sie schaffte es gerade noch, aus der Straßenbahn zu steigen, bevor die Türen sich schlossen, keuchend stand sie auf dem Bahnsteig. Es hatte angefangen zu regnen. Schon wieder. Sie steckte die Hände in die Taschen ihrer Jacke und versuchte sich zu erinnern, warum sie keinen Regenmantel zur Beerdigung mitgenommen hatte. Auf zwei Dinge konnte man sich bei irischen Beerdigungen fast sicher verlassen: Es war immer nass und es war immer kalt. Die Messe für Miriam Twohy war keine Ausnahme. Die Kirche war übervoll gewesen, Dampf stieg von den Mänteln der gedrängt stehenden Trauernden, die Regentropfen fielen erneut auf die Menge, gerade als der Sarg aus der Kirche auf seine letzte Reise ging.

Claires Nase juckte, und sie unterdrückte ein Niesen. Sie hatte kein Taschentuch in ihrer Handtasche, und die Taschen ihres grauen Kostüms, dessen früher mal weite Jacke über ihrem Bauch spannte, waren leer, abgesehen von ihren eiskalten Fingern. Ach ja, deswegen trug sie keinen Regenmantel. Sie besaß keinen, der passte.

Meine Güte, war sie müde. Schniefend schob sie sich an einem weiteren Buggy vorbei und blieb dann abrupt stehen. Genug gejammert, Mädchen. Sie rieb sich die Augen und dachte an das erstarrte Gesicht von Fidelma Twohy, als sie langsam hinter dem Sarg ihrer einzigen Tochter den Mittelgang der Kirche hinunterschritt, ihre Schultern steif wie ein Bügelbrett. Ihr Ehemann war einen Schritt hinter ihr hergeschlurft, Tränen liefen über sein rotes Gesicht, ein feuchtes, schmutziges Taschentuch in seiner Hand zusammengeballt. Neben ihm schob Gary ihr Enkelkind in einem billigen, pinkfarbenen Buggy, das kleine Mädchen lutschte einen Lolli, die Tränen, die sie jedem, der sie sah, in die Augen trieb, bemerkte sie nicht. Claire straffte ihre Schultern und ging weiter. Reiß dich zusammen. Es gibt größere Probleme.

Sie nahm die Hände aus den Taschen, ging am Busbahnhof Busáras vorbei und sah auf die Fußgängerampel davor. Sie blieb einen Moment stehen, registrierte das rote Männchen und warf sich dann in den Verkehr, schloss zu den anderen Fußsoldaten der Stadt auf, die in einem verrückten Lauf versuchten, an den langsam fahrenden Autos vorbei zur anderen Straßenseite zu gelangen. Nur Eltern kleiner Kinder oder deutsche Touristen warteten auf Grün, und Claire gehörte, noch, nicht dazu. Als sie die andere Straßenseite erreichte, ging sie langsamer, weil sie jetzt schwer atmete. Sie hatte noch viel Zeit bis zu ihrem nächsten Termin. Aber seit ihr Wecker heute Morgen um sieben geklingelt hatte, war sie in Eile gewesen, und ihr Körper hatte sich daran gewöhnt, sich schnell zu bewegen.

Die Fallbesprechung war heute Morgen für halb neun angesetzt gewesen, aber alle hatten bereits um fünf vor halb auf ihren Plätzen gesessen. Claire war als Letzte gekommen, ein Anruf vom Polizeireporter der *Evening Post* hatte sie aufgehalten, und alle Stühle im Raum waren besetzt gewesen. Obwohl sie sauer war wegen dieses Telefonats, in dem der Journalist mit einer »Polizei ratlos«-Story drohte, sollte er nicht heute noch etwas Neues erfahren, hatte sich Claires Stimmung etwas gehoben, als ein errötender Flynn von seinem Stuhl aufgestanden war und ihn ihr angeboten hatte. Sie hatte ihr Lächeln jedoch nicht ganz gezeigt. Sie hatte dem Reporter der *Post* das Übliche gesagt, dass allen Hinweisen nachgegangen werde, dass jeder, der Informationen habe, sich bitte melden solle etc. etc. Aber das Einzige, was sie nicht sagen konnte, und genau darauf hatte er sich gestürzt, war, dass die Polizei einer »konkreten Spur nachging«. Denn das taten sie nicht, und das wusste sie, und die *Evening Post* wusste es auch. Miriam Twohy war vor inzwischen fast drei Wochen verschwunden, vor vier Tagen war ihre Leiche gefunden worden, und Claire war nicht die Einzige im Collins-Street-Revier, die vom fehlenden Fortschritt frustriert war.

Der Superintendent hatte die Besprechung eröffnet, und die aufrichtige Empathie in der Stimme ihres Vorgesetzten hatte Claire berührt, als er knapp, aber eindrücklich von dem Mordopfer sprach, vom Schmerz ihrer Familie und davon, dass die Ermittlungen schnell vorangehen mussten. Es war keine originelle Rede. Claire hatte über die Jahre verschiedene Versionen davon gehört, aber sie schätzte immer das echte Gefühl, das seinen Worten zugrunde lag. Doch dieses Mal hörte sie auch seine Frustration.

Normalerweise gab es in dieser Phase der Ermittlungen, nach der Obduktion und kurz vor der Beerdigung, wenigstens einen vage Verdächtigen. Dublin war eine kleine Stadt, und die Morde dort folgten meist einem festen Muster. Gangmitglieder töteten ihre Rivalen. Ehemänner ihre Frauen. Aber dieses Mal gab es keine solch einfache Lösung des Geheimnisses um Miriam Twohys Ermordung. Dieses Mal war Claire ahnungslos. Oder ratlos, wie die *Evening Post* ihr in den Mund legen wollte.

Miriam Twohy war nicht verheiratet gewesen, und trotz des Protests ihres Bruders schied ihr früherer Lebensgefährte als Verdächtiger praktisch aus. Ein kurzes Gespräch mit der Polizei in Canberra hatte bestätigt, dass Paul O'Doherty das Land in den letzten fünf Monaten nicht verlassen hatte. Réaltíns Vater war zwar keine besonders sympathische Persönlichkeit; er hatte in seiner neuen Heimatstadt bereits eine Strafe wegen Alkohol am Steuer. Aber er tauchte jeden Tag bei seinem Job als Fernsehverkäufer auf, und der Barmann seiner Stammkneipe bestätigte, dass er jeden Abend auf dem zweiten Hocker von links saß. Er war vielleicht ein Idiot – das Fehlen jeglicher Überweisungen auf Miriams Konto sagte viel über seine Zuverlässigkeit und Hingabe als Vater. Aber er hatte sie nicht umgebracht, und er wirkte nicht wie ein Mann, der sich einen Auftragskiller leisten könnte. Und Mrs Twohy konnte ganz unbesorgt bleiben. Nach allem, was die australische Polizei gesagt hatte, war ein Sorgerechtsstreit das Letzte, woran O'Doherty interessiert war.

»Ich kriege doch jetzt wohl nicht das Kind aufgebunden, oder?«, waren seine genauen Worte, als er über den Mord informiert wurde, sie standen in der präzisen E-Mail der Australian Federal Police. Claire hatte bereits entschieden, diese wundervolle Aussage den Twohys nicht mitzuteilen. Es war nicht nötig, die Animositäten noch zu verstärken.

Es war einfach so, dass niemand in Miriams Leben ein

Motiv für ihre Ermordung hatte. Ihr Bruder war wegen Körperverletzung vorbestraft, aber es wies nichts darauf hin, dass er mehr als ein Kleinkrimineller war, und mehrere Leute hatten erzählt, wie sehr er an seiner Schwester gehangen hatte. Miriams Kollegen hatten erklärt, dass sie »ein netter Mensch« gewesen sei, aber mehr hatten sie nicht zu sagen. Ihre Studenten hatten noch weniger zu sagen, sie galt als fähige, wenn auch wenig inspirierende Lehrerin. Und das war's. Keine Hobbys, kein Fitnessstudio, keine Mutter-Kind-Gruppen. Es schien, als habe Miriam Twohy nur für ihre Tochter gelebt, während sich ihre Mutter Sorgen machte, sie verschwende ihr Leben. Sorgen, die jetzt zu einer Trauer wurden, die sie den Rest ihres Lebens begleiten würde.

Während Quigley neue Fotos des Opfers an die weiße Tafel hängte – Claire hatte um das Bild des Uni-Abschlusses gebeten und es bekommen –, sahen ihn dreißig Paar Augen an. Claire schaute sich rasch um und betrachtete die anderen Gesichter. Dreißig Gardaí unterschiedlicher Dienstgrade und Alter. Insgesamt eine gute Truppe. Die Techniker hatten ihre Funde bereits erläutert. Zwei Detective Gardaí, Mercer und O'Toole, hatten drei Tage am Telefon verbracht, und dank ihnen waren die Aufnahmen der Überwachungskameras, so miserabel sie auch waren, zusammengestellt worden. Außerdem die Berichte der Pathologen, und der in Australien lebende Ex-Freund war dank ihrer Arbeit von der Liste der Verdächtigen gestrichen worden. Miriams Telefondaten hatten auch nicht viel gebracht. Der einzige Anruf, den sie am Abend ihres Verschwindens getätigt hatte, hatte ihrer Mutter gegolten, die bestätigte, dass sie sich gegen neun nach ihrem kleinen Mädchen erkundigt hatte.

Quigley hatte Fragen an die Tafel geschrieben.

*Wer war es?* Das war die große Unbekannte. Im Moment.

*Wie?* Der Obduktionsbericht war klar und ausnahmsweise einfach. Miriam Twohy war unter Drogen gesetzt und dann mit einem Kissen erstickt worden. Sie hatte sich gegen ihren Angreifer gewehrt, so viel hatten die Verletzungen Claire schon gesagt. Aber die Tabletten und der Alkohol in ihrem Blut hatten sie schwach auf den Beinen und desorientiert gemacht, bevor sie in einen tiefen Schlaf gefallen war. Es war unwahrscheinlich, dass ihr bewusst war, was geschah. Das war eine Gnade für sie. Für die ermittelnden Beamten aber verwirrend. Hätte man Miriam tot in einer Nebenstraße gefunden, vergewaltigt oder misshandelt, ihr Geldbeutel gestohlen oder sie selbst schwer verletzt, hätte man es einen zufälligen Gewaltakt nennen können. Aber dieser Mord war sorgfältig geplant worden. Eine kleine Menge DNA hatte man an der Leiche gefunden, aber ohne einen Verdächtigen zum Vergleich war das nur eine weitere unnütze Information.

Ihre Hauptspur war bisher die Wohnung. Mercer und O'Toole suchten jetzt nach Chris Solana, der laut Berry und dem Eigentümer von 123 Merview der Mann war, der die Wohnung gemietet hatte. Die beiden Detectives hatten intensiv recherchiert und Details ausgegraben, die sowohl umfangreich als auch vollkommen nutzlos waren. Solana war nie im Garda-Computersystem registriert worden. Er war nicht vorbestraft, hatte noch nie ein Auto ge- oder verkauft, geschweige denn einen Strafzettel wegen Verstoß gegen die Straßenverkehrsordnung bekommen. Er hatte anscheinend noch nie Steuern gezahlt, ein Konto eröffnet oder ein Telefon besessen, noch war er als Mieter gemeldet. Und ausgiebige Ausflüge in die Stadtteile Dublins, in denen viele Nigerianer verkehrten, hatten auch nichts ergeben. Ein Pastor hatte Mercer darauf hingewiesen, dass Solana kein nigerianischer Name war. Mercer konnte gerade noch herunterschlucken, dass er das auch allein herausgefunden hatte.

Die meisten bei der Besprechung glaubten jetzt gern daran, dass 123 Merview unter falschem Namen angemietet worden war. Aber O'Mahony Thorpe hätten schon lang zu diesem Schluss kommen können. Laut irischem Gesetz mussten alle Vermietungen beim Residential Tenancies Board gemeldet werden, das auch die Steuerdetails von Vermieter und Mieter verwaltete. Diese Information war öffentlich zugänglich, und der Immobilienmakler hätte den Vertrag ohne sie nicht unterzeichnen dürfen. Aber das schien keine Rolle gespielt zu haben. Merviews Hausverwaltung wusste nicht einmal, dass die Wohnung vermietet worden war. Der Wohnungseigentümer wurde später in einem Zug aus Cork erwartet und würde noch befragt. Claire wusste, dass sie Cormac Berry auch für eine weitere Befragung einbestellen musste. Sie mussten Solana, oder wie immer er hieß, finden. Aber allen Hinweisen nach zu urteilen, schien er nicht zu existieren.

Claire zog die Schultern hoch, als der Regen stärker wurde. Beerdigungswetter. Es war üblich, dass ein paar ermittelnde Beamte zur Beerdigung gingen. Es machte einen guten Eindruck, die Familie bekam das Gefühl, dass sie Fortschritte machten. Aber es gab noch einen sehr viel nützlicheren Grund. Sollte der Mörder ein Familienmitglied sein, standen die Chancen nicht schlecht, dass er da war und mitten in diesem emotional aufgeladenen Moment unachtsam wurde. Sie hatte mal im Mord an einem älteren, alleinstehenden Mann ermittelt. Es hatte nach einem Einbrecher ausgesehen, bis sein Neffe von Mitte vierzig bei der Messe zusammengebrochen war und gedroht hatte, sich ins offene Grab zu werfen. Spielschulden waren vor Gericht als mildernder Faktor vorgebracht worden.

Beerdigungen waren nützlich. Sie waren ein interessanter Platz, um das Verhalten von Verdächtigen zu beobachten, wenn man denn welche hatte. Wenn man keine hatte, beobachtete man eben jeden.

Und, dachte Claire, als sie am Eingang zum Finanzzentrum der Stadt vorbeiging, in Richtung des Cafés um die Ecke, diese Beerdigung konnte auch noch von Nutzen sein.

# ACHTUNDZWANZIG

»Setzen Sie sich, ich hole Kaffee. Oder hätten Sie lieber Tee?«

»Oh.«

Die junge Frau sah erschrocken aus.

»Ich ... äh. Kaffee. Ja. Bitte.«

Claire schluckte die Bemerkung, dass das keine Fangfrage war, herunter und beobachtete Deirdre, die einen wackeligen Stuhl unter einem genauso schiefen Tisch hervorzog, einen Moment zögerte, dann mit ihrem Taschentuch Krümel wegwischte und sich setzte. Sie sah wie die Art Frau aus, die ein Stofftaschentuch bei sich trug, dachte Claire. Wahrscheinlich sogar gebügelt. Nun, manche Frauen hatten Zeit für so was.

Sie verdrängte diese Haushaltsgedanken, ging zur Theke und sah sehnsüchtig an die Stelle, an der die Sandwiches mal gelegen hatten. Brennan's machte ein ziemlich gutes Schinken-Käse-Sandwich. Aber das Café lag am Rand des Finanzzentrums von Dublin, und um drei Uhr nachmittags musste man schon Glück haben, um noch etwas Essbares zu bekommen. Und sie würden lachen, wenn man einen Caffè lungo bestellen würde. Brennan's war Welten von den Frappémoccalatte-Coffeeshops entfernt, die in den letzten Jahren überall in der Stadt aufgetaucht waren, aber es war warm, halb leer, nahe dem Bahnhof Connolly und bot die größte Privatsphäre, die man um diese Uhrzeit im Zentrum Dublins finden konnte.

Es gab noch drei andere Gäste, einen jungen Arbeiter in einer Sicherheitsweste mit rasiermesserscharfen, osteuropäischen Wangenknochen, der sich über ein spätes Frühstück hermachte, und zwei Frauen Mitte sechzig, die entschlossen schienen, den allerletzten Tropfen aus ihrer Teekanne für zwei herauszuholen.

Die junge Frau hinter der Theke sah kaum auf, als Claire bestellte. Im letzten Moment erinnerte sich Claire daran, dass Kaffee nach ihrer letzten Blutdruckmessung gestrichen worden war.

»Einen Kaffee und einen Tee bitte.«

Die Frau strich eine fettige Haarsträhne hinters Ohr und machte sich an einer riesigen Kaffeemaschine zu schaffen. Brennan's ärgerte seine Gäste nicht mit komplizierten Entscheidungen zu Milchschaum oder fettreduziertem Irgendwas. Kaffee wurde aus einer großen Gastronomiepackung von Nescafé gelöffelt. Vollmilch gab es in Raumtemperatur aus angelaufenen Aluminiumkännchen, die auf einem klebrigen Beistelltisch standen, auf dem auch eine bunte Mischung von Messern, Gabeln und normalerweise zu wenigen Teelöffeln lag. Aber die Getränke waren heiß, und die Teilchen, das einzige Essen, das noch an der Theke zu haben war, wurden täglich frisch geliefert. Claire nahm zwei, bezahlte und trug das volle Tablett zurück an den Tisch, an dem die frühere beste Freundin von Miriam Twohy auf sie wartete.

Als Claire der jungen Frau den Kaffee hinstellte, schwang ihre Jacke zurück, sodass ihr Babybauch sichtbar wurde. Deirdre sprang auf, sie wurde rot.

»Oh Gott, Entschuldigung. Ich habe es nicht gesehen. Ich meine, wenn ich es gewusst hätte …«

Claire setzte sich.

»Alles in Ordnung. Machen Sie sich keine Sorgen.«

»Ich habe nur nicht gedacht ... ich meine ...«

Die junge Frau sah aus, als würde sie gleich weinen, und Claire unterdrückte den Impuls, ihre Hand zu tätscheln.

»Wirklich, alles ist gut. Ich habe Ihnen schwarzen Kaffee gebracht, ist das in Ordnung?«

Ihr Gast nickte zerknirscht und goss Milch aus einem klebrigen Kännchen in den dampfenden Kaffee. Aber sie hob ihn nicht an den Mund, sondern legte stattdessen ihre Hände fest um den Becher, als fröre sie, obwohl die Sonne durch die Fenster fiel und der Dampf der Kaffeemaschine schwer in der koffein- und zuckergeschwängerten Luft hing. Claire nahm ihren Teebeutel aus der Tasse, ließ ihn auf den Unterteller fallen und nahm einen großen Bissen vom Apfelteilchen. Sie sah sich vergeblich nach einer Serviette um und wischte sich die Hände schließlich rasch an der Jeans ab.

»Ich durfte die während meiner Schwangerschaft nicht essen. Diabetes.«

»Ach ja? Das ist die eine Sache, die ich noch nicht habe, ich klopfe auf Holz.« Claire klopfte schnell auf den Tisch und biss noch ein Stück ab. Sie sah zu, wie die junge Frau vor ihr sich sichtbar entspannte und an ihrem Getränk nippte. Da war es wieder, das Schwangerschaftsgespräch. Hätte sie gewusst, wie nützlich es war, schwanger zu sein, hätte sie es vielleicht schon vor Jahren getan. Sie goss Milch in ihren Tee und versuchte, nicht daran zu denken, dass das Kännchen an der offenen Luft gestanden hatte.

»Um wie viel Uhr geht Ihr Zug?«

»Um Viertel vor.« Deirdre sah auf ihre Uhr. »Ich muss meine kleine Tochter nachher noch aus der Krippe abholen. Mein Mann weiß nicht, dass ich heute nach Dublin gefahren bin. Ich wollte es nicht erklären müssen ... nun ja.«

»Wie alt ist sie?«

»Drei.«

»Gut. Ich werde sie nicht zu lange aufhalten.«

Claire nahm ihr Handy heraus, sah rasch auf die Uhrzeit und legte es dann auf den Tisch. Sie hatte dieses Gespräch nicht an einem so öffentlichen Ort führen wollen, und sie wusste, dass ihr Superintendent darüber auch nicht begeistert wäre. Aber Deirdre Richmond hatte darauf bestanden, dass dieser Zug nicht zur Debatte stand, und da es keinen Grund für eine offizielle Befragung gab, hatte Claire nicht diskutiert. Sie hatte sie bei der Beerdigung sofort erkannt. Sie war natürlich ein paar Jahre älter, aber die blonden Haare und die helle Haut waren dieselben wie auf dem Foto an der Wohnzimmerwand der Twohys. Fidelma Twohy hatte behauptet, dass ihre Tochter seit fast zwei Jahren keinen Kontakt mehr zu Deirdre gehabt hatte. Aber da es kaum jemanden außerhalb ihrer Familie gab, der Miriam Twohy irgendwie nahegestanden hatte, wollte Claire trotzdem unbedingt mit ihr sprechen.

Sie nippte noch einmal an ihrem Tee, zog das Handy näher und stellte es auf Aufnahme, dabei fragte sie mit einem kurzen Hochziehen der Augenbrauen, ob es sie störte. Im Brennan's konnte man keinen Laptop benutzen, ohne aufzufallen. Hier gab es keine Studenten oder Möchtegernautoren, die über Laptops brüteten.

Deirdre schüttelte den Kopf und nahm einen winzigen, vorsichtigen Schluck Kaffee.

Claire schob das Handy näher zu ihr.

»Mein Beileid für Ihren Verlust.«

Sie sah auf, erneut erschrocken.

»Oh, aber ich war nicht … ich hatte Miriam ewig nicht mehr gesehen. Danke, aber so fühlt es sich nicht an. Wenn Sie wissen, was ich meine – mein Verlust. Ich bin eigentlich vor allem wegen ihrer Mum gekommen.«

In ihrer Stimme hörte Claire einen ganz leichten nördlichen Akzent, der sich über ihr westirisches Nuscheln legte.

»Sie haben eine Zeit lang in Belfast gewohnt?«

»Fast vier Jahre. Mein Mann stammt von dort. Wir haben uns am UCD kennengelernt, und dann habe ich am Queen's meinen Master gemacht. Seitdem bin ich dort. Ich denke, es ist jetzt mein Zuhause.«

»Und Sie haben keinen Kontakt zu Miriam gehalten?«

»Eigentlich nicht.« Deirdre seufzte und sah wieder auf den Tisch. »Sie hat mich einmal besucht. Aber ich hatte meine Kleine und dann … Na ja. Sie wissen ja selbst, wie es ist.«

Claire biss noch einmal in das Teilchen, um eine Antwort zu vermeiden. Sie bezweifelte, dass sie ihre Freundinnen vernachlässigen würde, wenn das Baby einmal da war. Dafür müsste sie zunächst überhaupt mal welche haben.

»Wann haben Sie sie das letzte Mal gesehen?«

»Vor knapp drei Jahren.« Die Antwort kam schnell, als hätte Deirdre die Frage erwartet. »Ich habe auf dem Hinweg im Zug darüber nachgedacht, wie lange es her ist. Ich war mit Janice schwanger, deswegen erinnere ich mich an das Jahr. Ich war zum Shoppen in Dublin und habe mich mit Miriam auf einen Kaffee getroffen. Es war nett, wir haben uns unterhalten, aber wir hatten nicht viel gemeinsam, wissen Sie? Sie war auf dem Weg zu einer Arbeitsgeschichte, und ich war ungefähr so groß wie ein kleiner

Bungalow und wollte nur meinen Zug erwischen. Wir hatten damals gesagt, dass wir den Kontakt aufrechterhalten wollten, aber das haben wir dann doch nicht. Sie gehörte zu meinen Facebook-Freunden, aber sie schien Facebook nicht oft zu benutzen. Also ja, das war das letzte Mal, dass ich mit ihr gesprochen habe.«

Als bräuchte sie etwas Stärkung nach einer so langen Rede, nippte sie noch mal an ihrem Kaffee und zupfte geistesabwesend den Zuckerguss vom zweiten Teilchen. Claire leckte sich die Finger und widerstand dem Drang, sie zu fragen, ob sie es sich teilen könnten.

»Und woher wussten Sie, dass sie gestorben ist?«

»Aus den Nachrichten.« Deirdre sah auf, und Claire erkannte, dass sich hinter der Anspannung, dem zu dünnen Gesicht und den abgekauten Nägeln eine sehr hübsche Frau verbarg. »Meine Mum wohnt in Sligo, und ich war gerade bei ihr zu Besuch. Wir haben den Bericht gesehen, also dass sie vermisst wurde, wissen Sie? Und dann hat mich meine Mum ein paar Tage später angerufen, um mir zu sagen, dass ihre Leiche gefunden worden war. Es war schrecklich. Mum war am Boden zerstört. Miriam hat uns ein paarmal besucht, als wir im College waren. Ich habe sie immer damit aufgezogen, dass sie bis dahin eigentlich noch nie außerhalb von Dublin gewesen war. Also habe ich sie übers Wochenende eingeladen und wir haben gefeiert. Sind in die örtliche Disco und alles. Sie konnte es nicht fassen. Mum mochte sie sehr. Sie hat sie sonntagmorgens immer für die Messe geweckt.«

Ihr Gesicht entspannte sich bei einem Lächeln. »Sie war toll, Miriam war toll. Sie war damals ein wirklich nettes Mädchen. Haben Sie eine Ahnung, wer das getan hat?«

Claire sah sie direkt an.

»Wir tun, was wir können. Es ist eine furchtbare Tat. Und jede Information, die Sie uns geben können, ist natürlich wichtig. Sie haben gesagt ... Sie haben gesagt, dass Miriam damals ein nettes Mädchen war. Hat sich das denn verändert?«

»Nun ja.« Deirdre strich die Haare hinter die Ohren und rieb sich dann heftig die Augen. Claire sah, dass sie innerlich kämpfte. Es war deutlich, dass sie darüber auf keinen Fall mit einer Polizistin sprechen wollte. Aber irgendeine innere Stimme sagte ihr auch, dass es das Richtige war. Nach einer Weile seufzte sie, legte die Hände auf den Tisch und begann zu erzählen.

»Ich mochte sie sofort, als ich sie das erste Mal getroffen habe. Und ich kann mich sogar noch genau an die Minute erinnern: Ich stand am allerersten Tag im College am Schwarzen Brett vor dem Student Centre. Ich war erst einen Tag vorher in Dublin angekommen und kannte mich überhaupt nicht aus. Ich starrte auf all diese Aushänge über AGs und all das, und es schien alles so groß und ... ach, ich weiß nicht. Unmöglich. Ich hatte keine Ahnung. Ich wollte einfach weglaufen und mich verstecken, wissen Sie, was ich meine?«

Claire war zwar nicht an der Universität gewesen, aber sie hatte einen Bachelor im Weglaufen und einen Doktor im Verstecken. Sie nickte aufmunternd, und Deirdre sprach leise, aber immer selbstbewusster weiter.

»Sie sah toll aus. Ich meine, ich kann mich immer noch daran erinnern, was sie trug. Sie war nicht rappeldünn oder so, aber sie war groß und so auffallend. Sie hatte so ein orangefarbenes Smock-Top über einer zerrissenen Jeans und diese tollen, dicken, schwarzen Schuhe. Ich hatte noch nie so etwas wie diese Schuhe gesehen. Ich hatte in Sligo mit meiner Mum Klamotten fürs College gekauft, und ich hatte diese Stiefel gekauft, von denen ich dachte, dass Studenten sie tragen, bis oben geschnürt und braun, mit Absätzen. Und neben Miriam kam ich mir wie ein Landei vor! Ich starrte also einfach nur ihre Schuhe an und fragte mich, wie ich nur drei Jahre an diesem Ort überleben sollte, da kam sie zu mir und sagte, dieser Laden ist verdammt groß? Ich bin total aufgeschmissen. Wie sollen wir je die nächsten drei Jahre überstehen? Und es war so verrückt, dass sie dasselbe dachte wie ich, wir kamen ins Gespräch. Und das war's dann. Ich glaube, wir haben die nächsten zwei Jahre nicht mehr aufgehört zu reden.«

Deirdres Augen füllten sich mit Tränen, und dieses Mal gab Claire dem Instinkt, ihre Hand zu berühren, nach. Sie schwieg jedoch, sie wusste aus Erfahrung, dass die Geschichte dann am besten weiterfloss. Und das tat sie. Deirdre Richmond hielt kaum inne, um Atem zu holen. Sie beschrieb eine Mädchenfreundschaft, von der Claire dachte, dass es sie nur in Zeitschriften gab. Die beiden Mädchen waren unzertrennlich gewesen. Miriam schlief nach langen Abenden in Deirdres Wohnung und besuchte Sligo an Wochenenden. Ab und zu fuhren sie auch nach Ballyawlann, sonntags zum Mittagessen oder um Miriams Mutter die zensierten Neuigkeiten vom College-Leben zu erzählen.

»Ich mochte ihr Haus, ich kam gut mit ihrer Mum aus. Ich glaube, manchmal kamen wir besser miteinander aus als sie selbst, Sie wissen schon, wie?«

Claire nickte.

»Ich weiß. Können Sie mir etwas über andere Freunde von ihr erzählen? An dem Abend, an dem sie verschwunden ist, hatte sie ihrer Mutter erzählt, sie würde ein paar alte Schulfreunde treffen. Wissen Sie etwas darüber?«

Deirdre schüttelte langsam den Kopf.

»Nein, keine Ahnung. Es war eigentlich merkwürdig, ich habe nie jemanden getroffen, mit dem sie in der Schule war. Ich meine, ich kenne zu Hause immer noch ein paar der Mädchen von der Schule, Sie wissen schon, man geht an Weihnachten mit ihnen einen trinken oder so. Aber Miriam nicht. Sie hatte, soweit ich weiß, zu niemandem Kontakt. Es war, als hätte sie im College noch mal ganz von vorn angefangen, wissen Sie? Noch mal alles auf null. Daher nein, ich kenne niemanden aus ihrer Schulzeit.«

»Okay.« Claire nickte. Zwei Streifenbeamte hatten schon bei den Nachbarn von Miriams Eltern an der Tür nachgefragt und ein paar junge Frauen gefunden, die mit ihr zur Schule gegangen waren, aber keine wusste etwas von einem Treffen. Tatsächlich hatten die meisten gesagt, dass sie Miriam das letzte Mal am Morgen ihres Abschlussexamens gesehen hatten. Das »Klassentreffen«, das sie erwähnt hatte, schien eine Ausrede, um etwas anderes zu verbergen. Claire hatte allerdings keinen blassen Schimmer, was das war. Sie schrieb etwas in ihr Notizbuch, bevor sie weitermachte.

»Und was können Sie mir über Paul erzählen? Wie war er damals?«

Deirdre stellte ihre jetzt leere Tasse auf den Tisch.

»Ist das hier eine offizielle Vernehmung oder so?«

Claire lächelte sie an.

»Nein, nur eine Unterhaltung. Ich meine, sollte ich finden, dass wir später noch eine offizielle Aussage brauchen, dann werde ich Sie darum bitten, und Sie können einen Anwalt hinzuziehen, wenn Sie möchten. Aber im Moment geht es mir nur darum, mir ein Bild von Miriam zu machen, zu verstehen, was für ein Mensch sie war. Ich habe mit ihrer Mum gesprochen, aber Sie kennen Eltern ja. Sie wissen nicht über alles Bescheid, auch wenn sie es gern glauben.«

»Ja.« Deirdre machte eine Pause, und ihre blauen Augen füllten sich plötzlich mit Tränen.

»Das ist in Ordnung, wissen Sie? Was auch immer Sie sagen. Sie haben Miriam wirklich gemocht, das sehe ich daran, wie Sie über sie sprechen. Wir müssen diesen Kerl unbedingt kriegen, Deirdre. Und jede Information, die Sie uns geben können, kann dabei helfen.«

»Paul war ein schreckliches Arschloch.«

Das Schimpfwort passte so gar nicht zu Deirdres zurückhaltender Erscheinung, dass Claire am liebsten die Aufnahme zurückgespult hätte, um zu überprüfen, ob sie richtig gehört hatte. Als Deirdre ihre Reaktion sah, grinste sie breit.

»Gott verzeih mir. Aber das war er!«

Claire nippte an ihrem Tee und nickte, wie sie hoffte, aufmunternd, während sie sich streckte, um die Uhrzeit auf ihrem Handy zu erkennen. Deirdre hatte weniger als fünfzehn Minuten, bevor sie gehen musste. Sie betete, dass die reichten, um die gesamte Geschichte zu erzählen.

»Er war cool, Sie kennen den Typ. Ein bisschen vornehm. Er trug jeden Tag eine Anzugjacke und ein Hemd mit offenem Kragen. Redete über Nietzsche. Er hatte diese braunen Schuhe, ich glaube, die heißen Budapester? Ich fand, sie sahen lächerlich aus.«

Claire verbarg ein Lächeln. Deirdre hatte ziemlich viele Einzelheiten über jemanden im Kopf, den sie angeblich nicht ausstehen konnte, und sie fragte sich unwillkürlich, ob sich nicht noch eine Studentin für den Idioten mit den teuren Schuhen interessiert hatte. Deirdre erkannte ihren Gesichtsausdruck, wurde rot und lächelte dann.

»Oh, ich weiß, was Sie denken. Dass ich auch hinter ihm her war? Vielleicht schon, am Anfang ein bisschen. Es war nur so ... wir sollten mit diesem Typ eigentlich gar nicht rumhängen, wissen Sie? Überall an der Uni gab's kleine Cliquen von ihnen, die Art von Leuten, die sich von zu Hause kannten, die alle zur selben Schule gegangen waren und dann dasselbe studierten. Wahrscheinlich bringen sie jetzt ihre Kinder in denselben Baby-Yogakurs. Sie wissen schon, welchen Typ ich meine. Dieser Kerl aus dem Fernsehen, Eamonn Teevan. Er war einer von ihnen. Er machte einen Doktor, er war ein paar Jahre älter als sie, aber er hing mit Paul und all den Theatertypen rum. Er war mit so einer Blondine zusammen, ich erinnere mich nicht mehr an ihren Namen. Sie ist nach London gezogen, es hieß, sie würde Schauspielerin, aber ich habe sie nie in irgendwas gesehen. Aber die Art von Leuten war es. Glamourös. Und laut. Immer im College-Pub.«

Er war es gewesen. Claire dachte an das Foto im Wohnzimmer der Twohys. Eamonn Teevan. Sie sah sich *Teevan Tonight* fast jeden Abend an, wenn sie bis spät gearbeitet hatte und noch etwas runterkommen musste, bevor sie ins Bett fiel. Matt konnte die Sendung nicht leiden, er fand die Diskussionen gekünstelt. Aber sie mochte es und genoss, wie der Moderator die Egos bekannter Leute, die eher an Bewunderung gewöhnt waren, in sich zusammenfallen ließ.

Deirdre redete immer noch.

»Wir waren einfach nicht so, Miriam und ich. Gut, sie

hatte coole Klamotten, aber sie war nicht wie die. Nicht richtig. Wir waren nicht ständig im College-Pub. Klar, wir sind ausgegangen, wir hatten Freunde. Aber wir sind nicht in die Stadt in Clubs gegangen oder so. Wir blieben sozusagen unter uns. Bis Paul auftauchte. Und dann fing Miriam an, mit ihm und seinen Freunden abzuhängen, ging mit ihnen in Clubs. Schwänzte Veranstaltungen.«

Claire verdrängte für den Moment den Gedanken an Eamonn Teevan und drängte die junge Frau weiterzuerzählen.

»Hat sie Sie nicht gebeten mitzukommen?«

»Doch, am Anfang schon.«

Claire fiel auf, dass der nordirische Akzent der jungen Frau stärker wurde, wenn sie verärgert war.

»Am Anfang hat sie immer gefragt. Und dann bog ich eines Tages um die Ecke des Kunstgebäudes und hörte, wie Paul sagte, kommt deine kleine Freundin heute auch mit? Das waren genau seine Worte. Kleine Freundin. Also habe ich mich einfach umgedreht und bin weggegangen. Danach habe ich versucht, ihm so weit wie möglich aus dem Weg zu gehen. Eigentlich bin ich dann beiden aus dem Weg gegangen.«

»Haben Sie Miriam je erzählt, was Sie gehört hatten?«

Die blauen Augen füllten sich wieder mit Tränen, und das Grinsen war verschwunden.

»Nein. Das habe ich ihr nie gesagt. Ich bin ein paar Monate später mit William zusammengekommen. Na ja. Wir haben uns einfach aus den Augen verloren. Sie hat mich ein paarmal angerufen, aber ... ich hatte einfach das Gefühl, dass sie mich gar nicht sehen wollte, wissen Sie?« Eine große Träne tropfte auf den Tisch. »Gestern Nacht konnte ich nicht schlafen, weil ich an sie denken musste.

Ob sie wusste, wie viel sie mir bedeutete? Ich hätte mich mehr bemühen sollen. Ich habe ihre Mutter heute Morgen getroffen, sie hat gesagt, dass sie über mich gesprochen hat und wünschte, wir wären in Kontakt geblieben. Und kein anderes Mädchen war bei der Beerdigung, ist Ihnen das aufgefallen? Niemand vom College war da. Paul war nicht da. Und jetzt ist es zu spät.«

Jetzt flossen die Tränen richtig, vermischten sich auf dem laminierten Tisch mit verschüttetem Kaffee und Zucker.

»Ich dachte, sie bräuchte mich nicht mehr. Und dann heute Morgen ... war niemand da.«

Claire nickte stirnrunzelnd. Sie sah die Verwirrung auf dem Gesicht der Frau und verstand es. Sie hatte das Bild eines beliebten Mädchens mit vielen Freunden im College gezeichnet. Eine aus der »In-Clique«, wenn auch nur durch ihren Freund. Aber die Trauergemeinde heute Morgen hatte vor allem aus Trauernden im Alter ihrer Eltern bestanden, aus ihren Verwandten und Freunden. Die einzigen Leute unter vierzig waren drei Kollegen von ihr und Deirdre selbst gewesen. Eamonn Teevan oder sonst jemand, der aussah, als hätte er auf dem UCD-Campus einen tollen Ruf gehabt, war nicht da gewesen. Es ergab keinen Sinn, und sie sah die Frau ihr gegenüber an.

»Sie haben gesagt, dass Sie in Ihrem letzten Uni-Jahr den Kontakt verloren hatten. Aber dieses Foto im Wohnzimmer der Twohys. Darauf sehen Sie eigentlich wie Freundinnen aus?«

Deirdre putzte sich die Nase in eine Serviette und nickte.

»Es war ziemlich komisch, wie es dazu kam. Am Abend vor der Abschlussfeier war ich früh ins Bett gegangen, aber gegen halb zwölf klingelte es an der Tür, und es war Miriam. Sie sah schrecklich aus. Ihr Make-up war verlaufen, und sie roch nach Alkohol. Es regnete auch noch, und ich habe sie einfach an der Hand in meine Wohnung gezogen. Sie weinte und sagte, es sei etwas Furchtbares passiert und dass sie nicht darüber sprechen könnte. Ich wusste nicht, was ich machen sollte. Ich habe Tee gekocht. Was kann man sonst schon tun? Und sie wollte nichts sagen. Trank nur den Tee und sagte, dass sie ein schlechter Mensch sei und verdiente, was auch immer ihr zustoßen würde. Ich habe ihr einen trockenen Pullover gegeben. Am Ende saßen wir einfach nur da und haben eine Weile ferngesehen. Und als sie nüchterner wurde, war sie wieder in besserer Form. Wir lachten über die Sachen im Fernsehen, und dann haben wir über das College geredet und was wir so gemacht haben, wissen Sie? Haben Erinnerungen ausgetauscht. Wir hatten dann schließlich noch einen tollen Abend, haben stundenlang gequatscht, über Kleinkram, nichts Ernstes. Es war fast zwei Uhr, als sie nach Hause ging. Als wir uns am nächsten Tag bei der Abschlussfeier wiedersahen, stürzte sie sich auf mich, umarmte mich und sagte mir, was für eine tolle Freundin ich doch sei und dass ich ihr am Abend vorher einen riesigen Gefallen getan hätte. Paul und all seine Kumpel waren da, aber sie kam immer wieder zu mir und sprach mit mir und sagte mir, dass sie ein Depp gewesen sei und dass wir in Kontakt bleiben und noch mal von vorn anfangen müssten. Dann hat William das Bild von uns gemacht, und sie hatte ihm ihre Kamera gegeben und gesagt, sie wolle auch eins. All ihre Freunde trieben sich im Hintergrund herum, aber sie machte dieses richtig ernste Gesicht, als wolle sie ein anständiges Foto, wissen Sie? Etwas zur Erinnerung.«

Deirdre verstummte. Claire linste auf ihr Handy. Mein Gott, sie hatten noch ungefähr drei Minuten, dann müsste sie gehen.

»Aber Sie sind trotzdem nicht in Kontakt geblieben?«

»Nein.« Deirdres Stimme war tonlos, die Wärme der Erinnerungen verdampfte wie der Wasserdampf der großen, schnaufenden Kaffeemaschine. »Wir wollten uns abends beim Abschlussball treffen. Sie hat gesagt, sie würde mir an ihrem Tisch einen Platz frei halten, dass sie zwar eine große Gruppe wären, aber dass sie William und mich direkt neben sich haben wollte. Ich war begeistert. Ich dachte, sie hätte sich geändert, wissen Sie? Dass sie diese Bande von Idioten durchschaut hatte und wieder meine Freundin sein wollte. Wie dumm von mir. Sie sind überhaupt nicht aufgetaucht. Wir saßen ganz allein an diesem Riesentisch, und ich habe jedem, der mich gefragt hat, gesagt, dass wir ihn für meine Freundin Miriam frei hielten. Aber sie sind nie gekommen. Hinterher habe ich erfahren, dass sie den Ball geschwänzt hatten und in irgendeinen Club in der Stadt gegangen waren. Wahrscheinlich war es ihnen nicht glamourös genug. Sie waren zu gut für den Rest von uns in unseren geliehenen Smokings und geborgten Ballkleidern. Wir waren nicht cool genug für sie. Und das war's. Danach habe ich sie nur noch ein paarmal gesehen.«

Sie hielt inne, dann sah sie auf ihre Uhr und fing an, ihre Sachen zusammenzusuchen.

»Es tut mir leid. Es ist schon länger her. Es nützt Ihnen wahrscheinlich nicht viel?«

Claire schüttelte den Kopf. Tatsächlich wusste sie nicht, wie viele von diesen Informationen nützlich waren. Sie hatte das früher schon erlebt, in den Anfängen einer Ermittlung. Sie hatte sich seitenweise Notizen gemacht, stundenlange Gespräche geführt. Es war unmöglich zu sagen, was nützlich war und was nur eine weitere Seite in der Geschichte eines Lebens. Eines gewöhnlichen Lebens. Und eines außergewöhnlichen Todes. Aber so erledigte sie die Dinge gern. Alle Informationen aufnehmen und später verdauen. Normalerweise hatte irgendwer ihr die Anhaltspunkte gegeben, die sie brauchte. Und normalerweise hatte derjenige es gar nicht bemerkt. Es war offensichtlich, dass Miriam Twohy ein bewegtes Studentenleben geführt hatte, und Claire hatte das Gefühl, dass es für das Verständnis ihres Todes wichtig war zu begreifen, welche Frau sie damals gewesen war und wie sie sich in eine Vorstadtmutter mit einem, wie man sagen könnte, langweiligen Leben verwandelt hatte.

Sie stand auf und sah Deirdre zu, wie sie den Mantelgürtel schloss.

»Sie waren eine große Hilfe. Ich bin mir sicher, dass Miriams Mutter das zu schätzen wüsste.«

Die jüngere Frau fuhr mit einer Hand über ihr Gesicht, und Claire sah zu, wie die Spuren der Dubliner Studentin verschwanden und die Beherrschung der Belfaster Ehefrau wieder zurückkehrte.

»Grüßen Sie bitte ihre Mum von mir.«

Claire nickte. Deirdre wandte sich zum Gehen, dann drehte sie sich noch mal um und fixierte die Polizistin mit einem rot umrandeten, aber festen Blick.

»Sie werden ihn finden?«

Zum zweiten Mal in zwei Tagen hatte Claire das Gefühl, dass sie einen Befehl erhalten hatte.

»Ich werde mein Bestes tun.«

Die Türklingel läutete hinter Deirdre, und Claire

seufzte. Sie hatte fast eine halbe Stunde konzentriert zugehört, und sie streckte ihre Rückenmuskeln, bevor sie ihr Handy nahm und kontrollierte, ob das Gespräch aufgenommen worden war. Auf dem Display wurden zwei verpasste Anrufe angezeigt. Sie sah nach. Flynn. Sie sollte ihn sofort zurückrufen. Vielleicht würde der Tag ja doch noch zu etwas führen.

Er ging nach dem ersten Klingeln ran. Es dauerte einen Moment, bis ihr klar war, was sie in seiner Stimme hörte, und dann wusste sie es. Aufregung. Na dann. Bisher hatte Philip Flynn noch nie aufgeregt geklungen.

»Ich habe ihn gefunden. Solana.«

Aufregung und noch irgendwas.

»Kommen Sie noch mal aufs Revier?«

Claire stand auf und warf einen Euro auf den Tisch, wo er in einer Pfütze aus kaltem Kaffee mit Milch landete.

»Ich bin auf dem Weg.«

# NEUNUNDZWANZIG

## YOGA?

**LondonMum**

Hallo Mädels. Hoffe, euch geht's gut. Ich wollte nur mal fragen, ob irgendwer von euch zu diesen Mama-und-Baby-Yogakursen geht? Die Gemeindeschwester sagt mir immer wieder, ich solle hingehen … ich habe zwar ein bisschen Schwangerschaftsyoga gemacht, aber ich kann nicht behaupten, dass das viel gebracht hat, ehrlich gesagt. Aber die Hebi meint, es sei eine tolle Idee … vor allem, um andere Mums kennenzulernen, glaube ich. Sie hält mich wohl für einen Loser *lächel* weil ich immer zu Hause bin, wenn sie anruft! Sie denkt anscheinend auch, dass es ein bisschen verrückt ist, dass ich immer noch nach Bedarf stille … egal, darum geht's ja nicht. Kann irgendwer was zum Yoga sagen?

**MammyNo1**

Ich habe Schwangerschaftsyoga gemacht und fand es genial. Ich wollte den Mama-und-Baby-Kurs machen, aber der hat nie in den Terminplan der Kleinen gepasst. Klingt aber, als würde es Spaß machen. Im Moment ist die Vorstellung, vor zwölf Uhr das Haus zu verlassen, zu viel ☹. Tut mir leid, ich bin wohl keine große Hilfe, jammere nur ein bisschen!

**RedWineMine**

Ich muss sagen, ich fand das Schwangerschaftsyoga nutzlos. Jedes Mal, wenn ich die Augen geschlossen habe, musste ich an etwas denken, das zu Hause noch zu erledigen war ☺ Ich bin wohl nicht der Typ für Ommm. Und ich finde die Vorstellung, mit anderen Müttern herumzusitzen und übers Abstillen und die Verdauung zu reden, furchtbar. Mein Gott. Ich kann mir nichts Schlimmeres vorstellen.

**MeredithGrey**

Ich muss sagen, dass ich sehr gern in unseren Kurs hier gehe. Wir trainieren allerdings nicht sehr viel *rotwerd*, aber ich gehe gern mal raus und treffe andere Mums.
@RWM hast du dir je überlegt, dass du genau das den ganzen Tag hier machst *kicher*, herumsitzen und mit anderen Mums quatschen?

**RedWineMine**

Ja, schon, aber ich kann abhauen, sobald ihr mich nervt *LOL*

**SeptBabs**

Ich liebe Baby-Yoga! Wir gehen jeden Dienstag. Und mittwochs leite ich auch die Stillgruppe im Gemeindezentrum. Es ist erstaunlich, wie sehr man jungen Müttern helfen kann, indem man sich einfach mit ihnen trifft und ihnen zuhört. Ich liebe meine Kurse. Donnerstags ist Baby-Schwimmen, und ich überlege noch, freitags in einen Buggysportkurs zu gehen!!!

**RedWineMine**
Buggysportkurs *geht Schlinge holen*

## WEISS NICHT, WIE ICH ES NENNEN SOLL

**MammyNo1**
Schlimmer geht's kaum mehr, Mädels. Ich weiß gar nicht, was ich sagen soll. Es ist nicht nur das Geld. Wir hatten auch nicht viel, als wir Kinder waren, und ich kann gut kochen und so, bei Aldi einkaufen und all das. Aber es ist Gögas Laune. Als er entlassen wurde, da meinte er noch, klar, das wird großartig und so. Meinte, er kriegt sofort wieder eine Stelle. Aber er hat keinen Job bekommen, und jetzt liegt er den ganzen Tag nur noch im Haus rum und trinkt aus Dosen. Ich kann die Kleinen nicht mehr im Wohnzimmer spielen lassen, weil er die Vorhänge zuzieht und den ganzen Tag auf seiner PS2 spielt. Und er schnauzt sie an. Ich weiß nicht, was ich tun soll. Er tut mir soooo leid ... aber es ist im Moment halt wirklich schwer. Er hat auf dem Bau gearbeitet, deswegen sehe ich für uns eigentlich gar keinen Ausweg. Er ist einfach in wirklich schlechter Form und ... ich weiß nicht.

**Reeta**
Tut mir leid, dass es schlimmer geworden ist, Süße. Hast du mal versucht, mit ihm zu sprechen, wenn die Kinder nicht in der Nähe sind? Vielleicht kann irgendwer sie mal für ein paar Stunden nehmen, damit ihr reden könnt? Es klingt, als sei er wirklich gestresst, aber den ganzen Tag nur herumzuliegen bringt gar nichts.

**RebelCounty**

Für mich klingt es so, als bräuchte er einen Tritt in den Hintern, wenn du mich fragst. Du kaufst bei Aldi, um Geld zu sparen, und er säuft Bierdosen? Meine Fresse. Sag ihm, er soll seinen Arsch hochkriegen und sich einen Job suchen.

**MyBabba**

RC man muss schon zugeben, dass es heutzutage nicht so einfach ist, einen Job zu finden. Aber ja, ich verstehe, was du mit den Dosen meinst. Ich hoffe, dir geht's gut, MammyNo1, das ist hart.

# DREISSIG

»Ein verdammter Söldner? Ein Auftragskiller? Du meine Güte!«

Claire schaukelte im Stuhl zurück, ihr Blut pochte in ihren Schläfen.

»Was für ein Scheiß …«

»Oh ja. Nun, mit so einem will man sich sicher nicht anlegen.«

Flynn schob ein Blatt Papier über den Schreibtisch zu ihr.

»Er ist ein großer Mann, so zwei Meter zehn würde ich nach diesem Bild schätzen. Er hat auch ordentliche Brustmuskeln, kein Wunder, dass sein T-Shirt zerrissen ist.«

Claire sah, wie er zuerst kämpfte und sein Grinsen unterdrückte. Sie verstand sein Amüsement, aber ihr war nicht zum Lachen zumute.

»Berry muss uns für komplett bescheuerte Idioten halten. Wie haben Sie das überhaupt rausgefunden? Sind Sie etwa einer dieser Spinner, die die halbe Nacht an der Xbox verbringen?«

»Bin ich nicht!«

Entrüstet richtete Flynn sich im Stuhl auf, seine Wangen wurden rot.

»Diese Spiele sind nur für Kids. Nein. Ich habe es einfach gegoogelt.«

»Gut.«

Da ihr keine schlagfertige Antwort einfiel, wandte Claire

sich wieder der Seite zu, die Flynn für sie ausgedruckt hatte, die Biografie von Chris »The Brick« Solana. Er war dreißig Jahre alt, hieß es da, ein früherer Soldat, spezialisiert auf Nahkampf und mit einer Vorliebe dafür, seinen toten Opfern den Kopf abzureißen. Frau oder Kinder wurden nicht erwähnt, aber Bricks Bizepse verdienten eine Webseite ganz für sich allein. Denn Chris »The Brick« Solana war, wie Flynns Recherche ergeben hatte, die Hauptfigur in Kombat Konflikt, einem der meistverkauften Computerspiele Irlands.

»Er ist nicht mal schwarz. Also, nicht richtig. Ich würde ihn eher kaffeebraun nennen.«

Claire warf ihm einen scharfen Blick zu, aber Flynns Gesichtsausdruck war vollkommen ernst. Sie seufzte.

»Ist ein Wagen zu Berry unterwegs?«

»Ist sofort los. Und er hat die Fliege gemacht. Seine Mutter sagt, er ist seit zwei Tagen nicht mehr zu Hause gewesen. Sie hat sogar gesagt, dass sie uns anrufen wollte, damit wir ihren geschätzten Sohnemann finden. Sie hat die Streifenpolizisten eine Stunde aufgehalten, anscheinend haben sie sich gerade noch aus dem Staub gemacht, bevor sie ihnen seine Kommunionsbilder gezeigt hat.«

Claire nahm sich einen Stift und begann, Solanas Bizeps auszumalen.

»Wir werden ihn schon finden. Fährt er sein eigenes Auto?«

»Ja.«

Flynn hob seine Hand über den Kopf, knackte heftig mit seinen Fingern und legte seine Arme wieder auf den Schreibtisch.

»Ich denke, wir können mit Sicherheit davon ausgehen, dass wir es hier nicht mit einem genialen Verbrecher zu tun haben. Ich habe ihn vor einer Stunde zur Fahndung ausgeschrieben, wir werden ihn schon noch erwischen. Es ergibt aber keinen Sinn.«

Claire sah von ihrem Gekritzel auf.

»Wie meinen Sie das?«

»Ich glaube nicht, dass Cormac Berry Miriam Twohy umgebracht hat. Sie etwa?«

Claire dachte an den blassen, erschütterten jungen Mann, den sie zuerst zusammengesunken am Tatort gesehen hatte. Er hatte ein bisschen wie ein Depp ausgesehen und sich auch so verhalten. Genau der Typ, der seine Abende in einem dunklen Zimmer verbringt und auf dem Bildschirm böse Kerle jagt, anstatt sich mit der realen Welt auseinanderzusetzen. Er war außerdem ein Lügner, und zwar kein schlechter angesichts des Tempos, mit dem er den falschen Namen genannt hatte. Aber nein, sie hatte ihn nicht ernsthaft als verdächtig angesehen, sie glaubte einfach, dass er nicht den Schneid dafür hatte. Er hatte allerdings etwas zu verbergen – und er hatte genug Angst, um seinem Mieter einen falschen Namen zu verpassen und dann abzuhauen.

Sie stand auf und schob ihren Stuhl wieder unter den Schreibtisch.

»Wir warten also eine Weile. Kommen Sie. Dieser Bradley, der Typ, dem die Wohnung gehört, ist vor einer halben Stunde aus Cork gekommen, er wartet drinnen auf uns. Lassen Sie uns reingehen und hören, ob er uns etwas erzählen kann, was wir noch nicht wissen.«

Fast zehn Stunden später fuhr Claire endlich auf die Auffahrt ihres Hauses und schaltete den Motor aus. Völlig erledigt ließ sie den Kopf gegen die Kopfstütze fallen. Sie war seit sieben Uhr auf den Beinen, und nur ins Haus zu gehen schien ihr eine unüberwindliche Herausforderung, geschweige denn ins Bett zu gehen oder, Gott bewahre, mit Matt zu reden.

Sie hob stöhnend den Kopf und spähte durch die Regentropfen. Das kleine Reihenhaus aus roten Ziegelsteinen war dunkel, die Jalousien und Vorhänge im Schlafzimmer fest geschlossen. Es sah aus, als schliefe Matty. Das wäre ja schon mal etwas. Hoffentlich konnte sie neben ihn ins Bett kriechen und seine Wärme genießen, ohne erklären zu müssen, wie ihr Abend gelaufen war, oder noch schlimmer, sich zu entschuldigen, dass sie schon wieder das Abendessen verpasst hatte. Es war es wert gewesen, das würde er am Ende verstehen. Aber im Moment hatte sie das Gefühl, dass ihr selbst die Energie zum Erklären fehlte.

Die Enthüllung von Chris Solanas »Identität« hatte sie wütend gemacht, und sie hatte den Zorn über zwei Etagen ins Vernehmungszimmer 2 mitgenommen, wo Sean Bradley, der offizielle Eigentümer von 123 Merview, seit der Ankunft des frühen Zuges aus Cork wartete. Claire wusste, dass sie ihn eigentlich schon früher hätten befragen müssen, aber sein Alibi für die Woche des Mordes war wasserdicht, seine Kollegen hatten bestätigt, dass er keinen Tag an der Universität gefehlt hatte, und seine Frau hatte gesagt, dass er das Wochenende damit verbracht hatte, ein Baby mit Koliken herumzuschleppen. Also hatte Quigley ihm einen Vertrauensvorschuss gewährt und ihm erlaubt, die Taufe seiner Tochter zu feiern, anstatt nach Dublin zu kommen, um ihn am selben Tag wie Cormac Berry zu befragen. Und auch Claire hatte ihn eigentlich nicht als Verdächtigen angesehen. Cork war zwar nicht am anderen Ende der Welt: Mit der neuen Straße wäre es theoretisch möglich, dass er nach Feierabend nach Dublin gefahren war, den Mord begangen hatte, um dann noch vor Schlafenszeit wieder zu Hause zu sein, wenn seine Frau nicht allzu neugierig war. Aber nachdem ein paar örtliche Polizisten seine Geschichte überprüft hatten, fand sie es ziemlich unwahrscheinlich. Sean Bradley schien exakt der zu sein, der zu sein er vorgab, ein Universitätsangestellter, der seine Dubliner Wohnung zur falschen Zeit gekauft hatte; und als er wegen seines Jobs und seiner neuen Frau in die zweitgrößte Stadt Irlands umgezogen war, wurde er widerwillig zu einem Vermieter. Claire war daher geduldig gewesen. Aber jetzt war ihre Geduld am Ende, und es war eine müde, aufgedrehte und gereizte Polizistin, die schließlich die schlaffe Hand Sean Bradleys schüttelte und das Band zur Aufnahme anschaltete.

Sein Aussehen hatte ihn ihr auch nicht sympathischer gemacht. Claire war lange genug Polizistin, um zu wissen, dass dieser Spruch von wegen Buch und Cover Quatsch war. Wenn ein Kerl schuldig aussah, dann war er es normalerweise auch. Bradley sah nicht wie ein Gauner aus, aber er hatte etwas Zwielichtiges an sich. Er war Mitte dreißig, ein schmaler Mann mit sandfarbenem, dünner werdendem Haar, dessen blasse Haut so perfekt zu seinem beigen Pullover passte, dass Claire sich fragte, ob es in dem Laden eine Farbkarte gab. Der einzige Farbtupfer im nikotinfleckigen Zimmer war das starke Rot, das jedes Mal, wenn er sprach, auf seinen Wangen auftauchte und verschwand. Seine Augen waren ebenfalls blass, ein blasses, wässriges Blau, und Claire musste sich dazu zwingen, nicht auf die Schuppen zu sehen, die sich auf seine Schulter gelegt hatten.

Claire hatte die Befragung mit ein paar einfachen Fragen begonnen, aber Bradley hatte selbst auf die Standardfragen nach »Name, Alter, Beruf« so vorsichtig reagiert, als hätte man ihm eine Bombe gereicht. Die Wohnung in Merview hatte er noch als Single gekauft, und damals hatte er geglaubt, dass er es auch bliebe. Claire sah auf den fleckigen Schlips und die Schicht Schuppen auf der Schulter und war versucht, seiner damaligen Theorie zuzustimmen. Aber es hatte sich herausgestellt, dass die Frauenzeitschriften die Wahrheit sagten und es tatsächlich für jeden Topf einen Deckel gab. Und als Bradley seine große Liebe hundertfünfzig Meilen entfernt von seinem Dubliner Zuhause gefunden hatte, beschloss er, in die südliche Kapitale zu ziehen und dabei seine Wohnung hinter sich zu lassen, die nicht mal für die Hälfte des Einkaufspreises zu verkaufen war.

»Haben Sie daran gedacht, die Wohnung zu verkaufen?«

Bradley hatte genickt und war rot geworden.

Das wäre ihm die liebste Variante gewesen, hatte er gemurmelt. Aber es tat sich nichts, und ein Immobilienmakler hatte ihm geraten, zu vermieten und zu hoffen, dass der Markt wieder etwas an Schwung gewinnen würde.

»Und das war Mr Berry?«

Bradley wurde wieder rot, als er den Namen hörte, und sah auf den Tisch. Ein Moment verging, bevor er ein Wort stammelte.

»Nein.«

Claire hatte eine Weile die Stille wirken lassen, um zu sehen, ob er noch mehr sagen würde. Aber Bradley schien entschlossen zu schweigen. Kurz bevor sie etwas einwerfen wollte, tat Flynn es.

»Sie haben sich also von jemand anderem Tipps geholt, aber die gefielen Ihnen nicht, war es das?«

Claire warf ihm einen düsteren Blick zu – sie hatte gehofft, dass die Stille Bradley dazu bringen würde, sich selbst zu belasten. Aber anscheinend wollte Flynn hier auf guter Polizist machen. Oder vielleicht war es auch so eine Geschichte unter Männern. Bradley war sichtlich erleichtert und nickte heftig.

»Ja, schon. Ich kam mit dem Ersten nicht klar. Deswegen beschloss ich, es mit O'Mahony Thorpe zu versuchen.«

»Und die wollten einen Mieter für Sie finden?«

»Das stimmt. Ja.«

»Und wo haben Sie Mr Berry getroffen?«

Sie sah fasziniert zu, wie er wieder rot wurde, dann erschraken alle drei, als sie ein Türklopfen hörten. Siobhan O'Doheny betrat das Zimmer, und Claire sah sie verärgert an, aber die junge Polizistin ließ sich nicht beirren.

»Sie sollen ins Büro kommen ...?«

Claire war mürrisch hinausgegangen und hatte erfahren, dass Cormac Berry gefunden worden war. Kein genialer Verbrecher. Über sein Handy war er in South Donegal geortet worden, und ein Streifenwagen in Inishowen hatte ihn beim Tanken gestellt, bloß zwanzig Minuten nachdem die Fahndung herausgegeben worden war. Sie hatten ihn noch das Benzin und drei Mars-Riegel bezahlen lassen, bevor er informiert wurde, dass man ihn suchte, um den Gardaí bei einer Ermittlung zu helfen.

»Er konnte gar nicht fassen, dass er erwischt worden war.«

Siobhan lächelte, während sie erzählte, was die Polizisten aus Donegal berichtet hatten; zwei von ihnen fuhren im Augenblick in Richtung Hauptstadt, den jungen Immobilienmakler zusammengesunken auf ihrer Rückbank. Claire zweifelte nicht daran. Das Bild, das sie sich von Cormac

Berry gemacht hatte, umfasste zu viele Nächte vor einem Computerbildschirm und sehr wenig Wissen von der wahren Welt. Es war absolut möglich, dass er gedacht hatte, Donegal wäre am anderen Ende der Welt. Es hatte jedoch nicht mal drei Stunden gedauert, ihn ausfindig zu machen.

Er wurde gegen sieben in Dublin erwartet. Sie hatte Bradley im Vernehmungszimmer die Nachricht mitgeteilt und wurde mit einem Seufzer und dicken, salzigen Tränen belohnt. Es dauerte nur Augenblicke, bis die gesamte Geschichte wie Reis aus einem löchrigen Sack aus ihm herausquoll.

Als Berry unrasiert, erschüttert und hungrig ankam, hatte er jedes Wort bestätigt.

O'Mahony Thorpes Geschäft ging nach dem Platzen der Blase den Bach runter, aber das Unternehmen glaubte, einen narrensicheren Weg gefunden zu haben, um wieder erfolgreich zu sein. Heutzutage war es teuer, Wohnungseigentümer zu sein. Eine Wohnung auf den Markt zu bringen kostete mindestens tausend Euro im Voraus, für Behörden, die Zweitwohnsitzsteuer und Renovierungen. Und weitere Rechnungen folgten. Unterhaltungskosten. Immobiliensteuern. Aber O'Mahony, oder vielleicht Thorpe, hatte einen Plan. Die Regierung konnte kein Geld verlangen, wenn sie nicht wusste, dass welches da war. Die Lösung war also einfach. Berry hatte erklärt, dass sie eine Art Partnervermittlung waren, sie brachten pleitegegangene Hausbesitzer und Mieter zusammen, die unter dem Radar leben mussten oder bereit waren, es zu tun, um weniger Miete zu zahlen. O'Mahony Thorpe nahmen zehn Prozent Provision. Ergebnis? Glückliche Vermieter, glückliche Mieter und eine Regierung, die durch diese Aktion keinen Penny sah.

Dieser Satz brachte schließlich Ella O'Mahony zum Protestieren. Sie war nur Minuten nach Berry in Collins Street angekommen und hatte nach seiner Befragung mit ihm gesprochen. Aber um acht Uhr abends hatte sie das schicke Businesskostüm gegen Jeans und eine pinkfarbene Fleecejacke ausgetauscht. Der Großteil ihrer Autorität war mit ihrem Chanel in der Garderobe geblieben. Sie hatte eine Augenbraue hochgezogen, als Berry das Wort »verzweifelt« ausgesprochen hatte, und eine Hand gehoben, als das Thema Steuervermeidung aufkam.

»Nun sind wir keine Steuerberater, es liegt stets am jeweiligen Eigentümer ...«

Aber Claire, die eines ihrer besser geschnittenen Arbeitsjacketts trug, hatte sie mit einem Blick zum Schweigen gebracht. Um die Details würden sie sich später kümmern. Das Unternehmen hatte sicher irgendein Schlupfloch entdeckt, durch das es auf der richtigen Seite des Gesetzes stand, wahrscheinlich würde irgendein Idiot wie Berry als Sündenbock dienen. Ganz ehrlich, es war ihr scheißegal, was sie da auf ihrem Monopolybrett gespielt hatten, sie wollte nur wissen, wer Miriam Twohy in die Wohnung 123 Merview gebracht hatte und wann und warum.

Ein schluchzender Berry hatte schließlich zugegeben, dass er keine Ahnung hatte. Merview, hatte er gestammelt, war ein besonders schwierig zu vermietender Block. Das nur halb fertige Äußere half nicht gerade und auch nicht der Ruf der Hausverwaltung, kaputte Überwachungskameras nicht zu reparieren und die Anlage ungesichert zu lassen. Als Berry also einen Anruf von einem Mann bekam – das war die einzige Beschreibung, die er geben konnte, ein Mann –, der die komplette Miete ohne

Abschläge bezahlen würde, wenn er nächste Woche einziehen könnte, hatte er nicht widersprochen. Er riefe aus dem Ausland an, hatte der Mieter ihm gesagt. Er brauche eine zentral gelegene Wohnung für eine kurze Zeit, während er in Dublin arbeitete. Bei seinem neuen Job gab's Bargeld, sodass die »Modalitäten« – Claire konnte sich gut vorstellen, wie Berry bei diesem Wort männlich kicherte – von O'Mahony Thorpe perfekt zu ihm passten. Nein, er wollte die Wohnung nicht sehen, er hatte es sich im Internet angesehen, und es passte gut zu ihm. Er käme im Büro vorbei, um die Schlüssel abzuholen.

An diesem Punkt sah Claire endlich einen Hoffnungsschimmer.

»Sie haben ihn getroffen?«

Aber Berry war bloß noch tiefer in seinen Stuhl gerutscht.

»Nein. Er hat gesagt, er könne nicht während der Bürozeiten kommen ... Ich habe die Schlüssel am Empfang hinterlegt. Die Mädchen haben nur gesagt, dass ein Mann sie abgeholt hat und gegangen ist.«

»Und er hat keine Quittung für sie unterschrieben?«

»Nein.«

Berry sah jetzt aus, als sei ihm übel.

»Er hat den Mietvertrag geschickt, den habe ich Ihnen ja schon gezeigt.«

Claire erinnerte sich an das unleserliche Gekritzel und seufzte.

»Haben Sie Überwachungskameras im Büro?«

»Nein.«

Verdammt noch mal. Berry gab zu, dass er die Empfangsdame der Agentur gefragt hatte, ob sie sich an den Mann erinnerte, der die Schlüssel abgeholt hatte, aber alles, was ihr zu ihm einfiel, war, dass er eher groß und nett gewesen war und braune Haare hatte. Oder vielleicht hatte er auch einen Hut getragen. Sie war sich nicht sicher.

»Woher wusste er es?«

Flynns Stimme hallte im Zimmer.

Berry schniefte laut und feucht, und Claire widerstand dem Drang, ihm ein Taschentuch zu reichen.

»Woher wusste er was?«

»Wie er Sie kontaktieren sollte? Woher wusste er, dass Ihre Agentur die richtige ist, wenn man etwas ... laxe Modalitäten sucht?«

Berry sah auf seine Hände. Ella O'Mahony neben ihm spannte sich an und ließ dann ihren Kopf in die Hände sinken.

»Erzählen Sie es ihr einfach, Cormac.«

Der junge Immobilienmakler rutschte auf seinem Stuhl hin und her.

»Wir benutzen das Internet.«

»Für Anzeigen?«

»Nicht direkt.«

Und stockend, in einem von noch mehr Tränen begleiteten Monolog, hatte er es erklärt. Er sagte, er schriebe regelmäßig in Internetforen. Auf diesen Seiten, auf denen sich die Leute über den Zustand der Nation ausließen und das Platzen der Immobilienblase und das Chaos, in dem alle sich befanden. Claire hatte eine vage Vorstellung von diesen Foren, Matt hatte sie ziemlich oft besucht, als sie ihr eigenes Haus gekauft hatten. Damals ging es darum, Kapital zu investieren, und um Wohnungen im Ausland. Jetzt waren sie voller verletzter Leute.

Bradleys Nickname war Verzweifelter Vermieter gewesen. Berry hatte sein Posting gelesen, ihm eine private

Nachricht geschickt und ihm eine rasche und billige Lösung für seine missliche Lage angeboten. Und als ein Teilnehmer namens »Befristete Mietwohnung« eine Nachricht gepostet hatte, dass er genau danach suchte, war ihm klar, dass die beiden zusammenpassten.

»Kann ich deswegen angeklagt werden?«

Claire spürte das Blut in ihren Schläfen pochen. Sie hatte gerade sieben Stunden damit verbracht, die Information aus ihm herauszulocken, dass er Teil eines Betrugs war, der es einem Mörder erlaubt hatte, eine Wohnung zu mieten, ohne dass man ihn identifizieren konnte. Ein kleines Baby mit roten Wangen und Stupsnase hatte keine Mutter mehr. Und alles, worüber Cormac Berry sich Sorgen machte, war, die eigene Haut zu retten.

Sie hatte das natürlich nicht gesagt. Stattdessen hatte sie etwas über Akten und Staatsanwalt gemurmelt und war gegangen.

Das Baby trat sie fest in die Rippen, und sie stöhnte. Sie hatte schon wieder vergessen zu essen. Na ja, halb vergessen, und halb war es nicht möglich gewesen. Flynn hatte sich irgendwann abends Pommes geholt, aber fettiges Essen war nichts mehr für sie, und sie hatte an dem Tag schon zwei Schokoriegel aus dem Automaten auf dem Revier gegessen. Ihr Magen zog sich beim Gedanken daran zusammen und sie spürte die Säure in ihrem Hals aufsteigen. Noch eine der vielen Nebenwirkungen der Schwangerschaft. Sie lehnte sich vor, um im Handschuhfach nach einer Packung Rennie zu suchen, dann setzte sie sich wieder auf, weil der Bauch im Weg war.

Matt sah sie direkt an.

Sie lächelte, dann wurde ihr bewusst, dass ihr Mann sie nicht sehen konnte. Er stand, komplett angezogen, an ihrem Schlafzimmerfenster, die Vorhänge zurückgezogen, das Zimmer erhellt durch ein schwaches Leuchten, das wahrscheinlich von seinem Handy stammte. Er konnte den Wagen sehen und vermutlich ihre Silhouette, aber nicht ihren Gesichtsausdruck. Handy. Verdammt. Sie griff in ihre Handtasche und erinnerte sich daran, dass sie ihres während der Befragungen stumm gestellt und später vergessen hatte, die Lautstärke wieder anzuschalten.

Verdammt. Elf verpasste Anrufe, drei SMS. Alle von Matt. Die erste ein sanftes »Wie läuft's? Ruf mich an«. Die zweite, eine Stunde später, »Sag mir nur Bescheid, dass alles okay ist«. Die dritte, geschickt um Mitternacht, »Mann, ruf mich an, Claire. Mache mir Sorgen«. Alle unbeantwortet. Und dann all die verpassten Anrufe. Manche mit Nachricht. Sie hatte jedoch nicht die Energie, sie abzuhören.

Ihr Ehemann ging vom Fenster weg. Sie spürte seine Wut durch die Fensterscheibe. Heute Abend würde also nicht gekuschelt.

# EINUNDDREISSIG

## WIE STEHT IHR ZU SCHLÄGEN?

**MammyNo1**

Ich meine nicht mit einem Gürtel oder so *rotwerd* aber wenn sie frech sind? Ein Klaps auf den Po oder so? Ich bin nur neugierig, was andere denken.

**IrishMammyinTraining**

Oh Gott, nein. Ich meine, Söhnchen ist erst sieben Monate alt, aber nein, ich kann mir nicht vorstellen, ihn jemals zu schlagen. Nein. Ein absolutes Tabu für mich.

**MrsDrac**

Hier geht das auch nicht. Wir haben als Kinder den Kochlöffel bekommen, und ich erinnere mich noch daran. Schrecklich. Ich würde ihn nie schlagen.

**Mam23**

Nein, aber ich kann verstehen, warum Leute es wollen! Sohnemann ist gerade in einer schrecklich anhänglichen Phase und hört nicht auf zu jammern. Ich ziehe ihn einfach weg, benutze die Stille Treppe etc. etc. Keine Ahnung, ob's hilft, aber ich versuche es. Habe *Super Nanny* geguckt. *LOL*

**MammyNo1**

Oh. OK. Danke Mädels.

**Reeta**

Alles in Ordnung, MammyNo1? Ich meine, ich weiß, dass manche Leute finden, es ist okay, Kinder zu schlagen, wahrscheinlich haben wir alle was abbekommen, *LOL* und jeder, wie er mag, aber du klingst heute wirklich nicht gut.

**MammyNo1**

Ja, alles bestens, danke. Es ist nur, dass Göga gestern Abend ein bisschen genervt war und sich Sohnemann gegriffen hat. Er hat ihn nicht richtig geschlagen oder so. Nur so ein Klaps hinten auf die Beine. Na ja, es hat eigentlich seine Windel getroffen. Gott, wenn man es aufschreibt, klingt es viel schlimmer.

**LondonMum**

Klingt ziemlich schlimm. Wie läuft's zwischen euch beiden?

**RedWineMine**

Das klingt gar nicht gut, machst du dir wegen irgendwas anderem Sorgen?

**LondonMum**

Stimme RedWineMine zu.
MammyNo1 alles okay?

## ES IST SCHLIMMER GEWORDEN

**MammyNo1**

Hi Mädels. Ich schreibe das jetzt, denn wenn ich es nicht sofort mache, glaube ich nicht, dass ich noch den Mut dazu aufbringe. Mädels, Göga hat mich gestern Abend geschlagen. Wir haben uns gestritten ... na ja, es war eigentlich kein richtiger Streit, ich habe ihn nur geärgert. Er war wirklich fertig, er hatte ein paar schlimme Tage, er hat sich für einen Job vorgestellt und ihn nicht bekommen und es war furchtbar, sie haben ihn wirklich fertig gemacht ☹. Auf dem Nachhauseweg hat er also was getrunken und vor dem Fernseher noch ein paar Dosen. Und dann hat er gesagt, er ginge noch mal aus, und ich habe ihn gebeten, nicht zu gehen ... Oh, wenn ich jetzt darüber nachdenke, war das dumm von mir, ich hätte ihn gehen lassen sollen, er musste einfach raus und den Kopf frei kriegen. Aber ich dachte an das Geld und wollte, dass er zu Hause bleibt, und ich habe einfach nur gesagt, wie wäre es, wenn du heute Abend zu Hause bleibst und wir fernsehen. Und er hat mich geschlagen. Also, es war mehr eine Ohrfeige. Auf die Wange. Sie ist nicht blau oder so. Mein Ohr tut etwas weh, aber man sieht nichts oder so. Und die Kinder haben nichts gesehen, sie waren im Bett. Mädels, glaubt ihr, dass ich ihn zu sehr gereizt habe? Ich kann so nicht leben ... ich hasse es, ihn so elend zu sehen, aber ich will auch nicht, dass unsere Kinder sich Sorgen machen ... ich habe es noch niemandem erzählt, ich bin zu aufgeregt, und es ist mir zu peinlich, und ich habe einen Bruder, und der würde ihn umbringen, wenn er es erfährt. Was ich nicht will. Im Moment weine ich.

Ich werde das jetzt abschicken, bevor ich meine Meinung ändere.

**MeredithGrey**
Mein Gott, das tut mir so leid. Aber ehrlich gesagt bin ich nicht wirklich überrascht. Ich weiß nicht, was ich dir sagen soll. Aber ich wünschte, du hättest jemanden im wahren Leben, mit dem du reden könntest. Ich weiß, dass du nicht mit deiner Familie sprechen willst, aber gibt es nicht vielleicht eine Freundin oder irgendwen, mit dem du reden kannst? Du solltest das nicht allein durchmachen müssen.

**RedWineMine**
Google dein örtliches Frauenhaus. Setz dich sofort mit denen in Verbindung. Einmal ist einmal zu viel. Sie werden dir sagen, was zu tun ist. Internetforen sind gut und schön, aber das hier ist zu heftig. Es tut mir leid, wenn ich brutal klinge, aber du musst da raus. Wo ist er heute? Ist er im Haus?

**MammyNo1**
Danke RWM. Er ist bei seiner Mam. Keine Sorge, er ist kein gewalttätiger Mensch oder so. Es war nur eine einmalige Sache, ich habe ihn einfach genervt. Ich bereue mein Posting jetzt eigentlich. Wir kommen schon klar. Aber danke für die Unterstützung, Mädels.

**AislingGeal**
Ich stimme RWM zu. Ich will keine Details posten, aber etwas Ähnliches ist bei entfernten Verwandten passiert. Die Frau ist zu lange bei ihm geblieben, und es wurde

richtig schlimm. Solche Männer ändern sich nicht. Bitte bringe dich und deine Kinder in Sicherheit.

**Della**

Ich schicke dir eine PN mit meiner Telefonnummer. Wenn ich irgendetwas für dich tun kann, irgendetwas …

**MyBabba**

Oh Gott, ich weine, wenn ich das lese. Ich hoffe, dir geht es gut. Ich glaube, ich weiß, in welcher Region du wohnst. Ich schicke dir eine PN, falls ich dir irgendwie helfen kann. Ich drücke dich.

**LondonMum**

Stimme MyBabba zu. Sag uns Bescheid, wenn wir irgendetwas tun können.

Yvonne schickte ihre Nachricht ab, tippte auf den Handybildschirm und aktualisierte die Seite. Die Arme. Sie schaltete das Autoradio aus und drehte sich zum Baby auf der Rückbank um. Róisín bekam nichts von der Außenwelt mit, ihre winzige Brust hob und senkte sich unter einer rosa Decke. Yvonne sah auf ihre Uhr. Sie würde noch mindestens eine halbe Stunde schlafen. Deswegen sollte sie selbst eigentlich zu Hause sitzen, einen Kaffee trinken und eine Wiederholung von *Mord ist ihr Hobby* sehen und nicht vor einem Gemeindezentrum parken, das sie gar nicht besuchen wollte, und auf einen Kurs warten, an dem sie nicht teilnehmen wollte.

Sie tippte noch mal auf ihre Netmammy-App, aber es gab keine neuen Antworten auf MammyNo1s trauriges Posting. In der Zwischenzeit fuhren irische Mamis aus

Fleisch und Blut um sie herum auf den Parkplatz, hoben Babys in Tragetücher und begrüßten einander herzlich mit Luftküsschen, während sie durch die Tür gingen, an der ein »Baby-Yoga«-Schild hing.

Yvonne biss sich auf die Lippe. Sie hasste das hier. Hasste die Regel, die besagte, dass man mit Leuten befreundet sein musste, bloß weil sie sich im selben Jahr fortgepflanzt hatten. Und sie musste zugeben, dass sie inzwischen auch die Gemeindeschwester Veronica hasste, die aus Yvonnes Einführung in die Welt der Mutter-Kind-Gruppen anscheinend ihre persönliche Mission gemacht hatte. Als es am Tag zuvor um zehn Uhr morgens an der Tür geklingelt hatte, hatte Yvonne – die ihren blauen Nissan Micra vom Schlafzimmerfenster aus gesehen hatte – daran gedacht, Veronica gar nicht hereinzulassen. Aber als die Gemeindeschwester den Weg zum Haus entlangging, erinnerte Yvonne sich plötzlich daran, dass das Wohnzimmerfenster nach einem besonders schlimmen Windelunfall zum Lüften offen stand und dass der Wohnzimmerboden mit Schmutzwäsche bedeckt war, was jeder sehen konnte, der mal eben durch die Jalousien spähte.

Also hatte sie die am wenigsten schmutzige Strickjacke, die sie finden konnte, über ihren Schlafanzug gezogen und Veronica in die Küche geführt, die zwar auch unordentlich, aber wenigstens relativ sauber war.

»Ach, legen wir heute einen kleinen Betttag ein?«

Yvonne hatte dem Drang widerstanden, zu erwidern, dass nur eine von ihnen dreien tatsächlich noch einen Schlafanzug trug. Stattdessen hatte sie etwas darüber gemurmelt, gerade auf dem Weg in die Dusche zu sein, und hatte ihr lustlos das Baby übergeben, während sie Wasser für den Tee aufsetzte. Die Zähne hatten sie und Róisín die ganze Nacht wach gehalten. Aber kaum, dass sie zwei saubere Tassen gefunden hatte, war die kleine Verräterin gemütlich in den Armen der Gemeindeschwester eingeschlafen, sodass diese Zeit für ihr Lieblingsthema hatte, nämlich Yvonne aus dem Haus und unter Leute zu bringen.

»Sie haben hier keine Familie, oder?«

Veronica hatte eine besonders nervige Angewohnheit, ihren Kopf zu einer Seite zu legen und Yvonne von unten anzusehen, wodurch die sich wie ein Kleinkind fühlte, das auf die Stille Treppe geschickt wurde.

»Nein. Obwohl, meine Schwiegermutter ist toll.«

Der glatte schwarze Pagenschnitt der Schwester schwang sanft hin und her, als sie ihren Kopf schüttelte.

»Sie müssen sich aber doch einsam fühlen? So ohne Ihre eigene Mum?«

Eigentlich nicht, wollte Yvonne sagen, angesichts der Tatsache, dass sie seit zehn Jahren nicht mehr mit ihrer Mutter gesprochen hatte. Aber sie beließ es bei einem Achselzucken und nippte am Tee.

»Hm.«

Der schwarze Pagenschnitt fiel, nicht überzeugt, wieder ganz glatt und gerade.

»Haben Sie denn mal über unsere kleine Gruppe nachgedacht?«

»Ja, toll. Es klingt super. Ich meine, im Moment habe ich so viel …«

Aber die schlaflosen Nächte hatten ihr Gehirn eingefroren, und ihr Satz blieb so stehen, was Veronica die Lücke bot, die sie brauchte.

»Mamas brauchen andere Mamas!« Das Baby weiter im Arm festgeklemmt, griff sie in ihre große schwarze Handtasche und legte eine Reihe Broschüren auf die Arbeitsfläche. »Postnatale Depression – die Anzeichen«, strahlte Yvonne in großer, gelber Schrift an. »Ich gebe zufällig morgen einen Kurs. Baby-Yoga, danach noch Tee. Kommen Sie? Wir wiegen die Babys auch, es ist toll!«

Yvonne hatte keine Energie für einen alternativen Plan gehabt und hatte einfach zugestimmt. Deswegen stand sie am nächsten Tag um fünf vor elf auf dem Parkplatz, hörte ihrem Baby beim Schnarchen zu und wünschte mit jeder Faser ihres Körpers, dass sie irgendwo anders als hier wäre.

Sie schnallte sich gerade ab, als eine SMS ankam. Rettung? Nein, leider nicht. Nur eine Erinnerung von der örtlichen Kosmetikerin, dass Augenbrauenwachsen in den nächsten zwei Tagen nur die Hälfte kostete. Das war ein gutes Angebot, murmelte Yvonne, und ihr wurde bewusst, dass sie seit drei Tagen nicht mal eine Feuchtigkeitscreme aufgetragen hatte. Aber während sie die SMS löschte, klickte ihr Finger noch mal auf die Netmammy-App. Nur noch einmal nachsehen.

**MammyNo1**

Danke, dass ihr an mich denkt, Mädels. Es läuft nicht gut. Weiß nicht, was ich machen soll.

**MeredithGrey**

Tut mir leid, das zu hören. Möchtest du uns gern erzählen, was los ist? Vielleicht hilft es, darüber zu reden.

**MammyNo1**

Die Sache ist die

»Huhu!! Wie schön, Sie zu sehen! Und den kleinen Schatz! Alle bereit?«

Mist. Yvonne schloss die App und sah düster aus dem Autofenster, wo die Gemeindeschwester stand. Sie trug jetzt einen marineblauen Turnanzug, der wie die Erwachsenenversion einer Grundschuluniform aussah, und winkte ihr zu. Sagte irgendwer tatsächlich Huhu? Auf der Rückbank murmelte Róisín etwas und beschwerte sich dann.

Sie öffnete das Autofenster.

»Komme sofort!«

MammyNo1 würde noch eine Weile im Cyberspace warten müssen.

»Und Sie stillen sie immer noch! Ist das nicht fanTAAStisch?« Die lang gezogene mittlere Silbe zeigte Yvonne deutlich, dass Gemeindeschwester Veronica Dwyer exakt das Gegenteil dachte. Sie hätte ihr am liebsten gesagt: »Was schlagen Sie denn vor, dass ich sie verhungern lasse?« Stattdessen hob sie das Baby höher auf ihren Arm und zog ihre Strickjacke fester um sich. Normalerweise war sie nicht verlegen, wenn sie in der Öffentlichkeit stillte, sonst wäre sie die letzten sechs Monate nicht aus dem Haus gekommen. Aber irgendetwas an der Art, wie die anderen Mütter am Tisch sie ansahen, vermittelte ihr das Gefühl, etwas Falsches zu machen. Sie hatte wirklich versucht, sich aus dem Staub zu machen, kaum dass der Kurs zu Ende war, aber Veronica wollte nichts davon hören. Stattdessen hatte sie sie an einen Tisch im hinteren Teil der Halle geschoben und darauf bestanden, dass sie sich einer Gruppe von drei Frauen in Sportkleidung zu Tee und Keksen anschloss.

»Und wie schläft sie?«

»Ach, Sie wissen ja.«

Yvonne lächelte und streichelte Róisíns Stirn. Sie dachte an die Stunde, die sie heute Morgen gekuschelt hatten, nachdem Gerry zur Arbeit gegangen und das Baby endlich eingeschlafen war.

»Mal so, mal so. Sie trinkt nachts noch ziemlich viel, aber das macht mir nichts aus. Sie schläft sowieso die meiste Zeit neben mir im Bett, ich merke gar nicht mehr, wenn sie trinkt.«

»Aha.« Veronicas Augenbrauen verschwanden in Richtung Haaransatz. Neben ihr nippte ein Traum in rosa Nicki vornehm an ihrem Tee.

»Haben Sie mal versucht, ihr mehr Beikost zu füttern? Ein Löffel Schmelzflocken in der Abendflasche wirkt bei der Kleinen hier Wunder. Sie schläft durch, seit sie sechs Wochen alt ist!«

»Ich habe ihr noch nie ein Fläschchen gegeben.«

Und da war es: Babyschach. Yvonne lehnte sich auf ihrem Stuhl zurück, als die andere Frau schnaubte und ein imaginäres Bauernopfer brachte. »Oh, ich weiß, es HEISST, es sei das Beste für sie …« Die Frau kippte das Fläschchen ihres eigenen Babys und quittierte das letzte Schlucken mit einem zufriedenen Nicken. »Aber ich finde es sehr beruhigend, zu wissen, wie viel sie genau trinken!«

Schach.

Yvonne lächelte matt und sah der Mutter zu, deren Baby in einem rosa Strampler steckte, der genau zu ihrer perfekt sitzenden Yogahose passte, wie sie ihr Baby an die Schulter legte und es mit solcher Präzision aufstoßen ließ, dass Yvonne applaudieren wollte. Sie legte das sofort schlafende Baby in seinen Bugaboo (natürlich auch rosa), bevor sie ihren Tee nahm und weitersprach.

»Und ich weiß, dass viele Leute mit der Beikost warten, bis sie sechs Monate alt sind, aber ich habe das jetzt schon drei Mal gemacht, und ein Löffel Schmelzflocken in der Flasche hat meinen nie geschadet!«

Schachmatt.

Yvonne sah auf das zufriedene Bündel der Frau und verglich es mit Róisín, die sich unruhig wand und versuchte, sich im Raum umzusehen, während sie ihren scharfen und schmerzenden Gaumen fest um die Brustwarze ihrer Mutter behielt, eine Prozedur, die für keine der beiden sonderlich angenehm war.

»Aber was auch immer bei Ihnen funktioniert!«

Die andere Mutter hatte ihren Tee leer getrunken und schüttelte höflich den Kopf, als eine Schachtel Schokokekse in ihre Richtung geschoben wurde. Yvonne, die sich nur eine Tasse Koffein am Tag erlaubte und gerade drei Kekse gegessen hatte, in der Hoffnung, dass sie sie wach halten würden, merkte entsetzt, dass ihr Tränen in den Augen standen. Die andere Mutter sah sie an, ihr Gesicht jetzt sanfter.

»Sie sehen müde aus. Es ist beim ersten Mal alles etwas verrückt, nicht wahr?« Yvonne sah auf Róisín und schluckte. Aber die aufrichtige Freundlichkeit in der Stimme der anderen Mutter schaffte das, was ihre indirekte Kritik nicht geschafft hatte, und ein großer, salziger Tropfen floss seitlich an Yvonnes Nase herab. »Keine Sorge. Wir alle machen das durch. Wir alle hier sind einfach nur Mums, wir sind alle gleich.«

Aber du nicht, wollte Yvonne sagen, während sie im verzweifelten Versuch, die Tränen zu stoppen, schniefte. Sie sah sich im Raum um, der noch vor ein paar Minuten voller Frauen und Babys gewesen war, die den herabschauenden Hund gemacht hatten und die jetzt bei Süßigkeiten, ein paar sogar selbstgemacht, miteinander sprachen. Ihr seht alle aus, als gehörtet ihr zusammen! Und ihr seht alle aus, als wüsstet ihr genau, was ihr macht! Und ich habe überhaupt keine Ahnung.

»Wir sind alle mal müde.«

Die Frau lehnte sich vor und klopfte ihr aufs Knie und schaffte es dabei, den Fleck Babyspucke nicht zu berühren, den Yvonne heute Morgen nicht mehr hatte entfernen können.

»Vermutlich ...«

Aber Yvonnes Stimme brach, bevor sie den Satz beenden konnte. Waren sie das wirklich? Fühlte sich jede Frau hier so entsetzlich müde wie sie? Sie bezweifelte es. Der Raum war voller Mütter und Babys aller Formen und Größen, SuperMum neben ihr war eigentlich die Ausnahme, die meisten anderen sahen ein bisschen zerknautscht und weniger patent und ein bisschen verwirrt aus, angesichts dieser neuen Richtung, die ihr Leben genommen hatte. Aber wenigstens sahen sie alle lebendig aus und irgendwie konzentriert.

Sie schafften es alle, sich lang genug zusammenzureißen, um sich zu unterhalten, ohne in Tränen auszubrechen. Ein paar rissen sogar Witze. Yvonne hatte einfach das Gefühl, als sei sie gar nicht richtig anwesend. Dieses Milchglas war wieder da und trennte sie vom Raum. Es war nicht Müdigkeit: Sie war darüber hinaus. Sie fühlte sich von allem getrennt, distanziert, weggetreten, genau wie während der Geburt, als die Medikamente endlich gewirkt hatten. Im Weltraum. Schwebend. Nicht wirklich hier.

Róisín quengelte noch mal, und sie hob sie auf ihre

Schulter, verbarg ihr Gesicht in dem einzigen sauberen Strampler, den sie gefunden hatte.

»Ist jetzt eigentlich Schlafenszeit für sie?«

Veronica sah auf ihre Uhr, und Yvonne lächelte sie unter Tränen an.

»Na ja, sie hat im Auto auf dem Weg hierher geschlafen. Aber es kann sein, dass sie noch mal einschläft, wir werden sehen.«

Die Schwester runzelte die Stirn.

»Also in diesem Alter sollte sie eigentlich einen besseren Rhythmus haben! Orflaith hier ...« Sie lächelte dem rosa Bündel zu, dessen Mutter genug Anstand besaß, um verlegen auszusehen. »Orflaith hier schläft jetzt fünfundvierzig Minuten, stimmt's, Ruth? Und dann noch eine Stunde um fünf. Sie wird dann problemlos die Nacht durchschlafen, mit einem Schlaftrunk. Finden Sie es denn nicht schrecklich anstrengend? Das Stillen?«

Yvonne sah sie an, sie hatte nicht mal mehr die Energie, ihr zu antworten. In ihren Armen war Róisín immer noch durcheinander wegen all der Babys und des unbekannten Raums und fing jetzt richtig an zu schreien.

Veronica zuckte zusammen.

»Wollen Sie ihr nicht einen Schnuller geben? Der könnte sie beruhigen?«

»Wir benutzen keinen ...«

Aber ihre Tränen flossen jetzt ungebremst, und Yvonne stand auf, drückte das weinende Kind an ihre Schulter und floh aus dem Raum. Sie drückte die schweren Doppeltüren auf und sah verzweifelt von rechts nach links, bis sie durch einen Tränenschleier die Behindertentoiletten entdeckte. Sie betete, dass es nicht die Sorte war, für die man einen besonderen Schlüssel brauchte, drückte ihre Schulter an die Tür und spürte erleichtert, dass sie sich öffnete. Sie schloss sie hinter sich, sank auf den Klodeckel und erlaubte den Tränen in heißen, wütenden Schluchzern zu fließen. Aber die Erleichterung hielt nicht lange, und innerhalb von Minuten saß sie still auf der Toilette; Erniedrigung mischte sich jetzt mit Traurigkeit und Erschöpfung. Was zur Hölle war los? Sie erkannte sich selbst nicht wieder, dieses heulende, verwirrte Elend. Es ergab keinen Sinn. Sie fühlte sich ständig gereizt, als wartete sie nur darauf, dass etwas explodierte. Aber Róisín war ein Baby, keine Handgranate. Wie war es so weit gekommen? Sie hatte doch schon Schlimmeres durchgemacht als das hier, der Streit mit ihrer Mutter war bitter und endlos gewesen, und sie hatte ihn ganz allein durchleben müssen, ohne Gerry als Unterstützung oder Róisín, die sie liebte. Sie war allein nach London gezogen und hatte ihren Weg gemacht. Sie hatte es geschafft. Sie hatte es immer geschafft. Sie hatte immer gewusst, was zu tun war. Bis jetzt. Vielleicht hatte die Schwester ja recht und sie wurde ein bisschen plemplem. Der Saal draußen war voller vernünftiger Mütter, ein bisschen müde vielleicht, aber sie kamen gut klar. Und hier war sie, hockte auf der Toilette, unfähig, ein einfaches Gespräch zu führen, ohne zusammenzubrechen.

Sie schaukelte Róisín sanft und spürte, wie der kleine Körper des Babys sich an sie gedrückt entspannte. Wenigstens ihre Tochter mochte sie. Sie wurde rot, als sie sich vorstellte, wie furchtbar es wäre, wieder in den Raum zurückzugehen. Sie war sich sicher, dass die Gemeindeschwester gesehen hatte, was passiert war. Sie war perfekt für ein Poster zu postnatalen Depressionen. In dem verzweifelten Versuch, das Unausweichliche hinauszuzögern, nahm sie ihr Handy aus der Tasche und drückte auf die Netmammy-App. Nur mal kurz reinschauen, um sich zu beruhigen. In der Stunde, die der Kurs gedauert hatte, waren mehrere Antworten zum Thread von MammyNo1 eingetroffen.

**TAKETHATFAN**
ICH STIMME LONDONMUM ZU. BIST DU SICHER, DASS DU UND DEINE KINDER IN SEINER NÄHE IN SICHERHEIT SIND?
DU MUSST DICH SCHÜTZEN, SÜSSE.

**MammyNo1**
Danke für euer Mitgefühl, Mädels. Aber es ist in Ordnung. Er ist mein Göga, ich kenne ihn. Er würde mir oder den Kindern nie wehtun. Er macht nur gerade eine schlimme Zeit durch, das ist alles.

**MeredithGrey**
Ich will dir keine Angst einjagen, aber tippst du an einem Handy oder einem Computer? Nur weil man die Chronik im Computer leicht nachsehen kann. Ich weiß, es klingt vielleicht paranoid, aber na ja, du willst möglicherweise nicht, dass er das hier liest, wenn er später am Computer ist.

**MammyNo1**
Daran habe ich noch nie gedacht.

Nein, dachte Yvonne, ich auch nicht.

Ein Klopfen an der Tür ließ sie heftig aufsehen, sodass sie mit ihrem Kopf an Róisíns Ohr stieß. Das Baby begann wieder wütend zu weinen, und durch das Geschrei konnte Yvonne die zu laute und zu bekümmerte Stimme der Schwester hören.

»Sind Sie da drin, meine Liebe? Geht's dem Baby gut? Hätten Sie gern eine Tasse Tee ...?«

Nein.

Aber Yvonne hatte nicht genug Selbstbewusstsein, um das Wort auszusprechen.

Stattdessen schaltete sie ihr Handy aus und bereitete sich darauf vor, wieder hinaus in die Peinlichkeit zu treten. Sie wollte nicht da rausgehen. Sie wollte mit niemandem von ihnen reden. Sie wünschte, sie wäre zu Hause. Mit Róisín. Und den Netmammies. Nur mit ihnen.

# ZWEIUNDDREISSIG

Philip Flynn trank ein Bier. Ein kaltes, cremiges, perfekt gezapftes, wohlverdientes Bier. Er hob das Glas an die Lippen, trank einen Schluck und stellte es dann wieder genau in der Mitte des Bierdeckels ab, bevor er sich das Kondenswasser an den Oberschenkeln seiner Jeans abtrocknete. Er erschreckte sich, als die bittere Flüssigkeit seinen Rachen berührte, und wunderte sich darüber, wie sie auf dem Weg nach unten zu Honig wurde. Wunderbar. Es gab nichts Vergleichbares. Detective Garda Philip Flynn war ein glücklicher Mann.

»Speisekarte?«

Der Barmann, sein weißes Hemd glatt gebügelt, aber an den Manschetten voller Bierflecken, wedelte vor ihm mit der laminierten Karte. Flynn überlegte einen Moment, dachte eine Sekunde über einen großen Teller mit Scampi und Pommes nach und entschied sich dann dagegen. Zu Hause hatte er einen gut gefüllten Kühlschrank.

»Alles klar, ich lasse sie trotzdem mal hier.«

Der Barmann legte die Karte neben den Bierdeckel und polierte weiter Gläser. Es war kurz nach sechs, und O'Kane's war praktisch leer. Genau wie es Philip gefiel. Er nahm noch einen Schluck Bier, dieses Mal einen kleineren, und sah die glänzend polierte Theke entlang. Alter Stil. Ganz ähnlich wie bei Cotter's daheim. Von außen sah der Pub nach nichts aus. Rote Ziegel, wie all die anderen Läden in dieser Ecke der Siedlung, der Name war in einer

Schrift aus den Achtzigern geschrieben, die zu neu war, um vintage zu sein, und zu alt, um schick zu sein. Ein roter, gemusterter Teppich, den selbst Flynns Mutter altmodisch gefunden hätte. Hohe Barhocker mit Ledersitzen, die von einer Generation Hintern aus Westdublin abgewetzt waren. Der einzige neue Gegenstand hier war ein riesiger Plasmabildschirm, aber der war selten laut genug, um ihn zu hören, außer wenn ein besonders wichtiges Spiel anstand, dann war die Lautstärke ohrenbetäubend.

Aber ein Lokal wie dieses war einer der Gründe, warum Flynn beschlossen hatte, in dieser Gegend zu leben. Er wusste, dass die meisten der jüngeren, unverheirateten Jungs im Revier Wohnungen näher am Stadtzentrum gemietet hatten. Aber kaum dass er erfahren hatte, dass er nach Dublin versetzt würde, hatte er sich ein kleines Haus mit vier Zimmern gesucht, ein paar Meilen von den Mietskasernen entfernt und direkt an der Straßenbahn und so weit von trendy entfernt, wie es nur ging. Hier würde er nie jemandem über den Weg laufen, der mit seiner Arbeit zu tun hatte. Wenigstens nicht denjenigen, die auf seiner Seite des Gesetzes standen. An ein paar Abenden hatten ihn einige Kunden im Spar merkwürdig angesehen, aber er hatte stur geradeaus geschaut, und sie hatten schweigend ihre John Player Blue gekauft. Er würde ihnen keinen Ärger machen, wenn sie ihm keinen machten. Ihm gefiel es hier. Und er mochte auch das O'Kane's. Ruhig. Ideal für ein Bier und die Zeitung. Und das Guinness war vorzüglich.

Es war ein guter Tag gewesen. Wahrscheinlich der beste seit sechs Monaten, seit er in die Collins Street versetzt worden war. Seit Philip Flynn Polizist geworden war, hatte er sich nach der Versetzung in eines der großen Stadtreviere gesehnt, irgendwohin, wo es eine ordentliche Verbrechensrate gab, wo viel los war. Aber bisher war das Leben ruhiger gewesen, als er erwartet hatte. Die meisten Abende hatte er allein in seinem kleinen Haus verbracht, Gesellschaft leistete ihm Sky Plus. Was in Ordnung war. Aber er war auch glücklich, dass diese Phase der Entspannung jetzt zu Ende zu sein schien.

»Ist der Platz besetzt?«

Die Frau griff bereits nach dem Hocker, die Frage eine reine Formalität. Flynn lächelte trotzdem, aber sie hatte sich abgewandt. Er beobachtete sie, wie sie ihren Hocker von der Theke in eine dunklere Ecke des Pubs zog. Sie war Anfang vierzig, trug eine schicke, aber verknitterte weiße Bluse, einen schwarzen Rock, der vom Tragen speckig war, und eine dunkle Strumpfhose, die an den Knien zerrissen war. Da hatte jemand wohl einen schlechten Tag. Sie zog den Hocker an einen Tisch, schaute kurz durch den Raum zum Fernseher, der diskret die Schlagzeilen des Tages murmelte. Fuhr mit den Händen durch ihre kurzen Haare mit Strähnchen und sah mürrisch auf das Display eines altmodischen Handys, das sie aus ihrer Handtasche genommen hatte.

Seufzend begann sie, eine SMS zu tippen, aber als sich die Tür zum Pub öffnete, schaute sie auf. Und lächelte. Flynn sah zu, wie die Anspannung aus ihren Schultern wich. Sie legte das Telefon auf den Tisch und winkte die neu angekommene Frau zu sich. Die hatte sie bereits gesehen und ging durch den Pub. Die andere Frau war älter, aber besser gekleidet, sie sah glamouröser aus in einem langen, schwingenden Rock, einer marineblauen Bluse und einem roten Schal, der locker um ihren Körper schwang, als sie elegant durch das Lokal ging. Als sie die

Ecke erreicht hatte, lehnte sie sich vor und küsste ihre Freundin, die ihren Hocker zur Seite geschoben hatte, um Platz zu machen. Hätte er mitten im Pub gesessen, hätte der Kuss wie ein freundschaftliches Wangenküsschen ausgesehen, aber aus Flynns Perspektive konnte er sehen, dass er die Lippen leicht berührt hatte und einen Sekundenbruchteil länger gedauert hatte als nötig. Er spürte die Zufriedenheit, die beide ausstrahlten, als die zweite Frau einen Hocker heranzog und sie sich über die Speisekarte beugten. Ihre Knie berührten sich unterm Tisch. Erschrocken merkte Flynn, dass er starrte, und sah weg.

»Noch ein Bier?«

»Ach, warum nicht?«

Es war ein langer Tag gewesen. Und ein sehr produktiver. Flynn sah zu, wie der Barmann das Glas drei viertel voll machte und das Bier sich dann setzen ließ. Er hatte in der Stadt schon ein paar Lokale gesehen, wo man es sofort ganz voll machte. Typen, die Schlange standen, um zu trinken, schmeckten den Unterschied nicht. Mädchen auch nicht. Hier passierte das nicht. Oder im Cotter's. Lustig, es war Cotter's oder die Erinnerung an Cotter's, die für den heutigen Erfolg gesorgt hatte.

Die Quittung, die man im Geldbeutel des Opfers gefunden hatte, war genau so eine, wie man sie in diesem Pub bekam. Das war das Zweite, was ihm aufgefallen war, als er den Beutel mit den Beweisstücken auf dem Revier gesehen hatte. Das Erste war der unverschämte Preis für Drinks in Dublin. In manchen Pubs im Stadtzentrum bezahlte man sechs Euro oder mehr für ein Pint frisch gezapfter Brühe, die Joe Cotter oder der Kerl hier nach einem Fasswechsel in den Ausguss kippen würde. Aber auch wenn die Preise auf der Quittung Dubliner Preise waren, war die Quittung selbst altmodisch. Lila Druck auf dünnem Papier. Kein Pubname, keine Getränkeauflistung. Nur die Uhrzeit, 21:40, und eine Liste mit Zahlen – 5,10, 4,20 und 2,80. Die letzte Quittung, die er im Cotter's bekommen hatte, war ähnlich gewesen. Allerdings billiger. Aber dieselbe Art Rechnung: ein Preis für das Bier und dann zwei weitere, die auf einen Kurzen und ein Mixgetränk schließen ließen. Er hatte seiner Cousine Nora einen Wodka Orange ausgegeben, zur Feier seines Wochenendes zu Hause. Philip mochte Nora sehr, aber ihre Freunde machten ihn wahnsinnig und stellten zu viele Fragen. Wie amüsierte man sich in Dublin? Wo ging er abends aus? War er schon mal im Lillie's gewesen? War das Copper Face Jacks wirklich so verrückt, wie die Leute behaupteten, und hatte er schon mal zufällig jemanden von zu Hause getroffen?

Er hatte nicht zugeben wollen, dass er die Antworten nicht wusste, also hatte er etwas über ein Familiendinner gemurmelt und war vor der nächsten Runde gegangen. Aber die Quittung, das altmodische, billige Papier mit lila Druck, war in seinem Geldbeutel geblieben. Und deswegen hatte er, als er die Tüte mit den Beweisstücken sah, sofort gewusst, was sie gefunden hatten.

Es war eine der sehr wenigen Spuren, die sie zu Miriam Twohys letzten Stunden vor ihrem Verschwinden hatten. Eine Überprüfung ihres Handys hatte ergeben, dass ihre letzte Reise durch Dublin 8 geführt hatte, aber die Quittung könnte zu etwas Konkreterem führen. Es war ein echtes Indiz, im alten Stil. Und Flynn hatte beschlossen, von Tür zu Tür zu laufen, bis er die Lösung gefunden hatte. Sie wussten bereits, dass Miriam Twohy höchstwahrscheinlich zu Fuß in die Wohnung gegangen war, wo sie den Tod fand. Sie war nicht auf den Überwachungskameras der örtlichen Luas-Haltestelle zu sehen, und die Kameras vor dem Wohnblock zeigten sie, wie sie in Begleitung eines großen Mannes auf die Fußgängertore zuging. Leider boten die Bilder nicht mehr Informationen. Der Mann trug eine Wollmütze, tief über die Ohren gezogen, und einen langen, dunklen Mantel. Offensichtlich hatte er genau gewusst, wo sich die Kameras befanden, und hatte darauf geachtet, ihnen aus dem Weg zu gehen; er wandte ihnen die ganze Zeit über den Rücken zu. Die Kameras im Inneren des Hauses waren kaputt. Es war sehr wahrscheinlich, dass er das auch gewusst hatte, erst eine Woche zuvor hatten sich mehrere Bewohner im Internet darüber beschwert. Boyle hatte gegoogelt, aber Flynn langweilten solche Details. Herumlaufen, das war echte Detektivarbeit. Also war er losgegangen.

Und er hatte es gefunden.

Es war in einem anderen altmodischen Pub gewesen, aber viel schäbiger als Cotter's oder auch O'Kane's. Die Teppiche hatten eine dicke Staubschicht gehabt, die aufwirbelte und in seiner Nase juckte, als er darüberlief. Ein älterer Mann saß an der Bar, den Mantel bis zum Hals zugeknöpft, trotz der geschlossenen Fenster und der feuchten Atmosphäre; er kreiste Zahlen auf der Sportseite der Morgenzeitung ein. Ein Paar mit harten Gesichtern in ordentlichen, billigen Kleidern saß am Fenster, ohne zu reden, und zählte die Augenblicke, bis es wieder an der Zeit war, in den Rauchergarten zu gehen. Und ein paar gut gekleidete Männer in offenen Hemden tranken Mineralwasser, während sie auf Smartphones tippten und murmelten, sich das nächste Mal aber woanders zu treffen. Es war nicht die Art von Pub, die eine junge Frau auswählen würde, dachte Flynn. Und der Mann hinter der Theke hatte seine Meinung nicht geändert.

»Kann Ihnen nicht weiterhelfen.«

Sein weißes Hemd hatte Schweißflecken unter den Achseln. Der Mann war Mitte fünfzig, hatte dünnes, graues Haar, das fettig an seinem Kopf klebte. Schuppen fielen auf die Theke, als er auf Flynns Fragen den Kopf schüttelte. Nein, er hatte keine Überwachungskameras. Hatte nie die Notwendigkeit dafür gesehen. Hier gab's kaum Kriminalität. Sein Gesichtsausdruck hatte Flynn gesagt, dass der Pub den örtlichen Gaunern eher Bier servierte, als Angst vor ihnen zu haben. Ja, er hatte an diesem Samstagabend gearbeitet. Ja, gab er widerwillig zu und zuckte dabei mit den Schultern, sodass noch mehr Schuppen rieselten, er war der Besitzer. Er arbeitete fast jeden Abend. Aber er erinnerte sich nicht an das fragliche Paar, und nein, das Foto von Miriam Twohy, das Flynn ihm über die Theke zuschob, half seiner Erinnerung auch nicht auf die Sprünge. Flynn konnte ihn gerade noch dazu bringen, einzugestehen, dass die Quittung wahrscheinlich aus der alten Registrierkasse stamme. Weiter, hatte er mit Nachdruck gesagt, kann ich Ihnen nicht helfen, Guard. Flynn hatte bemerkt, dass das Paar in der Ecke inzwischen dem Gespräch angestrengt lauschte. Und er wollte gerade gehen, als die Tür sich quietschend öffnete und eine junge, blonde Frau eintrat.

»Eine Angestellte?«

Der Besitzer seufzte, dachte über die Frage nach und zuckte dann nichtssagend mit den Schultern.

»Kann ich mit ihr sprechen?«

Weiteres Schweigen, und dann schätzte er wohl, dass Flynn anderes im Sinn hatte, als eine Arbeitserlaubnis zu überprüfen, und nickte zustimmend.

Die junge Frau, die nicht älter als zwanzig sein konnte, wirkte genauso widerwillig, als Flynn sie zu einem Seitentisch führte. Aber dann zeigte er ihr das Foto, und ihre Augen wurden größer.

»Ich erinnere mich an sie.«

Sie hatte einen osteuropäischen Akzent. Flynn fragte nicht, woher. Er hatte das vage Gefühl, dass man Gespräche nicht mehr so anfing. Heutzutage nicht mehr, wo alle von überallher kamen. So kam es einem jedenfalls vor. Ihr Englisch war sowieso exzellent, klar und mit einem leichten Akzent der Dubliner Innenstadt. Was seinen eigenen Charme hatte.

»Ich habe sie vorher nie hier gesehen.«

»Und Sie kennen die meisten Stammgäste, nicht wahr?«

»Oh ja.«

Sie lächelte und nickte kurz in die sie umgebende Düsternis.

»Ich arbeite seit sechs Monaten hier? Es sind immer dieselben Gäste. Aber ich hatte sie vorher noch nie hier gesehen. Und sie war allein, als sie ankam. Ziemlich ungewöhnlich an einem Samstagabend.«

Flynn spürte, wie sich sein Puls beschleunigte. Sein Notizbuch lag auf seinen Knien, aber er wollte es nicht benutzen, um das Gespräch nicht zu unterbrechen.

»Blieb sie lange allein?«

»Mindestens eine halbe Stunde? Vielleicht länger. Wir hatten viel zu tun. Die meisten Leute kommen an die Theke, wenn viel los ist. Aber ihr habe ich zwei Drinks an den Tisch gebracht, und sie sah irgendwie genervt aus, wissen Sie?«

Flynn nickte.

»Was hat sie getrunken?«

»Gin Tonic.«

Volltreffer! Ein erwartungsvoller Schauer lief ihm über den Rücken. Endlich kamen sie weiter.

»Haben Sie mit ihr gesprochen?«

»Eigentlich nicht. Wir haben keine Zeit, um hier mit den Gästen zu reden.«

Sie nickte kurz in Richtung ihres Chefs, der mit düsterem Blick an der Theke stand und immer noch dasselbe saubere Glas mit demselben dreckigen Tuch polierte wie zu Anfang ihres Gesprächs.

»Sie hat zweimal was bestellt und sah ständig auf ihr Handy, als würde sie darauf warten, dass sich jemand meldet? Ich glaube, sie war ... versetzt worden. Ich dachte, sie würde gehen, wissen Sie? Nach dem zweiten Drink bin ich zu ihr, und sie hat mir gesagt, dass sie keinen mehr wollte. Und dann hat Jimmy mich gerufen«, sie warf ihren Kopf wieder in Richtung der Theke, »und ich musste hinter die Theke, weil zu viel los war. Als ich das nächste Mal hingeschaut habe, saß ein Mann an ihrem Tisch.«

Flynn bemühte sich, in ruhigem Tonfall zu sprechen.

»Wie sah er aus?«

»Ich bin mir nicht ganz sicher.« Die Stimme des Mädchens verstummte. »Es standen schon frische Drinks auf dem Tisch, als er mir auffiel. Sie mussten sie bei Jimmy geholt haben. Und dann war richtig viel los, ein Spiel lief und viele Leute kamen rein. Und ungefähr eine halbe Stunde später oder so kam sie und hat zwei Getränke bestellt. Ein Pint Heineken und einen Gin Tonic. Ich erinnere mich, dass es Heineken war, weil Jimmy das Guinness gern selbst zapft. Und ich habe sie angelächelt und gesagt, ist Ihr Freund also doch noch gekommen? Und sie sah eine Minute lang aus, als wäre sie verärgert, als wäre ich neugierig, und ich habe bereut, überhaupt etwas gesagt zu haben. Aber dann hat sie gelächelt und gesagt: ›Wissen Sie, was? Ich glaube, das ist er.‹ Das klang so merkwürdig, deswegen erinnere ich mich daran. Sie hat mir zwanzig Euro gegeben und gesagt, ich solle das Wechselgeld behalten. Und als ich das nächste Mal hingesehen habe, waren sie weg.«

»Erinnern Sie sich …?« Flynn sah in ihre blauen Augen. »Erinnern Sie sich an den Mann? An irgendetwas?« Die blauen Augen sahen ihn an und blinzelten. Die Stimme klang entschuldigend.

»Eigentlich nicht. Er war groß? Ich erinnere mich eigentlich nicht mehr … Der Pub war so voll … sie waren weit weg. Ich glaube, sie mochte ihn. Sie lächelte, als sie kam, um die Getränke zu bezahlen. Ihre Schuhe waren sehr schön, hilft Ihnen das? Sehr hoch. Sie, na ja, ging ein bisschen unsicher. Nicht vom Alkohol, das glaube ich nicht. Sondern wegen ihrer Schuhe. Sie gefielen mir. Aber ihn habe ich gar nicht richtig angesehen.«

Flynn atmete aus und merkte da erst, dass er die Luft angehalten hatte. Es war nicht toll. Er würde die junge Frau für eine vollständige Aussage aufs Revier bringen müssen. Aber es war etwas. Es war Miriam Twohy in einem Pub mit einem Mann und eine Uhrzeit für ihr Kommen und für ihr Gehen. Keine gute Beschreibung. Aber etwas. Er steckte sein Notizbuch wieder in seine Jackentasche und bedankte sich bei der jungen Frau, hielt den üblichen Sermon. Wenn Sie sich noch an etwas erinnern … hier meine Karte.

Sie nahm sie und schüttelte dann sanft den Kopf. »Ich wünschte, ich könnte mich an mehr erinnern.«

»Noch eins?«

Die Augen des Barmanns waren auch blau, aber deutlich weniger charmant. Flynn leerte sein zweites Glas und schüttelte entschlossen den Kopf. Es war erst Mittwoch. Es war zwar ein guter Tag, aber es musste noch viel getan werden.

# DREIUNDDREISSIG

Ba-dumm. Ba-dumm. Ba-dumm.

Das Geräusch, das der Wagen machte, als er über die Katzenaugen fuhr, zeigte an, dass sie zu weit in die Straßenmitte gefahren war, aber der Rhythmus hatte etwas Beruhigendes, und nur für einen Augenblick erlaubte Claire dem Auto, vom Weg abzukommen.

Ba-dumm. Ba-dumm. Ba-dumm.

Langsam, sehr langsam, spürte sie, wie ihr Herzschlag sich verlangsamte, während die Räder über die winzigen Metallerhebungen fuhren.

Ba-dumm. Ba-dumm.

Ein Tritt.

Alles in Ordnung, Schatz. Deine Mami wird dich schon nicht in den Graben fahren. Lächelnd rutschte sie auf dem Sitz hin und her und lenkte den Wagen wieder in die Mitte der Spur. Der Tacho ging nach oben. Zwölf Uhr mittags an einem Sonntag, und niemand sonst war auf der Straße. Katzenaugen. Ihr Vater hatte ihr vor Jahren diese Bezeichnung beigebracht, als sie nach einer Hochzeit nach Hause fuhren, sie hörte zusammengekuschelt auf der Rückbank den Stimmen ihrer Eltern zu. Sie erinnerte sich an die Zeit, als sie dachte, ihre Eltern wüssten alles, und als sie der Mittelpunkt ihrer Welt waren.

Ba-dumm.

Ein weiterer, stärkerer Tritt brachte sie zurück in die Gegenwart, und sie hielt das Lenkrad fest.

Ba-dumm.

Nun, jetzt war sie die Erwachsene. Sie schaute in den Rückspiegel und kontrollierte dann ihre Geschwindigkeit. Perfekt. Die neue Umgehungsstraße bedeutete, dass sie die Stadt umfahren konnte und in weniger als fünf Minuten auf der Dublin Road wäre, die Klaustrophobie ihres Zuhauses weit hinter sich. Sie schaute schnell auf die Tankanzeige und plante ihre Reise. Sie würde noch eine, anderthalb Stunden fahren und dann irgendwo eine Tasse Kaffee trinken. Entschuldigung, Tee. Diese Pause bedeutete zwar, dass sie von der Autobahn abfahren musste, aber sie würde es genießen, eine halbe Stunde lang die Zeitung zu lesen und in wunderbarer Einsamkeit Tee zu trinken. Niemand, der sie fragte, wie es ihr ginge. Niemand, der darauf hinwies, dass sie blass aussah, müde, zu dick oder zu dünn, erschöpft, gestresst, oder der in einem traurigen, wehmütigen Tonfall sagte, sie sähe schön aus (und das war das Nervigste überhaupt gewesen).

»Du siehst müde aus.«

Matts Stimme in ihrem Kopf. Eheglück bedeutete, dass sie wusste, was er sagen würde, selbst wenn er dreihundert Meilen entfernt war. Nun, er nervte sie auch. Gestern hatte er dreimal angerufen und einmal heute Morgen, jedes Mal drängte er darauf, dass sie essen, schlafen und sich bei der Fahrt Zeit lassen sollte. Er war manchmal so schlimm wie ihre Mutter. In den letzten Wochen war ihr tatsächlich bewusst geworden, dass die beiden sich ziemlich ähnelten. Sie hatten denselben besorgten Gesichtsausdruck – Kopf schräg gelegt, schiefer Blick – und kontrollierten, dass sie nicht müde aussah oder zu viel tat. Gott, sie hasste die Schwangerschaft. Nicht die Vorstellung von einem Baby, daran hatte sie sich gewöhnt, sie freute sich sogar auf eine abstrakte Weise darauf. Aber sie hasste dieses allgegenwärtige Gefühl, beobachtet und auf Untauglichkeit überprüft zu werden. Wo sie doch die ganze Zeit einfach nur weitermachen wollte.

»Du solltest nicht so streng mit ihnen sein. Sie sind einfach nur aufgeregt wegen des Babys.«

Herrgott, Matt, verschwinde aus meinem Kopf.

Sie hätte es fast laut gesagt. Nach sieben Jahren musste ihr Ehemann gar nicht anwesend sein, um mit ihm zu diskutieren. Nein, zu streiten. Es war seit Jahren dasselbe Gespräch. Matt fand, sie war zu hart zu ihren Eltern. Sie fand, sie hatte ihnen viel zu einfach vergeben.

Wo hatte sie ihr Handy? Sie hasste Matts Glucken, aber wegen der Schwangerschaft (Kopf schräg) schuldete sie ihm wohl eine SMS, um Bescheid zu sagen, dass sie auf dem Weg war. Ihre Hand wanderte über den Beifahrersitz, und sie wühlte im angesammelten Müll nach der festen Hülle. Wann hatte sie den Wagen das letzte Mal aufgeräumt? Sie schob eine leere McDonald's-Tüte auf den Boden. Sie konnte das Handy immer noch nicht fühlen. Sie schaute hinüber, und ihr fiel auf, dass eine Ausgabe der Regionalzeitung auf dem Beifahrersitz liegen geblieben war. Subtil wie immer, Ma. Ihre Mutter vertrat die irrige Meinung, dass das Lesen von Nachrichten von »zu Hause« sie in der großen, angsteinflößenden Stadt trösten würde. Ihre Mutter konnte immer noch nicht der Tatsache ins Auge sehen, dass Galway für Claire nicht mehr ihr »Zuhause« war, und das, seit sie achtzehn gewesen war.

Sie hob die Zeitung hoch, schüttelte sie, und aus dem Augenwinkel las sie die Schlagzeile.

»Familie betrauert den Tod der Mutter«.

Ach ja, jetzt erinnerte sie sich an etwas, aus dem bedeutungslosen Geplapper ihrer Mutter während der letzten vierundzwanzig Stunden. Irgendwas über eine Frau und ein Auto, das am Straßenrand gefunden worden war. Ein Schlauch vielleicht? Die Geschichte ihrer Mutter war mit so vielen »Gott helfe uns« und »Gott steh ihr bei« gespickt gewesen, dass es ihr schwergefallen war, die Tatsachen von den Euphemismen zu trennen. Als sie in der überhitzten Küche gesessen hatte, den Ellbogen auf dem warmen Herd, wäre sie fast eingedöst, während ihr Vater in einer Ecke das Samstagabendfernsehprogramm kritisierte und ihre Mutter in der anderen Ecke endlos plapperte. Es gab auch Kinder, daran erinnerte sie sich noch. Nicht im Auto. Das war ein Segen. Zwei? Oder vielleicht drei. Ein junger Vater, der jetzt allein die Last tragen musste. Claire fragte sich, wie Matt wohl damit klarkäme, wenn ihm dasselbe widerfahren würde. So wie sie Matt kannte, würde er es perfekt schaffen.

BEEEENNNNNNNNNNAAAAAAAAARRRRRRRR!

Sie sprang fast aus ihrem Sitz, als die LKW-Hupe hinter ihr dröhnte. Sie blinzelte und merkte, dass sie schon wieder zur Straßenmitte abgekommen war. Ups.

Sie hob den Kopf und sah entschuldigend in den Rückspiegel, obwohl der LKW sie jetzt überholte und der Fahrer viel zu hoch saß, um sie zu sehen. 'tschuldigung, Kumpel. Vielleicht war es jetzt doch schon Zeit für diesen Kaffee. Tee. Mann, sie vermisste Kaffee. Vielleicht gönnte sie sich heute mal einen. Er wäre praktisch Medizin.

Sie wurde langsamer, sah fest auf die Straße, bis das nächste Ausfahrtschild vor ihr auftauchte. Athlone. Perfekt. Da gab es einen McDonald's vor der Stadt, in dem sie auf dem Hinweg gewesen war. Sie könnte gleichzeitig tanken. Sie schluckte ein leicht schlechtes Gewissen wegen ihrer Unaufmerksamkeit herunter, fuhr noch langsamer und auf die Ausfahrt. Und donnerte fast auf einen mit Heu beladenen Traktor. Herrgott. Ihr Herz machte noch mal einen Sprung, und es dauerte etwas, bis es wieder in normalem Tempo schlug. Ruhig, Claire. Reiß dich zusammen. Noch eine Stunde Fahrt. Sie durchsuchte wieder die Radiosender, versuchte, das Kopfweh zu ignorieren, das sich hinter ihren Schläfen bildete, und auch das Kind, das Purzelbäume schlug, als wäre es vom Adrenalin aufgedreht. Sie trank aus der Wasserflasche, die in der Halterung stand, und fand es eklig, als sie merkte, dass es seit mindestens zwei Tagen im Auto stand, schluckte es aber trotzdem. Es würde ihr schon gut gehen. Sie würde eine Pause machen, und dann wäre alles in Ordnung.

Heuhalme flogen von der Traktorladung vor ihr, und als sie das Fenster schloss, spürte sie den Schweiß unter ihren Armen. Der Traktor blieb plötzlich stehen, sie reckte ihren Hals und sah einen Bauarbeiter in gelber Jacke, der ein rotes Schild hielt. Typisch. Da fuhr man extra sonntags, um dem Hauptverkehr auszuweichen, und dann beschlossen die stattdessen, die Straße aufzureißen. Jetzt brummten ihre Ohren leicht, und sie öffnete ein Fenster, versuchte den Silagegeruch, der ins Auto drang, zu ignorieren. Eine Tasse Tee. Und vielleicht einen Burger. Es würde ihr danach gut gehen. Hinter ihr hatte sich jetzt eine Autoschlange gebildet, und sie bemühte sich, das aufsteigende Gefühl von Klaustrophobie und den Druck in ihrer Blase zu ignorieren. Mein Gott, Mädchen, denk nicht an so was. Sie nahm den Gang raus und griff die Zeitung vom Beifahrersitz, um den restlichen Artikel zu lesen. Hauptsache, sie würde abgelenkt.

**DORF IN TRAUER VEREINT ÜBER DEN PLÖTZLICHEN TOD EINER DREIFACHEN MUTTER. TRAGISCHER TODESFALL HINTERLÄSST EINE VERZWEIFELTE FAMILIE.**

Zu früher, plötzlicher Tod. Typische Sprache von Lokalzeitungen. Zu früh bedeutete Krebs, plötzlich allerdings nicht. Noch ein Wort stach heraus. Tragisch. Sicher Selbstmord. Ihre Mutter hatte recht gehabt. Man brauchte kein Lokalradio, wenn Nuala Boyle in der Nähe war. Sie hatte drei Kinder hinterlassen. Und einen Ehemann. Egoistische Ziege. Claire schüttelte sich. Noch nach zwanzig Jahren war das ihre Reaktion. Aidan hatte sich das Leben genommen und ihres ruiniert, und jetzt konnte sie das Wort Selbstmord nicht hören, ohne wütend zu werden. Ihr Kopfweh wurde stärker, und sie öffnete das Fenster, dann schloss sie es wieder, hin- und hergerissen zwischen blauen Traktorabgasen und abgestandener Autoluft. Wie viel Grad waren es überhaupt? Sie hatte gar nicht darüber nachgedacht, was sie auf der Reise tragen sollte, sondern einfach nur Matts Fleecejacke, die ihr gerade so noch passte, übergeworfen und war losgefahren. Ihr Mund war trocken, sie sehnte sich nach einem Schluck Wasser, konnte es aber wegen ihrer vollen Blase nicht riskieren zu trinken. Zeit, Matt eine SMS zu schreiben. Die würde noch ein paar Minuten totschlagen.

Sie warf die Zeitung auf die Rückbank und wühlte mit der Hand wieder durch den Müll auf dem Beifahrersitz. Ein verpacktes Plastikpäckchen. Das hatte sie auch nicht dahin gelegt. Sandwiches. Und ein Apfel. Oh, Mam. Claire hatte darauf bestanden, dass sie keine Zeit hatte, fürs Mittagessen zu bleiben. Es war schon schwierig genug gewesen, zur Beerdigung des alten Nachbarn »nach Hause« zu kommen, sie musste zurück zur Ermittlung. Arbeit. Das war eine Ausrede, die nicht mal ihre Mutter in Frage stellte. Aber das Huhn war gebraten und jetzt anscheinend die Füllung eines großen und großzügig gebutterten Sandwiches. Und ja, eine saubere Wasserflasche. Himmel. Claire schniefte schon wieder. Verdammte Hormone.

Das Sandwich sah toll aus. Aber McDonald's wäre auch toll. Als sich die Autos vor ihr mit einem Rülpser giftiger Abgase endlich wieder bewegten, fand sie ihr Handy, begraben unter einer Kopie der Akten zum Fall Twohy. Sie legte den zweiten Gang ein und schickte ihrem Mann eine schnelle SMS. »Bin unterwegs. Bis bald.« Keine Küsse. Die verdiente er nicht, da er sie bei jedem Anruf während der letzten vierundzwanzig Stunden genervt hatte.

Sie begriffen es einfach nicht. Keiner von ihnen. Eine Schwangerschaft ist keine Krankheit. Sie konnte trotzdem ihren Job erledigen. Musste es. Eine Frau war tot, und sie musste ihren Mörder finden.

Der Traktor bog direkt vor ihr in ein Feld ein, und sie schaltete endlich in den dritten Gang und fuhr, so schnell sie konnte, weiter, folgte den braun-gelben Schildern. Flynn hatte am Freitag gute Arbeit geleistet. Mit den Informationen, die er im Pub zusammengetragen hatte, und ihrem Gespräch mit den Eltern Twohy hatten sie Miriam Twohys letzte Stunden ziemlich gut rekonstruieren können. Ihre Eltern hatten ihre kleine Tochter gegen halb sieben bei ihr zu Hause abgeholt. Laut der Mutter war Miriam Twohy angezogen und geschminkt, bereit auszugehen. Sie hatte ihr nichts Genaues erzählt, aber angedeutet, dass sie mit ein paar Mädchen aus der Schule ausging. Sie würden sich in einem der Pubs im Süden der Stadt treffen.

Pizza essen und ein paar Gläser Wein trinken. Das Kind sollte bei Miriams Eltern schlafen, um ihr ein bisschen Freiheit zu geben. Nicht, dass sie erwartet hatte, dass sie die Nacht über wegblieb, dazu war sie nicht der Typ, hatte ihre Mutter Claire mit einem Zucken ihrer buschigen Augenbrauen versichert. Aber Miriam hatte seit der Geburt ihrer Tochter noch keine Nacht ohne sie verbracht. Ihre Mutter hatte das Gefühl, dass sie mal eine Pause brauchte. Und das Klassentreffen schien die perfekte Gelegenheit.

Wie sie jetzt wussten, hatte es aber kein Klassentreffen gegeben. Claire hatte sich Zugang zu Miriams Facebook-Seite verschafft. Dafür hatte sie die Techniker gar nicht gebraucht, weil sie öffentlich war, aber sie war auch fast vollständig leer. Es gab kaum Anzeichen dafür, dass sie sie benutzte, abgesehen von ein paar Fotos von Réaltín als viel kleinerem Baby und sechs oder sieben Geburtstagsgrüßen, die schon ein paar Monate zurücklagen. Eine Freundschaftsanfrage von Deirdre Brady, geborene Richmond. Keinerlei Kontakt zu Schulfreunden, keine Nachrichten oder Einzelheiten zu einem Abend unterwegs an ihrer Pinnwand. Sie hatte keinen deutlichen digitalen Fußabdruck hinterlassen.

Gedankenverloren war Claire ohne Vorwarnung an den Kreisverkehr gelangt und hatte die Ausfahrt zum Fast-Food-Restaurant verpasst, sodass sie noch eine Runde drehen musste. Sie mussten herausfinden, wen die junge Mutter im Pub getroffen hatte und warum. Dass Miriam ihre Mutter über den Abend angelogen hatte, war keine Sünde oder auch nur überraschend. Aber die Beschreibung der Angestellten, wie Flynn es berichtete, klang für Claire merkwürdig. Eine junge, gut aussehende Frau wie Miriam ging normalerweise nicht allein und zurechtgemacht in Pubs wie das O'Reilly's. Sie schien auch nicht der Typ zu sein, der auf ein Blind Date wartete, das sie versetzte. Und als der Mann schließlich gekommen war, warum hatte sie ihn eingeladen? Kein Streit, kein Vorwurf, dass er sie zu lange allein gelassen hatte? Nur ein paar Drinks, und dann waren sie zusammen weggegangen, anscheinend völlig zufrieden in der Gegenwart des anderen.

Claire erinnerte sich an das körnige Schwarz-Weiß-Video, das vor Merview aufgenommen und von der Sicherheitsfirma zur Verfügung gestellt worden war. Miriam hatte gut ausgesehen. Vielleicht ein bisschen beschwipst, aber gut. In einer Szene hatte sie den Kopf nach hinten geworfen und über einen Witz gelacht, der jenseits der Kamera erzählt wurde. Es waren lockere, entspannte Bewegungen einer Frau, die sich wohlfühlte, unter Freunden war. Bei einem Freund. Aber ihre Mutter bestand darauf, dass sie keinen Freund hatte. Ihr Bruder bestätigte das, und ihre älteste Freundin aus dem College sagte, dass sie in einer ihrer letzten E-Mails geschrieben hatte, dass sie allein besser dran war. Mit wem war sie also gegangen? Und warum?

Claire schaltete den Motor aus und blieb noch eine Weile sitzen. Sie fegte den Müll vom Beifahrersitz, griff ihr Handy und stieg aus dem Wagen. Der Geruch von Frittierfett hing in der Luft, und sie schluckte, dachte an das Sandwich im Auto, bevor ihr bewusst wurde, dass sie sowieso aufs Klo musste, da könnte sie auch gleich noch Ronalds Reich unterstützen. Sie hatte ihren Geldbeutel doch dabei? Seufzend öffnete sie noch einmal die Autotür und bückte sich, um ihre Handtasche zu holen. Ihr Kopf drehte sich. Sie griff nach der Ledertasche auf dem Boden und hielt dann inne, als schwarze Punkte vor ihren Augen tanzten.

Sie schloss die Lider. Zeit für eine Pause. Sie zog die Tasche zu sich, öffnete die Augen, aber jetzt drehte sich alles, die schwarzen Punkte verschwanden und tauchten mitten in ihrem Gesichtsfeld wieder auf. Oh Gott, sie musste kotzen. Ein Albtraum. Nicht hier, nicht auf dem Parkplatz. Sie umklammerte ihre Tasche und ging langsam auf die Restauranttür zu. Zwei Minuten. Zwei Minuten, und dann wäre sie drinnen, säße auf der Toilette und könnte nach Luft schnappen. Sie hatte einfach zu lange gewartet, das war alles. Sie brauchte eine Pause. Eine kleine Erholung, musste sich setzen und ...

Der Gedanke verschwand, als ihr Atem mit einem Zisch aus der Lunge wich und sie spürte, wie sie zu Boden fiel.

# VIERUNDDREISSIG

»Die nächsten drei Monate.«

»Ach, hörst du irgendwann mal damit auf?«

»Ich meine es ernst, Claire. Dein Hintern klebt ab jetzt auf diesem Sofa. Du hast gehört, was die Ärztin gesagt hat.«

»Du hast gehört, was die Ärztin gesagt hat.«

Claire wiederholte es und imitierte die Sorge ihres Mannes auf eine Art und Weise, die ihn früher zum Lächeln gebracht hatte. Aber Matt war mehr als wütend und wollte sich nicht aus seiner Stimmung necken lassen.

»Fang gar nicht erst an.«

Seine Stimme war ruhig, aber ungewöhnlich hart. Sie wandte sich ab, unfähig, ihm in die Augen zu sehen. Sie schaute stattdessen auf ihre Hände, die gefaltet auf ihrem Babybauch lagen, der aus ihrer erhöhten Position auf dem Sofa größer denn je aussah. Babybauch. Baby an Bord. Dämliche Sprüche. Kitschig süß. Matt hätte auch süß sein können, wie er da zwischen Küche und Wohnzimmer stand, Stift hinterm Ohr, Einkaufstasche in der Hand. Aber trotz der Stickerei auf der Tasche hatte er heute Morgen nichts Weiches oder Häusliches.

Matt wurde nie wütend. Das war eines der Dinge, die Claire an ihm schätzte, und wenn sie ehrlich war, einer der Gründe, warum ihre Beziehung schon so lange hielt. Sie selbst war jemand, der mit Gegenständen warf, brüllte und, wenn sie gereizt oder schwanger war, heulte. Aber egal, wie wütend sie auch war, normalerweise saß er einfach nur da und wartete darauf, dass der Zorn und das Toben vorübergingen. Manchmal, wenn ihre Ausfälle ihn trafen, wartete er auf eine Pause und warf einen vernünftigen Kommentar ein, etwas, das sie jedes Mal aufregte, und die Schreierei begann wieder von vorn. Aber er war nie fies. Und wenn sie sich ausgetobt hatte, war er immer bereit, darüber zu sprechen, das Problem anzugehen. Manchmal nervte sie diese vernünftige Haltung, und sie wünschte sich, er würde schreien oder die Fäuste ballen oder sie mit Schimpfwörtern bedenken, so wie sie es tat. Nun, gestern Abend war ihr Wunsch erfüllt worden. Er war jetzt wütend.

Er war schon seit über zwölf Stunden wütend, seit er zu ihr in die Entbindungsstation gestürmt war, wo sie auf dem Bett gesessen, Flynn eine SMS geschickt hatte und die Ermittlungsakten durchgegangen war, die sie unbedingt aus dem Auto hatte mitbringen wollen. Bis dahin hatte sie vermutet, dass er zu besorgt war, um genervt zu sein. Kein zukünftiger Vater möchte einen Anruf von der Entbindungsstation bekommen, dass seine Frau eingewiesen worden ist, aber ein kurzes Gespräch mit der diensthabenden Ärztin hatte ihn im Großen und Ganzen beruhigt. Dem Baby ging es gut. Und rein medizinisch gesehen ging es auch Claire gut. Sie war wegen einer Kombination aus zu wenig Essen und stressbedingtem zu hohem Blutdruck ohnmächtig geworden. Hoher Blutdruck, der »wahrscheinlich« – die Ärztin hatte zur Betonung über den Rand ihrer Brille gesehen – wahrscheinlich zu nichts Ernsterem führte. Wenn Claire zustimmte, sich während der restlichen Schwangerschaft zu schonen.

»Auf gar keinen Fall«, war ihre erste Reaktion gewesen. Verrückt, unmöglich und unnötig. Sie hatte ihren Mann angesehen und nach seiner üblichen bedingungslosen Unterstützung gesucht. Aber jetzt, da die erste Angst vergangen war, war Matts Gesichtsausdruck abweisend und ernst gewesen.

»Du hast gehört, was die Ärztin gesagt hat.«

Er hatte es wie ein Mantra wiederholt, bevor er sie über Nacht zur Beobachtung dagelassen hatte, und morgens wieder, als er sie im Schneckentempo nach Hause gefahren hatte, der Wagen blieb bei jeder Bodenschwelle fast stehen. Und jetzt lag sie auf dem Sofa, die Fernbedienung in der Hand, und ihr wurde langsam bewusst, dass er es ernst meinte. Und dass sie sich hier vielleicht nicht herausreden könnte.

»Ich bin in ein paar Stunden wieder da. Du wirst dich nicht von hier fortbewegen, oder?«

»Wohl kaum.«

Claire schmollte, und dann merkte sie, wie kindisch sie klang. Gerechterweise musste sie zugeben, dass sie ihm einen ganz schönen Schrecken eingejagt hatte, vom Filialleiter des McDonald's ganz zu schweigen, der einen Krankenwagen, die Gardaí und die Feuerwehr gerufen hatte, als er mit einer ohnmächtigen Schwangeren direkt vor seiner frisch geputzten Tür konfrontiert wurde. Sie konnte nur hoffen, dass sie nächste Woche nicht als Schlagzeile im *Westmeath Independent* auftauchte. Als der Krankenwagen mit heulenden Sirenen angekommen war, hatte sie am Rand des Spielplatzes gesessen, Wasser getrunken und sich gefragt, wie sie mit dem geringsten Aufwand aus der Situation rauskam. Doch die Sanitäter waren in ihrem Beharren darauf, dass sie mitkam, wie Matt gewesen, und sie war schnell nach Dublin gebracht worden. Aber nicht ohne ihre Akten.

Und wenigstens hatte sie immer noch die. Matt hatte sie konfiszieren wollen, aber Claire war bei diesem Vorschlag deutlich zusammengezuckt, und ihm war klar geworden, dass das ein Schritt zu weit wäre. Sie könnte ihren Papierkram behalten, solange sie sich für den Rest ihrer Schwangerschaft nicht weiter bewegte als vom Sofa bis zum Bett. Es waren ja nicht Lesen und Schreiben, die sie in Schwierigkeiten gebracht hatten, hatte er feierlich verkündet. Es war der ganze Rest.

»Steak zum Abendessen?«

Matt lächelte ein bisschen, unter diesen Umständen beschloss Claire zurückzulächeln. Er ging zu ihr, bückte sich und umarmte sie lange und ungeschickt an der Schulter.

»Ich will nur, was für euch beide das Beste ist, das weißt du.«

»Ja.«

Claire klopfte ihm linkisch auf die Schulter. Da er offensichtlich der Meinung war, dass seine Lektion angekommen war, stand ihr Ehemann in deutlich besserer Stimmung auf.

»Ich habe also um zwölf dieses Meeting, dann geh ich auf dem Nachhauseweg in den Supermarkt. Ich sehe dich so gegen vier? Hast du alles, was du brauchst?«

Claire zwang sich, strahlend zu lächeln.

»Alles in Ordnung, danke.«

»Klasse.«

Kurz darauf hörte Claire, wie er den Wagen anließ, und sie ließ sich seufzend in die Kissen fallen.

So. Hier war sie jetzt also. Ans Sofa gefesselt. Dabei hatte sie so viel zu tun. Sie müsste nachher als Erstes einen der Jungs anrufen, damit er ihr Auto aus Athlone abholte und nach Hause brachte. Es war für Matt in Ordnung, von Schonung zu sprechen, aber er dachte doch nicht an so was, oder? Das Praktische. Es war ja gut und schön, wenn er nett und vernünftig und »du hast gehört, was die Ärztin gesagt hat«-mäßig war, aber das erledigte ihren Job nicht. Verdammter Kackschwangerschaftskörper. Sie konnte nicht glauben, dass er sie so enttäuscht hatte. Sie fühlte sich gedemütigt.

Claire rutschte wieder auf dem Sofa herum und tippte genervt auf die Fernbedienung. Es gab nichts als Kochsendungen. Matt hatte heute Morgen den Superintendent angerufen, um ihn zu informieren, dass sie erst nach ihrem Mutterschaftsurlaub, also nach neun Monaten, wiederkommen würde. Neun Monate! Das war, als müsste sie den ganzen verdammten Prozess noch mal von vorn beginnen. Der Super war natürlich sehr verständnisvoll gewesen. Matt hatte ihr nichts Genaues von dem Gespräch erzählt, aber Claire hatte den nagenden Verdacht, dass der Satz »Das war ja vorauszusehen« benutzt worden war. Und sie war sich nicht zu hundert Prozent sicher, von welcher Seite.

Aber wenigstens hatte ihr Gefängniswärter-Ehemann sie Flynn anrufen lassen und war währenddessen aus dem Zimmer gegangen. Um eine Kanne Brennnesseltee zu kochen, der laut Dr. Google gut für ihren Blutdruck war. Igitt. Aber dieses fiese Gebräu hatte ihr genug Zeit gegeben, Flynn zu bitten, nun ja, eigentlich ihm zu befehlen, sie weiter auf dem Laufenden zu halten. Natürlich nicht offiziell. Die Ermittlungen zum Mord an Miriam Twohy wurden jetzt von Inspector David Byrne geleitet: einem großen, entsetzlich gesunden Fitnessstudiofan, der sich sklavisch an die Regeln hielt und, das wusste Claire, ihr nicht erlauben würde, auch nur einen Anruf in der Sache zu machen, solange sie krankgeschrieben war. Claire erlaubte sich ein bisschen Galgenhumor und stellte sich vor, wie DI Byrne mit seinem Akzent aus Süddublin und seiner Vorliebe für schlüpfrige Witze mit Haarpomaden-Phil klarkam. Sie würde dafür bezahlen, diese Fallbesprechungen zu sehen. Aber Byrnes Einsetzung und der unausweichliche Streit der Persönlichkeiten würde Flynn wahrscheinlich auf ihrer Seite halten. Sie verlangte nicht viel. Nur ab und zu mal eine E-Mail und einen Anruf, um sie auf dem Laufenden zu halten, das war alles.

Seufzend hob sie das Telefon vom Sofatisch hoch. Sie hatte selbst darum verhandeln müssen. Matt hatte zunächst damit gedroht, es auch zu konfiszieren, er machte sich Sorgen, dass sie stundenlang mit ihren Kollegen reden würde, Spuren folgen und ganz allgemein so hart arbeiten würde wie möglich, ohne ihren Schlafanzug ausziehen zu müssen. Aber sie hatte ihn darauf hingewiesen, dass der Hauptzweck des Gerätes die Kommunikation war. Ihre Mutter war panisch, sie brauchte täglich Informationen, um nicht ihre Drohung wahr zu machen und bis zur Geburt des Babys bei ihnen einzuziehen. Und Matt konnte seine Arbeit für die nächsten vier Monate nicht aufgeben: Das konnten sie sich nicht leisten. Freiberufliche IT-Spezialisten bekamen kein Urlaubsgeld. Er würde manchmal das Haus verlassen müssen, und das Telefon wäre dann ihre Verbindung. Er hatte schließlich zugestimmt und es ihr gelassen.

Das einzige Problem war nun, dass sie niemanden anrufen wollte. Ihre Finger tippten nervös durch die Namen im Telefonbuch. Was sie wirklich wollte, war, sich auszuheulen, und sie konnte keinen Menschen finden, der ihr zuhören würde. Nicht ihre Mutter, oh nein. Die einzige Nachricht, die sie in den Westen schicken würde, wäre die, dass alles in Ordnung war und die Ärzte nur übervorsichtig. Das Letzte, was sie wollte, war Nuala Boyle, die auf dem Sofa gegenüber sitzen und seufzen und glucken würde. Aber sie brauchte jemanden. Sie fühlte sich traurig und krank und frustriert und besorgt, und sie wollte es jemandem sagen, jemandem, der nicht Matt war. Sie wollte es einfach loswerden. Ein bisschen Dampf ablassen.

Und Aidan, der einzige Mensch, der es vielleicht verstanden hätte, war nicht mehr da.

Aidan. Genau das konnte sie jetzt gar nicht gebrauchen. Sich ausgerechnet in dieser Erinnerung zu suhlen. Das würde ihren Blutdruck sicher nicht senken.

Sie nahm wieder das Telefon und öffnete den Internetbrowser. Sie tippte »Blutdruck« und »im sechsten Monat schwanger«. Und zuckte zusammen, als Seite um Seite vor ihr auftauchte. Die meisten bedrohlich voller Wörter wie Präeklampsie, das sie heute Morgen zum allerersten Mal gehört hatte. Jetzt, nach einer Aufklärung im Krankenhaus, war es auf ihrer Netzhaut eingebrannt. Sie wollte heute jedenfalls nichts mehr davon hören.

Sie tippte noch mal in den Browser und achtete darauf, dass Google noch auf der irischen Seite geöffnet war. Sie tippte »Blutdruck« und »besorgt« und »Bettruhe« ein. Und »Dublin« noch dazu. Kann nicht schaden, es einzugrenzen.

Drei Ergebnisse. Eines eine erläuternde Broschüre ihrer eigenen Entbindungsklinik. Nein danke. Einmal Spam von einer Internetapotheke. Ganz sicher nicht, sie streichelte beschützend ihren Bauch, sie war nicht vollkommen bescheuert. Und ein Link zu einem Forum. Sie betrachtete die Adresse. Netmammy. Komisch. Sie hatte das Gefühl, dass sie das schon einmal gehört hatte. Sie schüttelte den Kopf. Sie würde schon noch darauf kommen. Sie streckte den Finger aus, klickte den Link an und sah zu, wie sich eine niedliche, marineblau-goldene Seite auf dem Handydisplay öffnete.

## HOHER BLUTDRUCK

**Baby4Me**
Hi Mädels. Ich heule mir gerade die Augen aus. Komme eben vom FA, und er sagt, ich habe zu hohen Blutdruck. Keine Ahnung, wie viel, ich war zu aufgeregt, um zuzuhören. Er hat jedenfalls gesagt, dass mein Urin in Ordnung ist, er es aber kontrollieren will, und dass ich jede Schwellung melden soll. Habt ihr eine Ahnung, worum es da geht? Ich mache mir solche Sooooorgen … Bin in der 37. SSW.

**MeredithGrey**
Das tut mir leid. Es ist leider recht häufig, besonders in deiner Schwangerschaftswoche. Er macht sich im Grunde Sorgen, dass du Präeklampsie entwickeln könntest. Du musst dich richtig schonen. Und sprich mit ihm, wenn du etwas nicht verstehst.

**ToffeePop**
Ich hatte das auch in der 37. SSW. Ich wurde dann eingeleitet, weil er nicht zu senken war. Du musst darauf achten, es ist gefährlich.

**Shauna**
Tut mir leid. Es ist wohl Zeit, verpasste Fernsehsendungen nachzuholen!

Ja, wenn man Kochsendungen mochte. Claire sah auf das Datum des Postings – es war über zehn Monate alt. Die Frau Baby4Me musste ihr Baby inzwischen schon haben, und wahrscheinlich war alles gut gelaufen. Sie fragte sich, ob sie das irgendwie herausfinden könnte.

Sie klickte auf den Nickname und wurde zu einer anderen Seite geleitet, die sie informierte, dass Baby4Me über tausend Postings auf Netmammy hatte. Und offensichtlich kein Leben. Sie klickte das neueste an.

WERDE ICH JEMALS WIEDER SCHLAFEN?

**Baby4Me**

Ach Mädels, Töchterchen hatte letzte Nacht vier Mal die Windel voll. Vier Mal! Ich könnte heulen, und nächste Woche fange ich wieder an zu arbeiten! Das schaffe ich nicht! Glaubt ihr, sie hat einen Virus, oder liegt's am Zahnen?

Claire schloss diese Seite. Nein danke. Sie hatte genug damit zu tun, sich Sorgen über die Schwangerschaft zu machen, es wäre noch früh genug, sich über volle Windeln Gedanken zu machen, wenn die kämen. Aber offensichtlich war bei Baby4Me alles gut gegangen, da es schließlich ein Baby gab, das Windeln füllte. Es war irgendwie beruhigend, zu wissen, dass jemand anders dasselbe durchgemacht hatte. Sie hatte es aber viel später in der Schwangerschaft bekommen. Ich frage mich, ob jemand anders …

Sie legte ihr Handy ab und hob die Fernbedienung wieder hoch. Lächerlich. Lächerlich, im Internet nach Antworten zu suchen. Sie hatte gestern lang genug mit der

Ärztin gesprochen, sie hatte sogar eines von Matts vielen Babybüchern durchgeblättert, als sie nach Hause gekommen war. Sie wusste, was los war. Und doch.

Die Kochsendungen hatten jetzt Wohnsendungen Platz gemacht, alle so altmodisch wie Schlaghosen.

Netmammy. Warum klingelte bei dem Namen was? Claire sah ins Leere und runzelte dann die Stirn. Verdammte Schwangerschaft. Sie vergaß so viel. Nicht, dass sie es je zugeben würde. Sie sah sich schnell im Zimmer um, als könnte jemand ihre Dummheit beobachten. Claire nahm wieder ihr Handy. Öffnete Netmammy und registrierte sich.

## HALLO

**SofaBound**

Hallo. Wie mein Name schon sagt, wurde ich aufs Sofa geschickt. Ich habe hohen Blutdruck. Die Ärztin hat mir gerade gesagt, dass ich mich während der restlichen Schwangerschaft »schonen« soll. Ich bin im sechsten Monat. Ein bisschen frustriert und natürlich besorgt. Hat irgendwer Tipps für mich? Danke.

Sie schickte das Posting ab, hievte sich vom Sofa und machte sich eine Tasse Tee. Nach einem weiteren unausweichlichen Gang zur Toilette ging sie noch mal auf die Seite. Antworten! Sie setzte sich wieder und fing an zu lesen.

**MrsDrac**

Hi SofaBound und willkommen im Forum! Ich habe keine Tipps, bei mir war's nämlich das Gegenteil, ich hatte zu niedrigen Blutdruck, und mir wurde jedes Mal schwindelig, wenn ich vom Stuhl aufgestanden bin! Aber ich bin mir sicher, dass andere hier bald Tipps geben können. Auf jeden Fall willkommen! Die Mädels hier sind toll.

**Momof2**

Hallo und willkommen. Ich hatte bei beiden Schwangerschaften Bluthochdruck und habe in der zweiten Hälfte Trandate bekommen. Bei der ersten wurde ich eingeleitet, wurde dann aber ein Not-KS. Aber beim zweiten hatte ich eine VBAC. Ich kenne also beides. Wenn du Fragen hast, nur zu!

Claire runzelte die Stirn. Das Posting hätte auch in Altgriechisch geschrieben sein können.

**SofaBound**

Hallo. Entschuldige, ich habe keine Ahnung, wovon du redest. Was ist ein Not-KS? Was VBAC?

**Momof2**

*lacht* Entschuldige, du bist ja neu! Not-KS = Notkaiserschnitt. VBAC ist etwas, über das du dir hoffentlich keine Sorgen machen musst! Ehrlich, das Wichtigste ist, sich zu entspannen. Hauptsache, du bist krankgeschrieben. Guck einfach ein bisschen Nachmittagsfernsehen und schon dich. Du wirst noch früh genug zu tun haben.

**LondonMum**

Stimme Momof2 zu. Ich hatte auch Bluthochdruck und wurde auch eingeleitet und bin gerade so noch um den gefürchteten Not-KS rumgekommen! Ich finde auch, dass du dich schonen musst. Ich habe mich nicht an meinen eigenen Rat gehalten – wir sind mitten in meiner Schwangerschaft von London nach Dublin gezogen, und ich habe bis zum Hals in Arbeit gesteckt, das Haus einrichten, Göga ständig am Arbeiten. Es war also keine Überraschung, dass ich schließlich krank wurde. Wenn ich du wäre, würde ich es als Schuss vor den Bug nehmen, mich zurücklehnen und mich entspannen! Ehrlich, es ist ein Klischee, aber die letzten paar Wochen vergehen wie im Flug. Es wird schneller vorbei sein, als du denkst. Und dann wirst du dich noch nach diesem Sofa sehnen!

**SofaBound**

Danke. Ich wünschte, es wären nur die letzten paar Wochen. Ich bin erst in der 26. SSW. Ich glaube nicht, dass ich drei Monate lang Nachmittagsfernsehen ertrage. Aber ich werde es versuchen! Noch mal danke.

**LondonMum**

Wir sind immer hier, wenn du reden willst! Musst du im Bett liegen oder dich nur schonen?

**SofaBound**

Keine totale Bettruhe, nein. Es hieß, wenn es sich stabilisiert, kann ich wieder ein bisschen was tun, vielleicht Leute auf einen Kaffee treffen. Aber auf keinen Fall arbeiten ☹

Himmel. Es hatte tatsächlich geklappt, dieses traurige Gesicht zu tippen. Am Ende ihres Postings befand sich ein süßes, weinendes Smiley. Claire versuchte es noch mal. ☺ Jetzt hatte das Smiley ein breites Grinsen im Gesicht. Sie löschte ihren Posting-Entwurf und schaute noch mal in den Thread.

**LondonMum**
Lass die Arbeit ☺. Kümmere dich ein paar Wochen um dich selbst, dann wird hoffentlich alles glattgehen. Freue mich darauf, mit dir zu chatten ☺

»Ich auch«, tippte Claire, dann sah sie noch mal ungläubig auf den Bildschirm.

Meine Herren, sie meinte das fast ernst. Sie schaltete ihren Browser aus und öffnete ihr Telefonbuch. Sie würde Flynn anrufen und über etwas Reales reden.

# FÜNFUNDDREISSIG

## HAT JEMAND WAS VON MAMMYNO1 GEHÖRT?

**RedWineMine**
Seit ihrem letzten Thread habe ich ständig an sie denken müssen. Hat jemand was von ihr gehört?

**MeredithGrey**
Geht mir genauso. Ich hatte gehofft, sie würde sich noch mal melden.

**MyBabba**
Ich habe über PN Kontakt mit ihr. Es geht ihr gut. Sie ist mit den Kindern für eine Weile zu Verwandten gezogen. Ich will nicht zu viel erzählen, weil sie Angst hatte, ihr Göga, nein, Ga könnte ihre Postings hier lesen.

**MrsDrac**
Mein Gott, das klingt furchtbar. Ich hoffe, es geht ihr gut.

**LondonMum**
Ich stimme zu, sag ihr bitte, dass wir alle an sie denken, MyBabba

**MyBabba**

Mach ich. Sie weiß eure Unterstützung wirklich zu schätzen. LG

## SPIELTREFFEN NÄCHSTEN SONNTAG?

**Lollipop**

Jippie, die erste Arbeitswoche geschafft! Ich kann das Wochenende kaum erwarten, um ein bisschen Zeit mit Töchterchen zu verbringen ☺
Ich habe vor Kurzem im Radio was über einen Elternkindtag in Stephen's Green gehört – weiß jemand was darüber?

**IrishMammyinTraining**

Ja, ich gehe jedes Jahr hin, jetzt, wo die Mädchen größer sind, ist es toll. Ich kann es nur empfehlen!

**Cerys**

Ja, ich wollte auch mit Sohnemann hingehen. Vielleicht treffen wir uns ja dort!

**LimerickLass**

Oh, ich würde auch gern kommen, aber es ist zu weit weg für mich *schmoll*. Wir sollten aber mal ein Treffen organisieren, Mädels, mit ein bisschen Vorlaufzeit für diejenigen von uns, die in der Pampa wohnen?

**CaraMia**

Ich wohne auch auf dem Land, reise aber gern ... Göga arbeitet das ganze Wochenende, ich suche also nach etwas, was ich mit den Zwergen machen kann. Ich bin bereit für ein Treffen, wenn die anderen es sind!!

**Lollipop**
Klingt super! Wie sollen wir uns denn erkennen?

**TAKETHATFAN**
ICH BIN DABEI.

**Lollipop**
Wie wäre es, wenn wir uns gegen zwei Uhr am Eingang treffen? Ich habe einen roten Bugaboo, Töchterchen ist acht Monate alt.

**TAKETHATFAN**
ICH HABE ZWEI SÖHNCHEN UND TÖCHTERCHEN DABEI: GRAUER MCLAREN BUGGY. BIS DANN!

**MyBabba**
Ich kann nicht kommen, Mädels ... tut mir echt leid. Viel Spaß, und ich bin so neugierig, was ihr erzählen werdet!

**MeredithGrey**
Oh, ich will unbedingt kommen!! Fühlt sich eigentlich noch jemand irgendwie komisch dabei *rotwerd*? Ich habe das Gefühl, als würde ich euch alle kennen, und ihr wisst viel zu viel über mich ☺ Wäre irgendwie verrückt, euch alle mal in echt zu sehen!!

**RedWineMine**

Tut mir leid, nein. Ich poste total gern mit euch allen, aber ich kann mir nicht vorstellen weiterzugehen. Wahrscheinlich würdet ihr mich sowieso nicht ausstehen können. Im wahren Leben bin ich eine echte Ziege *pfeif*

**MeredithGrey**

Ach RWM sei doch nicht so *kuss*. Ich würde dich so gern mal treffen! Vielleicht änderst du deine Meinung ja noch.

**Cerys**

Oh, ich bin jetzt froh, dass ich heute auf die Seite geschaut habe! Ich habe das Gefühl, dass ich euch alle schon kenne, es wäre schön, die Gesichter zu den Namen kennenzulernen. Ich komme auf jeden Fall. Drückt die Daumen, dass das Wetter mitspielt!!

**CarrotCake**

Klingt, als würden wir ganz schön viele werden *hüpfvorbegeisterung* bis dann!

**LondonMum**

Ich komme gern.

*Gelöscht*

Ich bin dabei.

*Gelöscht*

Klingt gut.

*Gelöscht*

»Wie geht es dir jetzt, Schatz?«

»Gut!« Ihr war bewusst, wie tonlos ihre Stimme klang. Yvonne hob den Kopf und zwang sich zu lächeln. »Ja, wirklich gut!«

»Eine durchgeschlafene Nacht hat sicher geholfen.«

»Ja. Auf jeden Fall.«

Yvonne schnallte Róisín im Autositz fest, damit Gerry ihren Gesichtsausdruck nicht sehen konnte. Sie hatte in der letzten Nacht acht Stunden am Stück geschlafen. Das war Gerrys Idee gewesen. Und Veronicas. Und Hannahs. Eigentlich hatten alle zugestimmt, dass sie genau das brauchte. Außer Yvonne selbst. Aber niemand hatte ihr zugehört.

Veronica war am Abend vorher zur Abendbrotzeit oder Teezeit, wie sie es nannte, vorbeigekommen. Natürlich war ausgerechnet dann Gerry da. Der einzige verdammte Tag der Woche, an dem er sich ein paar Stunden freigenommen hatte und nach Hause gekommen war. Yvonne war so froh gewesen, ihn zu sehen. Er könnte ihr eine Stunde geben, sagte er ihr, und nur eine Stunde. Aber oh, was würde sie mit dieser Stunde machen! Ein Bad. Mit geschlossener Tür, und die ganze Welt blieb draußen. Schaum. Und ein neuer Rasierer, um ihre Beine zum ersten Mal seit Wochen zu rasieren. Sie konnte das warme Wasser schon fast spüren, roch schon fast den Schaum vom teuren Badezusatz, den Rebecca ihr zu Weihnachten geschenkt hatte und der auf dem Regal von Babyshampoo verdrängt worden war. Sie würde auch ihre neue Bodylotion öffnen und ihre frisch rasierte und gewaschene Haut sorgfältig eincremen. Vielleicht würde sie sogar ihre Zehennägel lackieren ... und dann, gerade als sie den Hahn aufgedreht und Róisín noch einmal gestillt hatte, klingelte es an der Tür. Und durch die marineblaue Silhouette auf der anderen Seite der Glastür löste sich ihr lang ersehntes Schaumbad in Luft auf.

»Du hast mir nie gesagt, dass es so schlimm ist!«

»Das ist es nicht ...«

Aber Gerry hörte nicht auf sie. Die Gemeindeschwester erledigte nur ihre Arbeit. Das sagte sie ihnen immer und immer wieder. Den Kopf schräg gelegt, und dieser verdammte schwarze Pagenschnitt fiel über ihr linkes Auge. Es war ihre Aufgabe, darauf zu achten, ob die Mutter Probleme hatte, und sie war sich ziemlich sicher, dass das hier der Fall war.

»Dafür muss man sich nicht schämen, wissen Sie! Sie brauchen nur ein bisschen zusätzliche Hilfe, und bin ich nicht genau dafür hier?«

Sie hatte dann ein bisschen gekichert, und Yvonne hatte versucht zu lächeln, aber Gerry war ihr zuvorgekommen und hatte zustimmend gestrahlt.

»Du brauchst mal eine Pause, Schatz. Klar, es ist meine Schuld, ich arbeite ja rund um die Uhr. Ich habe dich vernachlässigt. Veronica« – er lächelte die Gemeindeschwester an, die knallrot wurde und sich in ihrer Handtasche vergrub, bis sie sich wieder gefasst hatte – »Veronica hat mir aufgezeigt, was ich falsch mache.«

Yvonne war nicht mal klar gewesen, dass er den Namen der Schwester kannte. Aber Gerry hatte jetzt eine Mission. Seine Frau brauchte eine Pause, und er würde ihr eine verschaffen, ob ihr das gefiel oder nicht. Auf eine gewisse Weise stimmte Yvonne beiden zu. Sie brauchte eine Pause, eine Pause von der Nörgelei, von den Fragen und davon, zu Kursen geschickt zu werden, die sie nicht interessierten. Und eine Pause davon, eine alleinerziehende

Mutter zu sein. Es wäre nett, einen Ehemann zu haben und nicht nur eine schemenhafte Figur, die um zwei Uhr nachts die Treppe hinaufschlich und oft schon wieder weg war, bevor sie richtig wach war. Es wäre nett, mal zu duschen, ohne einen Fuß aus der Duschwanne zu strecken, um das Baby in der Wippe zu bewegen. Und es wäre nett, an einem Samstagmorgen Frühstück ans Bett gebracht zu bekommen und vielleicht ihren Ehemann unten bei der Hausarbeit zu hören, anstelle von hektischen Anrufen genervter Presseleute, die durch die Decke dröhnten.

Aber Gerry sah keines dieser Dinge. Stattdessen hörte er, dass Veronica sagte, seine Frau brauche Schlaf, und er beschloss, ihr Schlaf zu ermöglichen. Und da er nicht die »Ausstattung« hatte – hier zog er die Augenbrauen hoch, und die Gemeindeschwester lächelte zustimmend –, um ihre nächtlichen Fütterungen zu übernehmen, nun, dann müsste Róisín sich eben an die zweitbeste Möglichkeit gewöhnen. Nahmen denn nicht die meisten Babys mit sechs Monaten die Flasche? Und schliefen durch. Und gab es da nicht auch eine Studie, laut der zu dem Zeitpunkt sowieso alle positiven Aspekte des Stillens passé waren?

Yvonne hatte dagesessen und zugehört und versucht, sich an die Informationen und Zahlen zu erinnern, die sie im Internet gelesen hatte. Aber ihr Kopf war zu benommen. Jemand hatte Watte hineingestopft, und die Stimmen von Veronica und Gerry kamen von weit weg. Sie redeten mit ihr, und sie konnte nur nicken und so tun, als würde sie ihnen zuhören. Widersprechen war unmöglich. Außerdem hatten sie wahrscheinlich recht. Sie verbrachte wahrscheinlich zu viel Zeit mit dem Baby. Róisín hatte nachts viele Probleme gemacht, manchmal dachte sie, dass sie nicht mehr genug Milch für sie hatte. Nur noch ein weiterer Punkt, an dem sie versagte. Also hatte sie genickt und gelächelt und vage zustimmende Geräusche gemacht, als Gerry an diesem Abend wegging – ausgerechnet an diesem Abend! Es stellte sich heraus, dass Teevan also doch auf ihn verzichten konnte. Er kaufte einen neuen Sterilisierer, ein supermodernes Gerät, und Flaschen, die, wie er sagte, in Amerika von einem Kinderarzt entwickelt worden waren. Und sie hatte genickt und gelächelt, als er sie ins Bett gebracht und gesagt hatte, dass er sich jetzt um alles kümmere und dass er sie am nächsten Morgen sähe.

Und sie hatte geschlafen. Tief, traumlos. Und jetzt war es Zeit für frische Luft. Gerry hatte letzten Samstag gearbeitet, aber nicht diese Woche, hatte er ihr sozusagen in hellen, fröhlichen Großbuchstaben mitgeteilt, als Yvonne schließlich aufgewacht war und ihre kleine Familie unten in der Küche in einer Wolke aus Mehl und Dampf beim Pfannkuchenbacken fand. Heute würden sie alle frische Luft schnappen. Wieder einmal fand sie es leichter, nicht zu widersprechen. Außerdem war sie immer noch müde. Es schien unverschämt, das zuzugeben. Schließlich hatte sie acht Stunden am Stück geschlafen. Der Heilige Gral. Die Schlaflänge, für die die meisten Netmammies einen Lottogewinn eintauschen würden. Aber sie fühlte sich immer noch benommen und erschöpft. Vielleicht hatte sich was angesammelt. Vielleicht war ihr Körper jetzt daran gewöhnt, nicht zu schlafen, und stand nun unter Schock. Also nickte sie und stimmte dem Park und allem zu. Und als er sie zu genau gemustert hatte und sagte: »Du machst doch nicht nur mir zuliebe mit, oder? Du hast doch eine eigene Meinung, nicht wahr?«, da wollte sie unbedingt den Frieden bewahren und nicht weiter nachdenken müssen, sodass sie in ihrer Erinnerung wühlte und ihm den Namen eines Parks und eine Uhrzeit nannte, die genau passten. St Stephen's Green, im Zentrum Dublins. Als sie auf dem Weg dorthin waren, fiel ihr ein, dass die Netmammies sich dort um zwei trafen. Deswegen war ihr das so schnell eingefallen. Eine Weile hatte sie daran gedacht, sich mit ihnen zu treffen. Gesichter zu den Namen zu bekommen. Vielleicht ein paar echte Freundschaften zu schließen. Aber heute war das alles zu viel, um darüber nachzudenken.

Am Anfang war es ziemlich nett gewesen. Gerry hatte darauf bestanden, den Buggy zu schieben, und sie musste zugeben, dass er wie eine Anzeige für einen der teureren Kinderwagenläden aussah, wie er da mit seinen langen Jeansbeinen spazierte, das Baby brabbelte zu ihm hoch, es war fasziniert von den Lichtstrahlen, die durch die Hecken am Wegrand fielen. Es war ein wunderschöner Tag für so einen Ausflug. Für sie und für die Netmammies, die sie rasch in einer großen Gruppe nahe dem Haupteingang entdeckte.

Sie saßen auf der Wiese, weit genug vom Ententeich entfernt, damit die Kleinkinder ein bisschen Freiheit genossen. Picknickdecken und Buggys steckten ihr Revier ab. Während sie im Park herumspazierte, hinter Gerry her, dachte sie daran, zu ihnen zu stoßen und sich als London-Mum vorzustellen. Aber je näher sie ihnen kam, umso unmöglicher erschien es ihr. Genau wie die Yogafrauen schienen sie alle genau zu wissen, was sie taten.

Diejenigen mit kleinen Babys hatten sie auf Decken gelegt, die Füßchen traten in die Luft, die Gesichter von Mützchen verdeckt, die alle perfekt an Ort und Stelle blieben und vor der ungewöhnlich warmen Sonne schützten.

Die Frauen mit älteren Kindern waren noch beeindruckender. Sie alle schienen in der Lage, drei oder mehr Dinge auf einmal zu erledigen, eine Banane schälen, eine Nase abwischen, Sonnencreme auftragen und dabei fröhlich mit der Nachbarin reden. Nein, Yvonne gehörte nicht dazu. Aber es war schön, sie zu beobachten. Schön, herauszufinden, wer Della sein könnte und ob CaraMia die mit dem langen, wehenden Schal war und ob die blondierte Frau in der Ecke, die ein bisschen schlecht gelaunt wirkte, TAKETHATFAN war, die den Ausflug vielleicht bereute, aber entschlossen war, ihn durchzustehen.

Als Gerry dann vorschlug, sich hinzusetzen, schien es nur logisch, in ihrer Nähe zu bleiben, nicht nah genug, um zuzuhören, aber nah genug, um heimlich die Gesichter zu betrachten und herauszufinden, wer wer war.

Gerry hatte sogar eine Decke mitgebracht. Er war heute SuperDad. Anscheinend hatte er an alles gedacht. Eine Flasche Wasser. Eine Mütze für Róisín. Sonnencreme. Das Baby wurde jetzt unleidlich, zu viele Reize. Sie streckte sich aus dem Kinderwagen, jammerte nach ihrer Mutter. Aber Gerry hatte eine bessere Idee. Ruh du dich aus, sagte er ihr. Wir gehen noch ein bisschen spazieren. Sie wird im Buggy einschlafen. Wir sind gleich wieder da. Die Gemeindeschwester hatte ihm gesagt, dass es an der Zeit war, dass Róisín lernte, ohne Yvonne einzuschlafen. Warum nicht sofort damit anfangen?

Es war schön, nicht denken zu müssen. Also fing Yvonne gar nicht erst damit an. Sie legte sich auf die Decke, machte den Reißverschluss ihrer Strickjacke zu und schloss die Augen, während die Wolken aufrissen und Sonnenstrahlen, richtige Sommersonne auf sie schien. Wärme. Frieden. Es war wunderbar. Ein Kleinkind schoss einen Ball zu ihr und kam hergelaufen, um ihn zu holen. Seine Mutter kam näher, holte ihn und entschuldigte sich. Keine Ursache. Kein Problem. Sie schloss die Augen. Das Geplapper der Netmammies wurde jetzt lauter, wehte mit einer Hitzewelle zu ihr. Sie konnte keine Worte verstehen. Aber das Gemurmel war beruhigend.

*Mal ehrlich, sie machten das alles doch viel zu leicht. Nicht genug damit, dass sie ihr kleines Treffen im Internet verkündeten, ganz öffentlich, sodass jeder es lesen konnte, sie mussten sich auch noch direkt am Haupteingang des Parks platzieren, um die Aufmerksamkeit praktisch auf sich zu lenken.*

*Es wäre unhöflich, nicht näher hinzuschauen.*

*Sich an einem öffentlichen Ort treffen. Das ist eine der Hauptregeln im Internet, nicht wahr? Sich an einem öffentlichen Ort treffen. Zur Sicherheit in einer großen Gruppe. Ihnen war nicht klar, dass diese große Gruppe auch ihm Sicherheit bot. Niemandem fiel eine zusätzliche Person in der Menge auf.*

*Die mit den unordentlichen, auf ihrem Kopf aufgetürmten Haaren musste Meredith sein. Irgendjemand hatte ihr wohl mal gesagt, sie sähe wie der Star aus* Grey's Anatomy *aus. Das tat sie nicht. Zunächst mal war sie viel fetter. Und die Dünne mit den blondierten Haaren, die am Rand der Gruppe saß und ihre Kinder mit einer Tüte Chips fütterte, musste* TAKETHATFAN *sein. Die anderen sahen auf den Snack, als wäre es Gift. Sie zogen es vor, ihre Kinder mit Trockenobst vollzustopfen, also reinem Zucker, der nur zufällig in einer Schachtel aus Recyclingpapier mit dem Schriftzug Bio steckte.*

*Gott, sie waren so vorhersehbar! Er hatte sich nur ein paar Monate zwischen ihnen bewegt und wusste doch bereits alles über sie. Über ihr Leben. Ihre Hoffnungen. Und ihre Be-*

*schwerden. Sie hörten nie auf, sich zu beschweren. Was ihm dabei half, das zu tun, was er tun musste.*

*»Hi! Setz dich doch da hinten hin … oh, was für ein süßes Baby. Vielleicht im Schatten? Ja, ich habe dieselbe Wickelunterlage. Der Preis ist Wahnsinn, aber sie ist es echt wert. Ich habe es ihm natürlich nicht erzählt!«*

*Ihre öffentlichen Stimmen waren dieselben wie die online. Zu munter, zu enthusiastisch. Sie taten so, als wollten sie hören, was die anderen zu sagen hatten, aber eigentlich warteten sie nur, bis sie wieder mit einer lauteren und kontroverseren Meinung widersprechen konnten. Abgemildert mit einem Kichern. Oder einem LOL.*

*»Sonnencreme ist so teuer, nicht wahr? Mein Kleiner verträgt nur die Biomarken. Fahrt ihr dieses Jahr überhaupt in Urlaub? Mit den Kindern ist das natürlich nicht dasselbe. Man muss ständig hinterherlaufen.«*

*Sie liebten es so zu jammern.*

*FarmersWife hatte am Ende gejammert, gekämpft und dann um ihr Leben gebettelt. Für ihre Kinder, hatte sie immer wieder gesagt, im verzweifelten Versuch, seinen Entschluss zu ändern. Scheißdreck. Wenn sie sich so sehr um sie sorgen würde, dann hätte sie nicht so viel Zeit mit Jammern verbracht. Wenn sie ihr Leben so sehr liebte, dann hätte sie nicht so viel Zeit gehabt, neugierig zu sein und sich in seine Dinge einzumischen. Sie hatte es sich selbst eingebrockt und am Ende war ihr das klar geworden.*

*MyBabba hatte nicht so viel geredet. Sie hatte aber nach ihm getreten, was es leichter gemacht hatte, sie zu töten. Es war nicht richtig, einen Mann so zu treten. Hatte er ihren Tod geplant? Er war sich nicht sicher. Es war irgendwie … passiert. Und hatte sich am Ende als das Beste erwiesen. Und es würde eine Nummer drei geben. Das wusste er jetzt. Hier im*

*Park erlaubte ihm eine Sonnenbrille, so lang, wie er wollte, zuzusehen. Und im Internet hegten sie überhaupt keinen Verdacht. Sie wurden jetzt lauter. Sieh mich an, hör mir zu, meine Meinungen sind wichtig. Ich bin wichtig.*

*Nein, bist du nicht.*

# SECHSUNDDREISSIG

»Glauben Sie, dass er kleiner ist, als er im Fernsehen wirkt? Es heißt doch, dass sie normalerweise größer aussehen. Schauen Sie seine Sendung? Mein Dad findet ihn FANTASTISCH, er schwärmt ständig von ihm. Meine Mum hasst ihn, sie geht lieber ins Bett, als seine Sendung zu sehen, aber mein Dad redet ständig davon, dass Eamonn Teevan dieses gesagt hat oder jenes. Gott, er würde wahnsinnig, wenn er wüsste, dass ich ihn treffen werde.«

Herrgott. Philip Flynn deutete nach links und fragte sich, ob Garda Siobhan O'Doheny nicht einen Lautstärkeregler hatte. Er musste sie nicht völlig ausschalten, nur ein bisschen leiser stellen.

Er folgte den Schildern zu den Kais, sah auf den Tacho und fuhr langsamer, die zugelassene Höchstgeschwindigkeit. Sie fuhren in einem Zivilwagen und wollten keine unpassende Aufmerksamkeit erregen. Nicht, dass er gerast wäre, selbst in einem Polizeiwagen. Er hasste das, wenn er Kollegen sah, die über den Bordstein fuhren oder mit ans Ohr geklebten Handys, nur weil niemand sie aufhalten konnte. Es war nicht richtig, und es war nicht fair gegenüber anderen Fahrern, die sich korrekt verhielten. Philip Flynn glaubte fest an Fairness.

Auf dem Beifahrersitz plapperte O'Doheny immer noch. »Außer natürlich, wir müssen ihn doch mitnehmen. Stellen Sie sich das mal vor! Das wäre eine Riesensache, wenn er etwas damit zu tun hätte. Aber das ist ja wohl ziemlich unwahrscheinlich, oder? Sagen Sie mir doch noch mal, warum wir mit ihm sprechen? Weil er sie, also, gekannt hatte oder so?«

Es war eine gute Frage, und Flynn benutzte eine besonders komplizierte Kreuzung als Ausrede, um einer Antwort auszuweichen. Tatsache war, dass die Idee, zu Ireland 24 zu fahren und Eamonn Teevan zu befragen, Boyles Idee gewesen war und nur Boyles. Es stand seit Tagen in Flynns Terminkalender und war dort geblieben, als sie aus dem aktiven Dienst genommen wurde. Eigentlich hätte er es mit Byrne besprechen müssen, jetzt, wo er der leitende Ermittler in dem Fall war. Aber Byrne hatte nicht nachgefragt, und Flynn hatte beschlossen, es ihm nicht zu erzählen. An dem Abend, an dem sie verschwand, hatte Miriam Twohy ihren Eltern erzählt, dass sie sich mit alten Schulfreunden treffen würde. Jetzt sah es so aus, dass sie gelogen hatte. Miriam Twohy hatte keinen Kontakt mehr zu Schulfreunden, und an ihrer Arbeitsstelle hatte sie wohl keine neuen Freundschaften geschlossen. Ihre Zeit am UCD schien die intensivste ihres Lebens gewesen zu sein, und Boyle hatte sich irgendwie auf die Leute eingeschossen, die Miriam dort gekannt hatte. Flynn verstand es nicht ganz, aber er respektierte sie, und es war ja nicht so, als hätten sie Unmengen von Leuten zu befragen. Seit dem Apartmentfiasko standen sie wieder am Anfang und hatten keine Ahnung, in welche Richtung es jetzt gehen sollte. Wenn Boyle also wollte, dass er einen Tagesausflug zu Irlands neuestem und größtem Fernsehstar machte, dann war er bereit, es zu versuchen. O'Doheny redete immer noch.

»... hörte ihn immer im Radio, aber er ist im Fernsehen viel besser. Wie dieser Kerl, Jeremy Kyle, aber besser. Intelligenter. Er sieht außerdem auch noch gut aus ...«

Flynn seufzte, die meisten Kollegen vom Revier würden einen Tageslohn dafür geben, mit O'Doheny im Stau zu stehen. Er hatte mal gehört, wie sie als blonde Angelina Jolie mit etwas mehr Fleisch auf den Rippen beschrieben wurde. Aber sie war nicht sein Typ, und ihr Geplapper trieb ihn langsam in den Wahnsinn. Endlich die Ausfahrt. Jetzt musste sie doch aufhören zu reden.

»Das sieht aber nicht wie ein Fernsehsender aus, oder? Ich habe etwas viel Größeres erwartet. Da sind ja gar keine Kameras oder so. Haben Sie nicht gedacht, dass da Kameras wären?«

Oder auch nicht. O'Doheny plapperte weiter, während sie in das Gewerbegebiet der Docklands fuhren. Sie folgten einem Schild, auf dem »Ireland 24« stand, wurden von einem gelangweilt aussehenden Wachmann in einem staubigen Häuschen weitergewunken zu einem Schild, auf dem »Besucherparkplatz« stand. Sie quasselte immer noch, während Flynn den Wagen präzise zwischen den zwei weißen Linien parkte und seine Besuchermarke deutlich hinter die Windschutzscheibe legte. Er musste allerdings zugeben, dass sie recht hatte. Das hier hätte irgendein altes Büro sein können. Das Einzige, was anders war, war ein Lieferwagen, der vor dem Haupteingang parkte und auf dessen Dach eine Satellitenschüssel montiert war, die wie eine größere Version der Schüsseln wirkte, die man sich zu Hause aufs Dach stellte. Aber der Typ, der davorstand, Zigarette zwischen Daumen und Zeigefinger, sah kein bisschen glamourös aus.

O'Doheny verstummte schließlich, als sie durch die Doppeltür traten, die zum Empfang führte. Und fast sofort veränderte sich die Atmosphäre. Es fühlte sich wie eine teure Anwaltskanzlei an oder das Wartezimmer eines Arztes. Eines Facharztes, nicht eines Hausarztes. Der Raum war groß und luftig, ein paar graue Sofas standen an einem Ende um einen Brunnen, und am anderen Ende befand sich ein großer Empfangsschreibtisch aus Leder. Fotos bedeckten die Wände, auf den meisten sah man einen breit lächelnden Eamonn Teevan neben Politikern, Künstlern und Fernsehstars. Flynn spürte, wie gern O'Doheny hingegangen wäre, um sie sich näher anzusehen, aber sie hielt sich zurück, blieb gelassen und aufrecht, während sie auf den Schreibtisch zugingen, der von einer glamourösen Brünetten beherrscht wurde, die aussah, als sollte sie selbst ins Fernsehen.

Die Ringe der Empfangsdame klirrten, während sie auf der Computertastatur tippte und eine Riesenshow daraus machte, sie erst zu bemerken, als sie direkt vor ihr standen. Dann blätterte sie in einem großen Terminkalender, während sie düster was von »dazwischenquetschen« murmelte. Dazwischenquetschen, zur Hölle. Flynn wusste, dass er jeden Moment seine Polizeimarke zeigen und auf einem sofortigen Treffen bestehen konnte. Aber gerade als er der Versuchung nachgeben wollte, seufzte sie und drückte auf einen Knopf unter ihrem Schreibtisch. Links glitt eine Tür auf. »Gehen Sie durch«, befahl sie mit einem Akzent, der mehr von L. A. als von Dublin hatte.

»Mary holt Sie dann auf der anderen Seite ab.«

»Das klingt schon besser.«

Flynn ignorierte O'Dohenys Flüstern, stimmte ihr innerlich allerdings zu. Hinter dieser Tür ging es in noch eine andere Welt, diese entsprach eher der Atmosphäre, die er erwartet hatte. Ein großes Schild weit oben verkündete, dass sie im »Newsroom« waren, aber das hätte er auch so erraten, angesichts des Lärms von fünf miteinander konkurrierenden Fernsehbildschirmen, der Anzahl von Leuten, die anscheinend alle mit voller Lautstärke redeten, und des hektischen Geklappers auf Computertastaturen. Eine schmale Frau mit hell blondiertem Haar kam auf sie zu und lächelte Flynn leicht an.

»Sie möchten mit Eamonn sprechen?«

Innerhalb von Sekunden wurden sie zu einem Glaskasten am anderen Ende des Raumes geführt. Die junge Frau, Mary, nahm Flynn an, schloss die Tür und nickte in Richtung des Mannes, der hinter einem braunen Laminatschreibtisch saß, der komplett bedeckt war mit Zeitungen, Kaffeetassen, zwei Handys, mehreren Ladegeräten und einer Unmenge Stifte.

Eamonn Teevan war kleiner, als er im Fernsehen wirkte. Und irgendwie härter. Als sie ankamen, telefonierte er und sah aus, als würde er sich sehr bemühen, sich nicht mit jemandem zu streiten, die Worte »bei allem Respekt« machten den Großteil seiner Antworten aus. Er machte eine Geste, dass sie sich setzen sollten, und Mary schob einen Stapel Zeitungen von den nahe stehenden Stühlen auf den Boden.

Aber als das Telefonat zu einem Ende kam, sah Flynn, wie der Mann auf der anderen Seite des Schreibtischs seinen Ärger herunterschluckte. Innerhalb von Sekunden hatte er sich in den Fernsehstar Eamonn Teevan verwandelt, fuhr mit den Händen durch seine kurzen, perfekt geschnittenen Haare und setzte ein strahlendes Hundert-Watt-Lächeln auf.

»Detectives! Schön, Sie beide zu treffen! Wie kann ich Ihnen helfen?«

Man musste gerechterweise sagen, dass O'Doheny weder zusammenzuckte noch irgendein Anzeichen dafür zeigte, dass sie sich in der Gegenwart von jemand anderem befanden als den üblichen Deppen, die sie sonst so befragten. Wenn überhaupt, dann war es Flynn selbst, den der dramatische Wechsel im Tonfall durcheinanderbrachte, und es dauerte einen Moment, bis er seine Gedanken gesammelt und den Grund ihres Besuchs erläutert hatte.

Teevan verschränkte seine Hände hinter dem Kopf, lehnte sich in seinem Stuhl zurück und balancierte seine Füße am Schreibtischrand, und das alles in einer einzigen fließenden Bewegung. Flynn unterdrückte den Drang, ihm kurz in den Solarplexus zu boxen, und setzte stattdessen einen so ernsten Gesichtsausdruck wie möglich auf, bevor er sich auf Teevans flüssigen, akzentlosen Singsang konzentrierte.

»Hören Sie, ich erinnere mich an ihren Namen, aber das ist alles. Schwarze Haare, nicht wahr? Ich glaube, sie war mit einem Typ zusammen, den ich kannte, O'Doherty. Also, wenn ich sage, dass ich ihn kannte, dann heißt das, dass wir in derselben Theater-AG waren. Nicht, dass wir die ganze Zeit zusammen rumhingen. Ich weiß nicht, ob ich mich je mit ihr unterhalten habe. Ich meine, ich habe natürlich den Bericht in den Nachrichten gesehen, als sie gestorben ist, aber es hat eine Weile gedauert, bis ich die Verbindung gezogen habe.«

»Waren Sie auf der Beerdigung?«

O'Dohenys kühler Blick war Teevans ebenbürtig, und der Moderator sah sie überrascht an.

»Oh Gott, nein!«

»Darf ich fragen, warum nicht?«

O'Doheny fing an, sich ordentliche Notizen im Notizbuch zu machen, das sie auf den Knien balancierte.

Teevan zog die Augenbrauen hoch.

»Ich kannte sie einfach nicht gut genug, das ist die Wahrheit! Und ich dachte, nun ja, das Letzte, was ihre Familie wollte, wäre ... Na, Sie wissen schon selbst.«

Er sah zu Flynn, der Blick sollte eindeutig kumpelhaft sein oder die Verlegenheit signalisieren, als Promi zu einer irischen Beerdigungsmesse zu gehen. Flynn räusperte sich.

»Woran erinnern Sie sich denn von ihr? Alles kann hilfreich sein.«

Teevan nahm seine Füße vom Tisch und stellte sie mit einem Knall wieder auf den Boden. Die Stimme des Journalisten blieb glatt, aber dieses Mal hatte sie einen harten Klang, und er schaute während seiner Ausführungen immer häufiger auf seine Uhr.

»Heilige Scheiße, entschuldigen Sie den Ausdruck. Ich habe sie wahrscheinlich ein paarmal im Uni-Pub gesehen. Sie ging mit O'Doherty, der, soweit ich mich erinnern kann, ein ziemlicher Idiot war, und ich bin mir nicht mal sicher, ob wir je miteinander gesprochen haben. Recht jung, soweit ich mich erinnere. Aber das ist so ziemlich alles. Und jetzt, wenn Sie nichts anderes mehr ...?«

Er zog die Augenbrauen hoch.

Flynn hasste es, weggeschickt zu werden, aber ihm fiel nichts mehr ein. Boyle war so sicher, dass das College-Leben des Opfers entscheidend für ihren Mord war. Er vermisste sie und wünschte, sie wäre hier. Er brachte eine alte Floskel.

»Wenn Sie sich noch an etwas erinnern, irgendetwas ...«

Er griff in seine Tasche und legte seine Karte auf den Schreibtisch, dann nahm er sie noch einmal und schrieb seine Handynummer auf die Rückseite.

»Natürlich.«

Teevan legte sie auf den Schreibtisch, ohne sie anzusehen.

»Mary führt Sie hinaus, in Ordnung?«

Jetzt, da das Treffen vorbei war, stand er auf und schaltete wieder das komplette Fernsehstarlächeln an.

»War auf jeden Fall nett, Sie zu treffen!« Er schüttelte Flynns Hand und griff dann nach O'Dohenys, er hielt sie für volle sieben Sekunden und sah ihr in die Augen, bevor er losließ. Sie hielt seinem Blick cool stand.

Flynn entspannte sich zum ersten Mal an diesem Tag. Der Besuch hatte ihnen einen feuchten Kehricht gebracht. Aber O'Doheny war keine schlechte Polizistin.

Überhaupt nicht schlecht.

# SIEBENUNDDREISSIG

## KASSE ODER PRIVAT?

**ShockedandScared**

Hi Mädels, habe gerade herausgefunden, dass ich schwanger bin! Geschockt und panisch stimmt genau! Das war überhaupt nicht geplant. Ich frage mich jetzt, was ich tun soll, habt ihr alle eine private Zusatzversicherung für eure ersten Babys gehabt? Meine große Schwester hatte eine, und es hat sie ein Vermögen gekostet, sie meint aber, das sei die einzige Möglichkeit. Dann hat meine Cousine gesagt, dass es völlige Geldverschwendung sei und dass man vielleicht nicht mal ein Einzelzimmer bekommen würde. Ich bin jetzt total verwirrt. Tipps wären toll!

**TAKETHATFAN**

BIN BEI MEINEN IMMER KASSE GEWESEN. ALLES ANDERE IST TOTALE GELDVERSCHWENDUNG. MAN SIEHT DIESELBEN LEUTE, ES IST NUR EIN HÜBSCHERES WARTEZIMMER.

**LimerickLass**

Ich muss TTF ABSOLUT widersprechen. Ich war Privatpatientin, und es war wunderbar. Mein Arzt war so ein toller Mann ... einwandfreie Manieren am Bett. Ich habe gar keine Fragen gestellt und ihm einfach völlig vertraut. Er war da, als ich eingeleitet wurde, und hat selbst operiert, als es kritisch wurde und ich einen KS brauchte. Er war ständig dabei und hat die Schwestern gepiesackt, bis ich ein Einzelzimmer bekam! Toller Mann.

**RedWineMine**
Ähem, klingt das nicht toll! Schwestern piesacken? Für etwas, für das man sowieso viertausend hinlegt? Es ist eine schwere Entscheidung. Privat ist sehr teuer, aber die KHs sind im Moment überlastet. Wie geht's dir gesundheitlich? Es kann davon abhängen, ob es eine Risikoschwangerschaft ist.

**SofaBound**
Ich bin Kassenpatientin und ziemlich glücklich damit. Hatte Anfang der Woche einen kleinen Schreck und wurde sofort eingewiesen und überwacht. Keinerlei Beschwerden.

**ShockedandScared**
Danke SofaBound! Hoffe, dass du nicht mehr lang ans Sofa gefesselt bist. Darf ich fragen, was dein KH ist?

Nein, darfst du nicht. Claire legte das iPhone auf ihren Bauch.

»Was ist, Schatz?«

Matt steckte den Kopf durch die Doppeltür, der Geruch einer frischen Pastasoße wehte herein.

»Nichts!«

Claire lächelte ihn fröhlich an. Gerechterweise musste man sagen, dass er es verdiente. Er war wie versprochen um vier Uhr nach Hause gekommen, beladen mit Plastiktüten, und kochte jetzt Abendessen. Er machte nur eine Pause, um ihr zu sagen, dass sie keinen Finger rühren sollte. Gott segne ihn, er tat sein Möglichstes. Und als er sie gefragt hatte, wie sie ihren Tag verbracht hatte, hatte sie nicht richtig gelogen. Sie hatte vage in Richtung der Fernbedienung gedeutet und was von einem Nickerchen gemurmelt. Das stimmte. Sie *war* während *Mord ist ihr Hobby* eingeschlafen. Sie hatte es allerdings erst eingeschaltet nach einem fünfundzwanzigminütigen »Mord ist sein Job«-Gespräch mit Flynn, der ihr von seinem Besuch bei Ireland 24 erzählt hatte. Der hatte wohl nicht viel gebracht. Aber wenigstens hatte sie das Gefühl, dass sie noch mitmischte. Und nachdem sie aufgelegt hatte, wanderte ihr Finger wieder zur Netmammy-App. Sie hatte das Gefühl, dass sie jetzt einige der Frauen kennenlernte. Eigentlich verrückt. Aber als sie sich am frühen Abend aus dem Sofa gehievt hatte, um zum x-ten Mal aufs Klo zu gehen, war ihr etwas Witziges eingefallen, das eine von ihnen über die nächtliche Pinkelei geschrieben hatte. Und sie hatte auf dem unteren Klo vor sich hin gelacht. Zum Glück war Matt nicht da gewesen. Er hätte sie sicher für verrückt gehalten. Aber es war wahnsinnig, wie schnell man sie kennenlernte. Oder glaubte, man würde sie kennenlernen.

Ein paar von ihnen waren allerdings schrecklich naiv. Sie dachte noch mal an die Threads, die sie gelesen hatte. Drei hatten tatsächlich die Krankenhäuser genannt, in denen sie gewesen waren, und eine sogar den Namen einer Hebamme, die sie besonders beeindruckend fand. Ernsthaft? Diese Frauen waren dadurch so leicht zu identifizieren.

»Es dauert noch eine Weile … vielleicht mache ich Obstsalat zum Nachtisch.« Der Chefkoch spähte durch die Doppeltür, die die Küche vom Wohnzimmer trennte, und Claire winkte, ohne aufzusehen.

»Großartig, großartig.«

Er hatte ihr Sandwiches fürs Mittagessen dagelassen und heute Morgen ein Päckchen Schokokekse, sie würde also nicht verhungern, wenn das Abendessen nicht sofort kam.

Es waren dumme Frauen.

Um das zu beweisen, ging sie noch einmal auf die Seite und klickte zufällig auf irgendeinen Nickname. Morethanahairdo hatte über fünfhundert Postings geschrieben. Eindeutig keine berufstätige Mutter. Sie schaute sich ein paar an. Tropfende Flaschen. Da gab's nicht viel. Rabenmutter? Nein. Und dann ein drittes: »Weiß jemand, wo ich in Tallaght Probiotika bekomme? Ich wohne am Markt.« Ihre Finger tippten weiter, Claire las noch ein Posting und noch eines. Innerhalb von fünf Minuten hatte sie die Informationen gesammelt, dass Morethanahairdo in Tallaght wohnte, eine sieben Monate alte Tochter hatte und als Lehrerin gearbeitet hatte, aber daran dachte, nach dem Mutterschaftsurlaub nicht mehr zu arbeiten. In einer Antwort auf ein Posting zur Wirtschaftskrise hatte sie geschrieben, dass ihr Mann im öffentlichen Dienst arbeitete und mehrere Lohnkürzungen hatte hinnehmen müssen, aber froh war, überhaupt noch angestellt zu sein. Claire klickte weiter. Sie hatten letztes Jahr auf Mallorca Urlaub gemacht. Dachten daran, jetzt mit dem Baby noch einmal hinzufliegen. Sie hatten ihr Haus vergrößert und machten sich Sorgen über die Ratenzahlungen. Und dann – Volltreffer! Ihr Nachname begann mit einem O. Morethanahairdo hatte das vor Monaten gepostet, in den frühen Tagen ihrer

Schwangerschaft, als sie einen Namen suchte. Sie fragte sich, ob sie einen Namen auswählen könnte, der auf einen Vokal endete, da ihr Familienname mit einem O begann. Rebecca O'? Hugo O'? Claire sprach ein paar Namen laut aus und schüttelte dann den Kopf. Sie konnte da kein Problem erkennen. Aber es war ein weiterer Hinweis.

Ihre Finger flogen jetzt, Claire suchte schnell über Google. Bauanträge für den Bereich Süddublin. In weniger als einer Minute hatte sie es. T. O'Reilly, F. O'Brien und R. O'Dowd hatten zur entsprechenden Zeit alle einen Bauantrag gestellt. Sie tippte den ersten Namen bei Google ein und ergänzte Tallaght. Nichts, nur ein Link zurück zu der Seite mit den Bauanträgen. Und dann den zweiten Namen. O'Brien, Tallaght. Sie fügte noch »Lehrerin« hinzu. Und stieß auf eine Goldmine. Ein Foto aus einer Lokalzeitung zeigte eine junge Frau mit deutlichem Babybauch, die neben ihrer Klasse mit Kommunionskindern stand. Sarah Cullen O'Brien stand darunter und der Name einer Schule in Tallaght. Es war fast sicher Morethanahairdo. Es hatte kaum fünf Minuten gedauert, und Claire kannte ihren Namen, den Namen ihres Mannes, ihre Adresse und ihren Arbeitsplatz. Diese Frauen dachten, sie seien anonym? Das waren sie nicht, überhaupt nicht.

Aber dieses verdammte Forum machte süchtig. Claire veränderte ihre Haltung auf dem Sofa und ging zurück zur Homepage von Netmammy. MammyNo1 war wieder da. Es war unmöglich, ihre Postings zu ignorieren, sie waren wie ständig neue Folgen einer Seifenoper. All den anderen Netmammies ging es genauso, wenn die Zahl der Betrachter des Threads als Beweis galt.

**MammyNo1**

Ich wollte mich nur bei euch allen für die netten Postings und PNs bedanken. Es bedeutet mir wirklich viel, dass ihr an mich denkt. Also die Kinder und ich sind ausgezogen. Wir wohnen im Moment bei meiner Mutter. Es ist nicht ideal, wir teilen uns alle ein Schlafzimmer und treiben einander in den Wahnsinn. Aber ihr hattet recht, wir konnten nicht mehr so weiterleben.

Autsch. Claire hielt inne und überlegte, wie sie es am besten formulieren sollte, und dann tippte sie schnell eine Antwort.

**SofaBound**

Hi MammyNo1. Kann dich eventuell jemand juristisch beraten? Es ist nämlich so, dass es eigentlich nicht mehr empfohlen wird, dass die Frauen das Zuhause verlassen ... du und die Kinder habt das Recht, dort zu sein, dein Mann ist derjenige, der eigentlich ausziehen sollte.

Sie wartete einen Moment, dann klickte sie auf Senden. Sie wusste das, weil sie Polizistin war, aber das musste die Posterin ja nicht unbedingt wissen. Es war nur ein freundlicher Ratschlag.

**MammyNo1**

Danke SB. Aber zu bleiben war unmöglich.

Claire seufzte. Das hatte sie schon öfter gehört. Sie hatte genug Fälle von häuslicher Gewalt in ihrer Laufbahn bearbeitet – und sie waren nicht alle aus den Arbeitervierteln Dublins. Da hatte es einen besonders fiesen Fall gegeben, in dem eine Frau um Mitternacht auf dem Revier aufgetaucht war, drei panische Kinder auf dem Rücksitz. Er war ein wohlhabender Farmer, sie wohnte immer noch in einem Bed & Breakfast, soweit Claire wusste. Das Leben konnte manchmal ziemlich beschissen sein.

Sie aktualisierte die Seite noch mal. Noch mehr Postings in MammyNo1s Thread. Man musste den Netmammies zugestehen, dass sie wie ein Bienenschwarm waren, wenn sie sich entschlossen, Mitgefühl zu zeigen. Aber Claire fragte sich unwillkürlich, ob nicht ein paar von ihnen eine Art gemeines Vergnügen an der Geschichte empfanden. Sie tätschelten MammyNo1 den Kopf und dankten im Geheimen ihrem Glücksstern, dass sie selbst nicht in dieser Situation steckten. Durch den Vergleich sah ihr eigenes Leben besser aus.

Andererseits, vielleicht tat sie exakt dasselbe. Sie aktualisierte noch einmal. Jemand, der FarmersWife hieß, hatte einen neuen Thread mit dem Titel »Traurige Nachrichten« eröffnet. Also das klang, als wäre es lesenswert. Sie hob den Kopf, lauschte den klappernden Geräuschen aus der Küche. Sie hatte noch mindestens zehn Minuten.

**FarmersWife**

Hallo. Ich hoffe, es ist okay, wenn ich hier poste. Es fühlt sich sehr seltsam an. Aber Martha ... meine Frau ... hatte das Gefühl, euch alle zu kennen. Sie hat immer von euch erzählt. Wir sprachen über eins der Kinder, und sie sagte dann etwas wie, oh eine der Frauen auf Netmammy hat gemeint, dass Pucken dafür toll ist oder so. Ich habe sie damit immer aufgezogen und euch ihre imaginären Freundinnen genannt. Aber ihr wart ihre Freundinnen, und ich finde, ihr müsst das hier wissen.

Martha ist letzte Woche gestorben. Sie hat sich das Leben genommen. Man hat ihre Leiche in ihrem Auto in einem kleinen Wäldchen nur ein paar Meilen von unserem Haus entfernt gefunden. Es ist eine wunderschöne Gegend. Vielleicht hat sie sie deswegen ausgewählt. Und abgelegen. Die Kinder waren bei meiner Mutter.

Ich bin mir nicht mal sicher, warum ich das hier poste. Die Beerdigung ist jetzt vorbei, und all ihre Freunde sind gegangen. Aber ihr wart auch ihre Freunde, und ich wollte euch Bescheid sagen. Sie hat ihren Laptop jeden Abend auf dieser Seite offen gelassen. Deswegen schreibe ich unter ihrem Namen. Wir hatten keine Geheimnisse voreinander. Oder zumindest habe ich das gedacht.

Ich habe keine Ahnung, warum sie es getan hat. Wir haben drei Söhne, nun, ich denke, das wisst ihr. Und sie hat sie geliebt, und sie haben sie geliebt. Sie war die beste Mami der Welt. Und die beste Frau. Und jetzt ist sie nicht mehr da. Wir hatten sicher ein paar Probleme. Aber wer hat die nicht? Und ich hatte wirklich gedacht, dass wir sie überwunden hätten. Vielleicht bin ich ein Idiot.

Ich weine, während ich das schreibe. Ich bin mir nicht mal sicher, ob ich es abschicken werde. Aber vielleicht hilft es, alles aufzuschreiben. Ich weiß einfach nicht, warum sie es getan hat. Wir waren manchmal müde und gestresst und mürrisch, aber das kam mir alles normal vor.

Jedenfalls tut es mir leid. Es tut mir leid, euch all das sagen zu müssen. Ich weiß, was ihr euch bedeutet. Und ich weiß, oder zumindest glaube ich zu wissen, wie wichtig Martha dieses Forum war. Aber sie hat anscheinend etwas gebraucht, das niemand von uns ihr geben konnte. Und jetzt ist sie nicht mehr da. Falls uns da draußen jemand helfen kann ... uns vielleicht erzählen kann, wie sie sich gefühlt hat ... ich weiß nicht mehr, was ich tun soll.

Farmer

Claire las ungläubig die letzte Zeile noch einmal. Selbstmord.

Sie legte das Telefon wieder auf den Sofatisch, plötzlich total erschöpft. Diese armen Kinder. Sie wusste, dass sie an sie denken sollte und an diesen armen Trottel von einem Ehemann. Aber sie konnte jetzt nur an sich selbst denken, genau jetzt, genau hier. An einem tiefen, unheilbaren Ort war sie immer noch gebrochen.

Egoistische Ziege.

Das war immer ihre erste Reaktion, jedes Mal, wenn sie das Wort hörte oder der Tat begegnete. Sie konnte es in ihrem Job nicht vermeiden. Sie schaffte es, ein tapferes Gesicht zu machen, ihr Gehirn neutral zu halten, jedes Mal, wenn sie zusah, wie eine Leiche aus einem Fluss oder zerfetzt und leblos unter einem Zug hervorgezogen wurde. Aber der Gedanke war immer da.

Aidan war ein egoistisches Arschloch gewesen.

Aidan, der sie im Auto seines Vaters nach Hause gebracht, ihr einen Gutenachtkuss gegeben hatte und dann nach Hause gefahren war und eine Schachtel Schlaftabletten von seiner Mutter mit Whiskey geschluckt hatte. Aidan, der sich zwei Tage vor dem Beginn der Abschlussprüfungen umgebracht hatte, der Prüfungen, die es ihnen ermöglichen sollten, ans College und ins Erwachsenendasein und an irgendeinen anderen Ort zu fliehen. Aidan mit seinen Achtzehn-Loch-Doc-Martens und Bootlegkassetten und einem Verstand, mit dem er jede Prüfung bestanden hätte, hatte eine Nachricht für seine Eltern hinterlassen, aber nichts für Claire. Aidan war ein egoistisches Arschloch gewesen.

Sie hatte ihn geliebt, hatte jede Sekunde genossen, die sie auf ihrem schmalen Einzelbett an ihn gekuschelt verbracht hatte, dabei hatten sie Carroll's aus dem Fenster geraucht und waren über die dummen, langweiligen Bewohner ihrer kleinen, öden Stadt hergezogen. Sie zwei gegen den Rest der Welt. Bis zu dem Tag, an dem es nur noch sie war, und die Welt gegen sie.

Egoistisches Arschloch.

Sie hatte die Worte nur einmal laut ausgesprochen, eines Nachts im Vakuum zwischen Prüfungen und Ergebnissen, als sie ins Zentrum von Galway getrampt war und um drei Uhr morgens zurückgekommen war, nach Zigaretten und Cider stinkend. Sie hatte ihren Haustürschlüssel verloren, und ihre Mutter war aufgestanden, um sie hereinzulassen. Sie hatte ihr in der kalten Küche Tee gekocht, während sie betrunken von ihm erzählt und geweint hatte. Ihre Mutter, die von den düsteren Warnungen der Schule vor Nachahmern so geschockt war, dass sie schwieg, hatte einfach nur nervös genickt und zugestimmt. Egoistisches Arschloch. Claire hatte es noch einmal gesagt und sich dann auf den Fußboden erbrochen. Sie wachte am nächsten Morgen komplett angezogen in ihrem eigenen Bett auf, und sie und ihre Eltern sprachen nie wieder über Aidan. Um ehrlich zu sein, hatten sie eigentlich nie wieder über irgendetwas Wichtiges gesprochen.

Sie gab jedem die Schuld an seinem Tod. Seinen Lehrern, weil die ihn nicht zu schätzen gewusst hatten. Seinen Eltern, weil die ihn wie ein Kind behandelt hatten. Ihren eigenen Eltern. Warum, das wusste sie eigentlich nicht. Aber sie war wütend auf sie, auf eine vage, unklare Art, wegen ihrer Reaktionen auf seinen Tod, ihrer Versuche, sie davon zu überzeugen, dass sie schon darüber wegkäme. Am Abend vor der Beerdigung hatte ihr Vater sogar gesagt, dass es noch mehr Fische im Ozean gab. Sie hatte ihn angesehen, seine großen, schwieligen Bauernhände bewegten sich, sein Gesicht war grau vor Sorge, und sie hatte nur Abscheu verspürt. Sechs Monate später war sie ausgezogen und, von den gelegentlichen, angespannten Besuchen abgesehen, nie wieder zurückgekehrt.

Zwanzig Jahre später hatte Matt ihr gesagt, dass ihre Feindseligkeit ihnen gegenüber zu einer Gewohnheit geworden war. Sie vermutete, dass er recht hatte, hatte aber keinen Antrieb, es zu ändern. Aidans Tod war zu einem Teil von ihr geworden, ein harter Zornknoten in ihrem Innersten. Er hatte auch ihre Zukunft entschieden. Eine Polizistin aus dem Ort, eine fünfunddreißigjährige Mutter zweier Söhne, hatte die Klasse damals von Aidans Tod unterrichtet und durch die Blicke und das Geflüster sofort gemerkt, dass das große, blasse Mädchen in der zweitletzten Reihe mehr als nur eine Freundin gewesen war. Garda Mulhaire hatte Claire in den nächsten Wochen genau beobachtet. Sie hat sie nie bevormundet, und ihre sanften Fragen und Versicherungen hatten Claire davon überzeugt, dass jemand auf ihrer Seite stand. Als Claire klar wurde, dass eine Polizeikarriere es ihr auch erlauben würde, ihr Zuhause praktisch sofort zu verlassen, war die Entscheidung dafür gefallen.

Heute besuchte sie ihre Heimatstadt nur noch selten. Aber Aidan war immer noch bei ihr. Und jedes Mal, wenn sie hörte, dass jemand das begangen hatte, was für sie der ultimative Akt der Feigheit war, war es für sie zu einer zweiten Natur geworden, nach Antworten zu suchen und Schuld zuzuschieben.

Herrgott, Claire, sei doch nicht so düster. Sie rieb ihre Augen, und fast ohne nachzudenken, klickte sie wieder auf Netmammy. Der Farmer hatte bereits vier Antworten, jede voller trauriger Smileys und Mitgefühl, Umarmungen und Gebete. MammyNo1 sagte, dass Tränen auf ihre Tastatur fielen.

»Pasta für Madame!«

Ihr Ehemann stellte einen dampfenden Teller Nudeln vor sie und verbeugte sich spaßig.

»Tut mir leid, dass es so lang gedauert hat.«

»Kein Problem.«

Claire zwang sich zu lächeln. Zuerst Abendessen, und danach musste sie noch ein paar Anrufe erledigen.

# ACHTUNDDREISSIG

## PRIVATE NACHRICHT

**MyBabba - LondonMum**

Hi LondonMum, hoffe, dir geht's gut! Ich wollte dir nur Bescheid sagen, dass sich ein paar von uns mit MammyNo1 nächste Woche im realen Leben zum Mittagessen treffen. Ich werde es nicht ins Forum schreiben – sie glaubt immer noch, dass ihr Ex ihre Postings lesen könnte. Sie hat mir ihre Handynummer gegeben, so haben wir Kontakt aufgenommen. Jedenfalls treffen sich ein paar von uns Mädels mit ihr. Willst du mitkommen?

**LondonMum**

Oh, ich bin so froh zu hören, dass es ihr gut geht. Wegen nächster Woche schaue ich mal. Wo und wann?

**MyBabba**

Wir gehen in einen kleinen Pub in Wicklow, den ich kenne. Der ist unmöglich zu finden, wenn man die Gegend nicht kennt. Am besten fährt man zum Gambolling Lamb an der Hauptstraße. Es ist geschlossen, aber da gibt es einen großen Parkplatz. Dort komme ich hin, und du kannst mir dann hinterherfahren. Ist zwei Uhr okay?

**LondonMum**

Weißt du was? Ich glaube, ich komme. Ich bereue es ein bisschen, dass ich damals nicht in den Park gekommen bin. Es wird mir guttun, mal ein bisschen rauszukommen. Danke für die Einladung, bis dann!

**MyBabba**

Super. Und denk dran, sag nichts darüber im Forum.

**LondonMum**

Meine Lippen sind versiegelt ☺.

# NEUNUNDDREISSIG

»Und, wie fandest du das aus Teak?«

»Das aus Teak. Ja.«

Claire sah Matt an, lächelte und versuchte, etwas Zeit zu schinden. Das aus Teak. Hm. War das das Große, Braune mit dem riesigen Teddybär auf dem Kopfende oder das Kleinere, das an einem Metalljoch hing und aussah, als würde jedes anständige Baby darin seekrank? Das aus Teak. Ihr Ehemann sah sie erwartungsvoll an. Sie musste etwas sagen.

»Es war ... hübsch.«

»Findest du nicht, dass es ein bisschen zu groß für unser Schlafzimmer ist? Ich meine, wir könnten natürlich in den ersten Wochen eine Wiege benutzen, aber aus der wäre es wohl schnell rausgewachsen, und wir wollen es doch für mindestens sechs Monate neben uns. Vielleicht war das Cremeweiße besser? Das mit den herausnehmbaren Seitenteilen?«

»Ich ...«

Claire blieb stehen. Sie hatten sich an diesem Tag gefühlt fünfzig Bettchen angesehen, und keines war gut genug für ihren Mann gewesen. Zu groß. Zu klein. Mal passte es nicht zu ihrem Bett, dann sah es ihm wieder zu ähnlich. Nicht atmungsaktiv. Oder war das die Matratze? Egal, sie hatte nach dem dritten Laden Atemprobleme. Die Ärztin hatte ihren Hausarrest am Tag zuvor gelockert, sie hatte ihr jetzt erlaubt, ein paar Stunden auszugehen, wenn sie langsam machte. Claire hatte an einen Kinobesuch gedacht, vielleicht eine heiße Schokolade und dann ein Spaziergang durch die Zeitschriftenregale ihres Supermarkts. Nicht an einen Ausflug ins Babybettland. Matt sah auf seine Notizen – Notizen! – auf seinem Handy und runzelte die Stirn.

»Du hast recht. Ich glaube, keines ist hundert Prozent richtig. Weißt du, was, warum versuchen wir es nicht mal bei IKEA? Um die Uhrzeit dürfte es da nicht so voll sein.«

»Ich bin nicht ...« Claires Stimme verstummte, als die Aussicht auf heiße Schokolade sich noch weiter entfernte und von skandinavischen Möbeln und vielleicht, wenn sie Glück hatte, einem Mittagessen aus Fleischklößchen und Marmelade ersetzt wurde. Matt sah sie an.

»Oh Gott, Schatz, entschuldige. Du musst fertig sein? Was habe ich mir da nur gedacht? Hör mal, ich bringe dich nach Hause.«

»Vielleicht wäre das am besten.«

Sie lehnte sich an die Kopfstütze und versuchte nach Blutdruck auszusehen, wenn man das so sagen kann. Tatsächlich war es so, dass sie sich fantastisch fühlte. Besser, als sie sich seit Wochen gefühlt hatte. Die drei Tage, die sie ans Haus gefesselt verbracht hatte, hatten ihr bewusst gemacht, wie miserabel sie sich eigentlich in den Tagen vor ihrem Zusammenbruch gefühlt hatte. Sie war wirklich am Ende gewesen. Hatte zu viel gearbeitet, bla, bla, bla. Aber jetzt konnte sie es kaum mehr erwarten loszulegen. Konzentriert und wieder in Aktion. Das einzige Problem war, dass Babybetten nicht gerade besonders spannend waren.

Sie bekam den Farmer und seine Frau einfach nicht aus dem Kopf. Es wurde zu einer Sucht, alle paar Stunden im Netmammy-Forum nach neuen Nachrichten zu schauen.

Der Thread war inzwischen sieben Seiten lang. Und jede zweite Posterin schien denselben Eindruck zu haben. FarmersWife war eine regelmäßige, beliebte Posterin gewesen, und es hatte keinerlei Anzeichen für Selbstmordtendenzen gegeben. Es hatte früher schon viele Diskussionen über Depressionen im Forum gegeben, egal ob postnatal oder andere. Viele der Netmammies erzählten offen von ihren Happy-Pillen. Aber FarmersWife hatte nie geschrieben, dass sie in dieser Richtung Probleme hatte. In der vorigen Nacht, wach und genervt nach ihrem vierten Gang zur Toilette, hatte Claire sich sogar die Postings der Frau durchgelesen, um nachzusehen, ob sie irgendwo angedeutet hatte, dass sie sich überfordert fühlte. Ganz im Gegenteil wirkte sie wie eine Frau, die zwar viel um die Ohren hatte, aber glücklich war und fantastisch damit klarkam.

Sicher, sie hatte gejammert, aber das taten sie alle. Über schlaflose Nächte und Trotzanfälle und Triefnasen. Und Ehemänner, die nichts verstanden oder so taten, als hörten sie nichts. Aber da war auch eine andere Seite. Immer wieder hatte sie, ganz ohne äußeren Anlass, geschrieben, wie unheimlich gern sie Mutter war und wie wunderbar ihre Familie war. Oder sie schrieb, dass Göga etwas getan hatte, worüber sie sich aufgeregt hatte, aber dass sie ihm verziehen hatte und ihn trotzdem liebte. Sie klang einfach wie eine glückliche Frau. Da war absolut nichts, was darauf hinwies, dass sie eines Tages einfach nicht mehr da sein wollte.

»Es gibt nicht immer Anzeichen.«

Alle Therapeuten hatten ihr nach Aidans Tod dasselbe gesagt. Der, zu dem ihre Mutter sie geschleift hatte, der, zu dem ihre Tante sie gefahren hatte, und der dritte, Jahre später, den die Polizei empfohlen hatte. Sie hatten alle immer wieder davon angefangen, dass sie sich nicht die Schuld an Aidans Tod geben konnte, dass da nichts war, was sie hätte erkennen müssen, nichts, was sie hätte wissen müssen. Aber das hatte sie nicht davon abgehalten, sich regelmäßig mit Vorwürfen fertigzumachen. Sie wusste, dass Farmer jetzt dasselbe tat, egal, welche Plattitüden er von anderen Leuten hörte.

»Ich fahr dich dann nach Hause?«

»Danke, Schatz.«

Sie hatte nur ein kleines bisschen schlechtes Gewissen, sich von Matt ins Haus bringen zu lassen und ihm dann zum Abschied zu winken. Ach, es würde ihm gefallen, allein unterwegs zu sein. Auf der Suche nach Bettchen. Matt liebte so was. Pläne. Claire zog es vor, zu glauben, dass die Babysachen sich von selbst regelten, wenn er oder sie mal da wäre. Es nutzte nichts, sich vorher verrückt zu machen.

Nicht, wenn sie sich über so viele andere Dinge Sorgen machen musste.

Sie kochte sich Tee und wanderte mit der Tasse in der Hand durchs Haus. Eine Staubschicht bedeckte den Kamin, den Flurtisch, das Bett im Gästezimmer. Sie sollte wirklich mal ein bisschen putzen. Aber das passte wohl nicht zum »Schonen«, und dieser Arztanweisung folgte sie gern. Aber jetzt musste sie viel Zeit totschlagen.

Ihre Hand streckte sich nach dem Handy in ihrer Tasche, dann riss sie sie wieder zurück. Sie wurde ja richtig süchtig nach diesem Forum. Lächerlich. Sie sollte lieber jetzt damit aufhören, sonst wäre sie nach einem Monat Mutterschutz völlig bekloppt und würde zu einer dieser Idiotinnen, die kleine, fiese Kommentare in den Threads anderer Leute hinterließen, über die korrekte Temperatur, auf die eine Flasche erwärmt werden sollte oder so. Am besten, sie erstickte das sofort im Keim. Es war doch noch ein bisschen was zu tun, bevor das Baby kam. Okay, eine Menge. Jedes Zimmer bekam eine eigene Checkliste. Ihr Bett musste frisch bezogen werden. Das Badezimmer geputzt. Das Gästezimmer ... Mann. Matt war vielleicht auf Wiegenmission, aber im Moment würde nicht mal ein Barbiebett da hineinpassen. Sie sollte wirklich loslegen. Aber wo anfangen? Das war die schwierigste Entscheidung.

Mit dem Auto. Sie hatte nicht mal mehr die Tür geöffnet, seit es von Athlone hierhergebracht worden war. Das war eine nette, machbare, übersichtliche Aufgabe für den Anfang, und ein bisschen sanftes Staubsaugen würde ihren Blutdruck wohl kaum in die Höhe jagen. Fast begeistert ging sie die Treppe hinunter, ließ ihren Tee auf dem Flurtisch stehen und ging zum Peugeot, der ordentlich geparkt in der winzigen Auffahrt stand. Allerdings nicht ordentlich aufgeräumt. Sie drückte auf den Schlüssel, öffnete die Fahrertür und musste dann würgen, als ihr klar wurde, dass das frische Hühnersandwich ihrer Mutter sich in ein chemisches Experiment verwandelt hatte. Sie hatte den Namen des jungen Beamten, der das Auto für sie zurückgefahren hatte, vergessen, aber er war offensichtlich von der nervösen Sorte, zu ängstlich, irgendetwas ohne ihre Erlaubnis zu berühren. Ein Polizist ohne den Hauch von Polizei. Das waren die schlimmsten.

Sie hielt die Luft an, griff hinein und packte eine Handvoll Zeitungspapier, um die weiche, braune Tüte herauszuholen. Ihr Blick fiel auf die Titelseite. Und sie las eine erschreckend bekannte Geschichte.

»Dorf in Trauer vereint über den plötzlichen Tod einer dreifachen Mutter«.

Von dieser Geschichte hatte ihre Mutter unaufhörlich

geredet. Claire runzelte die Stirn, und ein paar der Einzelheiten fielen ihr wieder ein. Tot im Auto aufgefunden. Hinterlässt drei Jungen ... Oh Gott, FarmersWife. Die Region passte auch, sie musste es sein. Das Sandwich vergessen, nahm sie die Zeitung heraus und strich sie auf der Motorhaube glatt. Die Details waren exakt, wie Farmer sie beschrieben hatte – sie nannte ihn immer noch Farmer, obwohl sie jetzt wusste, dass er einen Namen hatte. Jim Leahy. Seine Frau hieß Martha. Im Artikel stand nichts Neues, nichts, was er nicht auch im Forum geschrieben hatte. Aber da war ein Foto.

Sie betrachtete es, versuchte, etwas zu sehen, was nicht da war. Es war einfach nur ein normales Familienfoto. Ein Mann mit einem kleinen Baby im Arm, links von ihm legte eine schwangere Frau ihre Arme um einen sich windenden kleinen Jungen, während sie gleichzeitig versuchte, in die Kamera zu lächeln. Es war auch leicht unscharf, die Art von Foto, die man oft löschte, wenn kein Platz mehr auf der Karte der Kamera war. Wahrscheinlich war es jetzt das wertvollste, das die Familie besaß.

Es gab keine Anzeichen dafür ...

Ach, hör schon auf, Claire. Du bist ja besessen.

Aber selbst als sie versuchte, den Gedanken zu verdrängen, fuhr sie unwillkürlich mit den Fingern über die Zeitung. So hat sie also ausgesehen. Die Netmammy. Tod einer Netmammy.

Warum klang das so vertraut? Oh Himmel, natürlich. Diese Frau, die Flynn angerufen hatte, an dem Tag, an dem Miriam Twohys Leiche gefunden wurde. Sie hatte Netmammy erwähnt, sie war davon überzeugt gewesen, dass sie Miriam Twohy aus dem Internet gekannt hatte, hatte dann aber bald noch einmal angerufen, um zu sagen, dass sie sich geirrt hatte. Claire hatte dem damals keinerlei Bedeutung beigemessen. Aber da hatte sie den Namen zum ersten Mal gehört. Sie zerknüllte die Zeitung in ihrer Hand und holte mit angewidertem Gesichtsausdruck das vergammelte Sandwich aus dem Auto. Sie wurde langsam verrückt. Bildete sich Verbrechen ein, die es nicht gab. Sie musste zur Gymnastik gehen oder so, damit sie was zu tun hatte. Die Ärzte konnten doch nichts gegen Schwimmen haben, das gehörte doch sicher zu den empfohlenen Dingen. Stimmt doch? Oder war das Yoga?

Regina Mulhaire war inzwischen Inspector. Sie hatten über die Jahre locker Kontakt gehalten, sich in der Weihnachtsmesse gegrüßt und waren sich bei Beerdigungen über den Weg gelaufen. Claire würde sie nicht unbedingt eine Freundin nennen. Aber sie wusste, dass sie ihr einen Gefallen tun würde, wenn sie einen brauchte.

Und das tat sie nicht.

Sie ging wieder hinein, wickelte das Sandwich in so viele Plastiktüten, wie sie finden konnte, und warf es in den Mülleimer. Sie überlegte, die Mülltüte zu wechseln, dann hatte sie plötzlich das Telefon in der Hand. Es brauchte zwei Versuche, um ins Revier durchzukommen, aber als sie endlich rangingen, stellten sie sie direkt durch. Regina fragte nicht, warum Claire die Information brauchte, was gut war, weil sie nicht gewusst hätte, was sie ihr sagen sollte.

Essen. Mit Essen könnte sie eine Stunde totschlagen. Aber nach dem Zwischenfall mit dem verschimmelten Hühnchen erschien nicht mal ein Käsetoast appetitlich, also ging sie in den Flur und leerte die Waschmaschine, die in die winzige Lücke unter der Treppe geklemmt worden war. Das dauerte gerade mal fünf Minuten. Den

Trockner zu leeren und die saubere Wäsche wegzuräumen dauerte zehn. Ihre Mutter hatte ihr gesagt, sie solle alle Babykleidung vorher waschen. Das würde sie wahrscheinlich. Wenn sie denn mal dazu kam, welche zu kaufen.

Im Fernsehen lief nichts. Mal ehrlich, wie verbrachten Arbeitslose ihre Tage? Sie mussten verrückt werden. Oder fett. Wahrscheinlich beides. Sie entdeckte ihren Tee, probierte ihn, kochte einen neuen und stellte ihn wieder ab. Sie schlenderte in den Flur und sah aus der Haustür, schätzte die Regenwahrscheinlichkeit ein. Sie könnte später vielleicht spazieren gehen. Wenn Matt zustimmte. Andererseits würde er dann vielleicht merken, dass sie gar nicht so erschöpft war, wie sie vorher vorgegeben hatte. Wahrscheinlich wäre es das Beste, auf dem Sofa zu bleiben.

Das Sofa. Ihr Hintern hatte inzwischen schon einen Abdruck im Sitzkissen hinterlassen. Sie rutschte in eine Richtung, dann in die andere. Versuchte, ihre Füße hochzulegen, und verzog das Gesicht, als sie daraufhin Sodbrennen bekam. Sie schmiss frustriert ein Kissen durchs Zimmer und zuckte zusammen, als es nur knapp die frischen Blumen verfehlte, die Matt erst heute Morgen hingestellt hatte. Ein Geschenk aus der Collins Street. Hoffe, du genießt deine Pause. Herrgott, sie wurde wahnsinnig.

Vor lauter Begeisterung hätte sie das Telefon fast verschluckt, als es klingelte. Und sie spürte, wie ihr Herz schneller schlug, als sie hörte, was Regina Mulhaire ihr zu sagen hatte. Martha Leahy hatte sich umgebracht, indem sie einen Schlauch vom Auspuffrohr durch das Fenster an der Fahrerseite geführt hatte. Das war heutzutage keine beliebte Selbstmordart mehr, da die neuen Autos viel weniger Abgase produzierten, was es schwieriger und weniger effizient machte. Aber diese Frau hatte eine fünfzehn Jahre alte Blechkiste aus weniger $CO_2$-sensiblen Zeiten gefahren. Es war sehr wahrscheinlich, dass sie eingeschlafen war, bevor das Gift tatsächlich wirkte, weil eine Mischung aus Alkohol und Medikamenten in ihrem Blut gefunden worden war. Diphenhydramin. Das Zeug, das man in jeder Apotheke bekam.

Oh mein Gott. Oh mein Gott.

Claire wusste, dass es unhöflich gewesen war, das Telefonat so abrupt zu beenden, aber Höflichkeit war jetzt das Letzte, woran sie dachte. Ihr Verstand raste, sie klickte fast reflexhaft auf die Netmammy-App. Das Forum öffnete sich vor ihr, aber sie ging direkt zu ihrem Posteingang. Da war nur eine PN. Sie hatte sie nicht beachtet, als sie gestern angekommen war. Aber jetzt schien sie sie anzuschreien.

**LondonMum – SofaBound**

Hi. Ich hoffe, das Leben auf dem Sofa läuft gut! Ich wollte nur sagen, dass ich deinen Ratschlag für MammyNo1 wirklich nett fand. Ich kann in deinen Postings erkennen, dass du wirklich weißt, worüber du schreibst. Ich wollte dir jedenfalls Bescheid sagen, dass ein paar von uns sich morgen Nachmittag mit ihr treffen. MyBabba organisiert es, es wird sicher schön sein, das Gesicht zu einem Namen zu kennen und sie ein bisschen zu unterstützen. Sie wird uns per PN noch den Treffpunkt nennen. Ich vermute aber, dass du dieses Sofa nicht verlassen darfst! Aber ich dachte, ich sage es dir mal, nur für den Fall.

Liebe Grüße

LondonMum (Yvonne)

Angst stieg in ihr hoch, zusammen mit Aufregung. Die Aufregung, die sie immer empfand, wenn ein Fall anfing, logisch auszusehen, wenn Informationen reinkamen oder zum Greifen nahe waren. Wenn Verbindungen gezogen wurden. Claire lief atemlos ins Gästezimmer, in das sie ihre Aktentasche geworfen hatte, als sie vom Krankenhaus nach Hause geschickt worden war.

Darin war eine Fotokopie von allen Notizen, die während der Mordermittlung im Fall Miriam Twohy gemacht worden waren. Sie überflog rasch den Obduktionsbericht. Diphenhydramin. Einfach zu besorgen, doch in der Kombination mit Alkohol führte es garantiert zu einem tiefen Schlaf. Dieselbe Mixtur. Aber da war noch etwas anderes gewesen. Sie blätterte die Seiten durch, konnte jedoch die letzte Seite, die sie suchte, nicht finden. Weil sie verdammt noch mal nicht abgeheftet worden war. Nun, sie selbst hatte sie nicht abgeheftet. Sie hatte Flynns sorgfältig geschriebene Notizen entgegengenommen und in ihre Jackentasche gestopft, in der Absicht, später etwas damit anzufangen. Dann war der Anruf wegen Merview eingetroffen, und sie hatte es völlig vergessen. Außerdem, hatte die Frau nicht sowieso noch mal angerufen und alles wieder zurückgenommen? Man konnte ihr nicht vorwerfen, dass sie es ignoriert hatte, oder? Dass ihr nicht klar gewesen war, wie wichtig diese Information war? Denn, dachte sie, und in ihrer Magengrube bildete sich Eis, es könnte sein, dass sie Scheiße gebaut hatte.

Eine Jackentasche. Ihre marineblaue. Die Einzige, die noch passte. Die Jacke hatte sie weit hinten in ihren Schrank gepfeffert. Sie holte sie und spürte, wie ihr schwindelig wurde, als sich ihre Hand um zerknülltes Papier schloss. Sie zog es heraus und las die Notizen in

Flynns unverkennbarer Handschrift. Die Einzelheiten zum ersten Anruf, den sie erhalten hatten. Eine Frau namens Yvonne Grant hatte behauptet, Miriam Twohy über die Website Netmammy zu kennen. Ihr Nickname, den Flynn in ordentlicher, runder Schreibschrift notiert hatte, lautete MyBabba.

Scheiße. Scheißescheißescheiße. Das, was Claire an Miriam Twohys Ermordung von Anfang an gestört hatte, war die Vorstellung, dass sie freiwillig in ihren Tod gegangen war. Dass eine Frau, die praktisch kein Sozialleben hatte, deren Idealvorstellung eines netten Abends es war, mit ihrer Mutter auf dem Sofa zu sitzen und *X Factor* zu schauen, plötzlich ausgegangen war, in einem Pub einen Fremden getroffen hatte und mit ihm nach Hause gegangen war.

Aber was, wenn er kein Fremder gewesen war? Was, wenn sie gedacht hatte, sie wären Freunde? Was, wenn das Treffen über eine Website arrangiert worden war und sie das Gefühl gehabt hatte, sie könnte der Person hinter dem Bildschirm vertrauen? Claire holte ihr Handy und suchte rasch. MyBabba war sehr aktiv bei Netmammy, sie hatte Tausende Postings geschrieben, viele spätabends, vermutlich, wenn ihr Kind im Bett war und die einsame Frau sich hundert anderen in einer ähnlichen Situation zuwandte.

Was, wenn eines Tages eine von denen geschrieben hatte, wir treffen uns. Du kennst uns inzwischen doch gut. Warum kommst du nicht auch?

Und das war sie.

»MyBabba organisiert es.«

Aber es ergab immer noch keinen Sinn. Wenn Miriam Twohy MyBabba war, warum schrieb sie dann immer noch? Schließlich hatte Yvonne Grant sie deshalb noch einmal angerufen und ihre ursprüngliche Information zurückgezogen.

MyBabba war wieder aufgetaucht.

War sie das wirklich? Wie schwer konnte es schon sein, auf der Website die Identität von jemandem anzunehmen? Claire saß am Bettrand, ging wieder auf die Homepage und loggte sich als SofaBound aus. Die Willkommensseite stand da und wartete. Sie schrieb MyBabba und machte eine Pause. Sie brauchte nur ein Passwort. Aber das könnte alles sein. Vor drei Jahren hatte das Revier sie zu einem Fortbildungskurs über Cyberkriminalität geschickt. »Ein Reiseführer durchs Internet für Idioten« hätten sie ihn nennen sollen. Aber anstelle eines Zeugnisses zur Computersicherheit war sie mit der Telefonnummer des Kursleiters nach Hause gegangen. Angesichts der Tatsache, dass der Kursleiter heute ihr Ehemann und Vater ihres ersten Kindes und ein außergewöhnlicher Wiegenexperte war, fand sie, dass sich der Kurs gelohnt hatte. Aber jetzt hätte sie sich treten können, weil sie nicht zugehört hatte, was Matt damals erzählt hatte, und stattdessen nur darauf geachtet hatte, wie breit seine Schultern waren, während er redete. Es war das erste Mal, dass sie einen Mann auf einen Drink eingeladen hatte, und nach seinem zuerst überraschten, dann erfreuten Gesichtsausdruck zu urteilen, war es anscheinend auch das erste Mal gewesen, dass eine Frau ihn gefragt hatte. Und keiner von ihnen hatte sich je wieder mit jemand anderem getroffen. Es war allerdings sinnlos, ihn anzurufen und hierbei um Hilfe zu bitten. Er würde sie umbringen, wenn er wüsste, dass sie irgendetwas Abenteuerlicheres tat als Teekochen.

ABC123. Falsches Passwort. Denk nach, Claire. Sie würde nur Schwierigkeiten bekommen, wenn sie es blind versuchte. Was, wenn es so eines dieser »Drei Versuche, dann sind Sie raus«-Programme war? Ihr Verstand ging hektisch das bisschen Information durch, das von Matts Kurs hängen geblieben war. »Denk an das Offensichtlichste«, hatte er gesagt. Tiernamen. Oder Kindernamen.

Mit zitternden Händen kehrte Claire zum Log-in zurück. Und tippte »Réaltín«.

Falsches Passwort. Der Mörder, sie war jetzt davon überzeugt, dass derjenige, der sich als MyBabba ausgab, der Mörder war, war nicht dumm.

Claire wusste, dass sie einen Riesenfehler gemacht hatte, als sie diesen ersten Anruf ignoriert hatte. Sie konnte sich keinen weiteren leisten.

# VIERZIG

Das Büro von Netmammy befand sich im vierten Stock. Natürlich. Claire schaute düster auf das Schild, schloss das Autofenster und parkte rückwärts ein.

Das Gewerbegebiet West Dublin, in dem sich der Sitz der Firma befand, war leicht zu finden. Die Handelsregisterbehörde hatte ihr die Adresse genannt, und das GPS an ihrem Handy hatte sie in überraschend kurzer Zeit hingeführt. Aber niemand hatte bisher eine App erfunden, die ihren Hintern vier Stockwerke die Treppen hinaufhieven würde. Also los.

Sie unterdrückte ein Stöhnen und drückte die schwere weiße PVC-Tür auf. Es gab kein Foyer und keinen Empfangsbereich, nur ein kleines Viereck mit schmutzig grauem Teppich und Treppen. Sie sah angeekelt auf das klebrige Geländer, hielt die Hände am Körper und begann, sich hinaufzukämpfen.

Die erste Treppe führte zu einem genauso schäbigen Treppenabsatz und drei weiteren weißen Türen, dieses Mal aus Holz. Nur an einer hing ein Schild, und Claire fragte sich, wer gern ein Büro namens »Tru Health« an einem solchen Ort besuchte oder was Tru Health überhaupt verkaufte. Da sie sich durch und durch ungesund fühlte, machte sie mit ihrem Aufstieg weiter.

Ihr Rücken tat weh, und ihr Kopf war benommen. Diese bescheuerten Blutdrucktabletten. Sie hatten mehr Nebenwirkungen als positive Effekte, fand sie, denn sie bekam dadurch das ständige Gefühl, ein bisschen stoned, distanziert und unkonzentriert zu sein. Und sie durfte nicht mal Kaffee trinken, um sich ein bisschen aufzuputschen. Aber Sport war ja angeblich gut für Schwangere. Sie schimpfte mit sich, weil sie jammerte, dann ging sie schneller, passierte zwei weitere, identische Etagen und kam schließlich in der vierten an.

Die Netmammy-Büros verfügten über ein kleines Schild in der vertrauten marineblauen Schrift und eine Klingel. Aber Claire wollte sich nicht ankündigen, stattdessen drückte sie sanft auf die Klinke; zur Belohnung schwang die Tür still nach innen. Das Büro war innen viel größer, als sie erwartet hatte, die Firma umfasste offensichtlich den gesamten vierten Stock des Gebäudes. Aber das Gefühl der Weite wurde völlig ruiniert von Schachteln, Akten und etwas, das wie Altpapier aussah und auf jeder freien Oberfläche und dem Fußboden gestapelt war. In einem Sonnenstrahl, der durch ein schmutziges Fenster fiel, tanzten Staubkörner, und Claire spürte, wie ihre Nase juckte.

»Kann ich Ihnen helfen?«

Der Tonfall hätte nicht weniger hilfsbereit sein können, und Claire straffte ihre Schultern, während die große blonde Frau hinter einem Computerbildschirm aufstand. Am anderen Ende des Raumes war der Kopf eines Mannes hinter einem identischen Bildschirm zu sehen, aber er sah nicht auf, als die Blondine zu ihr ging.

»Haben Sie einen Termin?«

Die Frau war Mitte vierzig, übergewichtig, trug aber zum Ausgleich ein bunt gemustertes Wickelkleid und eine Kostümjacke. Als sie auf ihren hohen Absätzen nach hinten schwankte, traf ein blumiges Parfüm Claires Rachen, und sie unterdrückte einen Hustenreiz.

Stattdessen zog sie ihre Polizeimarke aus der Tasche.

»Detective Claire Boyle. Kann ich mit dem Verantwortlichen sprechen, wer auch immer das ist?«

Die Frau legte ein strahlendes Lächeln auf. Falls sie es ungewöhnlich fand, dass eine schwangere Polizistin in Zivil unangekündigt mitten am Tag allein in ihrem Büro auftauchte, dann zeigte sie es nicht. Nicht zum ersten Mal schickte Claire ein stilles Dankgebet wegen der Mischung aus Skepsis und widerwilligem Respekt, die typisch für die Haltung der meisten Iren gegenüber ihrer Polizei war. Manchmal war das sehr praktisch.

In freundlichem Tonfall erklärte Claire, was sie wollte oder was sie dachte, was sie wollte. Ermittlungen in einem Schwerverbrechen. Der Verdacht, dass einer der Täter die Netmammy-Seite benutzte. Erlaubnis, die Daten einzusehen?

»Völlig unmöglich.«

Aha, ihr Respekt reichte also nicht sehr weit. Die Blonde, die sich als Sandra Johnson, CEO von Netmammy, vorstellte, benutzte all die richtigen Wörter – Datenschutz, Schweigepflicht gegenüber den Kunden, Durchsuchungsbeschluss –, aber ihre Haltung schrie: »Ich bin hier der Boss, Sie können mich mal.«

Claire schoss zurück mit ein paar eigenen Schlagwörtern, Gefahr im Verzug, entscheidende Informationen, bla, bla, bla, aber sie konnte der Frau ansehen, dass sie sich nicht beeindrucken ließ, und als die Blondine schließlich im Collins-Street-Revier anrufen wollte, um mehr Informationen zu bekommen, wusste sie, dass es an der Zeit war zu gehen. Das Letzte, was sie wollte, war, dass der Superintendent herausbekam, was sie gerade tat.

Sie murmelte düster etwas über Genehmigungen, die

sie organisieren würde, und dass eine Kooperation sehr wichtig wäre, drehte sich um, zog die Tür hinter sich zu und ging, so schnell sie konnte, die schmuddelige Treppe hinunter.

Zu schnell. Ihr wurde schwindelig, während sie sich nach unten kämpfte, Stufe um Stufe, Etage um schäbige Etage. Das hier war doch sicher das Erdgeschoss? Sie versuchte es an einer Tür, dann an einer anderen. Alle waren verschlossen. Vielleicht noch ein Stockwerk? Mit dröhnendem Kopf packte sie das Geländer und versuchte, langsamer zu atmen. Wie dumm, dass sie Matt nicht gesagt hatte, wohin sie ging. Sie hatte nicht mal ihre Medikamente mitgenommen, hatte nicht daran gedacht, dabei müsste sie in weniger als einer Stunde eine Tablette nehmen. Ihre Knie gaben nach, und sie sank auf die schmutzige Treppe, den Kopf in die Hände gestützt. Nur eine Minute, nur eine Minute Ruhe, dann würde sie nach Hause fahren …

»Alles in Ordnung?«

Ihr Herz machte einen Satz, als sie eine Hand auf ihrer Schulter spürte. Sie kämpfte sich auf die Füße und blinzelte, als sie nach und nach ein Gesicht erkannte.

»Sie sehen nicht gut aus.«

Dunkles Haar, Brille … nach einem Moment erkannte Claire den Mann, der am anderen Ende des Netmammy-Büros am Computer gearbeitet hatte.

»Mir geht's gut.«

»Nun ja …«

Der Mann war dünn, aber groß und gut gebaut, muskulöse Arme in einem braunen T-Shirt. Seine grünen Augen hinter Brillengläsern einer dicken, schwarzen Brille wurden schmäler.

»Hören Sie mal, sind Sie wirklich Polizistin?«

Claire nickte, unsicher, wie viel sie verraten sollte.

»Ja.«

»Bei Sandra sind Sie nicht sehr weit gekommen.«

Claire machte eine Pause, dann beschloss sie, dass sie nichts zu verlieren hatte.

»Sie war nicht sehr hilfsbereit, nein.«

Der Mann schnaubte, zuckte mit den Schultern.

»Die? Die würde einem nicht mal den Dampf ihrer Pisse gönnen.«

Dieser alte irische Spruch klang wie etwas, das ihre Mutter sagen könnte, und passte so gar nicht zu der Hipster-Uniform, sodass Claire laut auflachte. Er blinzelte sie an, verstand nicht, was lustig war.

»Hören Sie, können wir irgendwohin gehen? Haben Sie ein Auto oder so? Ich glaube, ich kann Ihnen helfen.«

»Klar.«

Claire drehte sich um und ging die Treppe weiter runter.

»Ich stehe auf dem Parkplatz. Folgen Sie mir.«

»Ja, also, ich arbeite seit sechs Monaten hier. Technischer Leiter wäre wohl der offizielle Titel, aber sie hat mir natürlich nicht erlaubt, den zu verwenden. Wenn ich gehe, hält sie den Laden keine fünf Minuten am Laufen. Sie wissen, wie das ist. Sie glaubt, sie wäre der Chef, aber sie hat nicht die leiseste Ahnung von der Technik.«

Claire nickte aufmunternd.

Shawn – er hatte den Namen nicht einmal, sondern dreimal buchstabiert – gehörte zu den nützlichsten Informanten überhaupt, ein genervter Angestellter. Durch seinen Job als Praktikant oder, wie er es stets nannte, als unterbezahlter Sklave bei Netmammy hatte er viel darüber gelernt, wie die Firma lief, und er schien entschlossen, mit Claire jedes einzelne Detail zu besprechen. Dabei verpasste er nie eine Chance, seine völlige Abscheu für seine Chefin klarzumachen, wo er gerade dabei war.

Die ersten fünf Minuten seiner Tirade fand Claire tatsächlich interessant. Obwohl sie jetzt täglich Netmammy benutzte, hatte Claire sich keine Gedanken darüber gemacht, wie die Site eigentlich gemanagt wurde. Aber laut Shawn war das Unternehmen tatsächlich sehr profitabel. Irland erlebte gerade mal wieder einen Babyboom, und irische Anbieter von allem Möglichen, von Ökowindeln bis zu Flaschenwärmern, inserierten gern auf der Homepage. Sandra Johnson verdiente anscheinend ordentlich an der Site, die sie ursprünglich mit ihrem Mann in ihrem Wohnzimmer gegründet hatte. Der Mann war jetzt ein Ex-Mann – Shawn musste von einer langen Erläuterung, mit wie viel Glück er rausgekommen war, abgehalten werden –, und mit ihm war der größte Teil des technischen Wissens der Firma gegangen. Shawn war eingestellt worden.

»Zu einem absoluten Sklavenlohn. Ich meine …«

»Ja, schon gut.«

Claire hob die Hand. Sie könnte inzwischen wohl Sandra Johnson als ihr Spezialthema in einer Quizshow wählen, kam aber dem, was sie tatsächlich brauchte, nicht näher. Außerdem merkte sie, dass Shawn, trotz seiner coolen Klamotten, ein ziemlicher Langweiler war. Und sie würde einen Zehner darauf wetten, dass sein Name auf seiner Geburtsurkunde Séan buchstabiert wurde. Aber er war alles, was sie hatte, und sie beschloss, eine direkte Frage zu riskieren.

»Ich muss in das Benutzerkonto von jemandem. Können Sie mir dabei helfen?«

Seine Wangen wurden rot, und er wackelte mit seinem rechten Bein rauf und runter, dabei klopfte sein Schuh auf den Autoboden.

»Ist das hier, also, eine Art offizielle Polizeigeschichte?«

»Ist es, ja.«

Nun ja, dachte Claire, eigentlich war es eine ART Polizeigeschichte, aber eben nicht offiziell. Aber das brauchte er nicht zu wissen.

»Cool. Also, dann sind Sie beim Richtigen gelandet.«

Er fing an, im Takt zu seinem Fußwackeln auf seinen Oberschenkel zu schlagen, und Claire machte sich Sorgen, der Wagen könnte dadurch ins Wackeln kommen.

»Ich werde übrigens nächste Woche kündigen, hab eine neue Stelle, Börsentypen, die zahlen gut, das wissen Sie ja. Also los. Ich helfe doch gern unserem Freund in Uniform, wissen Sie? Und den Freundinnen. Ich meine ...«

Er verstummte und schob mit seiner nicht wackelnden Hand seine Brille auf der Nase hoch. Ihr fiel auf, dass er etwas verschwitzt war, und sie hätte am liebsten das Fenster geöffnet, um frische Luft ins Auto zu lassen. Stattdessen atmete sie tief ein und konzentrierte sich darauf, ihm exakt zu erklären, was sie brauchte.

»Ich brauche Zugriff auf das Benutzerkonto von jemandem. Muss die Privatnachrichten lesen. Eigentlich sind es zwei Accounts.«

Er runzelte die Stirn, und die dicke, schwarze Brille rutschte wieder nach unten.

»Also das ist eigentlich ziemlich schwierig. Die sind doch alle durch Passwörter geschützt?«

»Sie können also gar nicht drankommen? Mussten Sie sie noch nie überprüfen, irgendeinen Account checken?«

»Oh Gott, nein.« Er verzog das Gesicht. »Ich halte mich

so weit wie möglich von den eigentlichen Kunden fern, um ehrlich zu sein. Ich meine, haben Sie sich mal den Mist durchgelesen, den die da verzapfen? Ein Haufen jammernder Frauen. Jammerjammerjammer. Idioten, die meisten jedenfalls. Und sie haben keine Ahnung von Rechtschreibung.«

Claire, die seine vehemente Antwort ziemlich verärgerte, sagte nichts. Und nach einer Weile erhellte sich sein Gesicht.

»Wissen Sie was, ich kann das System für Sie zum Absturz bringen. Aber Sie müssen sich beeilen. Haben Sie einen Computer hier?«

Sie hob ihr iPhone hoch und wedelte damit vor seiner Nase herum. Er nickte zufrieden.

»Das reicht. Ich setze sämtliche Passwörter auf PASSWORT zurück, groß geschrieben. Damit können Sie auf jedes Benutzerkonto zugreifen, das Ihnen einfällt. Aber Sie müssen wirklich schnell sein. Ein paar der Frauen sind süchtig, sie werden innerhalb von Minuten merken, dass es ein Problem gibt, und dann werden sie sich ans Büro wenden und motzen und mosern, wie üblich. Ich werde Sandra erzählen, dass es ein Systemfehler ist und dass ich daran arbeite.«

Er lehnte sich wichtigtuerisch zurück, das Bein endlich ruhig.

»Sie weiß, dass ich es schnell reparieren kann, egal worum es sich handelt. Sie haben zwanzig Minuten, maximal. Reicht Ihnen das?«

Claire nickte. Es war das beste Angebot, das sie bekommen würde. Es gab zweifellos einen legalen, ethisch und technisch korrekten Weg, an die gewünschten Informationen zu kommen. Aber sie hatte keine Zeit. Diese Vorgehensweise würde sie tief in die Scheiße reiten, sollten ihre Vorgesetzten herausbekommen, was sie getan hatte. Aber sie klang effektiv. Und schnell. Shawn richtete wieder seine Brille und sah sie direkt an.

»Bekomme ich dafür eine Belohnung?«

»Nur die Belohnung, zu wissen, dass Sie eine gute Tat getan haben.«

Seine Augen wurden schmäler, wodurch er älter aussah, als er auf den ersten Blick wirkte.

»Das ist ein bisschen wenig.«

»Nun, es muss reichen.«

Plötzlich war das Auto zu klein, die Luft erstickend. Sie wollte, dass er ausstieg, rasch.

»Ich gebe Ihnen meine Karte, okay? Melden Sie sich in ein paar Tagen, und ich sehe mal, was ich tun kann.«

Die einzige Telefonnummer auf der Karte war die von ihrem Schreibtisch in der Collins Street, und dahin würde sie erst in einem knappen Jahr zurückkehren. Aber genau wie sie vermutet hatte, las er sie gar nicht, nickte nur selbstzufrieden und steckte sie in seine Jeans.

»Abgemacht. Okay. Warten Sie, bis ich wieder oben bin. Und dann arbeiten Sie, so schnell Sie können.«

Sie brauchte schließlich nur eine Viertelstunde.

Sie tippte wild auf ihrem Handy herum und betete, dass die 3G-Verbindung hielt. Claire ging auf die Netmammy-Homepage und loggte sich als LondonMum ein. »Shawn« war vielleicht etwas neben der Spur, aber er hatte eine geschickte Lösung für ihr Problem gefunden. Sie tippte »PASSWORT« in die leere Zeile des Formulars zum Einloggen, und LondonMums Seite öffnete sich unter ihrem Daumen. Die Frau benutzte das Forum sehr häufig, und die Seite war voller Postings, »geliketer« Produkte und Lesezeichen für Homepages. Claire scrollte schnell nach unten und fand die Seite mit den Privatnachrichten. Sie öffnete den Ordner mit den gesandten Mails und fing an zu lesen.

LondonMum hatte viele Nachrichten geschrieben. Einige gingen an MyBabba, gesendet über mehrere Monate. Je zwei an FarmersWife, MeredithGrey und Della. Und natürlich eine an Claire selbst, SofaBound.

Und dann war da die, nach der sie gesucht hatte.

Toll, bis dann!

Claire überprüfte die Zeit und das Datum. Und kehrte zum Posteingang zurück.

## PRIVATE NACHRICHT

**MyBabba - LondonMum**

Wir gehen in einen kleinen Pub in Wicklow, den ich kenne. Der ist unmöglich zu finden, wenn man die Gegend nicht kennt. Am besten fährt man zum Gambolling Lamb an der Hauptstraße. Es ist geschlossen, aber da gibt es einen großen Parkplatz. Dort komme ich hin, und du kannst mir dann hinterherfahren. Ist zwei Uhr okay?

Es war jetzt fünf nach eins. Sie hatte nur eine vage Vorstellung davon, was sie tun würde, wenn sie dorthin kam, aber wenn sie dieses Treffen verhindern wollte, dann musste sie jetzt los. Doch da war noch ein Benutzerkonto, das sie zuerst überprüfen musste. Schnell loggte sie sich als LondonMum aus und als FarmersWife ein. Der Account, der früher so heftig benutzt worden war, lag seit einer Woche brach. Sie unterdrückte ein kurz aufkommendes schlechtes Gewissen und fing an, die Nachrichten durchzugehen. Eine stach heraus.

## PRIVATE NACHRICHT

**MammyNo1 - FarmersWife**

Hallo. Verkaufst du diese Flaschen noch? Ich würde dir dreißig Pfund dafür geben. Ich wohne selbst nicht in Galway, aber mein Bruder arbeitet dort. Er kann dich treffen und sie für mich kaufen, wenn das in Ordnung ist?

Und die Antwort:

Ja, super. Hier ist meine Nummer. Sag ihm, er soll mir eine SMS schicken. Ich treffe ihn dann dort.

MammyNo1. Claire kannte den Namen natürlich aus dem Forum, wusste aber nicht so genau, wie er hier hereinpasste. Aber sie hatte jetzt keine Zeit, das herauszufinden. Sie sah auf ihre Uhr. Sie musste los. Aber wenn sie noch eine Minute hätte …

Sie loggte sich aus und ging zum dritten Mal auf die Seite, dieses Mal als MyBabba. Dieses Benutzerkonto war sogar noch aktiver als das von LondonMum. Sie ging zu den Privatnachrichten. Da waren Hunderte, über fast drei Jahre. Sie sah sich die neuesten Nachrichten an, darunter jene an LondonMum, die das Treffen in Wicklow einfädelten. Sie ging noch ein paar Wochen zurück und fand, wonach sie suchte.

PRIVATE NACHRICHT

**MammyNo1 - MyBabba**
Hallo. Wir haben uns auf einen Pub geeinigt, jippie! MacCabes, direkt an der Cork Street, kennst du den? Es ist zwar eine Spelunke, aber eine der anderen wohnt in der Nähe, und sie meinte, wir bekommen selbst an einem Samstag auf jeden Fall einen Tisch. Und wir können dann ja immer noch weiterziehen.

MyBabba hatte geantwortet.

Toll. Ich komme so gegen acht. Ich bin ein bisschen nervös, ist das nicht dumm?

**MammyNo1**
Ich weiß, wie du dich fühlst, aber keine Sorge. Wir werden nur zu dritt oder viert sein. Wir sind alle Mamis, kein Grund, Angst zu haben LOL. Das wird lustig.

**MyBabba**
Toll. Bis dann.

Claire schloss die Augen. Miriam Twohy hatte geglaubt, sie würde ihre Freundinnen treffen. Stattdessen war sie in ihren Tod gelockt worden. Claire wusste nicht, warum, und sie hatte keine Zeit, das jetzt herauszufinden. Sie war davon überzeugt, dass LondonMum in ähnlicher Gefahr schwebte. Sie konnte es allerdings nicht riskieren, Flynn oder sonst jemanden im Revier anzurufen. Ihr Besuch im Hauptquartier von Netmammy war vollkommen unautorisiert gewesen, und sie könnten auf ihre Information hin nichts unternehmen, ohne wenigstens eine offizielle Ermittlung anzuschließen. Sie würde selbst etwas tun müssen.

# EINUNDVIERZIG

Yvonne schnallte sich an und spürte das übliche schlechte Gewissen, als sie vom Parkplatz fuhr. Sie hasste es, ihre Tochter zurückzulassen. Was lächerlich war. Róisín liebte es, bei Hannah zu sein. Sie war vielleicht nicht die herzlichste Schwiegermutter der Welt, aber sie war vernarrt in ihre Enkelin, und das kleine Mädchen vergötterte sie. Sie käme schon klar. Beide kämen klar. Jeder sagte ihr, dass sie Zeit für sich allein brauche, vielleicht war es so weit, darauf zu hören. Sie bremste und sah zurück zum Apartmentblock. Die drei standen am Fenster, Hannah wedelte mit dem Arm des Babys und imitierte einen Abschiedsgruß. Hannah, Róisín und Bill. Yvonne schauderte. Es sah aus, als seien sie die Familie, wie sie da standen, und sie selbst nur die Besucherin. Während sie sie betrachtete, lehnte Bill sich vor und küsste seine Nichte prustend auf die Wange. Als sie sah, wie ihre Tochter sich vor Kichern schüttelte, musste Yvonne gegen den Impuls ankämpfen, den Motor auszuschalten, zurückzulaufen und sie aus seinen Armen zu reißen.

Aber das wäre Wahnsinn. Bill war ihr Freund. Vermutlich der beste Freund, den sie in Irland hatte, dachte sie, während sie nach rechts blinkte und auf die Hauptstraße fuhr. Wie immer hatte seine Anwesenheit in der Wohnung heute Morgen alles so viel leichter gemacht. Sie war wie verabredet gegen elf gekommen, in der Tasche einen Zettel mit den Uhrzeiten, wann Róisín schlafen und essen musste. Hannah hatte wie üblich alle ihre Kommentare an das Baby gerichtet und ihm mit einem breiten, künstlichen Lächeln erzählt, dass seine Mami eine riesige Liste mit Anweisungen für sie hatte, als hätte sie nicht selbst Kinder großgezogen. Aber bevor eine von ihnen etwas sagen konnte, das sie später bereuten, war Bill ins Zimmer geplatzt, hatte das Baby aus dem Autositz genommen, durch die Luft geschwungen und vor Begeisterung kreischen lassen, sodass es den anderen beiden Erwachsenen unmöglich war, nicht zu lächeln.

»Mam hat gerade gesagt, wie toll es ist, dass du so einen guten Rhythmus für sie hast, man könnte die Uhr nach ihr stellen, stimmt doch, Mam?«

Die zwei Frauen starrten ihn an, Hannah hatte offensichtlich nichts dergleichen gesagt, aber Bill redete weiter und lächelte breit.

»Du hast sicher einen Zettel in deiner Tasche mit den Zeiten fürs Füttern und alles. Das macht es uns doch leicht? Nicht wahr, Mam?«

Da ihr keine Antwort einfiel, hatte Hannah einfach nur genickt und schweigend die kränkende Liste entgegengenommen. Bill hatte dann Yvonne hinterm Rücken seiner Mutter zugezwinkert, und plötzlich hatte es sich ganz natürlich angefühlt, ihnen das Baby zu übergeben. Gott segne ihn, dachte Yvonne. Er wollte, dass sie einen schönen Tag hatte, und den würde sie haben. Es würde nichts schaden, Róisín bei ihnen zu lassen.

Außerdem war es tatsächlich MyBabbas Idee gewesen, das Mittagessen kinderfrei zu halten. Yvonne hatte es zuerst ein bisschen komisch gefunden, schließlich waren es ihre Babys gewesen, die sie überhaupt zusammengebracht hatten. Aber je mehr sie darüber nachdachte, umso besser begriff sie, worauf ihre Freundin hinauswollte. Der ganze Zweck des Treffens war, MammyNo1 aufzumuntern – Yvonne fand es immer noch unmöglich, die Frauen anders als mit ihren Netmammy-Nicks anzusprechen – und ihr Zeit und Raum zu geben, um über das zu sprechen, was bei ihr los war. Laut dem letzten Posting teilte sie sich aktuell das Gästezimmer ihrer Mutter mit ihren beiden Kindern. Das Letzte, was sie gebrauchen könnte, waren andere Kinder, die dort herumsprangen.

Das einzige Problem war, dass Yvonne sich ein bisschen verloren fühlte ohne ihre Babysicherheit. Sie schaute in den Rückspiegel auf die Stelle, an der der Kindersitz sein sollte. Mit einem Baby im Arm hatte man immer ein Gesprächsthema, oder wenn doch nicht, dann wusste man, wo man hinsehen konnte. Nun, vielleicht war es an der Zeit, dass sie wieder lernte, mit Erwachsenen zu kommunizieren.

Sie folgte den Schildern für die N11, drückte aufs Gaspedal und genoss das Gefühl, als das Auto schneller wurde. Sie war eigentlich noch nie außerhalb von Dublin gefahren. Gerry hatte unter der Woche normalerweise den Wagen, es sei denn, sie brauchte ihn für einen Arzttermin oder (schauder) Baby-Yoga oder so. Und an den Wochenenden saß er meistens hinterm Lenkrad, wenn sie es denn überhaupt schafften, das Haus zu verlassen. Eigentlich hatte er Samstag und Sonntag frei, aber es kam selten vor, dass er nicht doch telefonieren oder »mal schnell« ins Büro musste, um sich um irgendeinen Notfall zu kümmern, der ohne ihn nicht gelöst werden konnte. Er war groß im Plänemachen. Aber oft war Yvonne dann allein mit Róisín sonntagnachmittags im Park, lächelte vage anderen Müttern zu und wünschte sich, das Kind wäre alt genug, um sich auf den Schaukeln zu amüsieren. Sie hatte gedacht, dass sie mit diesen einsamen Ausflügen glücklich wäre. Aber als sich der zweispurige Weg vor ihr öffnete und frische Luft ins offene Fenster wehte, wurde ihr bewusst, dass sie das Gefühl der Freiheit vermisst hatte, das eine lange Fahrt bot.

Sie lehnte sich vor und schaltete im Radio einen Sender für klassische Musik ein. Zu Hause hörte sie vor allem Radio 1. Aber Yvonne hatte so eine Idee, dass Róisín mehr als nur Popmusik hören sollte, also hatte sie angefangen, Lyric FM im Auto einzuschalten, wenn sie zusammen wegfuhren, und jetzt war es zu einer Gewohnheit geworden, klassische Musik zu hören.

Zu Hause. Seltsam. Sie hatte natürlich London gemeint. Und das war nicht zu Hause, nicht mehr. Jetzt war Dublin ihr Zuhause. Sie hatte seit Monaten nicht mehr so an London gedacht. Es war komisch, was einem der Verstand für Streiche spielte, wenn man es am wenigsten erwartete.

MyBabbas Wegbeschreibung war genau und leicht zu befolgen. Gut gemacht. Yvonne kannte Wicklow nicht gut, aber heute fühlte sie sich selbstbewusst. Sie lächelte, als die Luft von draußen ihr Gesicht traf. Selbstbewusst und wach. Sie hatte sich seit Ewigkeiten nicht mehr so wach gefühlt.

Die Ampeln blieben grün, während sie an einem großen Hotel, ein paar riesigen Wohnblöcken und einem Krankenhaus mitten in seinem eigenen grünen Park vorbeifuhr. Sie sollte ihre Wahlheimat wirklich besser kennenlernen. Ihr Ehemann hatte recht: Sie verbrachte viel zu viel Zeit in ihrer eigenen kleinen Komfortzone. Róisín war kein Neugeborenes mehr, sie sollte wieder anfangen, ihr eigenes Leben zu leben.

Sie fuhr langsamer von der Hauptstraße ab, bog am

Schild zu einem Dorf ab, dessen unaussprechlicher Name mit einem K begann. Dieser Straßenabschnitt lag fast komplett im Schatten überhängender Bäume, und sie schauderte, als das Sonnenlicht verschwand. Es hatte etwas ziemlich Gruseliges, wie das Laub das Sonnenlicht aussperrte. Sie wurde noch langsamer und erschrak sich dann, als ein Wagen hinter ihr hupte und sie auf der Innenspur überholte. Entschuldigung. Sie blinzelte und wartete, dass ihr Herzschlag sich wieder normalisierte. So war sie nicht gewesen, wenn sie in England Auto gefahren war. Sie war problemlos durch das ganze Land gefahren, hatte eingefädelt und Abfahrten genommen, war schwierige Manöver gefahren und hatte es spannend gefunden, sich am Rand der Legalität zu bewegen. Speedy Gonzales hatte Gerry sie genannt. Und zugegeben, dass er ihren Fahrstil aufregend fand. Aber das war damals gewesen. Jetzt war sie viel vorsichtiger.

Gott, sie hoffte, sie hatte die Wegbeschreibung nicht falsch gelesen. Sie reckte den Kopf, sah auf die Notizen, die sie hinten auf einen Umschlag geschrieben hatte, und dann wieder auf die Straße. Die Straße lag in einer Senke, Häuser standen verstreut an den Hängen zu beiden Seiten. Die Häuser beobachteten sie, und die Bäume versperrten ihr die Sicht.

Die Häuser beobachteten sie. Sie biss sich auf die Lippe, dieser Gedanke war ihr peinlich, dann, als sie gerade ernsthaft darüber nachdachte, umzukehren und nach Hause zu fahren, öffnete sich das Laubdach, und sie fuhr wieder durchs Tageslicht. Immer noch auf der N11 in der richtigen Richtung. Alles war gut.

Sie nahm die Wasserflasche, die sie an der Tankstelle gekauft hatte. Trank einen Schluck, dann merkte sie, dass sie zur Toilette musste. Die Nerven. Wie sah sie aus? Man könnte meinen, sie wäre auf dem Weg zu einem Blind Date oder so. Lächerlich. Aber genau so fühlte es sich an. Sie hatte sich heute Morgen sogar viele Gedanken über ihre Kleidung gemacht, mehr, als sie das seit Monaten getan hatte. Sie hatte fast eine Stunde gebraucht, um sich schließlich für ein Outfit zu entscheiden: ihre beste Jeans und das fließende blaue Top von Primark, das einige Sünden verdeckte. Penneys. Primark nannte sie es, aber hier hieß es Penneys. Und jede Frau im Land schien dort einzukaufen. Es war eine Art landesweiter Witz: Oh, was für eine hübsche Jacke! Penneys, fünf Euro. Die automatische Antwort. Selbst wenn man in Wirklichkeit ein Vermögen dafür ausgegeben hatte.

Sie hätte nicht gedacht, dass es möglich wäre, innerlich zu plappern, aber genau das tat sie gerade. Yvonne umfasste fest das Lenkrad und bremste das Auto ab, vordergründig, weil die Straße enger wurde, aber vor allem, um ihre Ankunft zu verzögern. Was um alles in der Welt tat sie hier? Sie sollte zu Hause bei ihrem Baby sein, das neue Spielzeug, das sie gekauft hatte, an der Wippe befestigen und alte Folgen von *Emergency Room* aufnehmen, um sie mit einer Tasse Tee in der Hand anzusehen, wenn Róisín schlief. Das war das Leben, das war die Realität. Das hier war nicht real, diese Reise nach Nirgendwo auf einer kurvigen, sich schlängelnden Straße. Das hier konnte doch nicht richtig sein? Sie schaltete den Motor aus und nahm ihr Handy, um ihre PN auf Netmammy zu lesen. The Gambolling Lamb. Das stimmte schon. Der Laden, den MyBabba genannt hatte. Aber da war kein anderes Auto. Es war auch keine andere, genauso nervöse Frau zu sehen, die sie in Sicherheit führen wollte.

Sicherheit? Komisch, wie ihr das als erstes Wort in den Sinn kam. Yvonne schluckte, ihr war bewusst, wie verunsichert sie sich fühlte. Sie würde jetzt gern eine freundliche Stimme hören. Plötzlich fühlte sie sich schrecklich einsam, nahm das Handy, scrollte im Telefonbuch zum G und wählte. Aber am Handy ihres Mannes schaltete sich sofort die Voicemail an. Sie ging zurück ins Telefonbuch, fand die Büronummer von Ireland 24 und drückte auf »Wählen«, bevor sie es sich anders überlegen konnte. Die Sekretärin, die es schaffte, gleichzeitig gelangweilt und effizient zu klingen, bat sie, einen Moment zu warten. Aber als der Anruf endlich angenommen wurde, kam die Stimme einer jungen Frau durch die Leitung.

»Hallo? Ich wollte ... ich wollte mit Gerry sprechen? Gerry Mulhern?«

Yvonne hasste es, wie ihre Stimme klang, schwach und zögerlich.

Die Frau am anderen Ende klang im Gegensatz zu ihr ganz dynamisch.

»Es tut mir leid, er ist im Moment nicht hier. Kann ich ihm etwas ausrichten?«

»Ja. Ich meine ... sagen Sie ihm einfach, seine Frau hat angerufen.«

Yvonne wollte gerade auflegen, als die Frau noch mal etwas sagte, dieses Mal in einem wärmeren Tonfall.

»Hey – sind Sie das, Yvonne? Ich meine, Entschuldigung, natürlich sind Sie es! Ich bin's, Mary! Wie geht's Ihnen?«

»Oh ... gut.«

Obwohl sie allein im Auto war, spürte Yvonne, wie sie rot wurde. Sie hatte seit dem katastrophalen Abend der Fernsehpreise nicht mehr mit der jungen Redakteurin gesprochen, und ehrlich gesagt erinnerte sie sich immer noch nicht, wie und wann der Abend geendet hatte. Aber die junge Frau klang so fröhlich und freundlich wie zuvor.

»Er ist in einem Meeting, aber lassen Sie mich mal sehen, ob ich ihn erwische, okay? Es ist doch nichts passiert, oder? Dem Baby geht's gut?«

»Ja ... ja, ihr geht's gut.«

Yvonne fühlte sich mit jeder Sekunde dümmer. Das Letzte, was sie wollte, war, dass Gerry aus etwas Wichtigem gerissen wurde, nur um mit ihr zu reden.

»Hören Sie, es ist nicht so ...«

Aber sie sprach ins Leere. Sie hörte das dumpfe Geräusch eines Hörers, der nachlässig auf einen Schreibtisch gelegt wurde, und dann begann das leichte, entfernte Bürostimmengewirr. Marys Stimme, weit weg. »Hey, Gerry! Die Gattin ist am Telefon!«

Sie zuckte zusammen. Das würde ihm nicht gefallen. Wie dumm von ihr, ihn so zu unterbrechen. Völlig unnötig. Vielleicht sollte sie auflegen ...

»Yvonne? Alles in Ordnung?«

Gerrys Stimme klang angespannter als üblich, konzentriert. Seine Arbeitsstimme nannte sie es, wenn sie hörte, wie er zu Hause am Telefon damit sprach.

»Mir geht's gut. Ehrlich, sie hätte dich nicht stören sollen ...«

»Hey, das ist schon in Ordnung.«

Das »Hey« war fröhlich, und Yvonne merkte, dass sie sich entspannte.

»Ich wollte nur Hallo sagen, das ist alles.«

»Es ist schön, dich zu hören!«

Im Hintergrund dröhnten die neuesten Schlagzeilen

aus einem Fernseher, und er musste schreien, um über dem Bürokrach gehört zu werden. Aber er klang nicht so, als hätte er zu viel zu tun, um mit ihr zu reden.

»Wie lief die Übergabe, okay?«

»Ja, super. Na, du kennst ja deine Mum ...«

Sie lächelte, als er kicherte.

»Aber toll. Ich bin jetzt auf dem Weg zum Mittagessen. Ich wollte mich eigentlich nur ... nur mal melden.«

»Das ist klasse. Hör mal ...«

Seine Stimme wurde leiser, und sie hörte, wie er sanft atmete.

»Ich bin wirklich froh, dass du mal ausgehst, weißt du? Du brauchst mal ein bisschen Zeit für dich.«

»Ich weiß.«

Sie starrte geradeaus durch die Windschutzscheibe auf den Parkplatz, der noch vor ein paar Minuten hässlich und einschüchternd ausgesehen hatte, aber jetzt wie ein gemütlicher, ländlicher und friedlicher Ort wirkte.

»Vielleicht können wir ja bald mal abends ausgehen, ja? Nur wir beide.«

»Das klingt fantastisch.«

»Gerry! Gerry, Mann, es tut mir leid, dich zu hetzen, aber die Zeit drängt ...«

Eine unbekannte Stimme dröhnte von Weitem, und ihr Ehemann seufzte.

»Hör mal, ich muss Schluss machen, okay? Amüsier dich, wir sehen uns dann heute Abend. Ich versuche, nicht zu spät zu kommen.«

»Auf jeden Fall.«

Sie machte eine Pause.

»Hab dich lieb, Babe.«

»Hab dich auch lieb, Schatz. Tschüss.«

Das Letzte hatte er so laut gesagt, dass das gesamte Büro es gehört haben musste.

Plötzlich ganz aufgedreht fragte Yvonne sich, ob Mary in Hörweite gewesen war, und hoffte es. Also dann, Zeit, nach MyBabba Ausschau zu halten. Sie steckte das Handy in ihre Tasche, klappte den Sonnenschutz herunter, um ihr Make-up zu überprüfen. Und erschrak, als plötzlich die Tür geöffnet wurde.

»Hey! Was tun Sie denn hier?«

# ZWEIUNDVIERZIG

»Ich will das nicht trinken.«

»Das musst du, Yvonne. Es wird alles so viel einfacher, wenn du es tust.«

So sah also eine Pistole aus. Sie schaute sie teilnahmslos an. Sie sah kalt aus. Schwarz und glänzend und kalt. Und da sie an ihre Taille gepresst wurde, spürte sie die Kälte durch das billige Material ihrer Bluse. Penneys, fünf Euro. Kein Top, in dem sie sterben wollte. Komisch, was einem in solchen Momenten durch den Kopf ging.

Sie trank. Es schien einfacher, es zu tun, als es abzulehnen. Nicht, dass sie die Wahl hätte. Die Kälte drückte stärker.

Wodka pur. Sie würgte, spürte die Flüssigkeit in ihrem Hals aufsteigen und schluckte noch einmal. Ein zustimmendes Lächeln. Eine kleine, rote Tablette.

»Jetzt diese, bitte.«

»Was ist das?«

»Das ist nur ein Medikament gegen Erkältung. Und noch einen Drink.«

Alles wurde in einem lockeren Tonfall gesagt, als wären sie auf einer Party und stritten sich darum, wer die nächste Runde übernahm. Yvonne sah auf die kleine Wodkaflasche, dieses Mal schluckte sie fester. Es war drei Jahre her, seit sie das letzte Mal Schnaps getrunken hatte. In Brighton, mit Rebecca, ein Fortbildungswochenende. Das Abendessen war langweilig gewesen, die Drinks danach im Pub unerträglich, als ihr Chef lallte: »Was auf Fortbildung geschieht, bleibt auch dort.« Sie waren keine Stunde geblieben, dann hatten sie ihn überredet, ihnen eine Flasche Rotwein zu spendieren, waren auf ihr Zimmer geflüchtet und hatten gekichert wie vierzehnjährige Mädchen. Als der Wein alle war, hatten sie die Minibar geplündert und Wodka pur aus einem gemeinsamen Zahnputzbecher getrunken; die starke Flüssigkeit war ihren Hals hinuntergeflossen und hatte ihnen Tränen in die Augen getrieben. Ein toller Abend. Einer der besten.

»Bist du in Ordnung?«

Eine benommene Sekunde lang hatte sie gedacht, die Frage würde aus Freundlichkeit gestellt, und sie hätte fast geantwortet. Bis sie sich daran erinnerte, warum sie hier waren.

»Bitte lassen Sie mich in Ruhe.«

»Ach, Yvonne. Wir haben noch ein kleines bisschen vor uns.«

Eine dritte Tablette lag auf dem Armaturenbrett. Sie könnte sich weigern, sie zu schlucken. Aber das würde sie nicht tun.

»Ich werde sie töten, weißt du?«

Die Pille sah in den Fingern unter den Handschuhen winzig aus.

»Ich werde die kleine Róisín töten. Ich meine, ich will es nicht. Sie ist ein süßes kleines Ding. Aber ich werde es tun.«

Wodka stieg in ihrem Hals auf, und sie spuckte, die erbrochene Flüssigkeit platschte ans Lenkrad und auf ihre sorgfältig ausgewählte Jeans.

»Herrgott!« Die starke Abscheu war überraschend. Wenn man darüber nachdachte.

»Das war wirklich dumm von dir. Jetzt müssen wir wieder von vorn anfangen, nicht wahr? Du hättest mich warnen können.«

»Ich wusste es nicht.«

Sie hatte viele Dinge nicht gewusst. So viel war klar.

Die Pistole war dieses Mal auf ihre Schläfe gerichtet. Der Lauf war nach dem Druck auf ihre Bluse warm.

»Trink es jetzt langsam. Ich will kein Risiko eingehen, dass du noch mehr vergeudest. Oder ich werde das Baby kaltmachen. Und du weißt, wie einfach das für mich wäre, stimmt's?«

Sie hatte Angst, den Kopf zu drehen oder auch nur zustimmend zu nicken, und starrte durch die Windschutzscheibe. Die Anweisungen waren präzise gewesen. Sie waren zu einer Gruppe Bäume am Ende eines verlassenen Feldwegs gefahren, die Autoreifen waren auf der Schicht feuchter, brauner Blätter gerutscht.

Von der Straße aus waren sie nicht mehr zu sehen.

Als die Beifahrertür geöffnet wurde, hatte sie an einen merkwürdigen Zufall geglaubt. Dann hatte sie die Pistole gesehen und gedacht, es wäre ein Witz, obwohl keiner von ihnen lachte.

Die Kälte tippte wieder an ihre Schläfe, einmal, zweimal. Und dann eine zweite Flasche, aus einer Plastiktüte genommen und auf einer Hand in einem Handschuh balanciert.

»Hier, mach sie selbst auf, es wird echter aussehen, wenn deine Fingerabdrücke drauf sind. Also, wo war ich?«

Sie nippte ein winziges bisschen am Wodka und spürte, wie er in ihr brannte.

»Es gibt jetzt eine Belohnung! Für brave Mädchen, die ihren Teller leer essen.«

Sie spürte wieder Galle in ihrem Hals aufsteigen, schluckte aber verzweifelt.

Róisín. Es ging jetzt nur um Róisín. Das Gefühl von Milchglas senkte sich wieder über sie, aber eine kleine Tatsache schaffte es durch ihr Gehirn.

»MyBabba ist tot, nicht wahr? Sie wollte mich nie hier treffen.«

»Da schau her! Du bist klüger, als du aussiehst, Yvonne Mulhern. Oder soll ich dich lieber LondonMum nennen? Schwierig zu sagen bei euch Netmammies. Ich sage dir was, du hättest die Finger von diesem Forum lassen sollen. Mal ehrlich, du solltest dir lieber ein echtes Leben zulegen. Wirklich verrückt, was ihr da alles postet.«

Ein Wink mit der Pistole, und sie nahm noch einen Schluck aus der Flasche. Der Drink schmeckte jetzt weniger stark, ihr Rachen war wie betäubt.

»Noch eine Tablette? Braves Mädchen. Ja, diese Website macht einen schnell süchtig, stimmt's, Yvonne? Ich meine, jeder, wie er will, aber wenn ich du wäre, würde ich mich davon fernhalten. Na ja …«

Ein leises Kichern. Fast traurig.

»Dafür ist es jetzt wohl ein bisschen zu spät, aber du weißt, was ich meine.«

Eine »Trink es leer«-Geste. Ein letztes Wedeln mit der Pistole.

»*Sláinte*. Oh, entschuldige, ich vergaß, du sprichst ja kein Irisch. Auf ex, das begreifst du doch?«

Also trank sie und spürte, wie der Vorhang sich senkte. Dachte an Flucht und erinnerte sich dann an das Baby. Und dann, durch den Dunstschleier, fragte sie sich elend, was überhaupt mit Róisín passieren würde. Danach. Nachdem ihre Mutter weg war.

Sie schloss ihre Augen. Die Tür wurde geöffnet und dann mit einem Knall geschlossen. Stille. Frieden. Ihr Atem wurde ruhiger. Jetzt war es einfach einzuschlafen. Und dann, kurz bevor sie das Bewusstsein verlor, hörte sie, wie die Tür wieder geöffnet wurde, wie etwas am Fenster gemacht wurde. Ein Schlauch. Der Motor. Sie musste etwas tun. Sie schluckte, presste ihren Ellbogen gegen die Tür und drückte, so fest sie konnte. Frische Luft wehte einen kostbaren Augenblick lang auf ihr Gesicht, bevor sie einen Arm um ihre Schulter spürte und sie überraschend sanft wieder ins Auto geschoben wurde.

»Ich will dir nicht wehtun, aber ein paar blaue Flecken schaden nicht. Es sieht dann so aus, als hättest du in letzter Minute noch deine Meinung geändert. Das geht anscheinend vielen so.«

»Aber, Sie?«

Sie hatte nicht die Kraft, eine neue Frage zu stellen. Stattdessen schloss sie wieder die Augen. Vage nahm sie eine Bewegung wahr, einen Schlüssel, der umgedreht wurde, einen Motor, der ansprang.

Und eine Stimme in ihrem Ohr.

»Denk nur immer daran, meine Liebe. Wenn du dich rührst, werde ich Róisín umbringen. Du weißt, wie einfach das wäre. Schlaf jetzt.«

Und sie schloss ihre Augen.

»Yvonne! Yvonne, wachen Sie auf! Sie müssen mich hören!«

Kopfschmerzen. Säure im Hals.

»Lassen Sie mich in Ruhe.«

»Kommen Sie schon. Arbeiten Sie mit.«

Schmerzen unter den Armen. Zerren. Róisín.

»Lassen Sie mich in Ruhe!«

Keine Kraft, sie hatte keine Kraft, zu schreien. Aber an ihr wurde immer noch gezogen.

»Wir müssen Sie da rausholen. Sofort!«

Sie war wieder auf der Entbindungsstation. Benommen und traurig und ängstlich und allein, und Leute schrien sie an, sie MÜSSE pressen und sie MÜSSE sich anstrengen. Aber sie wollte nicht. Sie war müde, und sie wollte nur ihre Ruhe.

Dann war da etwas Nasses unter ihrer Wange.

Die Frau war dick und hatte ein rotes Gesicht.

»Arbeiten Sie mit!«

Das Gefühl zu fallen.

Sie schlief wieder.

Eine Sirene. Zu laut.

»Machen Sie das aus. Mein Baby. Róisín. Oh, Róisín.«

Erbrechen.

»Gut gemacht. Sehr gut. Nur raus damit, das ist richtig.«

Eine weiße Uniform. Ein dunkler Schnurrbart. Eine dicke Frau, die zu ihr heruntersah.

Luft an ihren Wangen. Oh lieber Gott, bitte schick mich wieder zurück. Rette mein Baby. Aber niemand hörte zu. Sie hatten zu viel damit zu tun, Masken aufzusetzen und Schläuche zu legen, sie auf einer Liege festzuschnallen und durch laute Korridore zu tragen. Gesichter, die nach unten blickten. Mein Baby. Wer wird sich um mein Baby kümmern?

Yvonne schloss die Augen.

# DREIUNDVIERZIG

»Ich habe keine Ahnung, wovon Sie reden.«

»Ich auch nicht«, war Flynn versucht zu sagen. Stattdessen blätterte er durch die Seiten seines Notizbuchs, als könnten die ihm Inspiration oder Worte des Trostes bieten für den verstörten Mann, der ihm gegenübersaß. Aber die Seiten waren leer. Die einzigen Informationen, an denen Flynn sich orientieren konnte, waren eine Reihe schlecht getippte SMS von Boyle, die sich jetzt – in ihren eigenen Worten – hinter Schloss und Riegel in einer Entbindungsstation am anderen Ende der Stadt befand. Aber ins Notizbuch zu schauen verschaffte ihm Zeit, Zeit, die er brauchte, um eine rationale Erklärung für die Frage zu finden, die sie ihn einem verwirrten und todunglücklichen Gerry Mulhern zu stellen bat.

»Warum ... warum sollte jemand Yvonne umbringen wollen?«

»Ich habe keine Ahnung«, wäre die ehrliche Antwort gewesen. Stattdessen dachte Flynn an die SMS und beschloss, dass seine einzige Möglichkeit war, alles vage zu formulieren.

»Sie werden verstehen, dass wir alle Zwischenfälle dieser Art untersuchen müssen.«

Die Worte bedeuteten gar nichts, klangen aber sowohl vernünftig als auch beruhigend. Der Mann im unbequemen Krankenhausstuhl nickte. Sein Gesicht war grau, und er sah nicht viel gesünder aus als die Frau, die im Bett neben ihm lag. Er packte ihre Hand, darauf bedacht, die vielen Schläuche, die an ihren Körper angeschlossen waren, nicht zu stören, und ließ sie dann los, bevor er weitersprach.

»Natürlich. Ja. Was immer Sie tun müssen.«

Flynn blätterte noch einmal durch sein Notizbuch. Er hatte nicht den blassesten Schimmer, was er hier tat oder welche Fragen er stellen sollte. Er hatte viel Zeit für Claire Boyle. Aber in diesem Moment begann er sich zu fragen, ob sein Vertrauen in sie gerechtfertigt war.

EINE FRAU IST IN DIE NOTAUFNAHME
GEBRACHT WORDEN ES GIBT EINE VERBINDUNG
ZU MIRIAM TWOHY SIE MÜSSEN DORTHIN
FAHREN ICH ERKLÄRE ALLES SPÄTER

Flynn war in der Collins Street gewesen und hatte seine Notizen von der Befragung Eamonn Teevans abgetippt, als die erste SMS angekommen war. Er hatte versucht, Boyle anzurufen, aber das Gespräch hatte nur wenige Sekunden gedauert, dann hatte er eine Frauenstimme gehört, die sagte, dass es ihr völlig egal war, ob der Garda Commissioner persönlich am Telefon war, HIER durfte sie kein Handy benutzen. Also hatte Boyle sich darauf verlegt, heimlich SMS zu tippen. Sie schrieb, dass sie offensichtlich einen Mordversuch vereitelt hatte, der wiederum in Verbindung zum Mord an Miriam Twohy stand. Aber das ergab für Flynn keinen Sinn, und als er schließlich im Krankenhaus ankam, war sie weg, von ihrem Ehemann weggezaubert, der sie laut den Krankenschwestern praktisch auf seine Schulter packen musste, um sie herauszubekommen. Jetzt war er allein mit diesem Mann, diesem grauen, trauernden Mann, der neben dem Bett seiner Frau saß und verständlicherweise verwirrt war, wieso ihr Selbstmordversuch die Gardaí so sehr interessierte.

Eine freundliche Krankenschwester hatte ihm erzählt, dass Yvonne Mulhern in einem verlassenen Teil der Wicklow Hills geparkt und versucht hatte, sich umzubringen, indem sie einen Schlauch vom Auspuff ins Auto geführt und eine Mischung aus Alkohol und Beruhigungstabletten genommen hatte. Boyle hatte ihr anscheinend das Leben gerettet, indem sie sie gerade noch rechtzeitig aus dem Wagen gezogen hatte. Mal abgesehen von der Frage, was zur Hölle Boyle überhaupt in Wicklow gemacht hatte, wo sie doch im Bett sein sollte, klang es alles ziemlich klar und eindeutig für Flynn. Boyle war die Einzige, die glaubte, dass mehr dahintersteckte. Aber sie war nicht hier, und Yvonne Mulhern war noch immer bewusstlos, sodass Flynn ihrem Ehemann Fragen stellen musste, die immer lächerlicher klangen.

»Kannte Ihre Frau jemanden namens Miriam Twohy?«

»Nein!«

Mulhern runzelte die Stirn.

»Einen Moment, Sie meinen diese Frau, die ermordet wurde? Wir haben letzte Woche in unserer Sendung darüber berichtet ... warum ... warum sollte Yvonne sie gekannt haben? Hören Sie, meine Frau ist wirklich sehr krank. Ich bin mir sicher, dass Sie nur Ihre Arbeit tun, aber ...«

Er war viel geduldiger, fand Flynn, als er selbst es unter diesen Umständen gewesen wäre. Er wollte gerade Boyles verrückte Theorien aufgeben, sich entschuldigen und gehen, als der Mann sich mit den Fingern durch die Haare fuhr und noch einmal zu sprechen begann.

»Es ist so, das ... hier überrascht mich nicht wirklich.«

Er nahm wieder die Hand seiner Frau, küsste sie und legte sie sanft zurück aufs Bett.

»Als das Krankenhaus vorhin anrief ... als man mir sagte, ich müsse kommen ... ganz ehrlich, ich glaube, ein Teil von mir hatte auf diesen Anruf gewartet.«

Flynn wartete, sagte nichts, ließ ihn weitersprechen.

»Yvonne ist schon seit Monaten nicht mehr sie selbst. Seit der Geburt unseres Babys. Róisín.«

Sein Gesichtsausdruck wurde sanfter, und er sah auf sein Handy, drückte auf eine Taste und lächelte dem Gesicht zu, das ihn vom Display anstrahlte. Er legte das Telefon wieder aufs Bett, holte tief Luft und fuhr fort, als sei es eine Erleichterung, die Worte auszusprechen.

»Zuerst dachten wir, es läge am Baby, wissen Sie? Dieser Babyblues? Aber dann wurde Róisín älter, und Yvonne, nun, Yvonne ging es nicht besser. Sie war die ganze Zeit wie abwesend, wissen Sie? Ganz verschlossen. Und müde ... ich weiß, Babys sind anstrengend, ich bin ja nicht dumm. Ich arbeite viel, aber ich habe versucht, das habe ich wirklich, ihr ein bisschen was abzunehmen. Aber das ließ sie nicht zu. Es war, als wäre niemand außer ihr gut genug. Meine Mum wollte oft babysitten, aber Yvonne ließ sie nicht. Meine Mum ist übrigens häufig gekommen, um sie im Auge zu behalten, sie machte sich auch Sorgen. Wir alle machten uns Sorgen, Mum, ich, mein Bruder ... Jeder. Es war, als wäre sie in ihrer eigenen kleinen Welt eingeschlossen. Das klingt ...«

Seine Stimme brach, und er schluckte, bevor er weitersprach.

»Das klingt vielleicht dumm. Aber es waren so kleine Dinge, wissen Sie? Wie damals, als ich sie gebeten habe, meinen Anzug aus der Reinigung abzuholen. Nur ein Gefallen, der Laden liegt direkt gegenüber vom Haus. Wir hatten lange darüber geredet, weil es mein Lieblingsanzug war, und ich hoffte, dass sie ihn nicht ruinieren würden. Egal. Sie hat gesagt, sie hat es einfach vergessen. Aber nicht nur, dass sie es vergessen hat, es war, als hätten wir nie darüber gesprochen. Als würde alles, was ich sage, nirgendwo ankommen, wissen Sie? Sie hörte kein bisschen zu. Und dann, eines Abends, habe ich es geschafft, dass sie mit mir ausgeht ... Himmel, was für eine Katastrophe! Sie war völlig besoffen ... das ist überhaupt nicht typisch für sie. Ich musste sie praktisch nach Hause tragen, vor all meinen Kollegen. Ich hätte etwas tun sollen ...«

Er wandte sich von Flynn ab und legte seine Hand zärtlich auf die seiner Frau.

Flynn wollte sie unbedingt allein lassen. Aber er hatte Boyle etwas versprochen. Er hustete, und Gerry Mulhern drehte sich zu ihm um.

»Kann ich nur fragen ... erzählen Sie mir von heute? Sie haben gesagt, dass Ihre Frau das Baby nicht abgeben wollte. Hatte sie das Baby heute nicht bei sich?«

Mulhern lehnte sich im Stuhl zurück, schüttelte den Kopf.

»Nein. Das war komisch heute ... ich war eigentlich sehr froh. Sie hat mir gesagt, sie würde sich mit Freundinnen treffen ... ich habe nicht viel gefragt, um ehrlich zu sein, ich war einfach nur froh, dass sie rausging. Sie hat Róisín bei meiner Mum gelassen ... und war weg. Ich habe nicht mal gefragt, wohin sie ging. Dumm, nicht wahr? Aber wir hatten diese große Sache bei der Arbeit ... Ihr Chef hat übrigens auch damit zu tun.«

Er versuchte es mit einem Lächeln, und Flynn sah ihn fragend an.

»Der Justizminister? Er ist doch Ihr Chef, oder? Wir haben ihn nächste Woche in der Sendung – ich bin der Produktionsleiter von *Teevan Tonight*, Sie wissen schon, auf Ireland 24? Wir planen gerade eine Sondersendung zur Kriminalität. Seine Leute waren also da, gingen die Bereiche durch, die wir besprechen wollten. Ich steckte den ganzen Tag mit ihnen im Konferenzraum fest. Ich bin nicht mal für ein Sandwich rausgekommen, und mein Handy war die meiste Zeit abgeschaltet. Sie hat mich angerufen, also Yvonne, und die Sekretärin hat mich zu ihr gerufen. Sie klang, als ginge es ihr gut. Ich habe ihr gesagt, dass ich sie liebe. Und dann bin ich zurück zum Meeting. Das Krankenhaus musste schließlich am Empfang anrufen, um mir zu sagen …«

Sein Lächeln verschwand, und Tränen traten in seine Augen. Flynn wünschte sich noch einmal, er könne ihn allein lassen. Aber ein Name war ihm aufgefallen.

»Sie arbeiten mit Eamonn Teevan?«

»Das ist richtig, ja.«

»Ihre Frau kennt Mr Teevan also auch?«

»Ja, schon. Ich meine, sie haben sich erst einmal getroffen, aber …«

Eamonn Teevan. Flynn spürte, wie sich sein Hals und seine Schultern anspannten. Boyle hatte eine Verbindung zwischen Eamonn Teevan und Miriam Twohy gefunden und jetzt auch zwischen ihm und dieser Frau. Aber er konnte es nicht zusammenbringen. Wenn Boyle doch nur …

Das Nokia-Klingeln erklang in dem kleinen Krankenhauszimmer. Flynn fummelte in seiner Tasche, schaute auf die Nummer des Anrufers. Collins Street. Klasse. Die perfekte Ausrede, um aus diesem Raum rauszukommen.

Dunkelheit.

Dunkelheit und dann etwas Licht.

Ihr Hals tat weh. Sie schluckte und würgte.

»Wasser? Bitte ...«

Eine Hand auf ihrer Stirn. Etwas Weißes blitzte auf. Gerry. Saß Gerry da? Krankenschwester. Da gab es etwas, das sie sagen musste. Krankenschwester? Moment.

Dunkelheit.

Ein dumpfer Schmerz pochte hinter ihren Augen. Sie kniff die Augenlider zusammen, dann öffnete sie sie vorsichtig. Krankenschwester. Hatte sie es laut gesagt? Niemand hörte zu. Neben ihrem Bett Gerry und ein Fremder. Gerry? Da war etwas, das sie sagen musste. Vielleicht, nachdem sie noch ein bisschen geschlafen hatte.

»Schwester.«

Sie schlug die Augen auf. Weiße Laken, weiße Wände.

»Krankenschwester?«

Da stand eine Frau über ihr. Weiße Uniform, kühle Hand. Sie hörte ein Thermometer piepsen. Spürte eine Blutdruckmanschette um den Arm spannen.

»Wie fühlen Sie sich?«

»Ich ...«

Da war etwas, das sie sagen musste.

Gerry kam durch die Tür herein. Leere und dann Überraschung auf seinem Gesicht. Erstaunen.

»Yvonne? Kannst du mich hören?«

»Ja.«

Ausatmen. Da war etwas, das sie sagen musste. Aber zuerst ...

»Róisín?«

»Sie ist bei Mum. Es geht ihr gut. Sie ist zu Hause, alles großartig.«

»Okay.«

Danke, danke. Sie war in Sicherheit. Róisín war in Sicherheit. Jetzt konnte sie also reden.

»Schwester?«

Gerry kniete neben ihr, packte ihre Hand.

»Sie ist weg, Yvonne. Jetzt bin nur noch ich hier.«

Sie schluckte, konzentrierte sich. Sah ihm in die Augen. Und fühlte sich wieder sicher.

»Ger ... Sie hat versucht, mich umzubringen.«

»Sssch. Versuch jetzt, nicht zu sprechen.«

»Nein!«

Ihre Stimme war lauter, als sie gedacht hatte.

»Nein! Ich muss dir das sagen. Gerry ...«

Sie spürte, wie ihr Blut wieder zu fließen begann, Kraft in die Finger zurückkehrte. Sie griff nach seiner Hand.

»Veronica. Die Gemeindeschwester. Sie hat versucht, mich umzubringen, Gerry! Ich kann es nicht erklären ... sie hat gesagt, sie würde Róisín töten. Gerry ...«

Sie zog ihn näher zu sich.

»Du lügst mich doch nicht an, oder? Meinem Baby geht's gut?«

Gerry lächelte.

»Es geht ihr gut, Yvonne, sehr gut. Ich habe gerade zu Hause angerufen, Bill ist mit ihr spazieren gefahren. Sie ist im Kindersitz eingeschlafen.«

»Oh. Danke.«

Ein bisschen Anspannung wich aus ihrem Körper, und sie sank wieder auf die weißen Kissen.

»Ich weiß nicht, warum ... Gerry, du glaubst mir doch, nicht wahr?«

Plötzliche Panik. Es war so eine wahnsinnige Geschichte. Was, wenn ihr niemand glauben würde? Aber ihr Mann lächelte einfach nur.

»Ruh dich jetzt aus, Yvonne. Leg dich wieder hin.«

»Philip Flynn. Sie wollten mich sprechen?«

»Sind Sie ... sind Sie der Polizist, der vor Kurzem hier war?«

»Der Detective, ja.«

Philip merkte, dass er unhöflich klang, aber es war ihm egal. Er hatte genug davon, im Dunkeln zu tappen, genug von diesem lächerlichen Tag. Zuerst die stürmische Fahrt ins Krankenhaus, dann die verrückte Befragung eines Ehemanns, bei der er Fragen stellte, die keiner der beiden beantworten konnte.

Die Frau am anderen Ende des Telefons hörte die Anspannung in seiner Stimme.

»Hören Sie, es ist egal. Tut mir leid, dass ich angerufen habe.«

»Mir wurde gesagt, Sie hätten Informationen für mich?«

Flynn bemühte sich, sprach freundlicher. Die Nachricht von O'Doheny war kurz gewesen. Eine Redakteurin, Mary Soundso, von Ireland 24 hatte angerufen. Sie hatte nur seine Durchwahl, meinte, sie stünde auf seiner Karte. Er sollte sie auf dem Handy zurückrufen.

»Ja.«

Als die Frau zu sprechen begann, dachte Philip, er könne sich an sie erinnern. Kurze blonde Haare, trendige Kleidung vielleicht? Die Art von junger Frau.

»Wenn Sie möchten, können Sie aufs Revier kommen?«

»Nein. Ich bin auf der Arbeit, ich kann nicht weg. Ehrlich gesagt verstecke ich mich auf der Toilette ... Hören

Sie, vielleicht ist es nichts, aber Sie hatten gesagt, wenn ich Informationen habe? Ich meine, so heißt es doch immer, wenn man Informationen hat, dann solle man sich bei den Guards melden? Das habe ich ... also tue ich ... es könnte jedenfalls eine Information sein. Aber wird er erfahren, dass ich es Ihnen gesagt habe? Das wäre wirklich unangenehm. Aber ich würde trotzdem, ich meine ...«

»Atmen Sie doch mal gut durch und erzählen Sie mir einfach, warum Sie anrufen.«

Ein Rollwagen, der von einem dicken, gelangweilten Pförtner geschoben wurde, ratterte den Flur entlang. Flynn ging ihm aus dem Weg, fand eine Tür und trat hindurch. Eine Treppe. Mehr Privatsphäre würde er hier wohl nicht finden.

Die Frau war mitten in einem Satz, als er das Handy wieder ans Ohr hielt.

» ... waren zusammen im College. Es war irgendeine Veranstaltung der Theatergruppe, hat er gesagt, sie waren alle im Studenten-Pub. Jedenfalls meinte Eamonn, dass sie alle betrunken waren. Klingt, als hätte er sich nicht verändert.«

Philip dachte, er müsse später überprüfen, ob sie und Eamonn Teevan je eine Beziehung gehabt hatten. Das könnte das, was sie sagte, einfärben. Oder es genauer machen. So etwas konnte sich auf die eine oder die andere Weise auswirken.

Die Frau redete immer noch, die Worte stolperten übereinander, die Toilettenwände sorgten für Hall, sodass sie leicht verzerrt aus dem Hörer drang.

»Jedenfalls sagte Eamonn immer wieder, erinnerst du dich? Du musst dich doch erinnern, Mann? Er hat gesagt, dass er sie richtig heftig angebaggert hatte und sie es nicht wollte. Und dann hat er gesagt, dass er, also, versucht hat, sie zu küssen? Und dass sie ihn weggeschoben hatte, vor allen anderen, und ihm gesagt hatte, er solle sie in Ruhe lassen. Ich weiß nicht, das klang richtig fies, gar nicht typisch für ihn. Aber anscheinend beschimpfte er sie?«

Ihre Stimme zitterte etwas, und sie schluckte, bevor sie fortfuhr. »Klingt jedenfalls so, als wäre es dann richtig schlimm geworden. Er hat gesagt, der ganze Laden hätte geschwiegen, und ein paar Leute hätten gelacht, wissen Sie, sie meinten, er habe es verdient. Es schien ihn jedenfalls nicht zu stören. Und Eamonn spielte es ein bisschen herunter, ach, damals waren wir doch alle halb verrückt und die meiste Zeit betrunken. Und er meinte, Miriam war aber tatsächlich ein Biest, so wie sie Paul immer wieder abservierte und dann wieder mit ihm zusammenkam …«

»Einen Moment mal.«

Flynn hob eine Hand, ein Name sprang ihn aus dem Durcheinander der Zeiten und Informationen aus zweiter Hand an. »Einen Moment. Sie sprechen von Miriam? Miriam Twohy?«

»Ja.«

Die Stimme am anderen Ende der Leitung klang verärgert. »Das sage ich Ihnen doch! Heute im Büro meinte Eamonn, dass er Ihnen gesagt hat, er würde sich an nichts mehr von ihr erinnern, aber jetzt fiele ihm doch wieder alles ein, diese Schwanzfopperin-Geschichte, und ich habe nicht verstanden, warum er Ihnen das nicht direkt erzählt hat, ich meine, es klang nach etwas wirklich Heftigem. Sie ist wohl in Tränen ausgebrochen und aus dem Pub gerannt, hat Eamonn gesagt, und die Übrigen haben gelacht und so getan, als hätte sie es herausgefordert … es klang nach einer wirklich schlimmen Geschichte. Ich kann gar nicht glauben, dass er das einfach so vergessen hat.«

Flynn atmete tief ein.

»Mary. Vielen Dank dafür. Ist Eamonn ... ist Mr Teevan jetzt im Büro?«

Es entstand eine Pause. Er hörte eine Tür, die quietschend geöffnet wurde, Schritte, dann kehrte sie zurück.

»Ja. Er ist in seinem Büro. Müssen Sie mit ihm sprechen? Hören Sie, bitte sagen Sie ihm nicht, dass ich es Ihnen erzählt habe ... sie wussten nicht, dass ich zugehört habe. Ich saß zwar an meinem Schreibtisch, aber sie haben sich nicht umgedreht. Eigentlich typisch. Dass sie mich nicht gesehen haben ... ich meine ...«

Auf jeden Fall eine Ex, dachte Philip, aber ihm gingen wichtigere Dinge durch den Kopf.

»Hören Sie, Mary, sagen Sie ihm nicht, dass Sie mit mir gesprochen haben, okay? Ich komme jetzt zu Ihnen. Ich werde Ihnen eine SMS mit meiner Handynummer schicken, rufen Sie mich an, falls er weggeht, aber tun Sie selbst nichts, okay? Bleiben Sie, wo Sie sind, ich komme, so schnell ich kann ...«

»Okay.«

Die Frau klang zögerlich.

»Brauchen Sie, also, eine Aussage von ihm? Deswegen?«

»So was in der Art. Hören Sie ...«

Flynn sah auf seine Uhr. Er musste sich beeilen und ging durch die Doppeltür, während er redete.

»Mary, was Sie mir erzählt haben, ist sehr wichtig. Eamonn Teevan hat mir erzählt, er würde sich an kaum etwas über Miriam Twohy erinnern. Aber Sie haben mir gerade gesagt, dass er sie praktisch in der Öffentlichkeit angegriffen hat, das ist total ...«

»Aber das war doch nicht Eamonn!«

Flynn ging über den Flur, durch die Gleittüren und in Richtung Parkplatz.

»Eamonn würde so etwas nie tun! Ich meine, er flirtet ständig, aber so ist er nicht. Es war Gerry! Gerry Mulhern ... er war mit Eamonn auf dem College, daher kennen sie sich alle. Eamonn hat Gerry heute daran erinnert, er hat immer wieder zu Gerry gesagt: ›Du musst dich doch an Miriam Twohy erinnern? An diesen Abend?‹ Gerry war anscheinend völlig dicht und hat diese Miriam angegraben, es klang wirklich furchtbar, ich kann gar nicht glauben, dass Gerry so etwas getan hat. Eamonn konnte nicht begreifen, warum Gerry immer wieder behauptete, er könne sich nicht an sie erinnern, er so: ›Komm schon, Mann, du warst total verknallt in sie, erinnerst du dich an den Abend ...‹«

Dann wurde das Telefonsignal schwächer, während Flynn umkehrte und losrannte.

»Ich glaube dir.«

Er drehte seine Hand und hob sie sanft aus ihrer. Legte sie wieder oben auf die Bettwäsche. Zog seinen Stuhl näher ans Bett.

»Oh, Gott sei Dank! Gerry, wir müssen etwas unternehmen!«

»Ich weiß.«

Yvonne spürte, wie ihre Kraft zurückkehrte, spürte das Adrenalin, das durch ihren Körper floss.

»Sie ist eine Psychopathin! Sie hat mir gesagt, dass sie es schon einmal gemacht hat. Da ist diese Frau namens My-Babba ... Es ist eine lange Geschichte, es ist eine verrückte Geschichte, und ich werde sie dir erzählen, aber hör mal, wir müssen sie aufhalten! Wir müssen es der Polizei sagen, wir müssen es ihnen sagen, Gerry, wir müssen es den Guards sagen, wir …«

»Es ist in Ordnung. Leg dich einfach zurück.«

Seine Stimme war sanft, zärtlich. Aber er sah ihr nicht in die Augen.

»Gerry, du musst mir glauben! Sie hat versucht, mich umzubringen. Ich weiß nicht, warum, ich weiß nicht, warum sie es auf mich abgesehen hatte, aber …«

»Weil ich es ihr gesagt habe.«

Die Worte waren so leise, dass sie sich einreden konnte, sie habe sich verhört. Aber dann sah er ihr in die Augen, und ihr wurde klar, dass er die Wahrheit sagte.

»Ich habe es ihr gesagt. Aber sie hat Mist gebaut. Wäre für dich viel leichter gewesen, wenn du auf diese Weise abgetreten wärst. Trotzdem …«

Er sah sich um, bemerkte, dass die Tür geschlossen war. Beugte sich vor, als wollte er sie umarmen, griff aber stattdessen nach dem Kissen unter ihrem Kopf. Es geschah innerhalb von Sekunden. Ein weißes Kissen. Nur noch Dunkelheit.

»Tut mir leid, Yvonne. So ist es am besten. Róisín wird es gut gehen.«

Ihr Mund füllte sich. Ihre Brust füllte sich. Ihr Verstand leerte sich. Dinge wurden klar und dann völlig unklar. Ihr Kopf platzte. Die Härte des Notrufknopfs unter ihren Fingern. Die Erinnerung an die dicke Frau, die sich zu ihr beugte und leise in ihr Ohr sprach.

»Behalten Sie das in der Hand. Nur falls Sie es brauchen.«

Ihr Kopf dröhnte. Ihre Finger drückten. Ihre Gedanken brachen übereinander zusammen.

Und dann ein Schrei an der Tür.

In einem hektischen Krankenhaus ist es nicht immer möglich, auf jedes Klingeln sofort zu reagieren. Aber Jennifer Griffiths war eine gewissenhafte Krankenschwester. Außerdem war da etwas Merkwürdiges an der Frau in Zimmer 24. Dieser Polizist, der gut aussehende mit dem altmodischen Haarschnitt, hatte viele Fragen gestellt. Mehr, als bei einem Selbstmordversuch üblich war. Als also in Zimmer 24 geklingelt wurde, ließ Jennifer die Tabelle fallen, die sie gerade abschrieb, und ging schnell zur Tür. Sie dachte zunächst, dass sie zu spät kam. Es war schon ein Mann da, der sich über die Patientin beugte. Er hatte ein Kissen in der Hand. Er musste es für sie geholt haben. Aber das Kissen lag auf ihrem Gesicht. Und die Klingel läutete und läutete und läutete immer wieder. Und dann drehte sich der Mann um, und das Kissen fiel zur Seite, und die Frau bewegte sich. Und der Polizist, der gut aussehende, stürmte an ihr vorbei und schrie etwas. Und dann gab es Gebrüll und ein Handgemenge und etwas, was wohl Handschellen waren, obwohl sie noch nie welche im wahren Leben gesehen hatte. Und dann bemerkte Jennifer Griffiths, dass ihre Patientin doch ihre Hilfe brauchte.

# VIERUNDVIERZIG

Komisch, dass Bills Haare nicht mehr braun aussahen. Es war, als hätten sich die grauen Strähnen über Nacht vermehrt. Seine Augen waren auch matter, kleine, rote gerissene Äderchen breiteten sich um die Iris aus. Er weinte aber nicht mehr und sie auch nicht. Hannah hatte genug Tränen für alle drei vergossen.

Ihre Schwiegermutter sah zwanzig Jahre älter aus als beim letzten Treffen. Hannah sah heute alt aus, tiefe Falten gruben sich in ihren fleckigen Teint. Yvonne sah sie leidenschaftslos an. Sie hasste sie nicht und fühlte auch kein Mitleid mit ihr. Sie empfand eigentlich gar nichts mehr für sie, für diesen erschöpften Mann und seine alte Mutter, die ihr gegenüber auf dem billigen Plastiksofa saßen. Als sie schließlich zugestimmt hatte, sie zu treffen, hatte Yvonne darauf bestanden, zu ihnen nach Hause zu kommen. Sie war seit ihrer Entlassung aus dem Krankenhaus nicht mehr in ihrem eigenen Haus gewesen. Rebecca hatte die Kleider und Spielsachen geholt, die Róisín brauchte. Sie würde nicht mehr dorthin zurückkehren.

»Wisst ihr, dass die Medikamente, die sie mir gegeben haben, dem Baby hätten schaden können?«

Yvonne sah zu Róisín hinunter, die fest auf ihrem Schoß schlief. Sie hatte sie seit zwei Tagen nicht mehr abgelegt.

Ihre Schwiegermutter schüttelte sich und legte eine zitternde Hand vor den Mund.

»Sag so was nicht. Bitte nicht.«

»Warum nicht? Es ist die Wahrheit.«

»Die Ärzte haben sie aber doch untersucht?«

»Sie hoffen, dass es keine Langzeitschäden geben wird. Bei keiner von uns.«

Bill hörte das Eis in ihrer Stimme und zuckte zusammen. Er strich die Haare aus der Stirn, und sie sah Gerry in dieser Geste. Er holte tief Luft und versuchte, mit ruhiger Stimme zu sprechen.

»Danke, dass du heute gekommen bist. Ich ... wir wollten uns entschuldigen.« Yvonne streichelte die makellose rosa Wange ihrer Tochter und sah dann zu ihm auf. Sie schwieg, aber ihre Augen stellten die Frage.

»Ich weiß, was du denkst. Oh Gott, nein, wir wussten nicht, dass er das tun würde. Himmel, Yvonne, bitte denk das nicht. Aber ... was wir wohl sagen wollen, ist, dass wir vorsichtiger hätten sein sollen.«

Hannah fing wieder an zu weinen, kleine, erstickte Schluchzer, durch die ihr Körper in ihrer ausgeblichenen, fleckigen Strickjacke sich schüttelte.

»Gerry hätte dich nie heiraten dürfen.«

»Denkst du?«

Bill zuckte zusammen und rieb seine Hände müde übers Gesicht.

»Es ist schwierig zu erklären. Weißt du ... er war schon immer ein bisschen komisch. Ein bisschen anders. In der Schule ... er ist aus mehreren rausgeflogen. Es wurde von Mobbing geredet und so. Wir dachten ... na ja, Mam dachte, sie bekäme es in den Griff.«

Er sah zur Unterstützung zu seiner Mutter, aber sie schaukelte jetzt vor und zurück, ein Jammern drang aus ihrem Hals.

»Er hat Mam als Kind auch ein paarmal geschlagen.«

Das Jammern wurde lauter, und Bill warf ihr einen finsteren Blick zu.

»Das hat er, Mam, das weißt du. Es bringt nichts, das zu leugnen, es wird vor Gericht sowieso alles herauskommen. Die Sache ist …«

Bill sah Yvonne zum ersten Mal direkt an.

»Es war immer meine Aufgabe, sie im Auge zu behalten, weißt du? Alles im Auge zu behalten. Sagen wir so, es gibt einen Grund, warum ich mit fünfunddreißig immer noch bei meiner Mutter wohne.«

Er versuchte zu lächeln.

Sie lächelte nicht zurück.

»Egal. Als er nach England gegangen ist, dachten wir, er hätte sich gefangen, weißt du? Hätte sich zusammengerissen. Und als er anrief und erzählte, dass er heiraten würde und ein Baby unterwegs war …«

Er sah auf Róisín, streckte den Arm aus, als wolle er sie berühren, und riss ihn dann scharf zurück.

»Wir hatten gehofft, dass er all den anderen Kram hinter sich gelassen hatte. Aber … vielleicht hätten wir ihm nicht trauen dürfen.«

»Nein.«

Yvonnes Stimme war tonlos, emotionslos. Aber einiges wurde jetzt klar.

»Ihr habt mich beide im Auge behalten. Deswegen seid ihr so oft vorbeigekommen. Ihr wolltet sicherstellen, dass es uns gut ging. Mir und Róisín. Ihr wusstet, dass das passieren würde, nicht wahr?«

»Nein.«

Das Wort war ein sanftes Seufzen.

»Nicht das. Nicht das. Wir wollten euch im Auge behalten, stimmt, aber … nein. Ich hätte nie gedacht, dass er so weit gehen würde. Yvonne, das musst du mir glauben. Ich kann nur immer wieder sagen, wie leid es uns tut.«

»Nun. Wie auch immer.«

Yvonne beugte sich nach unten und küsste Róisín auf die Stirn. Dann stand sie auf und begann, die Babysachen einzusammeln: die Wickeltasche, die Ersatzflasche, das Kuscheltier. Die Menge, die sie im Flugzeug mitnehmen durfte, war begrenzt. Wenigstens würde sie nicht allein fliegen. Rebecca war sofort hergekommen, als sie gehört hatte, was geschehen war, und sie würden am nächsten Tag zusammen zurück nach London fliegen. Mit einem zweiten Erwachsenen war es sicher einfacher, das Baby durch den Flughafen zu bringen. Und Rebecca hatte sich als gute Babysitterin erwiesen. Sie hatte sogar mehrere Windeln gewechselt, ohne sich zu beschweren. Die Leute, dachte Yvonne, überraschten einen immer wieder.

»Wie lange bleibst du weg?«

Yvonne antwortete nicht. Rebecca sagte, sie könne so lange bei ihr bleiben, wie sie wollte. Danach? Nun, sie hatte genug Geld, um zu tun, was immer sie wollte. Oh ja, sie hatte Geld. Das war wenigstens sicher.

Bill sprach wieder.

»Kommst du zurück?«

Sie hob den Kopf und sah die zwei blauen Augenpaare an.

»Für die Verhandlung. Das ist alles.«

»Werden wir – werden wir Róisín sehen dürfen?«

Hannahs Stimme klang müde und alt.

Yvonne schüttelte den Kopf.

»Das glaube ich nicht.«

»Du wirst doch nicht mein Enkelkind von mir fernhalten. Ich kann sie nicht auch noch verlieren.«

Yvonne hob das kleine Mädchen auf ihre Schulter und die Tasche auf die andere. Róisín, als spüre sie die Atmosphäre im Zimmer, sah sich feierlich um und weinte nicht.

»Ich gehe jetzt.«

Mit geradem Rücken öffnete Yvonne die Tür und ging aus der Wohnung. Sie sah sich nicht um. Sie wusste, dass dieses Mal niemand zum Abschied winken würde.

# FÜNFUNDVIERZIG

## *Sonntagmorgen*

*Sie dachte an Réaltín, als sie ihre Augen schloss. Sie sank zurück auf das Sofa und spürte, wie Gerry sie fester um die Schulter packte. Es fühlte sich gut an, beschützend. Er kümmerte sich um sie. Wie sie sich um ihre Tochter kümmerte. Sie hatte Träume für Réaltín, so starke und optimistische Träume wie die, die ihre eigene Mutter mal für sie geträumt hatte. Die Universitätsausbildung, die gute Stelle. Dieses verdammte Foto an der Wohnzimmerwand mit dem Doktorhut, der ständig drohte, vom Wind mitgerissen zu werden. Es hatte alles so gut geklappt.*

*Es hätte ihrer Mutter das Herz gebrochen, wenn sie gewusst hätte, wie deprimiert Miriam die letzten zwei Jahre gewesen war. Es war einfach alles so schwierig. Die Hektik, immer in Eile auf dem Weg vom Bett zur Krippe, zur Arbeit und dann wieder zurück. Die Abende, die sie mit Windelnwechseln verbrachte, mit Fläschchenmachen, halb gegessenes Abendbrot vom Küchenboden aufwischen, Spielzeug aufräumen, wenn das Kind endlich schlief, bevor sie ins Bett fiel und darauf wartete, wieder aus dem Schlaf gerissen zu werden. Endlos. Sie liebte Réaltín, liebte jeden Zentimeter an ihr, aber es war schwer, alles allein zu schaffen.*

*Als MammyNo1 ihr eine Nachricht geschickt hatte, dass sie sich abends treffen wollten, hatte das wie eine tolle Idee geklungen. Sie musste mal lachen. Ein paar Drinks, ein biss-*

*chen mit Frauen quatschen, die alle wussten, was sie durchmachte. Ein bisschen Spaß. Und dann waren sie einfach nicht aufgetaucht, verdammt, und während sie da gesessen hatte wie bestellt und nicht abgeholt, wer kam in den Pub spaziert? Gerry Mulhern, aus Uni-Tagen. Allein und auf der Suche nach einem schnellen Bier, bevor er nach Hause fuhr.*

*Er war breiter als im College, besser angezogen, irgendwie gepflegter. Sie hätte sich sogar vorstellen können, dass er größer war, wenn das nicht lächerlich klingen würde. Gerry.*

*»Alles klar bei dir?«*

*Sie musste seinen Namen laut ausgesprochen haben. Sie lächelte müde und kuschelte sich näher an ihn. Gerry Mulhern. Er hatte sie nicht sofort erkannt. Die letzten fünf Jahre hatten es mit ihr nicht so gut gemeint wie mit ihm. Aber dann fing er mit dem Üblichen an: Küsschen auf die Wange, wie geht's, mein Gott, wie lang ist das jetzt her? Und sie hatte beschlossen, zu bleiben und sich ein bisschen zu unterhalten. Er war allein, hatte er gesagt. Wohnte in der Gegend, kam oft auf ein schnelles Bier her. Der Laden war vor allem praktisch. Sie hatten sich daraufhin beide umgesehen, die klebrigen Tische, die dreckige Theke, und gleichzeitig gelacht. Sie hatte gesagt, dass sie einen Gin Tonic getrunken hatte. Und dann hatte er darauf bestanden, eine zweite Runde zu holen.*

*Das letzte Mal, dass sie sich getroffen hatten, dieser Abend im College-Pub, war schrecklich gewesen. Sie hatte damals nur Augen für Paul gehabt, und Gerry war einfach nur einer der Jungs gewesen, Eamonn Teevans etwas linkischer Kumpel. Aber nach ein paar Bier und einigen Shots, die irgendwer für eine tolle Idee gehalten hatte, hatte er ihr erzählt, er sei in sie verliebt. Das hatte sie so verdutzt, dass sie ihm direkt ins Gesicht gelacht und ihn lächerlich genannt hatte. Sie erinnerte sich noch, wie erschüttert er ausgesehen hatte, als er die Worte aus dem Tequila gefischt hatte. Und dann die Wut. Er war so wütend gewesen. Hatte an diesem Abend schreckliche Dinge zu ihr gesagt, Worte, die im Pub widerhallten und sie zuerst aus der Tür und dann in die Sicherheit von Deirdres Wohnung trieben. Damals hatte sie gedacht, es sei das Schlimmste, was ihr jemals passiert sei.*

*Aber das lag lange zurück. Jetzt, fünf Jahre, ein Kind und eine kaputte Beziehung später, wusste sie, wie sich Elend tatsächlich anfühlte. Dieser Abend am UCD war typischer, besoffener Studentenkram gewesen, mehr nicht. Ein bisschen Drama. Und es sah aus, als hätte Gerry damit auch keine Probleme mehr. Er arbeitete beim Fernsehen, erzählte er ihr. Nach all den Jahren immer noch mit Eamonn Teevan befreundet. Er war nicht verheiratet, hatte keine Beziehung. Keine Zeit, grinste er und erwähnte seine Vierzehn-Stunden-Tage. Es klang wie ein interessantes Leben, nicht wie ihres. Sie war was? Eine Mami? Eine Dozentin? Alleinerziehende laut den Behördenformularen. Früher war sie mal das hübscheste Mädchen im dritten Studienjahr Englisch gewesen. Die meisten Jungs waren hinter ihr her gewesen, tief im Innersten hatte sie es gewusst, obwohl sie zu besessen von Paul gewesen war, um es auszunutzen. Heute wären sie nicht mehr hinter ihr her, nicht, wenn sie sie mit den zehn Kilo mehr sehen würden, die ein unerwünschtes Geschenk ihrer Tochter waren, in den abgetragenen Kleidern, die zu ersetzen sie weder Zeit noch Geld hatte. Gerry Mulhern sagte aber all die richtigen Dinge. Dass sie sich nicht verändert habe. Beruhigende Lügen.*

*Er stellte sein Weinglas auf den Tisch, und seine Hand berührte ihre, sanft genug, um zufällig zu wirken. Dann streichelte er sie auf eine ganz und gar nicht zufällige Weise. Sie schauderte. Es war lange her, dass sie jemand anders als Réaltín berührt hatte. Sie war aber so müde. Bemühte sich, wach zu bleiben. Gerry war wunderbar. Aber es war nicht der richtige Moment. Seine Hand streichelte jetzt zärtlich. Hin und her. Sie spürte seinen warmen Atem an ihrer Wange. Einen Kuss.*

*Sie hatte nur etwas trinken wollen, reden und lachen. Sie hatte sich daran erinnern wollen, wie es sich angefühlt hatte, dieses Mädchen im dritten Studienjahr Englisch zu sein. Mehr nicht.*

*»Nein.«*

*Aber das Wort war undeutlich, ihre Zunge lag schwer in ihrem Mund. Erschrocken wurde ihr bewusst, dass sie Schwierigkeiten hatte, die Augen offen zu halten. Der Druck auf ihre Brust wurde stärker, als er die Brustwarze fand und sie ruppig zwickte.*

*»Nein, Ger.«*

*Sie schüttelte den Kopf, rutschte auf dem Sofa nach vorn.*

*»Ichmussnachhaus …«*

*Der Arm zog sie zurück, drückte sie nach unten.*

*Sie atmete tief ein und konzentrierte sich darauf, deutlich zu sprechen, ohne zu lallen.*

*»Ehrlich, nein. Es war wirklich nett, aber …«*

*»Du gehst nirgendwohin.«*

*Da bemerkte sie, dass er überhaupt nicht betrunken klang.*

*»Hey.«*

*Sie sprach weiter ruhig, um ihn nicht aufzuregen.*

*»Nicht heute Abend, okay? Vielleicht gibst du mir deine Telefonnummer?«*

*»Doch. Heute Abend.«*

*Dann war sie für einen Moment weggetreten, und dann war da Cord unter ihrer Wange. Sie lag auf dem Sofa, und seine Hände stocherten an ihrer Taille.*

*»Herrgott, Gerry …«*

*Sie hörte wie aus großer Entfernung, wie schwach ihre Stimme klang, und dann merkte sie, dass er lachte.*

*»Du hast dich nicht sehr verändert, was, Miriam? Immer noch eine Schwanzfopperin. Heute Abend läufst du allerdings nicht weg.«*

*Sie schloss ihre Augen wieder. Sie musste sich bewegen. Aber sein Gewicht presste sie nach unten, und da war noch etwas, ein Nebel, ein schweres Tuch, das sie bedeckte, Bewegung unmöglich machte. Seine Hände bewegten sich nach unten.*

*»Nein, Gerry.«*

*Er lachte, tätschelte fast spielerisch ihre Hüfte und fragte sie noch einmal.*

*»Wie lautet dein Netmammy-Passwort?«*

*Das war so unpassend, so irrelevant in dieser Situation, dass sie gelacht hätte, wenn sie nicht solche panische Angst gehabt hätte.*

*»Warum?«*

*»Sag's mir einfach! Hör auf, Fragen zu stellen, und sag's mir einfach.«*

*Sie dachte, es sei das Beste, zu tun, was er ihr sagte.*

*»Schafe! Es ist Schafe. Jetzt lass mich bitte gehen.«*

*»Du hattest schon immer eine tolle Fantasie, nicht wahr, Miriam? Dann stell dir das mal vor.«*

*Grobheit zwischen ihren Beinen, der Saum ihrer Jeans wurde nach oben gezogen.*

*Sie brauchte ihre Stimme, musste schreien. Sie lag einen Moment still, dann trat sie nach vorn, ihr Knie gegen seinen Körper. Er hatte die Bewegung nicht erwartet und fiel nach hinten, nur ein wenig, aber es war genug, um ihr Raum zum Bewegen zu geben.*

*»Du dämliche Schlampe …«*

*Luft an ihrem Gesicht, sie zwang sich, die Augen zu öffnen.*

*Und spürte seinen Griff um ihre Arme.*

*»Du haust nicht wieder ab.«*

*Fünf Jahre hatten überhaupt keinen Unterschied gemacht.*

*Sie wehrte sich, als er sie ins Schlafzimmer trug. Es erinnerte sie an ihr kleines Mädchen, wie sie protestierte, wenn sie nicht in ihrem Buggy sitzen wollte, den Rücken durchbog, trat, schrie. Aber Mami war immer größer, und Mami bekam immer ihren Willen. Ein Ruck, und sein Fingernagel kratzte ihre Wange. Ein Tritt, der nur den Bettpfosten traf. Und dann Dunkelheit und Fallen. Réaltín. Sie hatte so viele Träume für ihr kleines Mädchen. Ihre Augen wurden schwer. Réaltín. Sie dachte an ihre Tochter, als sie zufielen.*

# SECHSUNDVIERZIG

»Also, ähm, wie geht es Ihnen?«

»Großartig. Großartig.«

Claire wusste, dass ihre Stimme zu ruppig, ja sogar barsch klang, aber es war ihr egal. Es gab kein Protokoll dafür, einen jüngeren Kollegen im Schlafanzug zu treffen, besonders wenn es ein Umstandspyjama war, den die eigene Mutter ausgesucht hatte. Aber Matt hatte ihr keine Wahl gelassen. Es hatte lange gedauert, bis sie ihren Ehemann dazu überredet hatte, sie überhaupt mit Flynn sprechen zu lassen, er würde ihr auf gar keinen Fall erlauben, sich anzuziehen und nach unten zu gehen, um ihn zu empfangen. Angesichts der Umstände fand Claire, dass er ziemlich fair war.

Und man musste gerechterweise zugeben, dass Flynn die rosa Rüschen problemlos ignorierte. Er zog die große, braune Akte heraus, so ordentlich und effizient, als säßen sie in Collins Street, und setzte sich dann vorsichtig auf den Stuhl neben dem Bett. Sie richtete sich auf den Kissen auf. Sie merkte, dass es half, sich vorzustellen, sie trüge ein dunkles Kostüm.

»Sie haben ihr also Medikamente gegeben? Yvonne?«

Flynn nickte.

»Eine ganze Weile schon. Es war anscheinend die Idee der Freundin, der Gemeindeschwester. Veronica«, er blätterte durch die Akte, »Veronica Dwyer heißt sie. Sie hat ihr Erkältungstabletten gegeben, so was in der Art. Hat sie in den Tee getan. Einfach, aber wirkungsvoll, dadurch war sie tagtäglich müde. Kaputt. Der große Plan ...«

Flynn hob die Finger und malte Anführungszeichen in die Luft. Es war eine Geste, die Claire normalerweise tierisch genervt hätte, aber dieses Mal ließ sie es durchgehen. Heute mochte sie Flynn richtig.

»Der ›große Plan‹ war, dass sie jeden, der Yvonne kannte, davon überzeugen würden, dass sie an postnatalen Depressionen litt. Gerry erzählte ein paar Geschichten über sie, sagte seiner Familie, dass er glaube, sie sei überfordert. Dumme Sachen wie, dass sie einen Anzug aus der Reinigung hätte holen sollen, es aber nicht getan hat. Dabei hatte er es ihr tatsächlich nie gesagt. Das alles sollte ein Bild ergeben, sodass der Mord wie Selbstmord aussehen würde und niemand überrascht wäre.«

»Und das hat Gerry Mulhern Ihnen erzählt?«

»Etwas davon. Nachdem wir die Bestätigung hatten, dass es seine DNS auf Miriam Twohys Leiche war, fing er an zu reden. Ich glaube, er ist sogar ziemlich stolz auf das, was er getan hat. Manchmal sind sie so. Abschaum. Die liebenswürdige Veronica hat uns auch einiges erzählt, ich vermute, sie glaubt, sie komme davon, wenn sie uns hilft, oder könne ein milderes Urteil erwarten.«

Claire runzelte die Stirn. Geschworene hatten in der Vergangenheit schon seltsamere Urteile gefällt. »Sie hat also gestanden?«

»Irgendwie schon. Sie sagt, sie weiß nichts über Miriam Twohy, aber sie gibt zu, dass sie in den Angriff auf Mrs Mulhern verwickelt war. Sie liebt ihn natürlich, also Gerry, und sie behauptet, er sei auch verrückt nach ihr. Sie hat ihn kurz nach der Geburt des Babys kennengelernt, als sie einen Hausbesuch gemacht hat, um nach dem Baby zu sehen. Sie meint, es sei Liebe auf den ersten Blick gewesen.«

Er schnaubte, und Claire unterdrückte ein Grinsen.

»Wie auch immer. Ihre Geschichte ist die, dass Mrs Mulhern depressiv war und das Baby vernachlässigt hat und dass die Kleine besser dran wäre mit ihr selbst und Mulhern. Sie drei wären eine glückliche kleine Familie. Sie mussten nur noch Mrs Mulhern aus dem Weg schaffen. Also haben sie diesen Plan geschmiedet, sie umzubringen und es wie Selbstmord aussehen zu lassen. Sie sagte etwas über das Netmammy-Forum ...«

Er sah nach unten auf seine Notizen und fuhr fort.

»... Mrs Mulhern schrieb anscheinend dort, und Miss Dwyer und Gerry Mulhern lasen, was sie dort schrieb, um ein bisschen genauer in ihren Kopf sehen zu können. Aber wir ...«

Flynn verstummte und blickte zu Boden. Claire schwieg. Sie hatten Mist gebaut, oder besser gesagt, sie selbst hatte es, weil sie nicht erkannt hatte, wie wichtig Yvonne Mulherns erster Anruf wegen Miriam Twohy und ihrer Netmammy-Nutzung war. Um fünf Uhr heute Morgen hatte Claire neben einem schnarchenden und weltvergessenen Matt gelegen und sich Vorwürfe gemacht, weil sie damals die Entscheidung getroffen hatte, dem nicht nachzugehen. Gegen sieben Uhr hatte sie es irgendwie eingeordnet. Schließlich hatte Yvonne noch einmal angerufen und ihnen gesagt, dass sie sich getäuscht hatte. Es war also vollkommen logisch gewesen, dem nicht nachzugehen ... Absolut in Ordnung. Ein bisschen nachlässig vielleicht. Aber in Ordnung.

Vielleicht hätten sie den Mörder schneller gefunden. Vielleicht sogar FarmersWife retten können ...

Nein. Daran durfte sie nicht denken. Würde sie nicht. Konnte es nicht ertragen. Sie sah zu Flynn, verzog das Gesicht und rieb sich dann übers Gesicht. Manchmal war so eine Schwangerschaft praktisch, kurz murmeln, dass man müde war, und schon konnte man sich einiges erlauben. Sie würde irgendwann mal erklären müssen, wie sie es geschafft hatte, LondonMum zu entdecken. Vermutlich wenn der Fall vor Gericht kam. Sie würde dann wahrscheinlich auch Probleme bekommen, wenn herauskam, dass sie Shawn dazu überredet hatte, die Passwörter zu ändern. Es war eigentlich ziemlich hart, zu wissen, wie das ausgehen würde. Aber darüber würde sie sich dann Gedanken machen.

Flynn sah wieder auf und sprach weiter.

»Dwyer behauptet jedenfalls, sie hätte alles nur aus Liebe getan. Sie schwört, sie hätte nichts von Mrs Mulherns Geld gewusst. Na, das wäre doch nur zu romantisch, nicht wahr?«

»Moment mal.«

Claire zog die Augenbrauen hoch.

»Geld?«

LondonMums Postings waren ähnlich wie die meisten anderen auf Netmammy gewesen, ab und zu jammerte sie über den Preis von Windeln und wie teuer ein Abend auswärts durch exorbitante Babysitterraten doch wurde. Sie hatte auf keinen Fall wie jemand geklungen, der zu viel Geld hatte.

Aber Flynn nickte und blätterte eine Seite in seinem Notizbuch um.

»Das ist so eine Sache. Yvonne Mulhern ist anscheinend mehr oder weniger Millionärin. Bloß wusste sie es bis heute nicht. Ihre Mutter ist vor ein paar Wochen in einem Pflegeheim in England gestorben und hat ihr ein kleines Vermögen hinterlassen. Aber sie hatten seit Jahren keinen Kontakt mehr, ihre Mutter wusste nicht mal, dass sie verheiratet war. Sie hat ihr geschrieben, als ihr klar wurde, dass sie bald sterben würde, und Mulhern hat den Brief gefunden, als er ihre Sachen für den Umzug zusammengepackt hat. Er hat ihn geöffnet, ohne ihr etwas zu sagen, und herausgefunden, dass ihre Mutter Abbitte leisten wollte.«

»Gott. Okay.«

Claire nickte. Geld. Jetzt ergab alles einen Sinn.

Flynn schnaubte.

»Mulhern ist total pleite. Als er aus England zurückgekommen ist, hat er ein riesiges Haus gekauft, er wollte großtun, schicke Anzüge tragen, abends die Kreditkarte zücken, so was alles. Der Fernsehstar. Und er musste natürlich auch noch für sein kleines Liebesnest, die Wohnung in Merview, bezahlen, zusätzlich zu den Hypothekenschulden. Er hatte keinen roten Heller mehr. Ireland 24 ist nicht CNN, was die Gehälter angeht. Veronica dagegen ...« Er betonte die zweite Silbe und verdrehte dazu noch die Augen.

»Veronica dachte, er täte alles aus Liebe. Aber ich nehme an, dass er nur hinter dem Geld her war. Er hatte alles geplant. Er war nach England ins Hospiz geflogen und hat sich als Yvonnes Anwalt ausgegeben. Er ließ ihre Mutter ein Testament unterschreiben, in dem sie alles Yvonne hinterließ. Er hat ihr erzählt, dass Yvonne darauf bestand, dass sie nicht zu ihr reisen würde, wenn sie nicht unterschrieb. Also hat sie unterschrieben. Aber er hat Yvonne natürlich nichts davon erzählt. Und sie hatten nach der Hochzeit bereits Testamente verfasst, in denen jeder dem jeweils anderen alles vermacht. Die Mutter ist inzwischen gestorben. Ein Kollege hat das Hospiz in England angerufen. Wenn Sie also Mrs Mulhern nicht gerettet hätten, würde Gerry im Geld schwimmen.«

»Okay.«

Claire nickte noch einmal. Langsam passte alles zusammen. Natürlich wusste sie mehr als Flynn über gewisse Aspekte des Falls. Wie Gerry Mulhern zum Beispiel MyBabbas Nickname benutzt hatte, um Yvonne nach Wicklow zu locken. Aber wenn sie so darüber nachdachte, war sie nicht überrascht, dass eine zweite Person daran beteiligt war. Mulhern hatte zwei falsche Identitäten benutzt, MyBabba und MammyNo1, und ein paar der Postings waren sehr überzeugend gewesen. Es schien passend, dass er von einer Expertin unterstützt worden war. Sie hatte aber immer noch ein paar Fragen.

»Und Miriam Twohy? Sie und Mulhern waren zusammen im College?«

»Ja.«

Flynn nickte langsam.

»Sie waren alle zur selben Zeit am UCD: Mulhern, Eamonn Teevan und Miriam. Gerry und Miriam hatten eines Abends im Pub eine lautstarke Auseinandersetzung, er hat sie angebaggert, und sie hat ihm gesagt, er könne sie mal. Hat anscheinend zu einer richtigen Szene geführt. Er hat es nie vergessen, und Gerry Mulhern ist kein Mann, den man zum Feind haben möchte. Nun, das versteht sich eigentlich von selbst. Er hat sie irgendwann mal erkannt, als er in diesem Netmammy-Forum unterwegs war, auf einem Foto, das sie gepostet hat. Er hat ihr eine Nachricht geschickt und so getan, als sei er eine der anderen Frauen und als wollten sie sich treffen. Er schwört Stein und Bein, dass er sie ursprünglich nicht hatte umbringen wollen, dass er einfach nur wütend geworden ist, als sie ihn wieder abgewiesen hat. Ich weiß nicht. Ich vermute, das zu entscheiden, müssen wir den Geschworenen überlassen.«

Claire bekam Kopfschmerzen. Aber da war noch mehr.

»Und die Frau in Galway?«

Flynn sah verwirrt aus.

»Welche Frau?«

Sie seufzte. Sie hatte vergessen, dass niemand sonst über diese Verbindung Bescheid wusste.

»Sie werden eine Akte wieder öffnen lassen müssen.«

Sie hievte sich wieder auf die Kissen hoch. Sie wurde sehr müde und wusste, dass Matt kommen und düster auf die Uhr auf dem Nachttisch schielen würde.

Flynn schloss sein Notizbuch und sah sie direkt an.

»Sie haben Mrs Mulherns Leben gerettet. Zweimal. Ich meine, ich bin zwar sowieso zurück ins Krankenzimmer gegangen, aber wenn sie den Notrufknopf nicht in der Hand gehabt hätte ...«

Claire sah ihn an.

»Sie hat sich selbst das Leben gerettet.«

Sie blinzelte, dann rieb sie sich noch mal die Augen, dieses Mal fester, und Flynn nickte sanft.

»Wenn ich das so sagen darf, Sie sehen ziemlich fertig aus.«

Claire wollte gerade widersprechen, da spürte sie die Rückenschmerzen und schluckte die Worte hinunter. Der vorige Tag hatte sie erschöpft. Aber wenigstens hatten ihre Instinkte recht gehabt. Sie hatte nur fünf Minuten am Bett von LondonMum gesessen, bevor Matt hereingestürmt war und sie nach Hause gezerrt hatte. Aber sie hatte genug Zeit gehabt, der jungen Frau die Notrufklingel in die Hand zu drücken und unter der Bettwäsche zu verbergen. Sie hatte nicht mal gewusst, ob Yvonne sie gehört hatte oder ob sie wusste, dass die Klingel da war. Aber sie fühlte sich für sie verantwortlich.

Ja, es war ein langer Tag gewesen. Jetzt bezahlte sie dafür. Die Ärztin sagte, sie hätte Glück, wenn das Baby nicht zu früh kam. Für die restliche Schwangerschaft hatte sie strikte Bettruhe angeordnet, und wenn es nicht besser würde, würde sie ins Krankenhaus eingewiesen. Und dieses Mal würde sie sich nicht widersetzen. Es war ja sowieso kaum mehr was zu tun.

Ihr Kollege stand auf und zeigte dann auf ihren Laptop, der zum Laden an der Schlafzimmerwand stand.

»Ich gehe dann mal. Kann ich Ihnen noch irgendwas geben? Soll ich Ihnen den Computer ans Bett bringen?«

Claire wollte gerade ja sagen, dann schaute sie auf den Zeitschriftenstapel, den Matt auf dem Nachttisch arrangiert hatte. *Schwangerschaft und Baby*, *Modern Mum* und, du meine Güte, er hatte sogar eine Ausgabe von *Hello* daruntergemischt. Dann fiel ihr ein Pappkarton darunter auf. Ein dunkelbraunes Titelbild, zackige, silbrige Buchstaben. Eine DVD-Box mit dieser skandinavischen Serie, die sie schon ewig hatte sehen wollen, wofür sie aber nie die Zeit gehabt hatte. Gut gemacht, Matty. Du kennst mich gut.

»Nein, nett von Ihnen, danke, Flynn. Ich glaube, ich habe alles, was ich brauche.«

## HILFE? KANN MIR JEMAND HELFEN? BITTE!!!!!!!!!!!!!!!

**FirstTimer**

Oh mein Gott, Mädels. Bin zu Hause. Göga auf der Arbeit, Handy ausgeschaltet. Meine Mum ist übers Wochenende weggefahren. UND ICH GLAUBE, MEINE FRUCHTBLASE IST GEPLATZT! OMG!!! Bin SSW 39 + 6. Bin gerade aufgestanden und OMG überall Wasser! Glaubt ihr, jetzt geht's los? OMG. Oh Herrgott, Mädels. Ich spüre da gerade eine Wehe. Wenigstens glaube ich, dass es eine war. Ich kann Göga nicht erreichen. BITTE HELFT MIR!

**MeredithGrey**

Alles in Ordnung, Süße. Jetzt solltest du tief ein- und ausatmen. Trink ein Glas Wasser. Tief atmen. Entspann dich. Es ist wohl am besten, wenn du das KH anrufst. Die werden dir sagen, was zu tun ist.

**FirstTimer**

OMG KREISCH HABE NOCH EINE WEHE. WAS SOLL ICH NUR TUN? GEHT'S JETZT LOS? IST DAS DAS BABY?

**RedWineMine**

Ja, klingt so. Alles in Ordnung. Ruf das KH an, versuch es noch mal bei Göga und schreib uns, was die sagen.

**FirstTimer**

OK HABE GERADE GÖGA ERREICHT, UND ER KOMMT UND HOLT MICH AB. HABE NOCH EINE WEHE, MÄ-

DELS, WAS SOLL ICH NUR MACHEN, ER BRAUCHT EINE HALBE STUNDE BIS ER HIER IST. ICH HAB SOLCHE ANGST.

**MammyNo1**
Alles in Ordnung, Süße. Du musst nicht die Heldin spielen. Nimm die Schmerzmittel, wenn du sie brauchst! Und mach dir keine Sorgen, meine Liebe. Wir sind hier. Wir sind immer hier.

# DANKSAGUNG


Danke dem fantastischen Frauenteam, das dabei geholfen hat, dieses Buch entstehen zu lassen: Sheila Crowley und Becky Ritchie von Curtis Brown und Katie Gordon und Jane Wood von Quercus. Es war ein Vergnügen, mit euch allen zu arbeiten.

Danke, Eimear Cotter, Ciara Ní Laighin und Darina Sexton, für die Expertenratschläge.

Dank an Ciara, Fachtna, Margaret und Treasa, die alles als Erste gelesen haben.

Danke, Paula, für deine Unterstützung.

Besonders herzlichen Dank an Caroline Stynes für die unschätzbare Hilfe und Unterstützung.

Danke und all meine Liebe an Andrew, für deine Ratschläge und deine Ermutigung, und an unsere wunderbaren Jungs Conor und Séamus, die mich dazu inspiriert haben, es durchzuziehen. *Mo ghrá sibh go léir.*

Dieses Buch ist meinen Eltern, Alice und Mick Crowley, gewidmet, die seine Veröffentlichung zwar nicht mehr erlebt haben, aber immer daran geglaubt haben.

Um die ganze Welt des
GOLDMANN Verlages
kennenzulernen, besuchen Sie uns doch
im Internet unter:

**www.goldmann-verlag.de**

*Dort können Sie*
nach weiteren interessanten Büchern ***stöbern***,
Näheres über unsere ***Autoren*** erfahren,
in ***Leseproben*** blättern, alle ***Termine*** zu Lesungen und
Events finden und den ***Newsletter*** mit interessanten
Neuigkeiten, Gewinnspielen etc. abonnieren.

Ein ***Gesamtverzeichnis*** aller Goldmann Bücher finden
Sie dort ebenfalls.

Sehen Sie sich auch unsere ***Videos*** auf YouTube an und
werden Sie ein ***Facebook***-Fan des Goldmann Verlags!

www.goldmann-verlag.de
www.facebook.com/goldmannverlag

GOLDMANN
Lesen erleben